Le Corps
et sa danse

Daniel Sibony

Le Corps
et sa danse

Éditions du Seuil

TEXTE INTÉGRAL

ISBN 978-2-02-078849-6
(ISBN 2-02-023164-6, 1ʳᵉ publication)

© Éditions du Seuil, 1995

PRÉLUDE

Ce livre s'est avancé au rythme de mes rencontres avec la danse. Et je me suis peu à peu rendu compte qu'en parlant de la danse je parlais d'autre chose aussi : de toute *mise en jeu mouvementée du corps*, y compris sa capture dans le fantasme, ses démêlés avec les mots qu'ailleurs j'interprète. Ici, je ne « psychanalyse » pas la danse, je cherche comment elle aussi interprète ces prises de corps, et comment elle les déplace.

Entre l'aventure du corps dansant qui crée son lieu et le corps souffrant, œuvrant et désirant dans les jungles sociales, entre ces deux corps, les résonances sont assez fortes pour qu'il faille les interpréter. Ma pratique de thérapeute, d'analyste du social m'y aide. Dans le social aussi chacun se place et se déplace, fait des « placements », des investissements comme on dit, affectifs, monétaires, de pouvoir – toujours de corps[1]. La scène de ce qu'on appelle chômage est le grand syndrome des places non pas absentes mais insoutenables ; sa question a valeur éthique et esthétique : comment ne trouve-t-on pas de place ? Souvent elle n'est pas reconnaissable, cette place d'où l'on voudrait être reconnu. Souvent,

1. Sur l'entre-deux-places et le voyage, voir *Entre-Deux*, Paris, Seuil, 1991.

vous avez pu l'occuper, et l'« Autre » ne vous l'a pas
reconnue ou accordée. Alors la place ou l'emplacement
devient inerte, au lieu d'être un potentiel de déplacements. Cela peut vous inhiber, vous mettre en état d'impuissance, chômage réel ou « intérieur ». L'inaction est
double, il y a celle des corps exclus du marché, et celle
des corps qui marchent en vain et s'agitent dans le vide.
Rien que cette double dimension implique de penser le
corps comme deux fois charnel, ou matériel ; une fois
visible et manifeste, l'autre fois secrète et latente ; d'où,
entre deux corps, l'abîme à vivre et à franchir. Le corps
est comme tel *entre-deux-corps* : entre la chair vive chargée de mémoire et la mémoire invisible toujours prête à
s'incarner. Il n'y a pas le corps et l'âme ; tous deux sont
physiques, et différemment matériels ; et c'est le passage
entre les deux que l'on devrait appeler *Corps*.

La danse déploie dans son espace la question de
l'entre-deux-corps, le jeu des places et de leurs genèses ;
de leurs engendrements. Elle est un recours « symbolique » contre cette inertie, une protestation : se déplacer
de toute façon à la recherche du corps à venir. La danse
est une quête frénétique ou sereine de la place et du lieu
d'être même s'ils sont impossibles ; quête naïve ou rusée
mais toujours avertie. Pratiquement, toutes les questions
de l'humain, sur le monde et le mode d'être singulier ou
collectif, ont leur version dansée.

L'effet de groupe, par exemple. Il y a quinze ans, j'écri-
vais un livre sur la question du lien de groupe, de l'inconscient qui lie un groupe. Le hasard fit qu'en même
temps je rencontrai à New York la danseuse Trisha
Brown. On peut dire qu'elle dansait ce qu'était pour moi
l'effet de groupe. Sa danse (c'était *Line up*) était l'engendrement d'un groupe – où les corps dansent leur lien,

et s'articulent autour d'un même objet. L'«objet» d'un groupe, n'est-ce pas sa question radicale? C'est son «objectif» et c'est le lien qu'il trame, qui s'exprime par des actes ou des objets. Et si c'est l'objet porteur de désir, il faut savoir comment les corps se portent avec, portés qu'ils sont vers l'existence du lien de groupe, qui leur tient lieu d'inconscient; inconscient dont on verra que c'est l'Autre-corps. L'objet qui lie un groupe n'est pas une mince affaire; cela mérite d'être *dansé* – c'est-à-dire pensé avec le corps.

Or penser l'être avec le corps c'est dériver vers la question même de l'amour: comment le manque-à-être en vient-il à prendre corps? L'amour c'est la rencontre de ce qu'on peut être, donc la sortie de la prison de ce que l'on est; car quoi que l'on soit – artiste, plombier ou ministre – on en est vite prisonnier. Cette sortie hors des sphères fonctionnelles se fait dans l'amour quand on rencontre un autre corps sous le signe de l'être-à-venir. L'amour c'est l'impulsion à franchir ses limites à partir du miracle où elles rencontrent celles de l'autre, dans le partage d'un certain manque originel, un manque-à-être qui, une fois reconnu, élargit vos lieux d'être. Et ça parle de naître autrement. La preuve en est donnée par la seule scène de danse dont parle la vieille Bible, la danse du roi David lorsqu'il ramène l'Arche de la Loi. C'est un solo, sur tout le trajet, tout le déplacement de la loi: il danse avec la foule, en musique, d'une façon frénétique. Et sa femme, restée chez elle, le reçoit après la fête et lui dit, scandalisée et mortifiée: tu t'es montré nu devant toutes ces femmes, tu n'as pas respecté ta place de roi, ta dignité… Et à cette fille furieuse, David répond: eh bien oui! c'est ainsi, je me suis déchaîné, éclaté, en présence de l'Autre, de l'être divin, et des femmes du peuple. Et

les scribes concluent l'histoire : cette femme n'a pas eu
d'enfant. Elle est donc restée stérile. Elle n'est pas née
autrement. Elle était déjà morte mais elle ne le savait
pas. C'est dire aussi qu'ils n'ont plus fait l'amour.
Depuis le jour où elle a médit de la danse – comme éclatement de la joie du corps devant les autres et devant la
Loi –, elle n'a rien pu mettre au monde de vivant. C'est
là une pensée de l'amour : la danse y est nécessaire
comme mouvement entre l'énergie irrationnelle et les
raisons subtiles de vivre. Si pour cette femme le refus de
l'amour s'est déclaré en refus de la danse, c'est que le
oui à la danse, ou à ce que la danse affirme, est une
déclaration de corps en rapport avec l'amour.

Sur ce, ma fille d'un an marche, elle arpente le salon,
elle jouit de marcher autour de la table basse comme
une patronne de bistrot, ventre en avant, le derrière
amplifié par la couche ; elle lance des sourires frais et
rayonne de séduction. Elle termine distraitement un bis-
cuit dont il reste un petit bout qu'elle me tend. Je le
prends, et ses trois doigts pouce index et majeur restent
liés comme s'ils tenaient le bout de gâteau ; puis soudain, sa main commence à faire des tours dans tous les
sens en jouant ; une petite danse de la main qui feint de
tenir quelque chose alors qu'elle sait qu'elle ne tient
rien ; le geste du don se prolonge dans sa danse. Et elle
sourit de voir sa main danser ; ou me sourit de me voir
regarder sa main.

Plus tard, à dix-huit mois, elle accueillit son frère
de sept ans après une semaine d'absence. Il lui avait
manqué, car chaque jour elle pointait du doigt la photo
de l'absent en criant son nom, d'un ton véhément. Les
retrouvailles furent émouvantes : brève effusion, calme,

puis éloignement, puis caresse de la main, puis nouvelle mise à distance, et soudain elle exécute une vraie petite danse, avec les mains qui tournent et le corps qui fait un tour et qui recommence deux ou trois fois. Après quoi elle s'est assise tout près de lui. Je restai rêveur. Ainsi très tôt, on jouit du corps de l'être aimé, par un jeu de distances, de va-et-vient ; mais surtout, la danse semble une *approche* du corps aimé quand on ne veut ni l'absorber ni s'y noyer, quand il s'agit de vivre les deux corps. La danse est une approche de son propre corps en tant que proche et étranger, sous la main et insaisissable. Rencontre du corps par lui-même, du corps en tant que monde, dans un battement qui ouvre et ferme l'espace physique.

J'ai vu à tous âges des enfants danser, tantôt pour la parade et le plaisir de séduire, tantôt pour le vertige et l'excès (avec sans doute le plaisir de voir tourner le monde autour de soi, de le faire bouger en bougeant soi-même). Toujours deux temps privilégiés s'y retrouvent, reprenant deux temps archaïques du corps à corps : l'enfant veut être porté, même s'il lui faut tomber pour ça, pour être relevé ; et il veut être bercé, c'est-à-dire pris dans un rythme de deux corps ; envie de sentir les mouvements de l'autre corps – comme dans le ventre de la mère, ou sur son dos pour les Africains... Envie que l'autre bouge, et soit vivant – l'horreur étant qu'il soit un bloc. La joie étant que les deux corps bougent en même temps. (Le soir les bébés aiment le *slow* ; et en état d'éveil ils aiment les danses plus scandées qui les secouent et les font rire.)

Peu après, l'adolescente m'apporte un texte qu'elle a écrit. Pendant que je le lis, je la vois du coin de l'œil qui entame en silence une danse «dure» et saccadée, ses membres filent en tous sens – remaniement total du corps –, je suppose qu'elle « s'éclate », comme si son corps après s'être contracté – pour le texte imposé – retrouvait sa texture et ses possibles.

Quand elle était petite, elle avait dit devant la flamme d'une bougie que sa mère venait d'allumer : ça danse. C'est vrai, au-delà du mouvement de la flamme, il y a la danse de la lumière. Toute danse est un voyage du corps dans les mouvements de la lumière. Une mise en lumière des gestes du corps.

Un jour un garçon de sept ans qui suçait toujours son pouce me dit sa grande trouvaille : « Pour ne plus sucer le pouce, je danse ; et je chante aussi ! » J'écartai d'abord l'idée cruelle où il danserait sans arrêt en chantant pour éviter d'être grondé, et je vis alors qu'il me livrait un grand secret : avec son pouce dans la bouche – et son autre main sur le nombril et son regard un peu éteint – il était en posture fœtale ; masturbation utérine, pré-naissance, plénitude narcissique inerte, vaguement droguée. La danse coupait ce réceptacle, lui sortait le corps de cette coquille et le jetait dans un autre monde, fait de sons et de rythmes, où la plénitude est à venir, là, loin devant, à travers un chemin jonché de vides et de désordres rattrapés. Je me dis aussi qu'en dansant comme il faisait, sur une cassette de Dorothée, il ne faisait que changer de mère ; comme les drogués échangent leur drogue contre un gourou, en attendant…

Aujourd'hui, la danse touche à tout, et tout ce qui est dansant nous touche, réveille en nous un désir de phénomènes qui au lieu d'être impératifs se cherchent à travers leurs mouvements, leurs variations possibles. Variance de l'être plutôt qu'indétermination ; variabilité, qui cherche à prendre corps. Et quoi de plus phénoménal que le corps, appelé comme jamais à se chercher d'autres issues, d'autres mouvances ?

La danse serait l'appel archaïque, l'impulsion – «*dansêtre*» – qui peut saisir tout ce qui est, par ses racines dans l'être, à faire danser.

En retour, elle serait touchée de toutes parts, sur tous les modes – précieux, verbeux, curieux, affectueux… – par les mots, l'espace, la musique, le théâtre, le tout sous le signe du corps. Chacun de ces filons s'épuise, mais le corps est inépuisable. Il veut encore. Encore se prolonger dans les corps mouvementés scandés par la matière verbale, phonique, par l'image et la lumière…

La danse est au corps ce que chaque art est à la matière qu'il travaille. Mais la matière qu'un art travaille est un succédané du corps ; alors la danse est partout invoquée, convoquée ; et du coup, mise hors d'elle ; la danse, ou plutôt l'effet dansant, éclate ; d'où sa vocation radicale : ne pas savoir où elle en est ; être prise dans le grand tourbillon où tout ce qui est se cherche.

Car tout ce qui est devient sensible à ce qui lui manque.

Du coup, nouveau rebond, les gestes de la danse acquièrent d'autres valeurs. Les gestes les plus simples : un bal, une «boum» ou cette course immobile sur les pistes des «boîtes», cela consiste à *scander l'événement pur où des corps se cherchent ; on y fait danser la rencontre pour désirer lui donner lieu.* On fait danser l'*idée* de rencontre au rythme des cœurs battants, battus, rebattus. Des musiques s'y prêtent, et déjà comme telles elles sont encore une autre danse, la danse des musiques ; ses cris et ses stridences miment le corps, sa douleur, son plaisir ou son rien ; des cris comme font les tout-petits, et qui créent l'altérité.

Il s'agit de lancer les corps comme des cris sourds, à entendre.

Même dans les fêtes – où l'on s'ennuie – il y a la danse des mots, le vrombissement des séductions, et la danse des corps, le rituel pour se rappeler qu'on a un corps, et en prendre acte dans le corps de l'autre.

Si la danse se prête à tout, c'est que tout prête à danser ; le tout est de voir ce que ça « rend », ou ce que ça « donne ».

D'où ma question plus vaste : que se passe-t-il quand des humains, du fond de la nuit des temps, agitent leurs corps bizarrement, seuls ou en groupe, comme en quête d'une autre lumière ? Que font-ils avec leurs corps chargés de mots et d'histoires quand ils ne savent pas quoi en faire ?

Cela ne concerne les danseurs qu'*en passant* ; ou plutôt ils sont les passeurs de cette question, essentielle à tous. Elle porte sur le corps et ce qui l'agite : son inertie, son effacement, sa frénésie, son éclipse et ses retours offensifs. De quoi s'agitent-ils ?

Il n'y a plus dans les hôpitaux psychiatriques le bâtiment des « agités », parce qu'on les calme à la *chimio*. Ailleurs aussi, on calme *très fort* ; tous ces corps qui grondent, prêts à se soulever.

Au Moyen Age et bien avant, les corps en transe, on leur lançait un regard sombre ; et leur éclat insoutenable a fait qu'on a préféré les brûler. On l'a toujours devinée, désirée, appréhendée, cette proximité de la danse et de la transe. Même quand la danse fait des contorsions en mesure, avec mesure, cela pouvait faire croire qu'on y surmontait la folie, qu'on prenait des mesures pour ça. Mais nul n'était dupe. Et dans la foulée *foolish* de l'art contemporain (pas si fou, souvent « sage » à faire peur) les corps revendiquent la non-maîtrise, espèrent pousser la contorsion jusqu'au point où ça échappe, jusqu'à quitter l'attraction des voies terrestres, des voies de la raison. L'enjeu : retrouver l'espace de vide ou de folie d'où le corps se régénère et peut renaître. Il s'agit de vivre une « folie » réelle, feinte ou convenue – que la danse exhibe, répare, fait revivre et surmonter, remet en place, à travers un « orgasme » d'existence.

La danse, jet ou projet de folie, une folie d'où l'on puisse revenir, sur l'esquif vacillant des corps.

Encore une fois, on pourrait dans tout ce qui suit remplacer danse par « mise en jeu des corps mouvementés », expression un peu longue. Ce n'est pas que je cherche ici à « élargir » la danse, mais à dire ce qu'elle a fait danser pour moi, comment elle m'est apparue, cette mise en jeu mouvementée, dont je dirai les enjeux – ils sont essentiels – si le lecteur veut bien donner au mot *danse* cette valeur de métaphore.

Le langage parfois l'y oblige. Exemple, l'usage classique et bourgeois du mot « danseuse » : le banquier, le président ou l'homme sérieux a sa danseuse, c'est son objet de jouissance qui le ruine en secret, qui entame sa façade officielle, et sans lequel il crèverait de sérieux, d'ennui, sous le poids de son argent ou de son pouvoir ou de son savoir (si c'est un grave professeur). La « danseuse » serait donc cette bouffée de jouissance qui aide à vivre les gens sérieux, mais qui aussi les confronte à la vanité de ce qu'ils sont, de ce qu'ils font d'ordinaire, de leur fonction reconnue. C'est leur point de reconnaissance, de l'*autre-reconnaissance*, véridique et secrète ; la lucarne dérobée par laquelle ils rencontrent leur corps, comme si leur travail ordinaire consistait à le nier. Le fondateur de la linguistique, Saussure, à côté de ses cours pourtant vivaces et inventifs mais, à ses yeux, trop loin du corps, avait pour «danseuse» ses virées nocturnes dans les bars de Marseille, avec des prostituées, et aussi ses incursions dans les poèmes saturniens où il cherchait en anagrammes le nom de l'être aimé, caché derrière la façade.

La «danseuse» n'est pas seulement l'objet secret du désir ou le passage dérobé qui ouvre sur la chair de ce qui jouit – cela, on pourrait le dire d'une manie, d'un violon d'Ingres… –, c'est quelqu'un qui en principe *ruine* le bourgeois en vous, dégrade ou décompose votre *installation* pour faire apparaître l'Autre-corps que parfois on appelle *âme*. La «danseuse» fait passer par la chair pour trouver l'âme – qui s'est perdue dans les méandres de la fonction.

Par exemple, on dit que l'architecture est la «danseuse» de l'actuel président français. Que peut bien mettre à nu cette passion des grands travaux? Certes, elle ne le ruine pas, elle prend dans les caisses de l'État, cette croqueuse de «pierres». Mais elle dévoile peut-être que dans son règne si désiré, si convoité, il n'a pas «bâti» grand-chose d'autre que ces bâtiments. La «danseuse» – révélatrice de ce que refoulent ses amants; elle les mène par le bout du regard et par l'image qu'elle leur donne d'eux, qui parfois les valorise aux yeux de l'Autre.

Pour elle-même, c'est une autre affaire. Nous verrons toute la valeur de ce féminin – la *danseuse*. Mais déjà un simple fait: questionnez une femme au hasard, il y a toutes chances qu'elle ait eu affaire à la danse à tel moment de son existence, comme un détour obligé où il s'agit d'exister-femme, d'être reconnue comme telle, à ses yeux, et au regard plus vaste de l'espace possible où elle peut évoluer; donc au regard de l'Autre-femme qui pour elle est le trésor du féminin où elle peut puiser de quoi être femme, trésor qui s'offre ou qui se refuse selon que cette Autre-femme que fut sa mère a permis ou entravé la transmission du féminin. (Et dans cette passe, le père a sa partie à jouer...) Du coup, la danse serait un apport insistant du féminin à ce défi toujours ouvert : transmettre le corps, dans sa venue au monde et surtout dans son être-au-monde, dans son existence vivante et renouvelée.

P.-S. : Ce livre étant écrit à deux niveaux – pour qu'en parlant de la danse il parle aussi du corps vivant et mouvementé –, il s'ensuit presque un « mode d'emploi » pour sa lecture : lorsqu'une phrase semble abstraite ou obscure, il suffit de la lire une deuxième fois pour qu'elle s'éclaire et se concrétise. Cela ralentit la vitesse – mais pourquoi toujours aller vite ?

1

EMPORTEMENTS

Est-ce le retour du corps ? Mais est-il vraiment *parti*, et quand ? Le corps est toujours revenu, sur le retour, en force, surtout quand on le croit parti. On n'en revient pas, d'avoir un corps, de ses mutations, ses malaises, ses jouissances, ses chocs. Le corps se révèle, à mesure que les machines le déchiffrent, au-delà de toute machine.

Il était parfois éclipsé, et voilà que le grand retour aux origines qui hante notre époque le redécouvre. Le voilà à découvert. Chacun sait qu'il s'agit du corps pensant, jouissant, actant, jactant, sexuant, aimant, âmant, bramant… Mais là, c'est le retour au corps *existant* ; à l'existence physique de soi et de l'autre. Contact.

rencontre
→ le corps existe

Paroles

Un jour j'ai pris un livre d'analystes sur le corps ; on y parlait des «effets de la parole» sur cette bestiole ; puis le texte a vite fait un virage sur la Parole, et n'a plus parlé que d'elle ; le corps s'était envolé.

Contre ce vol, il revient protester. Sous la forme d'un éclatement sans précédent : approches du corps, travail du corps sous tous les angles. Cette société tourne autour de son corps comme un grand fauve autour du zèbre avant de lui sauter dessus. Le corps est là. Mais comment le prendre ?

Bien sûr, il y a les mots. En France, l'idée freudienne telle que Lacan l'a retransmise a ses mérites : faire écouter le signifiant, la matière verbale, au-delà du sens (c'est cela que Freud a découvert). Mais le corps dont on y parle est souvent clair et limité. C'est soit le corps de la médecine, parfois même réduit au corps anatomique. Et c'est dommage, car la médecine n'en est plus là depuis longtemps. Le corps « médical » intègre de plus en plus d'irrationnel et d'aspects psychiques inconscients. Mais pour les *psys* intégristes, la « matérialité » des mots remplace la chair du corps. Dommage encore : beaucoup de paroles nulles ou sans effet, venant de l'analyste, proviennent d'un corps ignoré, absenté, engoncé : ayant avalé la Loi en forme de parapluie. Même l'idée freudienne de « corps érogène » a servi d'anticorps : chaque zone du corps peut devenir érogène ; mais le corps comme tel s'est encore envolé. On tente bien de le rattraper par le « corps fantasmé » (si le fantasme veut bien être au rendez-vous), ou par l'objet-cause-du-désir comme le nomment Lacan et les siens, pour désigner en fait un fragment d'inconscient projeté sur le corps propre, une bribe mémorisée de l'Autre qui se fixe sur la chair, sans rien nous dire ce celle-ci. On tente aussi de le raccrocher, le corps, par des limites symboliques qui portent sur le sexe, les orifices (« castrations » orales, anales, génitales…) ; cela nous parle de ces limites symboliques sans rien nous dire du travail pulsionnel qui s'y déchaîne. Bref, l'ensemble de cette approche en reste au verbal et à sa trace, faisant ainsi le pari que le verbe, un jour, se fera chair, ou atteindra pour le guérir le bout de chair qui en répond. Ce n'est pas faux, ce n'est pas fou, mais l'approche du corps qui s'ensuit reste assez desséchée, ou alors le corps devient la proie facile de pratiques douteuses[1].

D'autant que certains corps ne savent pas quoi faire d'eux-mêmes après leur dose – de calmant, d'excitant, de plaisir… Ne savent pas comment exister. C'est en deçà ou au-delà de l'aspect «érogène».

Tout comme la mise en scène du corps déborde la crise «hystérique», ou l'atteinte «psychosomatique» (mot très bizarre, comme si *psyché* et *soma* n'étaient pas, de toute façon, indissociables). Mais laissons là le fantasme de maîtriser la chair par l'écoute absolue.

Notre idée est que les «effets de la parole» – symptômes, lapsus, désirs, fantasmes… – viennent d'un ailleurs plus précis: de *ce qu'un corps peut faire à un autre corps* – le coincer, le porter, l'expulser, le faire jouir, l'étouffer, lui faire peur, l'emporter, l'envahir, le couvrir, le découvrir, vouloir le découvrir, être avec, être avec en restant seuls, être avec sans que rien ne se passe, être avec dans le manque ou la passion…

Un être laissé en rade dans son symptôme – son angoisse, son repli narcissique, sa solitude – témoigne de l'événement où un autre corps, un corps de l'«autre» lui a *fait quelque chose*. L'a pris, surpris, ignoré, écrasé, avalé, traumatisé comme on dit; divisé ou rassemblé, dérouté ou recueilli, ou arrêté, ou «contenu». Cela peut passer par les «effets de la parole», mais la parole vient toujours d'un autre *corps*; c'est son passage par l'autre corps qui lui donne ces effets; ils sont toujours relayés par un corps *autre*. Et vouloir que d'autres paroles produisent l'effet contraire – par exemple rattraper ce corps largué, ou le

---

1. Un séminaire simultané (1995) ayant pour titre *L'Entre-deux-corps* a creusé ces questions. Il paraîtra ultérieurement.

décoincer – c'est miser sur le corps médiateur dont procèdent ces paroles ; tout dépend de son implication. Si c'est le corps d'un zombie, d'un perroquet, ou d'un être déprimé recroquevillé à son insu, il y a peu de chances. D'autant que, souvent, il y va non de la parole mais de son manque. Parole absente, non tenue, inexistante ; pas seulement retranchée ou « forclose » – cela supposerait qu'elle existe quelque part –, mais parole impossible.

Sans aller jusqu'aux états limites du corps, la « déprime » vague, l'absence banale de jouissance relèvent aussi de ce constat : ce corps ou ces corps « ne me font rien ».

« Même pas un souffle de contact », ajoute-t-elle, froide de détresse. Ces corps – le sien aussi – la laissaient vide, ou dans le vide. (Bien sûr, cela aurait pu m'être dit par « lui » – car dans ces états gelés, c'est plutôt asexué. Mais voilà, c'est « elle » qui a dit cela.)

A ces états de corps absent, la société riposte : techniques du corps tous azimuts. Tout un monde de soins et d'efforts pour rattraper de l'existence et de la jouissance pour ces corps captifs, retenus ou largués, qui ne trouvent pas le bon passage – fatigués même de leur santé, *a fortiori* des marathons de la longue maladie ; ou de ces défaites radicales, défaites du corps sur toute la ligne, quand le Virus passe à l'attaque et que le corps implose à mesure qu'il conquiert la conscience des gestes de vie qui lui sont un à un retirés.

Portées

Comment vous *portez*-vous ? Comment s'y prendre pour *se porter*, et vers où ? Comment *portez-vous* ce corps que vous êtes, et à quoi cela vous *porte* ?

Toujours cette plainte : je voudrais être trans-porté(e), par une passion, par une folie ; transporté(e) loin de moi et me retrouver ailleurs ; loin d'eux, pour les retrouver tout autres ; là, comme je suis, je ne me supporte pas ; je me réduis à moi… C'est logique si l'on porte dans son corps le vide qui habita nos origines et qui un jour a pris la forme d'un corps inerte, d'une mort opaque ou d'un cadavre. (A propos d'origine, n'oublions pas qu'un des effets de corps les plus fous du XXe siècle, c'est quand l'Identité maîtresse se sent persécutée dans son fantasme d'origine pure, et que pour se l'épurer elle *déporte* des millions de corps, ou les concentre dans la mort. Bref, quand elle se venge sur eux de n'être pas pure quoi qu'elle fasse. Alors elle se révèle d'autant plus sale qu'elle se veut pure…)

Donc, *emportement* des corps. C'est selon la passion.

Dès la naissance nos corps sont *portés*, puis livrés à bon port ; livrés au monde. Une des pulsions les plus intenses est la pulsion *portante*, celle dont jouit l'enfant que l'on porte dans ses bras, et dont jouit celui qui porte : bonheur, effusion, pas forcément confuse, mais plurielle, claire, que connaissent aussi les amants, avec en plus, eux, l'appel du sexe, impérieux.

Ce que peut donner une vraie cure « psy », c'est de se trouver *porteur* de son histoire et de ses forces révélées, autant que *porté* par elles. Les forces symboliques sont de celles qui vous portent dans cette histoire.

Au passage, même le *sport* vient de dis-port, de se por-ter ; là ce qui vous porte est une énergie singulière, libérée par une technique ; celle qui fait partir le corps comme un trait, ou qui le jette sur une balle dont le trajet prend le relais, et le laisse tendu jusqu'au prochain jet ou projet…

En principe ça vous allège, ledit sport, mais ça peut vous
alourdir ; quand le programme de liberté, d'«épanouisse-
ment» est une «grille» qui vous consume…

Ce qu'un corps peut faire à l'autre : le porter, le porter
à autre chose, au-delà de lui-même, l'arracher au «lui-
même» de cette fonction, de cette manie où il se trouve.
A quoi êtes-vous porté qui ne soit pas du pur symptôme ? Comment êtes-vous porté sur votre symptôme,
ou par lui ? Questions de santé, de comportement, de
thérapie, d'art, et spécialement de *danse*. La danse
questionne toutes les façons qu'a le corps de se porter
vers des frontières, des limites d'être, des mouvements
originaux – qui mettent en jeu l'origine.   *risque*

Quant à l'idée de *se comporter* – de se porter *avec*
d'autres, devant leurs corps et leurs présences –, c'est
une variante de celle-ci : que peut faire un corps à
un groupe ? à une foule ? Que peut-il faire devant elle
ou grâce à elle ? S'y fondre ? S'en détacher ? Trouver
des seuils fragiles pour passer de l'un à l'autre, entre
fusion et détachement ? Quelqu'un a dit qu'il ne faut
faire aucun effet sinon on se fait des ennemis. Mais
voilà, si on ne fait rien, on est refait ; et refait par ces
ennemis, réduit à faire ce qu'ils veulent. Toute la danse
de nos vies sociales est là – la valse, la ronde ou les
rocks durs de l'espace mondain : trouver place, se
déplacer, trouver quoi investir, où placer son intérêt, où
s'impliquer avec son corps, ses énergies… Comment se
porter avec ces foules, ces groupes, ces lieux qu'ils
habitent, ces corps qu'ils déshabitent. Comment leur
faire des choses, des effets de corps, sans les froisser,
sans déranger leur décor, sans trop leur faire envie ; sans
qu'ils en veuillent à votre corps de les confronter au

leur. *Que peut faire un corps avec ce groupe ou cette foule ?* Parfois il fantasme d'en devenir maître : mettre son corps à la place où passent les fils qui lient ces membres à la bobine d'où se trame la texture ; ou la toile d'araignée…

La question s'élargit : *que peut faire une foule de corps à une autre foule ?* Souvent ça fait la guerre identitaire, l'exclusion, la boucherie. Deux corps collectifs peuvent se fondre, cohabiter : identités multiples ; ou se livrer aux tensions narcissiques : quand chaque foule projette sur l'autre son manque originel. Quand un corps collectif voit sur l'autre le reflet de ses manques et de ses blocages, il les renvoie sur l'autre corps, faute de pouvoir les réfléchir sur lui-même et d'assumer ce qu'un groupe a de réflexif – qui en fait un « corps ».

Dans cette optique, la danse – ou la chorégraphie – essaie d'écrire avec des corps l'éternelle question : que peuvent faire deux groupes l'un *avec* l'autre ? Qu'est-ce qui les porte à la rencontre, agressive ou tolérante ?

Et si je conclus cette pensée sur la « danse » par deux textes : l'un sur la *musique*, l'autre sur la *mode*, c'est que les deux thèmes sont liés au problème de *porter* le corps. On porte un habit comme on porte un autre corps, un corps de l'autre que l'on incarne, pour « changer de peau ». Être bien dans sa peau est un refrain majeur. Variante : « Mon corps, j'habite pas là… Cherche habit où habiter. » Comme qui dirait : cherche habitude où vivre. Quant à la musique, les jeunes et leur passion pour elle disent à quel point ils attendent qu'elle les porte, là où rien d'autre n'a eu de portée. Ils en veulent, qu'elle les berce ou les materne ou les rythme ou les inspire…

Ce livre parle de la danse dans sa valeur métaphorique – comme métaphore de l'*existence des corps*, existence extrême, énigmatique, qui questionne l'art et la technique, la pratique et la pensée, la tradition et l'actuel. Le fil rouge sera l'*événement* du corps, *le corps comme événement de ses démêlés avec naissances et renaissances.* L'objet de la danse, dont je parle, c'est l'événement où le corps *existe* ; d'où qu'il émerge : de lui-même, ou des mots, ou d'autres emprises. Rarement il se permet – il s'autorise – tout le chaos dont il émerge. Quand il se permet le chaos, il en émerge comme une lueur ; comme dans la Genèse : sur fond de chaos nocturne vient la lumière. Sur fond de déluge ravageant apparaît l'arc-en-ciel. Mais l'homme a trop peur du chaos pour tenter de le traverser. Le plus souvent il l'ignore, il refoule ce chaos, et c'est ainsi qu'il s'y enferme.

Quant à la danse comme métaphore de la pensée, Nietzsche en a dit l'essentiel. Qui n'est pas sans rapport avec la question radicale, au cœur des précédentes : que peut faire un corps avec lui-même, quand « lui-même » n'est plus pour lui un lieu tenable ? quand lui arrivent des appels d'être et de désir…

Jets

La « danse » sera ici le grand symptôme du corps, du corps comme émergeant, existant, ne sachant où se jeter et se jetant dans l'inconnu – et même dans les pistes bien connues – avec l'espoir d'y trouver de l'autre chose, on verra quoi. Trouver un lieu pour le corps, où il puisse se « loger », suppose qu'il puisse se déloger de là où il est, de là où il en est, pour se porter ou se jeter vers d'autres ressourcements de l'être.

Du reste, le ballet donc le bal vient de *jeter* (*ballein*). On est censé jeter son corps, le déplacer (métabolisme : *metaballein*). On reçoit l'autre qui se projette. On fait face à ce qui se *jette en travers* et qui semble «diabolique» (*dia-ballein*), qui vient couper et désunir. On coupe avec, et on renoue autrement. Ça fait des coupures-liens. Il faut du «diable» et du «bon Dieu».

Ce n'est pas tout ; *parole* aussi vient de jeter (*para-ballein*), *via* la parabole. La parabole est une façon de comparer, de jeter un mot tout près d'une chose ou d'un autre mot, ou d'un événement, pour que ça fasse deux, et qu'il y ait du passage, de l'entre-deux.

Par le jet, la parole et le ballet se rejoignent à l'origine, puis divergent pour se rejoindre encore, etc. ; par le jet, le projet, le projectile, et tout l'espace entre sujet et objet. Or il y a autre chose qui relève de la même balistique, de ce qui se jette ou que l'on jette, c'est la question du sujet souffrant : qu'est-ce qu'on a jeté dans mon corps ? quel sort ? dans quel piège ou quel trou m'a-t-on jeté ?…

Et la question du corps dansant : où puis-je me jeter pour me ramener à l'existence ? Gestes étonnants de la danse pour conjurer avec les corps le mauvais sort qui fut «jeté»… ou reçu comme l'éclat empoisonné d'un autre corps.

Danse serait le terme générique concernant les retours de corps – retours aux instants d'émergence, de naissance ou renaissance, sans parole ni annonce : le corps comme lieu d'appel ; pas seulement le rappel de ce qui ne fut pas entendu. Lieu d'appels originaires ; ou origine des appels qui cherchent un lieu. Quels qu'en soient les prétextes : sport, mode, performance, rituel… Bref, *tout événement qui prend corps et fait du corps un événement.*

La danse – au sens chorégraphique – serait le symbole de tout cela ; la pointe avancée des « arts », très en amont vers l'origine, et en aval de l'espace-temps disponible : quand elle a pu en disposer pour se produire, c'est-à-dire interpréter les positions et dispositions de l'espace-temps où le corps est plongé.

Un peu comme l'« idée psy », et avec les mêmes limites, la danse est en quête des lapsus du corps, des accords de gestes, des mouvements qui font symptôme ou trouvaille, des fantasmes physiques... Tout cela s'offre à être « interprété », et côtoie des questions vives : droit d'exister, pouvoir d'interpréter, de changer d'interprétation, de rapport à la loi ; ce qui suppose d'être doué pour l'événement de la jouissance.

Dans tout ce mouvement, le social donne du corps à foison, il fournit des corps déliés, mixés, brassés, en excès, en quête de liens et de rencontres, d'effets de foule ou de groupe, d'envie de vivre massive – avec au bord quelques gouffres d'énergie négative : chômage, sida, déprime, et autres encombrements déserts. Tout cela, qui est palpable, ramène le corps vers l'avant-scène. Et la danse éclatée lui fait chercher la scène d'avant, celle d'où il vient ; l'origine introuvable.

La danse se donne comme trouvaille d'origine, état d'enfance littéralement ; plus qu'une mise en jeu du corps, c'est le recours au seul corps pour dire l'émotion de la vie. Remuer, émouvoir, de quoi offrir aux corps l'appui d'un fantasme, les ressources d'une mémoire, qui n'est pas seulement mythe ou récit.

C'est pourquoi *la danse agit sur ses sources en même temps qu'elle les montre*. Ce qui la distingue du cinéma ou du théâtre. Un corps qui cherche son mouvement, écrit dans lui-même avec lui-même : geste plus radical que toute représentation, plus radical que l'écriture même poétique : le corps est comme une matière cosmique mobilisée, cherchant une forme à endosser pour exister.

Racines

La danse prétend dire le tout de la vie avec les *seuls* mouvements du corps. Est-ce scandaleux ? Mais le peintre veut le faire avec les seules couleurs ; l'écrivain, avec seulement des traces écrites ; le musicien avec des sons… Et ils le font avec des sons, des lettres, des couleurs qui en passent par leur corps. Mais la danse, c'est avec *le corps qui en passe par le corps*. C'est l'art de l'entre-deux-corps béant sur l'espace.

Et elle veut faire partager *ça* à d'*autres* ; ça : la magie du corps-inconscient, l'ivresse du possible, la pensée faite corps ; la fréquentation de l'*être*. De quoi affronter les « forces cachées », les mémoires enfouies, les replis de l'âme que l'on voudrait mettre en lumière, ou déplier.

Cela ne va pas sans risque : même accompagné de musique, le corps se livre sans autre recours que lui-même au déferlement des affects, aux images resurgies, à la montée des émotions qui ne le lâchent pas dans son trajet. Heureusement il y a l'Autre et les autres.

besoin de l'Autre

Toute cette levée des corps suscite des résistances, et des passions. Simple exemple : le théâtre allemand fut accueilli après la guerre avec enthousiasme (Brecht) ; la danse a mis bien plus longtemps (et encore, Pina Bausch la tire beaucoup vers le théâtre, ou la mise en situations). C'est que la

danse, même abstraite, est trop intime : face au corps dansant – béant ou renversant – on peut être sans défense, et
s'agissant du corps de l'autre qui vous a envahi durant
deux guerres, il y a de quoi résister… On veut bien partager
les mots, mais pour les corps c'est plus risqué. L'irruption
du corps étranger, qui occupa votre terre, laisse plus de
traces que les discours. Et s'il redéploie son corps sur
elle… l'épreuve à franchir est plus aiguë, plus radicale.

Chaque art cherche une racine, une limite de l'humain, et décide de le faire revivre ou de le « sauver »
justement par cette limite. La musique travaille l'enracinement sonore, et veut nous sauver par l'écoute,
l'écoute de la voix de l'Autre. La peinture prend racine
dans l'invisible pour nous aider à y voir. La poésie, aux
racines de la lettre et du dire, nous offre de prendre
appui sur du Dire qui tienne un peu ; en cultivant cette
racine, en la remâchant comme on le fait de certaines
plantes ou drogues. La littérature prend le fantasme par
les racines, et le tire jusqu'à ce qu'il s'écrive et que le
monde résonne avec. (Le monde étant noyé de fantasmes, ça marche.) Le théâtre, aux racines du ludique,
voudrait nous faire jouer le monde ; avec des scènes
présentables, de quoi viser les au-delà imprésentables.
La danse, elle, fouille avec le corps les racines des
corps, leur façon d'exister, de se mouvoir, et déjà de
surgir. Elle travaille l'événement d'être, dans le temps
et l'espace, elle travaille le senti, le perçu, l'émouvant,
le retenu de cet événement. Pourtant, il n'y a pas un art
de l'*être*, mais le corps est ce qui en émerge, le corps,
gesticulant et criant en silence. Le corps est le point
sensible de l'être qui nous arrive comme événement,
d'où qu'il vienne, dedans ou dehors.

Or aujourd'hui beaucoup cherchent leurs racines. Celles de leur mémoire introuvable, de leur tradition perdue. Dans l'élan du *devoir faire* – que « faites-vous » ?... – une sorte de scansion récurrente s'impose : retour aux sources, retour à soi pour tenter d'en repartir. Que faites-vous de vos corps ? de vos instants ? Recherche d'autres ancrages dans l'être à venir. La danse symbolise cette recherche mais dans la filiation des corps, dans la transmission minimale où les corps sont la grande mémoire, la pensée concentrée et informe où cherche à se formuler l'appel simple et tenace : transmettre la vie dans le genre désiré, le genre humain. La danse serait donc un symptôme sublime dans la grande quête de l'origine, si perdue que l'on se perd à la trouver, et qu'on finit par la confondre avec cette perdition elle-même ; avec ses méandres et ses détours ; comme une danse. La danse serait la quête, par un corps, d'un corps perdu pour lui, comme l'origine. Façon de retrouver le désir d'être, dans sa perte même et dans ses failles. C'est dire que la danse oriente cette quête de l'origine autant vers le passé que vers l'avenir ; avec dans l'entre-deux l'instant du présent. Il y a autant de secret dans un geste retrouvé que dans un geste inventé. L'effet d'origine les rend originaux.

Pourtant il n'y a pas à confondre la perte intrinsèque à l'origine avec le fait d'être perdu.

De même ne pas confondre « racines » et appartenances. On peut avoir accès à des forces *radicales* sans se réduire à des appartenances, simples prises de parts dans le marché des transmissions dites symboliques.

Beaucoup disent ignorer leurs racines, et s'enracinent dans cette absence ; et avec d'autres, qui ne savent pas plus où sont les leurs, ils font de la question des racines un

projet, une façon d'être radicale. D'autres se rabattent sur
des racines certaines et implacables : les drogues, qui, elles,
offrent l'emprise de liens sans faille. L'emprise radicale.

La danse resurgit là où l'homme, ignorant ses racines,
joue à se produire comme racine de lui-même.

En quoi elle est radicale : elle concerne l'enracinement du corps dans l'être et de l'être dans le corps ; là
où il s'agit de faire reprendre les racines.

Surtout quand, longtemps, on n'a fait que se planter ;
sans retraduire l'enracinement.

La danse est la réponse à l'*événement* sans recours où
le corps est mis devant l'impossible mais veut pourtant
vivre et « bouger ». C'est une réponse – ou une question
toujours ouverte – depuis la nuit des temps, donc à
l'œuvre dans l'inconscient. Là où d'ordinaire on *somatise*, voilà qu'un désir archaïque et toujours actuel met en
gestes le *soma*, *le* prend par ses racines à bras-le-corps et
le porte à se mouvoir et à changer ; soit sur une ligne
rituelle ou ressassée, soit sur une ligne inventive et
renouvelée. C'est qu'on ne trouve pas toujours des mots
à mettre sur le blocage du corps et la blessure de
l'« âme ». Ou bien ces mots n'existent peut-être pas, pas
avant qu'on les invente, pas avant le *geste* de les trouver.
Inventer des mots à mettre dans chaque situation critique, ce serait pouvoir tout surmonter ; ce serait presque
monstrueux. Un homme coincé dans son être et sa
détresse, qui ne sait ni quoi faire ni s'il veut faire quoi
que ce soit ni s'il a lieu d'être… on peut toujours lui
demander de *dire*, théoriquement il devrait pouvoir dire,
avec des mots ; théoriquement il devrait dire ce qui l'empêche. Mais il n'en est rien, car ces mots-là, à supposer

qu'ils existent, le geste de se les donner n'existe pas
encore. Il faudrait qu'il les rencontre au moment même
où un autre les lui donne, ou lui en révèle le don. Voilà le
pourquoi du *corps mouvementé*, et de la danse comme
métaphore d'un tel corps ; comme symbole par lequel de
tout temps on a voulu manifester que *le geste reste une
ouverture du corps*, quand tout est bouché, que le mouvement reste toujours une issue et un recours devant
l'impossible ou l'infaisable.

Voilà pourquoi ce livre est à lire comme le travail
d'une métaphore. Son mode d'emploi est simple : traduire chaque idée en geste du corps. Prenons une phrase
au hasard : « Les corps dansants font l'amour avec le
vide, ultime figure du divin. » Traduction : « les corps
dansants » ne sont pas seulement les danseurs ; ceux-ci
sont un collectif comme un autre ; on peut les aimer pour
leur folie de vouloir porter ce message au fil des temps,
d'en être assez mordus. Mais l'essentiel est ailleurs : il
s'agit du moment où le corps ne trouve pas d'amour, ne
trouve pas qui aimer ; ne se trouve pas aimable. Alors
l'*effet dansant* lui rappelle qu'il y a le grand vide et qu'il
doit pouvoir faire l'amour avec ce vide, avec cet espace
disponible, avec l'ouverture d'être qu'instaure le geste.
Bien sûr ce n'est qu'un rappel. Quand des gens refusent
de « faire un geste », c'est qu'ils ont peur d'ouvrir ce bunker qui leur sert de corps. Peur de sortir, d'être exposé, de
ne pas trouver place, de n'être pas assez léger, de ne pouvoir se délester ou s'alléger de certaines entraves…
Toutes questions que la danse travaille à sa façon. Avec
des gestes d'appel ou de rappel à *traduire*. A *interpréter*.

2

DANSE ROYALE[1]

C'est la danse du roi David, qui était aussi poète, guerrier et musicien, avec des fenêtres sur l'inconscient : de temps à autre il a ses dialogues avec l'être – avec Yahvé, l'être-Un, *via* des poèmes en musique, les « psaumes ».

Il vient, comme malgré lui, de l'emporter sur Saül, le premier roi d'Israël, qui a fini plutôt fou. (Que le *premier* roi finisse fou en dit long sur le risque premier de tout « roi » : un certain affolement de se prendre pour le roi, de s'identifier à soi-même.) Cette scène de danse, unique dans la Bible, commence quand David ramène à Jérusalem l'Arche où se trouvent les Rouleaux de la Loi, symbole de l'Alliance entre le peuple et son Autre, son Lieu-Autre. Il ramène vers la Ville cette Arche – qui était non pas « perdue » mais exilée chez les idolâtres, qui n'en avaient que faire.

Royalement libre

C'est donc la fête, pour lui et pour la foule. Cortège, musique, jubilation… La scène est éclatante : au cœur de la foule, c'est le roi qui danse, seul, vêtu d'un pagne ; il se déchaîne de toutes ses forces, il bondit et se tord. Le mot « danse » n'est pas dit, il serait trop précis pour

cette jubilation physique, sans bornes, ce soulèvement
indéfini d'un être souverain, face à la souveraineté de
l'être. (On le sait, le Dieu « Yahvé » signifie l'être-temps,
l'être conjugué aux trois temps disponibles, passé, présent et avenir.) Ici, le corps dansant est dépouillé : pas de
tenue royale ou de parure convenue ; la nudité ne s'étale
pas, mais chaque élan la rend possible ; tunique entrou-
verte. C'est l'enthousiasme, mais non fusionnel. Comme
tel, l'enthousiasme est la plongée dans le divin avec le
risque de se prendre pour Dieu, de « passer » Dieu. Ici le
divin c'est l'être : il n'y a qu'à être ce qu'on peut être,
avec à côté l'esprit de la lettre qui fait Loi. Ici le corps
danseur va chercher loin : plonger dans l'être, c'est *faire
émerger le corps dansant au regard de l'être*, l'être-en-
mouvement, matériel et abstrait. Et du fait de la Loi qui
est là et qui fait lien, le corps peut se délier, le corps
« premier » symbolisé par le roi ; l'état premier du corps.

La foule, elle, avance ; elle accompagne, elle est
témoin ; musiques de foule ; support sonore, ce n'est pas
un moule ; il y a des rythmes, des souffles, de la jouissance orale (les sacrifices…) ; c'est un déchaînement
retenu sans qu'aucune des pulsions l'emporte.

Et le Corps souverain danse parmi la Foule « *devant
Yahvé* ». Il est seul à danser ; libérer son corps, pour dialoguer au-delà des mots avec l'être possible, c'est un
privilège *royal*. Le roi c'est chacun en son point de
royauté, de souveraineté, quand on a le narcissisme assez
serein pour risquer son corps vers des formes insensées,
des contorsions étranges ; pour l'engager dans la sphère
presque animale en étant sûr d'en revenir. Beaucoup
répugnent à danser, ils *sentent* l'inhibition ; leurs pulsions « animales » risqueraient de les déborder, les empê-

cheraient d'en *revenir*; leur infirmité narcissique leur
interdit de se risquer dans une histoire de séduction avec
rien de moins que l'archaïque, l'au-delà des mots, le
divin. Et puis, l'envie de prendre ce risque leur manque;
ils sont trop lourds, ayant pris à bras-le-corps des fardeaux inconnus, des poids morts, des morts qui ne leur
appartiennent pas...

C'est une danse presque sacrée, et pourtant improvi-
sée. Sacrée comme les moments inspirés où l'on a le
feu sacré. Ce n'est pas une danse rituelle, ou idolâtre:
l'Autre – l'instance divine – n'a pas le moindre semblant de corps; *il n'y a pas de corps-modèle ou idéal à
lui offrir ou à s'offrir*. Ce n'est pas une danse religieuse.
Elle est hors lien mais elle dit la force du Lien, dont la
jouissance se symbolise *à côté* par cette Arche face à
laquelle cet homme danse. Jouissance de s'éclater, de
prendre appui sur ses éclats, de s'y retrouver; dans le
même temps où la Loi est retrouvée.

Quand le cortège arrive, «Mikhal-fille-de-Saül se
penche à sa fenêtre», elle voit le roi en pleine danse.
«Elle le méprisa dans son cœur.» Elle était donc restée
chez elle, elle n'a pas pris part au mouvement, à la fête.
Il y a en elle une fixité inféconde qui va très vite s'exprimer. Elle est la femme du roi, mais le texte la nomme
fille de son père, du roi défunt, qui était jaloux de
David, jaloux à mort bien qu'il tentât de conjurer cette
jalousie – connotée sexuellement – en lui donnant sa
fille. Qu'est-ce que ce mépris qu'elle ressent? Mépriser
une chose c'est souvent se défendre de la valeur qu'on
lui accorde; c'est abaisser son prix par un geste conju-
ratoire, pour surmonter la secousse narcissique. C'est le

«quelle honte !» de toutes les prudes face au désir ; de tous les refoulés devant un être libre de soi, souverain, qui sait ne pas se réduire à sa fonction (en principe les rois sont moins libres que leurs sujets ; surchargés d'emblèmes).

On amène l'Arche de la Loi, elle est placée *en son lieu*. Signe qu'avant elle ne l'était pas ; pendant la fête, l'Arche était entre deux lieux, en déplacement. Façon de dire que la danse est toujours entre deux lieux, elle délocalise les lieux donnés comme elle délocalise le corps, elle le fait vibrer, le décale et lui fait chercher d'autres lieux.

C'est la danse du *transport* de la Loi.

Le danseur est « transporté », royalement, au-delà de tout symbole, sur le mode simple et dépouillé où la Loi se déplace d'un lieu à l'autre. C'est une image qui va loin ; presque une définition de la joie. De quoi danser, en effet.

La joie de pouvoir bouger sans que la Loi reste immobile avec son doigt pointé ; ou sans qu'elle disparaisse et vous laisse dans le chaos…

Sacrifice et guerre d'amour

La marche est ponctuée de « sacrifices ». Le sacrifice est une façon de séduire l'Autre, le divin ; d'être en contact avec, de partager avec lui l'objet oral apprécié, la bonne viande animale – qui remplace la chair humaine, depuis Abraham. On exhibe le corps animal, on le partage avec le Dieu, pour renouveler l'Alliance par une coupure qui fait lien. On coupe, et chacun des deux – la foule et l'Autre – en a sa part. Façon de se rapprocher du divin quand il est trop lointain, et de le mettre à distance quand il est trop proche. Le divin trop proche, c'est l'Autre qui vous rentre dedans ; c'est même ainsi que l'on pensait la maladie : l'Autre vous rentre dans le corps et y fait des siennes. Alors on lui fait des sacrifices pour qu'il prenne autre chose que votre corps ; pour qu'il dévie son désir sur ce bout de chair qu'on lui offre. (Ce n'est pas si loin de l'idée « psy » : les sacrifices du névrosé sont ses symptômes où il se fait payer sa « faute » envers la loi. Le guérir c'est dévier ce paiement vers des échanges plus symboliques, et plus féconds.)

La danse aussi est un sacrifice éludé : on offre son corps, tout entier, mais on n'en finit pas de l'offrir ; c'est une offrande qui dure, dont le but est justement de sauver le corps par cette épreuve, cette durée. Alors que le sacrifice est une « danse » assez figée : on offre son autre corps, soudain devenu animal, détaché, et l'on opère sur lui la blessure fatale – que la danse, elle, dévoie et inverse en blessure initiale, naissante. Le sacrifice, c'est l'autre corps qu'on mange ; la danse, c'est le sacrifice qu'on mange des yeux pour créer la vision d'un lien possible avec l'Autre-corps. Dans la danse, le corps est exposé – plutôt qu'offert – aux événements qu'il appelle, qu'il provoque, et qu'il dévie vers d'autres pistes.

L'homme fait encore des sacrifices, « face à l'être » ; des holocaustes et des « pacifiques ». Apaiser l'appel de l'être, pour pouvoir être-autrement ; faire face sans y passer tout entier. Sa danse est à la fois une approche du divin et une façon de sauver sa peau. Donc une pure approche de l'*être* tout en *étant* quelque chose. Essentiel, de danser pour sauver sa peau, sauver son corps. De quoi ? De la maladie ? Mais laquelle ? Justement, l'infécondité, l'arrêt de la transmission de vie, du mouvement qui fait naître tant de « choses ». La maladie c'est l'em-

prise du « divin » qui fige le corps, l'Autre-corps, la doublure du corps visible. C'est l'immobilité (qui peut même
être un mouvement répétitif). Elle y infiltre l'excès de
sens aux points où cela fait symptôme, et elle ferme, elle
verrouille. C'est de là qu'il s'agit d'échapper.

L'enjeu risqué de la danse : *s'approcher du divin pour
lui échapper ; s'approcher du feu de l'être sans s'y brûler* ; s'approcher de l'origine, avec des mouvements mystérieux, comme pour se rendre à elle, et soudain, par des
secousses subtiles, réchapper de son emprise, transmuer
ce qui lui est dû (la « dette » prétendue…) en jouissance
nouvelle, celle d'avoir échappé, d'être revenu de ce
voyage « initiatique », de cette région archaïque où le langage n'a pas cours ; de cette guerre d'amour avec l'être,
guerre de corps à corps, par souffles et rythmes interpo-
sés. Retour dans un espace au bord duquel *passe* la Loi.

Dans cette traversée, le danseur fait des sacrifices : des
holocaustes (voués à être tout entiers consumés par le
feu, donc à être tout entiers la part divine) ; et des sacrifices d'*apaisement*, pour signaler la fin de l'épreuve.

Le corps dansant n'est pas là pour simplement indiquer l'Autre, ou dialoguer avec, ou rappeler l'originaire.
C'est plus précis, et plus dangereux. Dans cette histoire,
l'Autre est déjà là, inutile de l'indiquer. L'origine du
Lien est rappelée par l'Arche, avec tout l'archaïque
qu'elle ligature. Mais grâce au déplacement de la Loi,
tout un complexe se met en branle : il y a la Foule,
l'Autre (divin) et le Corps dansant. Tout ce triangle est
en émoi, chacun des termes est en transit, en plein passage. Le Corps dansant est la pointe avancée du peuple,
le messager de la foule dans cette zone mouvementée où
se livre un combat avec le Dieu, où *le corps va jusqu'au
bout de sa perte et fait retour, lui aussi, comme la loi*. Il

ramène au peuple un renouvellement du lien, lui qui s'est délié à fond. C'est le sens du geste où « il *bénit* le peuple au nom du Yahvé des Armées ». Puis il donne à chacun, dans la foule, sans exception, « un pain, un rôti, un gâteau de raisins ». Butin de cette guerre d'amour, dont le but est le partage du corps divin…

La femme crispée

Puis il rentre chez lui « pour bénir sa maison ». Sa femme l'accueille avec sarcasme. Elle attaque sur l'essentiel, la nudité du roi ; « ça-ne-se-fait-pas » : se conduire comme un homme de rien quand on a « tout ». C'est son idée de la souveraineté : avoir le tout. Elle tient ça de son père. Mais au fond, elle avoue que son enjeu est avec l'Autre-femme : les autres femmes ont vu la nudité de son homme ! C'est dans son être de femme totale qu'elle est atteinte : aucune autre femme ne doit même entrevoir le corps intime, celui du roi, qui se révèle n'être, ne devoir être que l'appendice de son corps à elle ; son corps qu'elle n'est pas prête à risquer dans le déchaînement, le feu sacré, l'être-hors-de-soi. Cette femme crispée narcissiquement, non séparée de son père dont elle épouse la cause ou le symptôme, n'a pas quitté son origine ; elle n'a pas fait le passage de son père vers un autre homme, de l'état de fille vers l'état de femme. Elle n'aime pas cette histoire de danse extrême, comme elle n'aime pas l'altération sur quoi peut ouvrir le désir.

Elle en veut à son homme de ne pas pouvoir, elle, être une femme. Ce piège de l'entre-deux-femmes[1], l'homme

---

1. Voir *La Haine du désir*, Paris, Bourgois, 1994, ou *Entre-Deux*, *op. cit.*

peut en être l'otage, il est rarement l'objet du litige : à travers lui une femme interpelle l'Autre-femme supposée pouvoir confisquer les attributs du féminin (sexe, corps, nudité, don de la vie…). Pour cette princesse, éternelle fille de son père, l'Autre est une femme menaçante devant qui elle ne peut pas se laisser aller ; elle ne peut pas danser : son autre-corps est bloqué dans l'Autre-femme ; et son père, tout à sa folie, n'a rien fait pour que ça s'ouvre, que ça se sépare. Pour cette fille, l'Autre c'est l'Autre-femme au regard ivre et jouissant prête à dévorer la nudité de son sexe-homme ; de son sexe d'homme. Il y a de quoi être rigide. Peur que le corps ne se décale par rapport à lui-même, peur de l'autre corps, de l'épreuve où le corps engendre un autre. Impasse du don de vie. Rivalité avec l'autre-divin donneur de vie.

Cette fille en est restée à l'idée du Dieu archaïque et dévorant : la déesse-mère à qui on sacrifiait les aînés. Et à ce fantasme qui l'angoisse elle résiste par la crispation.

A quoi David répond : « Devant Yahvé qui m'a préféré à ton père… pour m'ordonner chef du peuple de Yahvé… » Il pose les lignes d'horizon, les limites de la scène festive : l'être ; « devant l'être » ; ce n'est pas une orgie, il y a eu nudité, mais devant l'être. En face. Cette face de l'être, il la met devant lui et devant sa femme. Toute sa réponse est encadrée par ces deux mots « devant Yahvé ». L'interprétation sur le père est sauvage mais pertinente : tu aurais dû me préférer à ton père. « Je m'abaisserai plus que cela, et serai encore plus léger à mes yeux, avec les servantes dont tu parles ; avec elles je m'honorerai. » Opposition dynamique entre s'honorer – avoir du poids – et être léger – paraître « vil » à cette prude. Au fond, il lui dit : le féminin – sur lequel tu te refermes morbidement –, j'irai le chercher parmi les femmes ; ce sera un honneur pour moi. Le féminin t'échappe, il n'est pas identique à toi, tu n'es pas La femme ; et si tu te crispes à ce point, le féminin peut ne pas passer par toi. Tu en serais l'impasse.

Ainsi la danse se prolonge dans la rencontre du féminin et de l'autre sexe, de façon évidente.

Le Texte, lui, conclut sèchement : « Et à Mikhal-fille-de-Saül il n'y eut pas d'enfant jusqu'au jour de sa mort. » Soit qu'il ne l'a plus *touchée* ; soit qu'elle était déjà stérile, dans un rapport aussi fermé au féminin. Pour elle, dans les deux cas, l'amour des corps est impossible.

La stérilité de cette femme signifie *a contrario* que *la naissance est un des objets de la danse*.

Cette femme est stérile du côté de ses racines dans l'être ; le seul enfant concevable, pour elle, ne peut être que son père, ou que de son père. Son mépris de la danse est faussement souverain. Elle a peur d'y perdre quelque chose : sa complétude, son corps identique à lui-même, ses semblants. Peur de perdre la face qui sert de masque. C'est l'impasse narcissique : pas d'image de soi, autre que celles qu'elle maîtrise. Elle ne peut rien perdre. Or mettre au monde un enfant, c'est perdre quelque chose de soi, autre que soi, qui aura une vie propre tout en gardant un certain lien. C'est l'événement d'une coupure-lien. Le nerf d'une épreuve créative : vous projetez hors de vous quelque chose qui sera *vous*, qui vous perdra de vue ; qui vous perdra tout court. Vivre cela, c'est accepter un déchirement de sa plénitude sans trop l'érotiser, ou en faire un excès complaisant – qui joue sans cesse l'égarement, devenu contrôlable. Pour cette fille, l'identité est définie, c'est un état : on est souverain, on est homme ou femme. Or *la danse fait jouer les identités, les porte au-delà de leurs limites, en fait des processus, des métaphores à l'infini.* Par exemple, être *à nu* devant la loi qui interdit de se dénuder devant ses enfants. A ce degré d'amour, on dépasse les lois convenues, leur gestion religieuse, on s'expose *à la face* de l'être, du temps, de l'événement d'être. Là s'opère le miracle où à partir de gestes simples jaillissent des sens imprévus et des bribes de langages neufs.

L'inhibition

Cela nous ramène à l'inhibition de certains devant la danse. Même des danseurs prêts à se donner jusqu'au bout peuvent la ressentir. Elle leur interdit de mettre à nu – de *découvrir* – certains gestes ou espaces qui sont à leur portée, par lesquels ils accèdent à l'imminence de leur être-au-monde. Un jour, dans un cours, une danseuse fut frôlée par une autre ; elle fut outrée de ce contact ; ou angoissée. Et l'autre fut « écœurée » d'un tel manque de contact, ou de tact.

Cette rétention dont fait preuve la reine s'appelle parfois timidité, honte de se montrer en proie aux forces irrationnelles, peur de montrer son manque, comme si les manques allaient soudain se rassembler et prendre corps dans un manque béant, qui est l'abîme où le désir s'est aboli, un abîme archaïque où nul appel ne résonne et qui va vous avaler. Or sans ce manque intrinsèque, cette vitale imperfection, le désir s'éteint ou se fétichise. Comme dans toute inhibition, le corps est saturé, érotiquement surinvesti, sexuellement total, narcissisé à bloc, mais en négatif ; d'où le blocage : « Je suis pas-beau, pas-belle… » Le corps absorbe tout le négatif de la beauté ; il

devient l'ombre ou le double de la beauté totale, supposée là toute présente comme une Loi féroce. L'instance
narcissique est à la fois effondrée et exaltée, deux aspects
de la même impasse ; où l'on oublie l'enjeu : s'agit-il de
faire le beau ou de *provoquer la beauté* comme expérience vécue de l'amour ? C'est ce qui va *se produire* – la
naissance ou l'émergence – qui sera marqué de beauté,
ou enlaidi d'être contrarié, voire méprisé. Les corps trop
inhibés semblent avoir somatisé (ou s'être somatisés
comme) le *tout* de l'amour, un amour d'eux-mêmes qui
les referme dans une matrice et les protège de la lumière,
de l'effet décapant du regard *autre*. Ils ne s'aiment pas
assez pour savoir qu'ils méritent d'être nés, déjà ; qu'ils
ont de quoi se protéger devant le regard mauvais, le sale
œil culpabilisant qui leur reproche de vivre leur vie. Pour
échapper à ce reproche, ou à l'angoisse d'être dans un
monde vide, ils rétrécissent leur espace jusqu'à ce petit
réceptacle, ce corps unique qui les enveloppe, et qui est
le leur. Ils sont *juste en deçà de leur naissance*, mais
« lucides », sentant pleinement cet état de détresse : la
passe est ouverte par où ils pourraient naître, mais pour
passer il leur faut un accord total. Il leur faudrait pour se
mouvoir un acquiescement universel, une certitude que
le monde les accueille, qu'il est d'accord ; que le monde
c'est eux. D'où l'horizon assez fou de cette tension narcissique. Car la naissance y apparaît comme imminente,
impossible et inutile.

Au fond, cette célébration dansée de la Loi est perçue
comme indécente par un tenant crispé de la loi – par la
reine qui prend la Loi pour un bloc d'énoncés et ne
songe pas un instant que la Loi peut être elle-même en
manque, en manque d'altérité. Que la Loi peut appeler

certains déplacements… pour elle-même ; qu'elle-même ne reste pas à la même place.

Et le corps dansant, lui, célèbre d'abord la loi possible, son existence pure et simple, au-delà de ce qu'elle énonce. En quoi la danse s'aventure dans le champ de l'Autre comme *inconnu*.

La danse de ce roi est une métaphore de la danse : liberté, emportement, ordre et chaos, improvisation sur des provisions d'infini, immense légèreté due au fait que la Loi, on est sûr qu'elle existe, qu'elle bouge, qu'elle se déplace, qu'on n'a pas à la porter sur son dos, qu'*elle n'est pas portée par nos fautes*. Elle existe pour son propre compte, comme chacun de nos corps…

On peut alors « déranger » le corps – par la jouissance et le risque –, il trouvera bien à s'arranger, puisque la Loi n'est pas bien loin. C'est la subversion de l'image par la présence.

C'est un rapport très *juste* avec la Loi, que de danser avec. D'avoir ses rouleaux dans ses bras et de les jeter bien haut, de les rattraper et de les rejeter… C'est un rapport juste : on a la Loi sur les bras mais pas tout le temps, juste le temps de la toucher. Après, elle tient toute seule, en l'air, grâce à… d'autres lois, d'autres parties d'elle-même, comme la loi de la gravité, de la gravitation.

Ce qui est royal, c'est de danser avec la Loi ; pas de jongler avec.

Et ce moment de royauté, chacun *peut* y avoir accès, en principe, à ses moments de souveraineté, quand il comprend que le rapport le plus *juste* avec la Loi est de l'ordre de la danse.

La *Loi*, comme processus vivant où le monde s'articule et se délie, se lie et se désarticule, la *Loi* est un
éclairement, une mise en lumière, où *ça* se montre ; sans
qu'il faille pour cela d'option mystique. (Faut-il tout
l'attirail mystique pour admettre cette évidence : que
nous sommes partie prenante du monde ? que nous faisons partie de ce qui s'éclaire sous nos yeux et que nous
voyons ?) Par l'éclairement de la Loi, tout ce qui surgit
apparaît comme manifestation de l'être, qui est et qui
n'est pas ; qui est un tout sans faille et une fêlure toute
dispersée. C'est l'être qui fait le lien entre ce qui est,
entre les failles de ce qui est, manifeste ou latent ; l'être
comme «lieu» où ce qui est s'altère et se maintient.

Le corps dansant est une *onde d'être* : ça rayonne de
gestes, ça évolue, jusqu'à marquer ces gestes dans le
regard de l'Autre, ou des autres ; et c'est cela qui fait
acte.

Suites

I

Plaisir divin

On dit que des théologiens – chrétiens – pour interdire la danse ont déclaré que Dieu y est «foulé aux pieds des personnes qui dansent, parce qu'elles mettent alors sous leurs pieds la Loi». L'épisode du roi danseur, avec sa force jubilante et inspirée, est une réponse décapante. Le Texte biblique ne réprouve pas un seul instant ce roi qui danse et improvise. Seul le réprouve l'esprit stérile d'une femme coincée dans sa dette envers son père ; au nom d'un «idéal» de dignité qui très vite avoue ses motifs sexuels. Cette approche des théologiens dit surtout que les techniciens de la chose divine ignorent souvent leurs sources, et tablent sur l'ignorance qu'ils entretiennent chez les fidèles. Si les danseurs foulent la Loi «sous leurs pieds», ce n'est pas la loi divine mais la loi de ceux qui ont mis des guichets aux voies d'accès du divin pour toucher le prix d'entrée. La loi du narcissisme intégriste, que la reine stérile incarne.

Le Texte, lui, va plus loin : il dit que le roi danseur improvise. C'est une leçon de politique : un roi en principe n'improvise pas, il sait ce qu'il a à faire. Or ce roi danseur, à cet instant inspiré, s'intéresse au plus vif de la Loi, à ce qui la fonde ou la refonde *au passage* de quelque chose – le souffle sans doute – qui échappe aux gestionnaires.

Le Corps et sa danse

L'enjeu c'est l'*épreuve où la loi émerge sur son propre passage*, dans son transfert d'un lieu à l'autre. C'est le paradoxe où la loi se refonde dans son manque, son éclipse consentie. Et ce qui émane de cette danse, c'est une pensée de la Loi ; la loi comme potentiel symbolique qui ordonne le chaos et qui entame l'ordre excessif pour le rendre à la vie, fût-elle chaotique, et lui redonner un nouvel ordre. Dans cette Loi se prélèvent des mises en ordre partielles, ponctuelles, que nous pouvons appeler « lois ». Et les contacts avec cette Loi – infinie, jamais complètement formulable –, nous les appelons « effets de loi ». (La différence entre Loi et loi est du même ordre que celle qu'on pose entre l'Autre et l'autre.) Ces effets de loi touchent le corps, car la Loi, dans son acuité symbolique, ne peut se transmettre sans que des êtres y prêtent corps : corps insoumis, soulevé par la jubilation, celle de traverser la loi qu'en même temps il intègre. Corps ouvert aux forces pulsionnelles qui lui font renouveler ses liens. On est loin des pauses solennelles de la maîtrise, ou des complaisances de la non-maîtrise. « Solennel » veut dire seul, entier, tout d'une pièce. Or la danse est multiple dans son enjeu corporel ; le « tout d'une pièce » passe d'abord par la mise en pièces, la traversée des fragments, des éclats, traversée rendue *légère* par l'existence de la Loi.

Bien que certains rites puissent la rendre solennelle, la danse reste un *rire du corps* ; une promesse d'éclats du corps, de démultiplication[1] : le corps mouvementé se morcelle, s'écartèle, se multiplie et se rassemble. C'est la

---

1. Penser au rire d'Abraham à qui on promet une naissance, sur le tard, quand l'idée même de naissance est incongrue ou ridicule. On y retrouve la naissance comme un des objets de la danse ; et le fait que ce rire, cette jouissance ont pris corps dans un fils réel ; nommé Rire.

structure même de l'éclat de rire : s'absenter à soi et se retrouver intégrant cette absence, le tout en secousses et saccades. La danse n'a pas besoin de faire rire pour être un rire secret. Ce rire grotesque, physique, inconscient, orchestré de mouvements et de souffles spasmés est dans l'esprit de la danse. Mais il est souvent éclipsé, par le rire de situation, le rire à base mimétique.

On est loin aussi du cliché pieux qui veut que la danse « qui plaît à Dieu » évacue le sexe au profit de la Loi. Il s'agit bien de se plaire à être, de « plaire » à l'*être*, d'y trouver *grâce* dans l'épreuve du don de vie au *passage* de la Loi. Et si ça ne passe pas, si la grâce n'est pas au rendez-vous, c'est comme l'offrande non agréée de Caïn : les faces s'écroulent, et les façades.

L'épisode montre aussi que l'acte de regarder danser n'est pas une « habitude occidentale » ; même si en Occident cette habitude est surchargée d'inhibitions, de voyeurisme, quand on y traque le « ridicule ». Cette reine stérile regarde la danse à partir des sources du semblant qu'elle veut contrôler ; des ressources du corps qu'elle veut accaparer (d'où la stérilité). Son regard cherche le désir pour le détruire ; elle pose son corps de femme comme imprenable, et les autres, hommes et femmes, sont alors des enfants ; inquiétants.

Ici le corps danseur est non pas nu mais démuni ; sans autre recours que ce qu'il peut lui-même appeler. Dépouillement du corps qui s'avance dans le risque d'exister. (On voit mal des corps dansants juchés sur des machines : il faut bien qu'ils descendent dans l'arène, à nu, pour affronter l'animal : leur autre corps ; et pour se dégager de l'étreinte qui les étouffe. C'est ce qui arrive au corps de l'homme le plus bardé de techniques; elles émanent de la loi mais elles finissent par la cacher. Il faut donc s'en dégager.)

Ce corps souverain s'ouvre une issue dans le lien paradoxal entre l'amour et la Loi. Lien vivant, non idéalisé; il vise même à faire chuter les crispations d'idéal. La Bible est peu portée sur l'idéal. L'idéal est trop narcissique mais en même temps bloque l'épreuve narcissique, et prétend la simplifier.

Le corps dansant n'est pas idéal, il est idéalement branché sur une énigme, un trésor d'images auxquels peu de corps ont accès (trop pris dans leur image du corps, trop inconscients de son emprise pour pouvoir s'en détacher).

Aujourd'hui, la danse entérine ces secousses faites à l'idéal. On dit que les valeurs volent en éclats, mais leurs éclats sont intenses. Et tous éclairent cette valeur essentielle: *que le corps renaisse en intégrant ses états de manque*; qu'il se redonne les conditions de sa naissance, de son naître-au-monde. La prétendue seconde naissance symbolise le fait que les corps retrouvent leur *non-appartenance*; qu'ils excèdent toute appartenance, ou identité prédonnée. Du coup, la seconde naissance n'est que la première, ressaisie, rejouée, révélée pour ce qu'elle est: inachevée. Les corps vivent leur naissance inachevée, ils en jouissent; par là, ils ne s'appartiennent pas, ils éprouvent la pulsion d'en repasser par l'origine qui ne leur appartient pas, qui ne s'appartient même pas. Le corps dansant cherche les lieux où l'auto-appartenance craque, et l'ouvre ainsi à d'autres ressources.

D'où ce paradoxe: le corps dansant prend la suite de ce qu'il produit, dans l'instant, et cette suite le fait remonter à sa source; en principe. C'est le paradoxe de l'origine : s'en éloigner pour y revenir, la reconnaître pour l'oublier, et en tout cas jouer avec.

Que tout cela soit enfoui dans un vieux Texte pousse à revoir les faux clivages entre l'ancien et l'actuel – en passant par l'archaïque.

Cela précise quelques enjeux.

Il ne s'agit ni d'être conforme à des règles ni d'étaler leur transgression. La beauté *se dégage* et des règles supposées et du geste qui les rejette. Les règles et leur dérèglement sont un matériau parmi d'autres. Le beau les suppose mais les tient en respect ; son épreuve, c'est la naissance dans l'amour. Nulle règle n'indique la voie pour franchir cette épreuve ; en cela elle est symbolique.

Et il y a de la *prière* dans le corps dansant réduit à soi ; tout comme Kafka dit qu'écrire est une forme de prière. Épreuve de l'être prise à la lettre, sans que *personne* soit déifié.

Si au Moyen Age les prêtres invoquaient Dieu pour interdire les danses « lascives », donc toute danse puisque toutes peuvent l'être, c'est encore le point de vue de la reine stérile. Or sur les tréteaux du Moyen Age, et même devant les cathédrales, ces danses étaient celles de rôles précis (diables, sorcières, femmes possédées...). En outre, si on les a interdites, c'est qu'elles existaient mais qu'on tenait à souligner, en les refoulant, leur lien avec ce que l'on refoule : désir ou fantasme. Leur interdit disait surtout ceci : les prêtres ne voulaient pas que ça leur échappe. (Mais qu'est-ce qui leur échappait ?)

La danse aujourd'hui *dit* que cet enjeu échappe à toute emprise ou expertise.

L'essentiel de la danse reste aux limites où le savoir

ne se sait plus, ne se connaît plus, et pourtant veut se reconnaître dans sa lancée vers l'inconnu ; vers l'ombilic des formes possibles.

Les danses autrefois interdites, refoulées, danses de l'ombre et de la nuit, faites pour rester dans l'ombre d'où elles ne cessaient d'agir – on y croyait trop pour les laisser venir sur scène. On n'avait pas encore compris l'innocuité du spectacle quand il est, comme aujourd'hui, partout présent.

La danse de Salomé

C'est dans l'Évangile. Comme un double de cette danse royale. Mais cette fois, c'est une pure jeune fille qui danse *à la demande de sa mère*, laquelle veut obtenir la tête de Jean-Baptiste. La castration mortelle. La scène est plus lourde, plus fermée : au lieu de l'Arche de la Loi, du tétragramme de l'être (YHWH), il y a… le tétrarque, un fantoche des Romains gouvernant la Palestine ; à la place de l'Autre-femme qui dans la scène de David inhibe la reine et semble s'incarner dans les femmes du peuple jouissant de la danse, il y a la mère de Salomé, Hérodias – qui jouit de châtrer son homme, et d'avoir la tête du prophète, et d'utiliser sa fille comme instrument de sa féminité. La fille de Saül a voulu châtrer David, en vain. (Que de mères ont forcé leurs filles à danser pour elles, à leur place, pour se voir en elles à nouveau jeunes et séduisantes. Alors l'épreuve de la naissance est comme hypothéquée, en suspens ; elle devient une substitution. Il n'y a plus le déchirement de la naissance, il n'y a que des remplacements. D'ailleurs, dans le cas d'Hérodias, son royal mari aime aussi sa fille, Salomé.)

Il est fréquent que des montages évangéliques reprennent ceux de la vieille Bible en les remaniant ; d'où l'intérêt de comparer les points de rencontre, à travers les

différences. A la place de la fête pour le retour de la
Loi, il y a la fête chez le tétrarque pour l'absence de loi,
avec à l'horizon l'annonce d'un Messie qui accompli-
rait toute la Loi ; la rendant en un sens inutile ; ou la
remplaçant par la grâce…

Voici comment Flaubert décrit la danse de Salomé :

> Ses pieds passaient l'un devant l'autre, au rythme de la
> flûte et d'une paire de crotales [percussions]. Ses bras
> arrondis appelaient quelqu'un ; qui s'enfuyait toujours.
> Elle le poursuivait, plus légère qu'un papillon, comme
> une Psyché [1] curieuse, comme une âme vagabonde, et
> semblait prête à s'envoler.
> Les sons funèbres de la gingras [flûte ; ça consonne avec
> l'âge ingrat] remplacèrent les crotales. L'accablement
> avait suivi l'espoir. Ses attitudes exprimaient des soupirs
> et toute sa personne une telle langueur qu'on ne savait
> pas si elle pleurait un Dieu ou se mourait dans sa
> caresse. [C'est donc ou elle ou le Dieu qui doit mourir.]
> Les paupières entre-closes, elle se tordait la taille, balan-
> çait son ventre avec des ondulations de houle, faisait
> trembler ses deux seins, et son visage demeurait immo-
> bile, et ses pieds n'arrêtaient pas. […] Puis ce fut l'em-
> portement de l'amour qui veut être assouvi. Elle dansa
> comme les prêtresses des Indes, comme les Nubiennes
> des Cataractes, comme les Bacchantes de Lydie. Elle se
> renversait de tous les côtés, pareille à une fleur que la
> tempête agite. Les brillants de ses oreilles sautaient,
> l'étoffe de son dos chatoyait ; de ses bras, de ses pieds,
> de ses vêtements jaillissaient d'invisibles étincelles qui
> enflammaient les hommes. Une harpe chanta ; la multi-
> tude y répondit par des acclamations. Sans fléchir ses

---

1. Psyché veut dire âme en grec, et son amant c'est Éros. Psyché
est parfois figurée en papillon, comme le note P.-M. de Biasi dans
son édition des *Trois Contes* (Paris, Seuil, 1993).

genoux, en écartant ses jambes, elle se courba si bien que son menton frôlait le plancher… Tous, dilatant leurs narines, palpitaient de convoitise.

Ensuite elle tourna autour de la table d'Antipas, frénétiquement, comme le rhombe[1] des sorcières ; et d'une voix que des sanglots de volupté entrecoupaient, il lui disait : – « Viens ! viens ! » Elle tournait toujours ; les tympanons sonnaient à éclater, la foule hurlait. Mais le Tétrarque criait plus fort : « Viens ! viens ! Tu auras Capharnaüm ! la plaine de Tibérias ! mes citadelles ! la moitié de mon royaume ! »

Elle se jeta sur les mains, les talons en l'air, parcourut ainsi l'estrade comme un grand scarabée [!] et s'arrêta brusquement.

Sa nuque et ses vertèbres faisaient un angle droit. Les fourreaux de couleur qui enveloppaient ses jambes, lui passant par-dessus l'épaule, comme des arcs-en-ciel, accompagnaient sa figure, à une coudée du sol. Ses lèvres étaient peintes, ses sourcils très noirs, ses yeux presque terribles, et des gouttelettes à son front semblaient une vapeur sur du marbre blanc.

Elle ne parlait pas. Ils se regardaient.

Un claquement de doigts se fit dans la tribune. Elle y monta, reparut ; et, en zézayant un peu, prononça ces mots, d'un air enfantin :

« Je veux que tu me donnes dans un plat, la tête… »

Elle avait oublié le nom, mais reprit en souriant : « La tête de Iaokanann ! »

Le Tétrarque s'affaissa sur lui-même, écrasé.

C'est une danse de la naissance impossible. Cette fille est doublée par sa mère. C'est une femme-enfant. Et son impasse physique se paie de la tête d'un homme, un homme de la parole et de l'appel.

---

1. Fuseau, rouet ou toupie de bronze dont on se servait couramment en sorcellerie pour hypnotiser ou produire des enchantements.

C'est une danse par procuration, pour porter l'envie de la mère : avoir cette tête ; et s'assurer au passage qu'elle excite toutes les queues.

Lorsqu'elle se courbe (sans fléchir les genoux !) et que son menton frôle le plancher, et que son buste s'avance, elle évoque aussi une tête de serpent, un gros phallus maternel qui s'avance vers sa proie – qui n'est pas un sexe d'homme mais une tête d'homme : la queue de la mère contre la tête de Jean, l'homme de l'appel. Clivage brutal entre le corps vorace et la parole. Clivage entre elle et l'homme. Et comme elle ne peut pas lancer son corps contre cet homme, elle lance le corps de sa fille sur le roi qui coupera cette tête parlante. (Quant au clivage entre chair et parole, certaines femmes le vivent dans leur corps et en souffrent : quand elles parlent – pour un public –, elles ne sentent plus qu'elles ont un corps, et quand elles sentent leur corps, il n'y a plus que de l'ineffable ou de l'inintelligible. Comme si l'intelligence vraie ne venait pas du corps et ne pouvait pas être sentie…)

Cette danseuse est aussi comparée à un insecte et aux grandes meneuses des rites idolâtres ; son corps en proie à la houle dit bien que c'est une autre femme qui parle en elle, qui l'habite, une femme très intéressée par un corps à corps avec Dieu qui le laisserait sur le carreau.

Mais pour elle-même, Salomé danse un appel : l'appel vide d'un corps de femme qui se dérobe, ou de la femme qu'elle voudrait être si la mère la laisse passer ; l'appel à l'homme comme réponse sensuelle. La fille danse le corps de Femme invisible qu'elle devra traverser pour être femme.

Quant à la Loi qui se profile, c'est celle d'un *statu quo* féroce : on coupe la tête à ceux qui parlent.

3
CORPS-ÉVÉNEMENT

Le corps est le lieu où se rappellent les traumas, les chocs qui furent vécus, puis classés invivables ; c'est là que des paroles et des fantasmes se convertissent en termes *physiques*. Mais c'est plus que cela : c'est la *source* de phénomènes qui ne répètent rien, qui sont en eux-mêmes l'appel à dire autre chose, avec des gestes et des actes mouvementés. Ces appels sont uniques : chaque corps a ses appels, ses origines, ses sources récurrentes qui ne ressemblent à celles d'aucun autre. Et en tant que ces appels sont initiaux, initiatiques, ils ne se laissent pas *réduire*, sauf par un coup de force qui assomme ou écrase.

L'événement

C'est plus qu'une secousse d'être ou un trauma ; c'est la rencontre d'un réel qui se donne à lire, qui nous *lie* aussi, qui fait appel.

Ce n'est pas seulement une pointe échappée du monde ambiant, innommable par lui. L'événement ne cesse d'être renommé par tout ce qu'il produit, ce qu'il donne à lire ou à entendre ; par toutes les énergies – bonnes ou mauvaises – que son séisme a libérées. Parfois, comme le départ d'une fusée, il met longtemps à prendre son expansion. L'événement «mort du père», par exemple, ça met du temps à nouer toutes sortes de fils qui passent par lui, et à permettre des dénouements; à rencontrer toutes sortes de noms, plus ou moins propres, qui précèdent ou qui suivent.

L'événement, qui puise dans son départ de quoi pleinement se déployer, ne disparaît pas toujours aussitôt qu'arrivé. L'événement d'une naissance peut mettre longtemps à se passer, à s'intégrer. Il a tendance à se répéter, à d'autres niveaux de l'être. Un événement comme l'*occupation* de la France par les nazis a mis un temps fou à se passer; il n'en finissait pas d'arriver jusqu'aux couches profondes du pays, et de les révéler déjà complices de l'événement, avant qu'il ne leur arrive et ne les «occupe».

Et l'événement dure, ou prend place dans un passé qui ne passe pas, quand il s'accroche à de l'inconscient, récurrent et immobile, disponible et retiré.

Il y a deux sortes d'événements. L'un est le retour du refoulé, le rappel. L'autre est l'émergence d'une origine, un noyau «premier» articulé à rien. L'un compte en termes de souvenir, l'autre en termes de perception et d'existence. Les deux sont liés à la mémoire, qui est double: celle du rappel, celle de l'appel.

Il y va de notre lien à l'histoire. Dans sa partie «rappel», l'histoire semble émaner de notre mémoire; dans sa partie «appel», elle la nourrit et l'alimente. Quand l'événement historique ne répète rien, il prend place comme un éclat originaire, un bloc de la mémoire-appel. Quand au contraire l'histoire fonctionne comme mémoire-rappel, elle répète ce qui s'est enfoui dans la mémoire: elle réalise ce qui dans le passé était nommable mais refoulé ; ou elle raconte et répète un passé qui lui ressemble.

En principe, c'est l'événement-corps qui vient vers vous, qui fond sur vous et vous fait «tomber». Tomber malade, tomber enceinte, tomber amoureux. Et dans ces retombées, le corps est une danse cosmique d'inconnu. Le «corps médical» se penche dessus, il voit des courbes à redresser, des chiffres à corriger… Mais il n'en sait pas assez sur son propre corps. (Le «corps médical» est si morcelé, les spécialistes du cœur et ceux de la gorge se parlent si peu que lorsqu'un corps est malade de ce que son cœur et sa gorge se parlent mal, il a toutes chances d'être foutu, tant que le «corps médical» restera fou d'être à ce point morcelé ; tant que ses fragments ne se seront pas un peu parlé. Et soit dit en passant, la danse, comme métaphore du corps, ne saurait s'accommoder d'une médecine du corps morcelé ; pas même du morcel-lement ultime entre la chair et l'esprit, entre psychique et soma, avec pour franchir le fossé ce pont comique dit «psycho-somatique» ; comme si la chair n'était pas une mémoire et la psyché une physique ; comme s'il n'y avait pas un seul «corps», unique comme l'être, et qui travaille l'événement d'être, et qui fabrique les connexions et les ponts qui en tous sens le constituent.)

Exemple d'événement dérisoire fait seulement pour signifier qu'il doit arriver quelque chose au corps ; que sinon, il pourrait sombrer dans le Rien. On sait que les rites d'initiation, qui seraient des événements du corps, sont rares en Occident et rarement assez forts pour mar-quer dans la chair la mutation des énergies. Il y a une pra-tique parmi les jeunes appelée «bizutage», qu'on essaie en vain d'éclairer avec les lourds concepts de l'initiation, du passage, avec mystère et tribalisme… Mais cela reste

opaque, et des adultes s'énervent de ne rien y comprendre.
Ils en donnent ainsi le secret : c'est une sorte de prise de
drogue, une drogue appelée *violence pure*, qui sert à pouvoir dire qu'*il s'est passé quelque chose*, un événement
qui n'avait que ça pour lui, d'être ineffaçable. Pouvoir dire
qu'il était une fois, au moins une, où l'on est parti à la
recherche de l'événement-corps. Complètement « parti ».

Danse-événement

La danse est l'événement du corps qui se déploie – et
nous défie de le déchiffrer, de le ressentir, de le célébrer,
ou de l'encaisser comme un coup de poing… On peut
aussi le penser, le porter, le supporter, le transformer, le
mouvementer.

Il est plongé dans le champ des perceptions – à présenter, représenter, intensifier ; et déplacer. Il est l'objet
de l'action qu'il déclenche, dont il est le sujet.

Le corps est l'événement que la danse elle-même va
rappeler apprivoiser, retenir ; et perdre.

La danse est la métaphore de ceci : l'événement-corps
voudrait produire de quoi se nommer, s'appeler, suppléer
aux manques de ce qui nous nomme ou nous appelle, aux
failles du nom. Pour cela, il lui faut le recours d'une « loi »
qui soit autre qu'un programme qui s'exécute. Nous verrons où elle peut être, et comment le corps peut invoquer
une loi de l'être, qui soit autre que sa seule présence et qui
le mette à l'abri du chaos, et lui permette d'*évoluer*.
(Dans les cas simples, cette loi est un rite qu'on célèbre,
ou un idéal de beauté qui parfois fait chantage sur
le mode : voici le *corps beau*, pâmez-vous et *croayez*…)

Allons plus loin.

1. *La danse fait du corps un appel*, et à ce titre elle veut nommer *ce qui manque au corps* pour être «pleinement» – sachant que, pour être, il ne peut éluder ce manque. Quand la danse arrive à faire du corps un appel, c'est comme l'amour quand il prend corps au-delà des mots ; ça rayonne une certaine beauté, pas toujours «idéale».

2. En même temps, *elle donne corps aux fantasmes, à toutes les imaginations*. Elle mobilise ce qu'on rêve de «dire», elle l'accumule jusqu'à ce que ça soulève le corps. Elle révèle le rêve par sa façon d'y prêter corps.

La danse est prise entre ces deux intensités.

Mallarmé dit qu'elle est «emblème». *Em-bléma*, c'est la chose *jetée*, intercalée. Dans la danse, outre le geste du jeté, le corps est jeté comme un *dé*, c'est-à-dire un *donné* ; un dé cosmique aux mille facettes. C'est donc un coup de dé sublime, bondissant, pour trouver la bonne rencontre – celle qui nomme l'événement de nos naissances, de nos remises au monde. Il a fallu ce jet du corps, ce soulèvement multiple, pour chercher cette rencontre-là, parce que déjà il y a eu tant de rencontres accumulées. Il y a eu tant de «dires» impossibles qu'il faut tenter, une fois, de dire *Ça* ; comme la première fois qui n'a pas eu lieu.

Entre la *cause* du jet et sa *visée*, le corps explore le lieu où se donner lieu, où «arriver» comme événement ; surprenant et attendu.

Le corps dansant vise l'origine au futur.

Autour de ce point d'impact, les fantasmes foisonnent [1].

1. Exemple : le fantasme de corps phallique. Alain Badiou – commentant Mallarmé sur la virginité du «site» où a lieu la danse – en donne cette formule : «Le corps dansant est un emblème de visitation dans la virginité du site.» En poussant un

Dans ce jet du corps, la présence du témoin est appelée. La danse est l'épure d'une pensée qui s'incarne
vraiment si d'autres la lisent ; s'ils l'inscrivent de leur
lecture. Sinon elle est là, ouverture en attente d'être for-
mulée, par eux. Le corps danseur en donne la première
trace, la première inscription, mais il lui manque toujours l'autre pour exister. (Il faut une double inscription.)

En essayant de répondre à l'appel qu'il lance, qu'il se
lance, le corps dansant ne dit rien de précis mais ce
n'est pas du non-dit : il se maintient comme pur appel, à
penser, à sentir. La danse, silence mouvementé des
corps, prétend non pas nous dire des choses mais faire
sentir le Dire du corps comme chose possible, pour peu
que l'appel qu'il incarne se fasse entendre. En cela déjà
elle a des effets bénéfiques : empêcher l'homme de se
réduire à son corps et de basculer ainsi dans l'angoisse,
l'abjection, ou le pur fétiche. Elle voudrait délivrer le
corps de l'esclavage où il se réduit à lui-même. Son
paradoxe : affirmer le corps pour le libérer de lui-même.

Légèreté

Nietzsche parle de la danse comme métaphore de la
pensée, celle de la légèreté, loin de l'esprit de pesanteur.
Mais qu'est-ce qui pèse dans l'« esprit de pesanteur » ?
C'est d'*être* encombré, de porter des poids qui ne sont
pas les vôtres. Il ne s'agit pas de nier la loi de la pesan-

---

peu cette visitation dans le site virginal, on trouve le phallus angé-
lique par où s'incarne la conception immaculée… Pourquoi pas.
Mais faut-il généraliser cette notation purement chrétienne ?

teur (qui veut que les corps finissent par tomber), ni d'en maquiller l'emprise par des sauts importants, des sauts que l'acrobate ou le sportif peuvent accomplir mais qui restent limités. Quand on dit qu'un homme a «fait preuve de légèreté», avec une pointe péjorative, c'est qu'il n'a pas donné aux choses leur vrai poids, le poids qui leur revient; il ne les a pas respectées. C'est donc une autre légèreté que Nietzsche évoque quand il dit que *la terre devient légère*: on n'a pas à la porter, à porter sur soi la loi de la terre. On respecte assez «la terre» pour être libre de ce côté-là. La bonne légèreté, la liberté, vient d'une confiance dans l'*existence de la loi*: la loi est présente, sans que l'on soit d'abord coupable vis-à-vis d'elle; sans qu'il faille payer pour elle, ou croire qu'on est en dette. Sans que nous soyons en faute, cette loi ne nous a pas perdus de vue, elle nous lie, même si les autres – les plus proches – nous laissent tomber ou nous basculent dans leur abîme d'indifférence. Cette profusion de la loi – qui a sa propre consistance – nous rend légers. Dans cette légèreté dansée, le corps n'oublie pas qu'il est soumis au poids des choses; elles savent le lui rappeler; mais il ne porte pas le poids de celles qui ne relèvent pas de son être, qui entraveraient son appel d'être. Du moins, il apprend cet art de l'allègement.

En revanche, il peut jouir d'être porté par l'Autre, et cela suffit à le rendre léger. Une légèreté lui est donnée qui exprime qu'autre chose le porte, qui ne se voit pas mais dont on voit les effets. Il peut même, le corps dansant, être porté par ce qu'il y a de plus léger dans l'Autre. Il réédite le fameux geste de la *genèse* où l'*être* – dont le souffle, jusque-là, planait sur l'eau, en surface – s'insuffle dans un corps d'homme, lui transmet un «souffle de vie». (J'ai vu cela dansé un jour par Rosella

Hightower : vêtue de voiles et de mousselines, soumise
au vent – donc revêtue d'un autre corps sensible au
souffle –, elle semblait voler tout en ne faisant que marcher : elle montrait en l'incarnant la légèreté venue de
l'Autre, elle la faisait sienne. Très simplement.)

C'est dire que l'ennemi n'est pas la gravitation mais
la gravité des choses dont on se charge par erreur ou naï-
veté ; des choses qui appartiennent à l'Autre, qui sont sa
part, et qu'on prétend mieux porter à sa place. Imaginons une femme qui autrefois a dû mépriser ses parents
ou a dû rompre avec tout ce qui chez eux faisait problème, pour être, elle, complètement « clean » ; refusant
de leur reconnaître leur droit à leur vie, telle qu'ils la
vivaient. Alors elle a une image d'elle très soutenable
mais sans racine corporelle, image qui ne lui est d'aucun soutien s'agissant de vivre. Le résultat est que dans
sa vie son corps existe mais alourdi, encombré ; pas forcément d'un fardeau mais d'une énorme crispation,
d'une vigilance totale où parfois font retour les ratages
qu'elle méprisait. Inversement, vivre les gestes de son
corps c'est célébrer l'événement où ce n'est pas l'Autre
qui les impose : ils semblent surgir d'eux-mêmes et on
peut y faire face. On peut même les offrir à l'Autre en
témoignage d'un rapport plus libre avec lui. Et cela permet de vivre des situations où la lourdeur menace et se
trouve déjouée.

Or aujourd'hui, tout un mode de pensée s'acharne à
donner une impression de légèreté ; et y échoue car le
poids de ses présupposés, le poids de ses fardeaux est
trop lourd. On papillonne avec des mots autour d'un
thème, sans oser se poser, par peur de faire « thèse » ;
mais cela ne donne pas la légèreté. La dénégation de la

lourdeur ne suffit pas à rendre léger. Et il ne reste presque rien de ces sautillements de langage ; quelques bons mots, quelques gestes, beaucoup de coquetterie, puis rien. Des promenades pénibles dans les gravats de la pensée, en quête de petits objets brillants, de gestes que le langage aurait faits en notre faveur ; mais ces trouvailles ne tirent pas à conséquence : c'est « sans engagement de votre part », de votre corps ; en cela ce n'est pas vraiment de la danse, c'est du convoyage de déchets, fruits de longues et pénibles « déconstructions ». On serait bien tenté d'en faire, comme des tableaux-sculptures modernes, des agglomérats compacts, des constructions qui osent se montrer. D'où vient cette peur de construire – comme si toute construction risquait d'être un bunker ? (Mais aujourd'hui, même des bunkers on fait des musées…) En tout cas, les envolées de ces gros papillons gris ne respirent pas la légèreté mais la tristesse.

Origine partagée

On dit aussi que la danse est innocence. Certes, elle est le fait d'un corps naissant, puisqu'elle fête la naissance du corps, son émergence, peut-être hors des eaux invisibles ? Émergence innocente : le corps a balayé ses fautes ou sa peur d'être fautif ; ou n'a pas encore « fauté », c'est-à-dire prêté corps aux enkystements du manque ; ou alors il était dans le grand manque et il en est sorti.

Autre source d'innocence : le geste danseur est *commencement* ; du corps. Il y a l'idée que *le corps comme tel est commencement, et qu'un retour au corps est un retour du commencement*. (Une image de ce fameux *retour éternel du même*, où le corps, à la fois le même et autre, servirait de repère.) Donc *commencement* parce que *corps*. Avant le corps il y a du corps ; et avant ? il y a deux corps géniteurs, portés par l'appel mystérieux du don de la vie, par le détour où la vie emprunte leur désir de donner vie à leur rencontre, de lui donner corps ; même si après ils n'investissent plus ce corps, même si après il leur devient indifférent comme le leur...

Le geste danseur c'est le commencement qui se partage ou se fissure, qui voudrait inventer la suite. Il questionne : y a-t-il une suite possible au commencement des corps ? Cette question déjà le plonge dans l'histoire : y a-t-il une suite à ce qui précède ? une suite portable ? c'est-à-dire supportable ? Là, deux corps – le corps visible et le corps-mémoire – se convoquent en un seul corps apparent ; ils se frôlent car chaque geste est la suite de ce qui précède et la source de ce qui suit, avant d'être, après coup, la conséquence de ce qui suit.

Deux corps. A mesure qu'il se déploie, le corps visible se double de corps-mémoire qu'il sécrète et qu'il suppose ; du corps-mémoire dont il voudrait sembler jaillir. Il veut *produire sa source en atteignant son but* : être le nom de sa naissance, l'appel de l'événement qu'elle fut, l'appel enfin perçu, entendu.

Et sa danse actualise le corps-mémoire, en état de coupure-lien avec le corps actuel. C'est pourquoi la danse manifeste ce qui la retient et la libère. Retenue, pudeur, innocence, liberté. Le contraire de la vulgarité – cette liberté un peu débile où l'on oublie qu'il y a la loi du seul fait qu'on ne la « voit » plus. (Et pourtant, ceux qui prétendent échapper « à toute vulgarité » se retrouvent avec un corps gelé, désincarné, brûlant de froid ; car c'est *tout* le monde qui les refroidit. Pour régler une fois pour toutes leur rapport avec la loi, ils l'ont incarnée, leur loi, en corset mortifère.)

Corps partagé donc ; comme un repas ou un sacrifice éludé. L'enjeu est que le corps puisse faire le tour, le retour, rencontrer son double, s'inscrire dans son second feuillet ; révéler dans sa présence la faille salvatrice, la trouée, d'où il puisse échapper à soi.

Parfois, l'autre-corps est celui de la conformité : quand la loi est un programme qui s'exécute, même avec « âme ». Surtout avec « âme » : cela entérine le clivage entre corps et âme… Modèle de loi qui s'exécute : le défilé militaire ; corps phallique multiforme pour faire jouir la Mère-patrie. Il y a aussi la danse prise dans le moule d'une musique qu'elle « anime ». *L'opposition n'est pas entre la lourdeur des cadences et la légèreté d'« être sur les pointes » ; mais entre le corps qui se coule dans la loi comme dans un moule et le corps qui croise la loi ou la fréquente en forme de traversée ; via* le partage consenti de l'origine, dont l'abîme devient sillage entre deux corps ; sillage, passage ou « pas » : le pas de la danse est le pas entre deux corps ou territoires (comme on dit le pas de Calais), sachant que ces deux corps sont un seul corps, ou un seul groupe (« corps de ballet »), bref un même « continent » qui se cherche.

Vibration du corps dans sa quête de l'autre-corps qui est le sien. La danse questionne le corps de l'Autre, son existence, sa forme, ses possibles. C'est un questionnement dynamique, qui peut passer par des points morts : corps-effigie ou corps-idole. Dans ces cas limités, la danse capte l'élan de la foule, narcissique ou idolâtre, pour le dévoyer ou pas. A l'autre pôle, la danse d'une Trisha Brown honore le doublement vibré des gestes, des mouvements libres et forcés, spontanés et retenus, inscrits et fugaces, directs et contournés, naïfs et rusés, réels et virtuels, fictifs et accomplis. Tous ces contraires pour resserrer la blessure entre deux corps, entre nom et corps, pour la ligaturer. Effet de coupure-lien.

Ce jeu de la polarité, de l'infime différence, la danse Butho en est éprise, et fascinée. La différence naissante mais productive de grands changements, elle en joue jusqu'à l'hypnose. C'est encore la naissance, mais pour cette danse, on naît des cendres, ou de l'immobilité parfaite. C'est un choix ; qui n'annule pas le grand enjeu où la danse est expansion, non pas de tel trait du corps mais de *son existence comme telle*, de son être prêt-à-partir dans l'enchevêtrement des liens et des contraires ; vers l'abîme incandescent où se déclenche un langage.

Voile-abîme

L'événement se prélève dans l'indécidable : non pas l'indécision mais l'excès sur toute décision, l'excès de l'être sur toute limite. Excès qui, dans certains cas, fait en sorte que l'on peut décider « oui » – ou décider « non » – sans qu'aucun des deux choix n'entraîne d'inconsistance. Ça peut porter ou supporter toute décision, dès lors qu'un corps la soutient, voyage avec, jusqu'à ses lointaines conséquences – les « dernières » comme on dit naïvement.

Partir de l'origine c'est s'engager dans une partie de l'indécidable, pour la franchir. On attend d'une grande danse qu'elle vogue sur l'indécidable, comme un voilier sur l'océan dans une tempête intrinsèque (côté Quaran-

tièmes Rugissants, par exemple, où c'est toujours l'abîme,
«*le rythmique suspens*» où danse l'esquif esquivant le
naufrage…) et qu'en même temps elle mène une décision jusqu'à terme ou épuisement ; une décision, qui
pouvait n'être que son sillage, on attend qu'elle l'épuise
ou l'éclate, et qu'après son passage quelque chose soit
accompli, sur le chaos de l'impossible et de l'infaisable.

Soit dit en passant, le vrai texte de Mallarmé sur la
danse est peut-être son poème *Un coup de dé*, où il se
jette à l'eau et joue son va-tout, à fond, en désespoir du
Livre jamais écrit, et un peu las des jolies «danses»
mondaines et de ses poèmes en «pointes» et en tutus
ravissants et tragiques. Là c'est le poème de l'événement poétique, vaste chorégraphie verbale en proie à la
naissance du dire, du temps, de l'événement pur qu'est
le grand chavirement de l'être par l'écrit.

Il suffit pour le voir de prendre le voilier (celui du
poème ou un autre) comme l'image même du corps dansant. Tout le rapport du voilier à la terre-mer, aux vents,
aux flux marins et aux courants, aux forces des profondeurs et des surfaces, aux vols et aux inclinaisons
asymptotes du naufrage, états de mort d'où l'on renaît
en passant – tout devient métaphore du corps dansant.
C'est un complexe de dynamiques, plein de tensions et
de libertés ; tensions libres tendues selon des lois, des
lois précises jusqu'au naufrage – brisures ou traversées
lumineuses d'épuisement –, où même les lois changent
et se renouvellent en puisant dans le chaos. Alors on
entend résonner les «*circonstances éternelles*» du jet,
du lancer de corps, vers l'«*Abîme blanchi étale furieux*»,
et l'«*aile*» désespérée «*coupant au ras les bonds*» ; et la
«*voile alternative*», et l'empoignade avec «*un destin et
les vents*», et la quête de «*l'unique Nombre qui ne peut
pas être un autre*»… du Nombre à «*jeter dans la tem-*

pête, histoire d'en reployer la division»; et «*le fantôme
d'un geste*» qui chancelle et s'affole, et le «*tourbillon
d'hilarité et d'horreur*» autour du gouffre, et le «*roc*»
sur quoi ça bute, le roc «*qui imposa une borne à l'infini*», et les «*écumes originelles*» où le désir de «*s'ense-
velir*» le dispute au désir de voir émerger le lieu qui
émerge du temps, qui dégage du temps, le lieu qui a lieu
d'être, fût-il éclaté en forme de «*constellation*»; le
«*compte total en formation*», compte jamais clos que
ponctuent de leurs sursauts les corps-pensées, dont «*toute
pensée émet un Coup de Dés*», c'est-à-dire de destin.

Les textes de Mallarmé sur la danse, qu'on évoque
avec dévotion et souvent sans les lire, sont toujours
«vrais», mais on dirait que la danse de ce coup de dés
les a fait voler en éclats. Certes, ils parlent d'«écriture
corporelle», ils suggèrent le corps-poème qu'exhibe le
corps de la danseuse – «métaphore résumant un des
aspects de notre forme» (quelle prudence...). Mais
l'auteur ne pense qu'au duo secret entre elle et lui, le
spectateur. En substance, elle est là pour mettre au jour
les fantasmes du spectateur. Or le poème en disait plus:
ce corps à corps avec le destin donne lieu à l'événement
d'une renaissance ou d'un naufrage... C'est au-delà des
concepts; du côté des conceptions-gestations, du côté
des gestes absents et concepteurs... D'où le recul quand
il déclare: dépose aux pieds de la «ballerine illettrée»
(*sic*) la fleur de ton instinct poétique, et elle te livre la
nudité de tes concepts; «à travers le voile dernier qui
toujours reste [...] elle écrira ta vision à la façon d'un
Signe, qu'elle est». Certes, il faut décrypter, lire au
moyen de sa rêverie les formes qu'exhibe la danseuse,
censée interpréter vos rêves. Certes, la danse interprète
le rêve qu'elle induit. Mais on est loin de la danse-
signe, même si toute vraie danse signe l'événement-

corps où elle advient. Plus qu'un signe – ou qu'un signifiant –, elle est le déclenchement d'une écriture qui se porte au secours du corps jusqu'à le doubler d'une mémoire, jusqu'à le faire deux, avec, entre-deux, la faille originaire dont elle émerge ; d'une émergence qui déborde le spectateur et l'entraîne dans cette épreuve. Avant d'interpréter ceci, ou cela, elle est le don de l'interprétation. En quoi le corps dansant est plus que l'épure de ta vision, celle dont tu rêvais, l'image de ton premier désir, *signé* dès l'origine. C'est le travail de l'origine pour tenter de signaler.

Du reste, qu'est-ce qu'un concept nu ? Est-ce un concept « premier » ? Une chose qu'on a dans le ventre, dans le corps-réceptacle ? Un corps où l'on est comme une chose qui attend de se développer ? Autant dire le corps de la mère, alors. Un peu décevant ; ou limité : la mère illettrée interprète à l'enfant savant – pâle d'avoir lu tous les livres – la nudité de ses concepts dans celle de son corps naissant, dont elle a eu la conception, et qu'elle connaît comme si elle l'avait fait. Et c'est pourquoi le seul moyen qu'a Mallarmé de remonter jusqu'à cette faille paradoxale et hors-signe, c'est de dire que « la danseuse ne danse pas ». C'est dire simplement qu'elle est deux, déjà, elle et sa danse, comme deux corps sont aux prises – de n'être qu'un : corps-mémoire-actuel. La danseuse naît de sa danse, mais elle ne peut en rester là[1] ; elle n'y est pas identifiée, pas plus qu'à sa mère ; pas plus qu'une

---

1. Quand Mallarmé dit que « la danseuse n'est pas une femme », c'est une façon de dire qu'elle est plus « étendue » qu'une femme ; la danseuse est une extension de féminité : ce qu'elle fait revient sur elle – s'il y a retour – et l'enveloppe d'une féminité élargie ; c'est une féminité ouverte sur des gestes à venir. La danseuse, c'est du féminin en quête de devenir femme ; et *elle* ne danse pas, elle est en cours, en route…

femme belle ne s'identifie à sa beauté sans en déchoir. Il
y a une part d'origine perdue et d'inconscient irréductible. (Dans les danses rituelles, c'est la part du Dieu.
Dans la danse de David, c'est une part de nulle part, mais
où *passe* la Loi.) Dans la naissance, cette part est cruciale : celui qui sait qu'il est en train de naître ne naît pas ;
il mime la naissance ou la diffère. La danseuse, c'est de la
féminité dansante qui donne corps à sa naissance.

Et qu'est-ce que la naissance sinon le mélange des corps
(érotique, homme et femme) suivi de l'autre mélange
(mère-fœtus) d'emprises réciproques et prédatrices, suivi
d'une séparation puis d'autres mélanges et de séparations
improbables ? La naissance est un processus infini ; et la
danse – qui le célèbre – peut prendre place à tout moment,
ou presque : aux interstices, aux entre-deux, là où il n'y
aurait qu'un *pas* à faire, le pas de l'Un ou de l'infini.

L'appel[1]

La naissance-éclosion où le corps surgit, c'est l'événement qui appelle à être nommé, surtout s'il ne rappelle
rien. Mais avant l'événement, il y a le Nom, qui l'avait
appelé... à être. Et en même temps, le Nom infini (où

Pourtant, aujourd'hui, cela devient soutenable de dire qu'une
danseuse est *une* femme qui danse : elle n'est plus prise en charge
par un mythe ou par une image idéale ; elle est tout impliquée,
avec son corps, son désir, sa dramaturgie personnelle, dans cette
quête du féminin qui prendrait corps à travers elle. Elle peut se
désubjectiver parfois, dans son abstraction mouvementée, mais
toujours quelque chose la ramène, la fait revenir à elle-même,
quelque chose d'autre que la simple gravitation. Son but est
d'exister et de transmettre cette existence.

1. En écho à un beau texte de Badiou – paru dans le recueil
Danse et Pensée (Actes du Colloque GERMS, 1992) – dont les
vues sont différentes des nôtres.

le spectateur
– désir

s'évoque le divin), c'est l'événement de l'appel possible, c'est le recours entre deux corps, la condition pour qu'il y ait de l'entre-deux-corps. Entre deux noms, comme entre deux corps, il y a l'origine innommée. C'est pourquoi le corps dansant est à la fois singulier et anonyme – ou anomique. C'est qu'à bord de tout nom il y a l'innommable ; et le corps dansant est le messager de l'un à l'autre, il *assure* l'entre-deux.

Le spectateur aussi est à la fois singulier et générique. *Dans la danse, la foule a le regard du genre humain sur la naissance de ses membres, de son corps collectif.* Ce regard spectateur est désirant. Il désire l'événement de sa propre naissance et il l'appelle du regard, devenu de ce fait objet porteur de désir. (C'est contraire au credo lacanien pour qui désirer c'est « découper » l'objet « cause de son désir » sur le corps de l'Autre – de la mère, de l'analyste ou de la danseuse ; sans cette découpe, impossible de déclarer qu'il y a « désir ». Tant pis. Ici c'est tout le corps ou plutôt son *existence* qui porte le désir ; le désir de son existence pluralisée.)

La « scène » dont il s'agit pour la danse est celle de la naissance – scène toujours « autre » et pourtant familière ou familiale. Quiconque assiste à une scène de naissance – réelle, ordinaire – connaît la claque de vérité et d'émotion que cela fait, l'angoisse du double et de l'étranger au cœur de son intimité. L'émotion que donne la danse est de cet ordre : tenter de réconcilier l'humain avec sa naissance possible[1].

---

1. L'espace de la scène dansée, Mallarmé le veut « réel ». Veut-il dire : non surchargé de suggestions, de raffinements ou de décors ? De fait, le moment de la naissance est le seul où l'on se moque bien du décor. En quoi il diffère du moment de la mort, qui lui implique décor, solennité, hypocrisie… La peur de la mort exige des déguisements. Dans la naissance au contraire, les adultes ont

La danse reprend l'acte de détresse où le corps, par un symptôme, nomme ce qui manque et qui manquera jusqu'à la mort. Elle reprend ce geste, quitte à prendre tout le corps comme symptôme, à l'arracher de cette place. Elle déracine le corps pour l'affronter à ses racines. Et ainsi, du fait qu'*elle donne le corps pour le nom manquant*, elle reconnaît les maladies et guérisons, elle célèbre les captures dans le symptôme – qui dure ou qui éclate.

Avant le nom, il n'y a pas de silence – sauf le silence du Nom ; pas plus qu'il n'y a d'espace avant le temps – sauf l'espace du temps à venir. L'espace est déjà infiltré de temps, du temps qui le fait émerger ; et avant le nom d'un corps il y a la corporéité du nom, inouï comme celui de l'être, et dont chaque corps prélève sa part, comme il prélève dans le grand Temps son temps de vie. Au prix d'un acte de naissance.

L'affairement silencieux

Pourtant il y a un travail du silence, d'une sorte de musique intrinsèque à la danse.

Voici. La danse va chercher le corps dans ses retraits intimes, ses replis distraits, pour l'entraîner à se déployer,

---

oublié leur peur de la vie, et le corps qui jallit n'en est pas encore conscient ; trop innocent et occupé à autre chose.

Du coup, la peur de revivre la naissance peut exiger pour certains le détour d'un décor. Et il y en a de très beaux. Celui de Pabst pour Pina Bausch (dans *Tanzabend*) par exemple : au fond de la scène un bateau pris dans les rochers, et à l'avant c'est la plage ; tout ce qui se passe gagne à être perçu au bord de la mer ou à bord d'un bateau…

à «s'éclater» (selon quels éclats, tout est là), à voler en
éclats, d'un vol qui défie les pesanteurs, pas seulement
celle de la terre.

La danse vient vers les corps et les corps vont vers
elle, ils y entrent, pour y chercher leur élément, l'élément qui les porte, les transporte vers leurs limites à
franchir, à mieux articuler. L'élément que les corps
cherchent est fait d'espace dense – air, eau, lumière,
vide cosmique. Dans cet espace les corps se posent et se
reposent comme des questions : l'élément les décompose, les recompose au-delà d'eux-mêmes.

Il y a *composition des corps* – musicale, formelle,
sonore ou silencieuse. Elle exige toute une pensée de l'es-
pace-corps ; elle l'entretient. La danse est une façon de
faire penser le corps : de le faire répondre aux appels
d'être qui le concernent ; aux occurrences du corps – où le
corps arrive comme événement. Le faire répondre à ce
qui le révèle sensible, ou qu'il révèle comme point sensible. Là est l'*affairement silencieux* où le corps se saisit
et se dessaisit de lui-même ; aux prises avec ce qui lui va,
et vers où il va sans cesse – subtilement, obstinément.

Comme une pensée, la danse est l'art de la rencontre
– d'un corps avec l'Autre qu'il invoque ou révèle.

Dans ce silence, il s'agit de *faire parler ce qui prend
corps*. Là le corps dansant évoque l'enfant qu'Héraclite
a nommé Temps, qui joue à déplacer les pièces de son
jeu. L'enfant ne sait pas que ces pièces qu'il déplace sont
des parts de lui-même ; le corps dansant, lui, le sait, et
travaille à le savoir, aussi loin qu'il peut. C'est même
pour ça qu'il s'affaire, drôlement. L'enfant d'Héraclite
est dans l'affairement narcissique ; il y est livré, absorbé. Le
corps dansant aussi ; mais il y cherche quelques «prises»

de conscience, quelques appuis d'espace abstrait où la conscience s'accroche. Que le narcissisme soit de vie ou de mort, de jouissance ou d'ennui, le corps est en quête de soi à travers l'autre qu'il pourrait être ; et qu'il n'est pas (quand il l'est, c'est que l'autre a disparu).

Le silence de cette quête résiste à toute musique ; c'est le même silence où les corps s'affairent aux choses de l'amour. (Dans certains rites cosmiques et d'attentes intenses le silence précède les grandes révélations.) Ce silence du corps dansant, ce silence qu'il mobilise, d'autres arts le cherchent dans leur matériau. La poésie travaille le corps des mots – les mots, elle les travaille au corps – pour atteindre leur silence et le transmettre comme origine et fin du Dire[1]. De sorte que la limite des mots, on sait ce que c'est ; on croit savoir ; cela peut faire résonner le silence de la Chose… Mais le silence des corps est plus fort, plus bouleversant quand il se *produit*. La danse s'agite beaucoup pour le faire entendre, malgré les bruits ou la musique. Elle fait « parler » les corps (parfois avec des mots – c'est un risque, mais certains peuvent le prendre et jouer avec). Elle fait passer le corps aux aveux. La danse n'est pas muette ; elle *langage* dans ses « mots » ; elle en joue à plusieurs niveaux – d'intensité, d'énonciation –, mais ce qu'elle dit, nul autre mot dans d'autres langues ne peut le dire. La danse est très parlante, *elle fait parler ce*

---

1. Au fond, tout art est une limite de la parole ; c'est le désir de faire passer à la limite tout un champ. La musique, la peinture… Si des discours courent après l'art, au pas de course, pour tenter de le rattraper, ils ont leur place et leur fonction : conjurer l'excès de silence qui peut être traumatique, écarter l'incompréhensible, apaiser la violence d'un certain vide. Le public y trouve son compte ; il sait que ces discours sont utiles et jetables.

qui dans chaque langage peut prendre corps ; elle s'intéresse à l'événement où ce qui arrive – en excès ou en manque – prend corps.

Le langage de la danse est celui du désir de *faire*. Elle fait le corps et l'espace comme on fait l'amour. Comme on se fête.

Du coup, « danser sa vie » – une belle formule d'I. Duncan – c'est mettre sa vie en mouvement, et *faire* face aux possibles. Légèreté des passages de l'un à l'autre. Danser sa vie, c'est faire agir sur elle l'opérateur Danse. Et qu'est-ce qui vaut d'être dansé sinon « sa vie », l'appropriation de sa vie ? sachant que, pour chacun, *sa* vie lui échappe de toutes parts, même si elle se donne à profusion.

C'est pourquoi une pensée purement logique ou purement irrationnelle ne saisit rien de la danse. Ça ne danse pas, ça tourne, en rond.

La danse comme la pensée qui la porte est toujours dans un *entre-deux*, entre logique de l'ordre et logique autre[1]. Elle s'infiltre et avance à travers la combinatoire que produit cet *entre-deux* ; l'interaction infinie qu'il déclenche.

La transe et le corps-mémoire

Dans ma théorie de l'*entre-deux-corps*[2], le corps est lui-même un complexe, une complexité entre corps actuel et corps-mémoire, chacun d'eux ayant deux niveaux,

1. Voir *Le Nom et le Corps*, Paris, Seuil, 1974.
2. Voir note p. 25.

celui de l'appel et du rappel. Le corps actuel fait *appel*
pour quiconque le perçoit, y compris pour le sujet lui-
même qui y perçoit telle sensation ; et il fait *rappel* lorsqu'il éveille un souvenir ou un fantasme qui s'y rattache.
De même le corps-mémoire comporte le rappel mais
aussi la simple présence de perceptions qui font appel.
Le *corps actuel* n'est ni naturel ni le contraire ; il est là,
il se présente comme il peut avec tout son passé ; il n'est
pas donné, il cherche à rendre possible le geste de se
donner. Le *corps-mémoire* c'est tout ce qui tient et qui
retient ; il peut être de la chair aussi bien que du verbe. Le
corps actuel aussi. Et ce qu'on appelle « corps » ce serait
l'espace des passages entre ces deux corps ; passages
marqués par l'extase, le bien-être ou la fatigue… (Le
corps se fatigue d'être pris dans des passages qu'il ne vit
pas, et qui deviennent des impasses.)

Dans ce contexte, les *états extrêmes* sont faciles à repé-
rer, dès lors que l'on situe l'*effet de corps*, c'est-à-dire le
« corps », puisque celui-ci est un « entre-deux », entre
corps-mémoire et corps actuel. Par exemple dans la
« *planète* » où se trouve le drogué, l'*effet de corps* se
réduit au corps actuel : le sujet est enfoncé ou défoncé
dans son corps présent, actuel, dans une bulle hors du
temps. C'est une sorte de naissance morte, morte à la
mémoire. Dans l'état de *transe* (attribué à l'« hystérie »
mais bien plus vaste qu'elle) on se trouve dans le corps-
mémoire, côté appel ou rappel. Le mot *transe* vient de
transir, qui signifie aller au-delà et qui curieusement a
produit deux significations disctinctes, transi (gelé) et
transiter (passer par). Mais *transe* a souvent signifié
« inquiétude mortelle », où un danger est affronté puis
traversé – en vue d'une renaissance. L'état second
qu'implique la transe c'est que l'*effet de corps* est passé
entièrement du côté du corps-mémoire, qualifié d'in-

conscient, de sacré, ou de divin. (On a tenté d'observer des transes «objectivement», de mesurer leurs composantes physiques, voire chimiques; ce fut toujours l'échec car cette approche objective exclut déjà ce qu'elle prétend voir.)

Bien sûr, les états extrêmes (ou les états limites) du corps ne se réduisent pas à la transe. Outre les maladies et autres lésions ou accidents, bien des pratiques comportent de tels états et sont recherchées pour cela. Exemple: les exploits sportifs. On y cherche l'état limite ou extrême de l'Autre: une nature déchaînée, des contraintes féroces appelées compétition… Et ce, pour produire une riposte édifiante du sujet: oui, on peut tenir dans de telles conditions, on peut passer, traverser seul l'océan… Donc vous pouvez vous aussi tenir le coup, vous qui avez des contraintes bien légères. Reste que dans ces exploits, comme dans la transe, la transcendance du destin est invoquée. Les concurrents sont saturés de facteurs techniques ou rationnels, leurs niveaux sont très proches, et c'est «Dieu» ou le hasard, c'est-à-dire l'Autre, qui décidera.

Dans la transe donc, on se trouve dans un état d'auto-hypnose *avec* le corps: c'est lui qu'on prend comme objet (et support) d'hypnose. *L'effet de corps, entièrement pris dans le corps-mémoire, est soumis à l'hypnose à partir du corps actuel.* Et cette auto-hypnose est à degré variable, selon l'intensité, le rythme, les mouvements du corps actuel. Ce sont des mouvements alternés où le corps est jeté-repris, perdu-retrouvé, perçu-rappelé… dans un jeu d'alternances plus vaste que celui de la présence-absence. (Ou plutôt, celle-ci joue à des niveaux différenciés.) En tout cas, comme dans l'alternance du souffle (inspiration-expiration), on aboutit à une sorte d'orgasme – absence ou petite mort, appelée aussi transe. Elle est dite archaïque, régressive, primitive, avec retour à la mère… mais on oublie souvent que dans ce retour l'enjeu s'appelle *naissance*, remise au monde. La perte de conscience ou de contrôle qui s'y rattache est là pour signifier que le « corps » s'épure de ce qui entravait cette naissance, cette émergence de l'entre-deux-corps.

Dans ces états où le « corps » s'expose à l'Autre – à l'inconscient – avec lequel il a tendance à se confondre, réalisant le fantasme d'être refermé sur l'Autre et en même temps de le contenir (d'être les deux corps en même temps), deux effets essentiels surgissent : d'une part la *lumière* (que j'appelle lumière d'être, et qui inclut la vision, l'hallucination, l'éveil onirique plutôt que le rêve éveillé), d'autre part le *son musical*, exprimant la « voix » de l'Autre pour peu qu'elle se fasse entendre. Le *cri* de l'enfant qui naît et la *lumière* de son regard en seraient le paradigme. D'autres effets se manifestent : halètements, insensibilité… qui comptent aussi pour ouvrir l'espace psychique, pour lui donner lieu. (Rien d'étonnant si l'espace s'ouvre et se module à partir des changements de rythme ou de vitesse, autrement dit à partir des mises en acte corporelles du temps.)

Ajoutons que dans ces scènes les vêtements sont très pratiques car ils permettent la déchirure, le déchirement, autre que celui de la peau. Dans certaines danses de deuil, les pleureuses attaquent la peau également, et le sang sur leurs joues dit qu'elles ont perdu la raison… avant de la retrouver pour se faire payer par la famille qui les avait commanditées. On verra plus loin que la mystique « double » la danseuse, mais cela n'exclut en rien la danse mystique.

Pour la danse, l'enjeu est clair en tout cas : *produire*

l'instant de retournement du corps pour qu'à partir de l'Autre, enfin touché, le sujet puisse naître au monde. Ce n'est donc pas une quête du ciel ou de l'enfer mais un passage par ailleurs pour advenir ici et faire que le monde accouche de lui-même, se « produise », apparaisse, dans sa lumière sonore.

Petite retombée de ce vaste projet : vous regardez un spectacle de danse ; ou bien vous sombrez dans une torpeur proche de l'hypnose, sous l'effet du *corps actuel* qui fait chanter comme une harpe votre « image-du-corps » ; ou bien votre esprit foisonne d'idées (d'images, d'associations, de pensées imminentes…), et c'est que vous êtes identifié au *corps-mémoire* des danseurs, à l'Autre-corps que leurs gestes appellent. Le plus souvent vous êtes l'entre-deux, ballotté de l'un à l'autre, dans un mouvement qui vous fascine ou vous éveille ; et qui peut vous faire « partir » – de la salle ou de vous-même…

Beaucoup ne peuvent *partir* que dans un état second.

La danse est une « sortie » du corps, comme on fait une « sortie » violente quand tout se ferme. Comment ne pas évoquer cette grande « sortie » qu'est la naissance réelle (que la fameuse *sortie* d'Égypte veut aussi évoquer, dans le sillage d'autres sorties hors du corps « maternel ») ?

Les femmes assistaient peu à la naissance de leur enfant, donc à leur propre naissance de mère ; trop prises dans l'angoisse. Aujourd'hui c'est plus fréquent, avec l'accouchement « sans douleur » et autres *péridurales*. Les hommes aussi étaient submergés par l'angoisse, l'absence de corps, l'irruption du nouveau corps. Dans la danse toutes ces angoisses sont rassemblées, jetées sur scène dans ce corps qui se dresse et dispose de lui-même, comme un corps qui serait porté par sa naissance et par son choc avec le monde. *Pour chacun, son corps c'est son événement d'être, si essentiel qu'il devient métaphore de l'être.* C'est donc plus que la «forme contingente» que prend son existence nécessaire. C'est le capital ou le trésor originaire qui le précède et entérine ses attaches avec le monde, ses points d'accrochage avec l'être – qu'il est appelé à vivre après coup. Le corps est pour chacun une métaphore de l'univers, et de ses potentiels d'existence. Cela implique que le corps n'est pas une chose du monde, car l'être – qu'il métaphorise – serait alors une chose du monde, ce qui est absurde (ou purement fétichiste).

Si pour chacun le corps est le symbole de son être, il devient le support réel de son manque-à-être. Avec ça il peut «*évoluer*»: être avec lui-même en mouvement. Avec le temps ou l'espace. (On voit bien que c'est du même ordre.)

La danse questionne les rapprochements du corps avec d'autres, et avec lui comme effet d'entre-deux-corps.

Naissance. Exist-danse…

En un sens, l'*existence* ne peut être que dansée. Et faire du corps un événement, c'est lui donner ses chances de vivre, d'exister, c'est en faire un enfant du hasard.

*danser
– "faire un enfant du hasard"*

Énergie

L'*énergie dansante* fait danser l'entre-deux, les formes passagères et transitoires ; la danse *traduit* la masse corporelle en énergie, et l'énergie en masse. Le corps est une réserve d'énergie dansante, tout impliquée dans la naissance au « monde », la naissance du monde, dont le danseur fait partie comme il fait partie de sa danse.

Pour un corps, il y a l'énergie d'existence et l'énergie de mouvement ; l'énergie de ce-qui-est et l'énergie de l'être-en-devenir. Et cela se prouve et s'éprouve dans la danse, comme potentiel de passages d'un monde à l'autre, absorbant l'énergie d'un côté, la restituant de l'autre ; échangeant sous nos yeux énergie et masse.

Et dans ce mouvement d'existence, entre deux mondes, nous sommes les déchets de nous-mêmes, ou les déchets d'un autre monde ; et en même temps, les sources ou les ressources d'une renaissance.

Après tout – et la Physique d'aujourd'hui s'en émer-veille –, le monde est de l'énergie qui danse : qui cherche au hasard des passages marquants, des mutations fécondes.

De ce point de vue, le corps refuse de n'être qu'une substance ; il refuse ce qu'a d'ultime toute substance. Les gestes décisifs d'une danse sont de vraies interactions entre des champs corporels qui se touchent et se recou-pent, et que la danse maintient ensemble par des trans-ferts d'appels, des jeux de rappels – porteurs d'énergie.

Intermède

La danseuse orientale

C'est une danse très florissante en terre d'Islam, et qui vient peu à peu en Europe. Elle met en acte le rapport à l'Autre-femme, à la mère, à l'espace, à la jouissance de la « Matrie » – enjeux cruciaux de l'Islam. C'est la *danse* dite *orientale*, ou sa version plus précise appelée danse du ventre, comme pour désigner l'organe qui danse ou qui s'émeut, le ventre-matrice ; forme physique de jouissance matricielle.

Certes, toute danse est en marge des mots, au bord de la musique ; elle danse entre la musique qu'on lui donne et celle qu'elle produit. Elle vise l'extase, l'ex-statique, donc le mouvement où le corps rejoint ses sources d'être. Mais cette danse-là semble une cérémonie limpide, transparente et précise, où la charge d'émotion s'accroche aux seins et au bassin d'une femme qui danse – du ventre – aux sons d'un orchestre ou d'une cassette de « musique arabe » ; pour célébrer quoi ? deux objets cruciaux, seins et bassin, objets de la femme et de la mère : une femme fait jouer devant la foule l'objet de l'Autre-femme – de la mère ? – à travers quoi elle peut elle-même devenir femme. Ce ventre est à la fois le sien et celui de l'Autre qu'elle fait jouer ; ventre commun aussi de la Oumma – de la Matrie – jouissant d'elle-même.

A Marrakech, au Caire, à Istanbul ou ailleurs, c'est la même chorégraphie, chargée de tradition : idéalement une salle obscure pleine d'hommes – mais les mœurs changent, le public est plus mêlé. Scène éclairée où la danseuse évolue, traçant avec les bords de son ventre – ses hanches –, avec les antennes de son ventre – ses mains, ses bras –, les mêmes figures circulaires ou en huit. Les secousses de la hanche ponctuent celles de la musique. Entre-temps le corps évolue selon un rythme mélodique parfois chanté. Légèreté variable selon la danseuse ; le bassin indique les montées successives, les ondulations répétées, les vagues suggestives. Au-delà de ce bercement, une scène se joue ou se danse, primitive sans doute : la mère allaite ses enfants d'un flux de son corps continu et musical ; elle leur rappelle la présence de ses seins vibrants et de son ventre qui les berce ; donne corps à la mémoire fondatrice de leur lieu de naissance…

Les hommes sont là, tous frères (donc homologues : pas d'autre femme à l'horizon que Celle-là : l'image de La femme ; que ferait là une femme *autre*, si elle n'est la réplique de celle-là ?). Celle-là, mère sublimée, porte le *conceptacle* de ses enfants, les nourrit de son corps comme la langue arabe porte et berce ceux qui la parlent. Elle vibre et chante dans leur corps. Que réveille la danseuse dans ces corps d'hommes ? l'image-mère assoupie qui se dresse en même temps qu'elle ? L'érection de son image dans ces corps provenant d'elle caresse leurs tripes qui sont les siennes, et les intègre à la Matrie qui prend le relais de la Matrice.

La femme est légèrement vêtue, seins et hanches couverts. Le voile qu'elle tient anime le rite du voilement-dévoilement. Elle danse sa nudité devant ses « fils » éblouis. Elle fait danser pour elle aussi son corps de femme, de femme-Autre qu'elle apprivoise, qu'elle ne cesse d'être. Elle passe en courant d'un point à l'autre de la piste, parfois infime, mais «réelle». Elle passe comme une mère à demi nue passe furtivement d'une chambre à l'autre, devant ses fils au regard hagard, inondés, sans recours, ravis à leur insu. Qu'elle soit mince ou massive, grasse ou gracile, elle fait jouer la scène primaire : la mère et son fils collectif. (Le père est ailleurs, ou plutôt il est lui-même l'un de ces fils puisque La femme – comme fille, épouse ou mère – est aussi la langue-mère, la terre, la demeure, la tension érotique et religieuse qui maintient tout cela à demeure.) Ce qui fusionne l'ensemble ambiant – Oumma ou Djamâa – s'exprime dans ce bercement où la danseuse, en connivence avec la mère, célèbre la transfusion entre la Mère et les fils.

C'est la naissance prolongée.

Cette danse est simple dès qu'on arrive à «décoller» le bassin pour pouvoir presque le tenir entre ses mains (comme dans certaines sculptures d'Afrique des femmes tiennent une cruche ronde, comme un ventre, celui dont elles sortent et le leur qu'elles vont remplir). C'est une arabesque vivante, une calligraphie originelle en résonance avec celle de la langue arabe, dont le chant est une vraie danse du verbe ; incantation, cri nostalgique, exil de soi en soi dans le giron de la Matrie. L'horizon est tenu, cerclé par l'équation où la mère égale la Femme égale la langue égale le Dieu égale l'origine retrouvée égale la pleine identité qui vit cette effusion. Marquée d'exil tout de même, car dans le réel, le grand Corps maternant ne nourrit plus tout son monde, même si le lait qui en suinte est sacré, et si la langue du Coran prend le relais de la Matrice pour lier la Oumma.

L'incantation crée une dépendance physique aux effets qu'elle produit ; une dépendance presque hypnotique au Texte, ou plutôt à soi-même disant le Texte, portant la voix de l'autre dans la sienne propre ; comme le prophète porte dans sa voix celle de l'Archange. Cette effusion des deux voix ponctue aussi la fusion entre *poétique* et *politique*, entre le cri de l'appel et l'acte qui exécute, entre la foi et le social ; comme entre foi et drogue (dont le lien est fort connu). Dans l'incantation, le fantasme est fixé à son suspens, et sans cesse reconduit en jouissance nostalgique ; sous le signe de l'hypnose et de la fascination [1].

Cette danse « orientale », sans être toujours extatique, contourne en un sens le principe paternel. Elle semble concerner le déploiement du féminin. Mais elle a sa « référence » symbolique : le collectif qu'elle fait jouir, collectif – langue – où domine la maternance. Ou plutôt, on dirait que l'organe essentiel (seins et bassin) prend par le biais de l'incantation, de la langue-musique-incantation, les contours du corps collectif où pères et fils sont compris, dans le même envoûtement.

L'étonnant est que lorsqu'on voit des versions plus modernes, chorégraphiées, de cette danse, reprenant juste quelques traits évocateurs de la terre d'origine, on retrouve la même clôture « matricielle » – où l'homme échoue à se dégager de cette emprise. Prégnance « matricielle » de l'espace-matrie : même modernisée, elle fait en sorte que l'espace-danse s'y retrouve délicieusement enfermé,

---

1. Chez les Latins, le *fascinus* c'est ce qui chez les Grecs s'appelait… phallus.

presque à son insu. A défaut de la langue, quand c'est sans parole, il y reste la pression, la fascination de la musique «orientale», de la lumière, du décor – portes et ruelles – et le champ de gravitation exercé par la Femme, où l'homme a beau tourner et se retourner, il vient toujours s'y échouer. Ou plutôt il y reste, dans la bulle-mère comme la mouche dans une bouteille. De sorte que certaines formes originelles, comme l'ancrage dans la mère, ne se laissent pas si facilement «moderniser». Leur emprise est trop forte.

D'où la dérive – et le soulagement presque – quand c'est la quête du plaisir qui l'emporte. Certaines danseuses orientales savent ouvrir leur danse vers moins de prégnance maternelle, et plus d'appel sensuel; leur corps court d'un point à l'autre de la rencontre pour y porter sa vibration, son déploiement. Ce n'est plus une célébration solennelle de l'emprise mais un moyen de connaissance de nos modes d'être dans l'espace.

Cette danse orientale nuance le préjugé selon lequel la danse célébrerait le corps mystique, supposé marqué du sceau chrétien. Or cette danse est assez loin de l'«espace chrétien» où certains limitent l'approche des problèmes chorégraphiques. (Alors que, même dans le champ chrétien, l'option mystique n'est qu'un cas très limite.)

En revanche, cette danse illustre l'entre-deux-corps, corps-mémoire et corps charnel entre lesquels il nous faut naître à travers le jet des fantasmes, des paroles (tues ou rabattues), et des «objets» mouvementés.

La danse montre comment tout cela se met en mouvement; comment chaque corps dansant travaille l'abîme, et il a beau s'autofonder, il reste un funambule de l'être, de la place en manque ou en excès.

Dans cette danse du ventre, c'est plus simple et plus clair : le corps vient prendre place dans un fantasme prêt-à-jouir, et accueillant – ô combien : c'est l'accueil du nouveau venu par la femme-mère (la maison-mère). Ce peut être l'invité, ou l'homme-toujours-nouveau-né… Le mot pour dire « bienvenue » en arabe (MRHBa) a une racine qui dit l'espace : il y a de la place, de l'espace, venez… Et consommer cette « bienvenue » ou cet accueil c'est partager la nourriture : être ensemble branchés sur la même mère nourricière [1].

Il y a d'autres danses du monde arabe. Celles des derviches tourneurs par exemple, qui atteignent l'extase. En arabe, le mot « derviche » (d'origine perse) signifie « pauvre ». Quand on fait l'aumône au pauvre, on lui rend le « bien de Dieu », le bien que Dieu lui destinait mais qui s'est perdu en route. Si la danseuse orientale dispense à son public son bien charnel, le derviche lui reçoit le sien en se branchant sur le divin, directement, avec son corps. Et ça tourne. Ça tourne à l'infini, sur l'axe de ce branchement avec le ciel, qui se nourrit de lui-même. La nourriture de la danseuse orientale ne lui va pas : il lui faut la fusion avec la matrice divine. Très oriental aussi.

Bien sûr, toute danse réécrit des fantasmes et cherche à les interpréter, les transférer, les célébrer… Mais ce faisant elle relève d'une économie de jouissance bien

---

1. Ce point de vue aide à comprendre les contractions presque utérines de rejet de l'étranger qui saisissent certaines matries (telles que l'Algérie d'aujourd'hui) : comme si la matrice se rappelait le temps où elle était « forcée » ; et, ne pouvant vivre autre chose, s'acharnait à s'épurer par secousses saccadées et mortifères. (Voir là-dessus notre livre *Événements II*, Paris, Seuil, 1995.)

plus que d'un corps institué. Ici, les deux termes coïncident : la jouissance de la matrice s'est située dans le corps-matrie. Située, plutôt qu'instituée.

Mais au-delà de ces enjeux, il faut rappeler que la danse orientale, comme toute danse, se donne l'espace où le corps peut *jouir de sa liberté*. Certaines danseuses ont cette liberté de mouvement, cette maîtrise qui leur met le corps à portée de main ou de regard ; elles jouissent d'en jouer, de le tenir, de lui lâcher un peu la bride, lui laissant même des maladresses, le laissant vivre comme l'écho vibrant d'une solitude devant l'abîme ; et du plaisir sinueux qu'elles savent en tirer ; plaisir qu'elles insinuent dans leur regard et dans le vôtre. Elles savent ne pas se réduire à cette maîtrise ; elles savent «parler» à leur corps, et le laisser complètement être leur porte-parole. Celle que je viens de voir, à l'instant, une danseuse du Maroc, a sa maîtrise dans la main, comme une pièce d'or ; elle dit clairement, avec son corps, qu'en marge des enjeux de la danse orientale elle se tient bien sur ses gardes : accrochée au pur plaisir de danser ; accrochée de toutes ses fibres en arabesques.

4

DANSE ET LOI

Chaque danse se lie, même par une pensée ténue, à la culture dont elle émane, au lien symbolique qu'elle fait vibrer ou grincer. Mais peut-on mettre l'*inhibition* qu'elle doit vaincre au compte des seules institutions ? Par exemple, la législation chrétienne avait proscrit la danse, dans la foulée de la lutte contre la magie. Mais la Bible hébraïque, bien avant le christianisme, avait formulé les premiers interdits contre la magie, sans pour autant proscrire la danse. Dans la Bible, c'est aux yeux de sa femme jalouse que le roi dansant est indécent. Si pour l'Institution chrétienne la danse est indécente, cette Institution, tout comme la femme jalouse, n'a pas valeur universelle. Et la danse du roi-poète subvertit la magie en la battant sur son propre terrain : l'exaltation, l'inspiration – devant la Loi ; la transe. Aujourd'hui, la vindicte de l'Église contre la danse s'est fatiguée, relayée peut-être par d'autres crispations. En outre, le couple sujet-institution n'est pas toujours réductible au couple sorcière-inquisition, ou hystérique-oppresseur.

La loi de la création

Donc, la danse fait parler ce qui dans chaque langue peut prendre corps. Elle fait parler tous les langages quand ils sont réduits à du corps : quand on n'y comprend rien, quand ça s'engage dans le mystère, l'imprévisible. L'imprédictible. On dit « la danse des électrons », ou des spermatozoïdes, ou des abeilles, ou des bêtes avant le rut… Bizarrement, devant un mouvement dont les lois nous échappent, on dit que « ça danse ». On ne dit pas : la danse de la terre autour du soleil ; c'est une ellipse, en gros. Mais on dira : la danse des particules dans un mouvement brownien, qui semble « purement » aléatoire ; sa loi, qui existe, n'étant pas évidente. Comme si la danse était *l'aspect du mouvement qui touche le corps d'avant la loi*, au passage de la loi, juste là, devant elle. Comme la danse du roi devant l'Arche de la Loi.

Or la Loi est un complexe infini où des lois se prélèvent. C'est un lieu incandescent où la parole s'*ignifie*, et où s'opèrent entre corps et âme – disons entre deux « corps » – certaines transmutations (avec sublimations, conversions, somatisations…). La Loi est donc présente, à l'œuvre, au seuil de toute « naissance » ou mutation ; aux points critiques de l'événement-corps.

Décidément, l'épisode du *roi danseur* dit toute l'acuité du rapport entre danse et loi, ou entre danse et symbolique. La danse y accompagne le *mouvement de la loi*, son transfert, son déplacement d'un lieu à l'autre. Mais c'est le roi qui danse. Et son corps est *à la fois paternel et désirant*.

De fait, le corps dansant est toujours appel de loi *et* détresse du manque de loi. Même cette loi qui a vraiment le dernier mot, la loi de la « chute » des corps, avec laquelle les corps luttent et jouent pour ne pas tomber (sachant qu'ils tombent et rebondissent jusqu'à ne plus se relever) – cette loi illustre bien la présence intrinsèque de la Loi, qui pour fonctionner n'a pas besoin d'institution.

Précisons en passant ce lien sujet-institution. Dans la danse plus qu'ailleurs, il y a un *allègement* de la fonction-sujet [1]. Une bonne partie de ce par quoi je suis un « je » passé dans le jeu du corps, qui se met à jouer pour son compte, comme si l'« objet » appelé danse prenait la parole en son nom, et parlait en retour au sujet qui le produit. Cet allègement déploie donc la fonction sujet entre « moi » et ma danse, entre mon « je » et le jeu qui s'est ouvert. Le danseur n'est ni sujet ni a-sujet ; il mouvemente la fonction-sujet qui s'empare tantôt de lui, tantôt du public ou de l'Autre à travers certains « objets » (par exemple l'objet de la mère – seins et bassin –, l'objet de la terre – le mur…) [2]. Le corps danseur relance la fonction-sujet comme pulsation d'altérité qui rend les corps et les lieux disponibles – à la présence, la rencontre, l'événement d'être. Il n'est pas nécessaire de « se sentir sujet » pour être lié au potentiel des liens ; et des manques de lien. Être sujet, c'est seulement être disponible de temps à autre à la *fonction d'altérité* – pour faire danser le verbe *être* en corps.

La technique occidentale pose la question du *faire* et du *trans-faire* à l'échelle planétaire. C'est sa façon d'affronter l'être grâce à l'être-avec : l'*être avec ce qu'on fait*. La danse contemporaine pose les questions du corps

1. Voir *Le Peuple « psy »*, Paris, Balland, 1993.
2. Voir ci-dessous « Danse et objet », p. 239.

dansant sur un mode analogue : qu'est-ce que l'on peut, avec un corps, trans-faire ? que peut-on lui faire parcourir ? quels risques lui faire courir ? Liberté-risque. La technique est utile, mais c'est aux limites du trans-faire que « ça se passe ». Nos sociétés modernes sont plus dominées par les *limites* de la science et de la technique que par la science et la technique. C'est quand une technique s'enkyste dans ses limites qu'elle devient tyrannique. Comme une erreur[1].

Dans d'autres cultures, la danse, comme la musique, est prise en charge par la loi de la tradition, ce qui lui résout bien des problèmes. Pensez à tout l'indécidable qu'affronte le filon musical de Bach, Mozart, Berg ou Boulez… et comparez au filon d'une musique rituelle, déjà en place, où il n'y a plus qu'à se retrouver ; ou à l'espace étale d'une musique « orientale ». C'est du fait que la danse en Occident n'est *a priori* « portée » par rien – de rituel ou d'installé – qu'elle tire sa force et son potentiel infini. Elle doit aller chaque fois puiser dans le trésor des gestes, selon des prises nouvelles. C'est de n'avoir pas de « raison » précise qu'elle en appelle à l'infinité des raisons. Ouverture sur l'être, que l'homme actuel, orphelin de tradition, doit affronter.

En Occident, bien que simple spectacle, la danse irradie du convivial, presque du « rituel ». Elle rejoint ainsi les traces effacées des vieux rites, sous le prétexte de simplement se rassembler. Elle peut même remodeler ces rituels, dans son sillage : voyez une *capouéra* – cette danse brésilienne ; sur scène – ou à la télévision – elle a

---

1. Voir *Entre dire et faire. Penser la technique*, Paris, Grasset, 1989.

danse occidentale surmonte le
→ danse de cour - convivial rituel

quelque chose d'étrange ; elle semble surmonter le
rituel qu'elle a été, rituel qui à son tour surmontait l'impasse quotidienne des esclaves (dont c'était la danse) :
l'impossibilité de se battre, car leur maître ne voulait
pas qu'on lui casse l'outil de travail – ses hommes.
Alors ils se battaient, et quand le regard du maître s'ap-
prochait, ils feignaient de se battre. Or le maître peut
s'approcher à tout moment. Infléchir soudain la lutte
vers la danse où la lutte se dissimule pour éclater au
grand jour quand le maître s'éloigne… D'où une danse
de lutte *juste en deçà* du corps à corps.

Le regard moderne reprend cela, et il en joue autrement : *juste en deçà* du rituel.

Et parfois le refus du rituel est une façon de rester en
prise sur la loi… de la création. En refusant le « créateur » personnel qu'impose telle religion, certains veulent rester en contact avec la création comme telle,
comme fonction incessante. Même clivage pour la Loi.
La Loi n'est pas l'institution. Les deux se croisent à
peine dans le cas de la loi juridique. La fonction *Loi*
comme telle déborde les institutions ; sa fracture symbolique les traverse, les contourne s'il le faut. Aux
entournures de cette Loi, un corps s'articule – à lui-
même et au monde – pour exister.

Créer c'est faire passer une matière par le souffle de la
Loi inconnue, par son inspiration. C'est une épreuve. Sans
qu'il faille trop de complaisance sur le tragique du créateur. Il paie de sa personne, ou d'une partie de son être,
celle qu'il tente de faire passer dans la création. Il perd
donc mais il gagne en même temps ; il se perd et se retrouve
dans ce qu'il fait. Et quoi qu'il fasse, il y a du *reste*. En
revanche, ceux qui ignorent la création risquent de payer de
tout leur être ; très exactement : il ne leur reste rien.

Le corps dansant : en proie à l'absence de limites autant qu'à leur présence. Il y va de leur mise au monde et de leur remise en question. Il a dû chaque fois réinventer ses codes, comme pour déplacer des limites. Ces codes reflètent d'autres limites et interdits, qui reprennent d'autres questions, avec à l'horizon une seule Question : celle des corps cherchant l'espace où exister, où émerger de leur ordre ou de leur chaos ; des corps cherchant leur place à travers leurs déplacements.

Dans cette recherche émerge la Loi intrinsèque par laquelle l'être prend corps. Car l'être ne prend corps, corps vivant et désirant, qu'en faisant passer de la matière par le chenal d'une certaine Loi ; et ces passages, de matière et de mémoire, sont les sauts – où ladite Loi se manifeste, non comme norme extérieure mais comme mouvement intrinsèque qui anime un devenir et lui permet de s'incarner.

Et même quand les danseurs ne tiennent qu'à un fil, qui leur permet de « voler », ils ne sont pas tirés d'affaire au regard de cette Question – y compris celle de savoir ce qu'ils font là-haut, en l'air, à battre ainsi des ailes…

Le corps porte la *loi* autant qu'il est porté par elle ; ils se débordent mutuellement. Il est porteur de la *loi en question* : en mouvement.

Se libérer du manque de loi

Il y a dialogue entre le corps et la loi ; tension, entre une jouissance débridée et l'instance qui la bride. Il s'agit de mouvoir le corps aux confins de la loi sans que celle-ci le perde de vue, sans qu'il bascule dans l'innommable, le n'importe quoi que seule vient combler une surcharge d'illusions… Interaction dynamique. (Voir les deux danses bibliques ; elles ont lieu devant la loi. David devant l'Arche ; Salomé devant le roi – pour arracher la tête de Jean.)

De quoi le corps danseur est-il chargé ? de porter un désir de contact avec l'Autre. (L'être du corps, l'origine, les racines…) Ce désir : faire vibrer l'écart entre humain et divin, profane et sacré, de part et d'autre d'une certaine mort. C'est dynamique : un corps chargé de tous ses élans – élans retenus, mis en mémoire et en attente – vient décharger tout ça du côté de l'Autre. Il jette tout ça comme une offrande, un rappel, une prière ; il se jette avec, avec les jets de son corps identifié à ce «chargement». Le désir en passe par le corps dansant pour rejaillir, pour s'éclairer, à chacun de ses pas ; se mettre en lumière.

D'où la fonction du corps dansant : rappeler aux membres du corps social qu'ils sont habités de désir ; ce désir qui chez eux est en panne. Dans cette optique, l'artiste est un *envoyé*, il est chargé par les siens de leurs élans méconnus, insoupçonnés ; chargé de porter tout ça de l'autre côté, du côté de l'Autre ; là où l'impasse de ces désirs réveille leurs traces originelles. S'il y arrive, un message est *délivré*, d'espoir ou de détresse, mais qui conjure le narcissisme du groupe, sa solitude hébétée.

L'artiste aurait pour charge de fléchir (ou d'infléchir) les forces chthoniennes, archaïques, inconscientes ; de les atteindre. Les forces de l'Achéron, je les mouvrai, disait Freud, parlant d'interpréter les rêves. L'artiste aussi interprète. Il se charge d'interpréter les désirs qui l'entourent et le hantent, surgis de lui ou venus d'ailleurs.

Le danseur interprète ça avec son corps et ses gestes désenfouis, inconnus ou codés. A la limite, il prend sur

lui les cramponnements qui ont pris corps, les crispations mentales des autres, pour les décharger autrement.

Le roi danse *à côté* de la loi, de son retour mouvementé ; et non pas *selon* la loi.

La danse questionne le dialogue entre ordre et chaos.
Elle invoque la liberté : pouvoir aller *dans* tous les sens.
Mais si l'on y va réellement, on ne va nulle part. Ce
n'est pas pour autant le chaos absolu. Le mouvement
brownien *semble* chaotique, mais sa lecture mathématique dégage des lois rigoureuses. Cependant, si un
groupe danse le mouvement brownien, le public n'a pas
le temps ou la distance d'en faire une lecture qui puisse
en dégager des lois. Il n'est pas là pour ça. La transmission doit être physique. Les corps qui viennent ont faim
de corps. Ils viennent voir la danse brandir le corps
comme emblème de servitude pour l'inverser, le retourner en objet de liberté.

Alors la danse fait ses choix dans l'infini du possible
grâce aux rythmes qui scandent, aux gestes qui ponctuent,
qui répètent. Elle choisit : elle garde certains degrés de
liberté ; la liberté initiale est trop béante ; et de ces degrés,
elle articule d'autres libertés mêlées de « lois ».
   La loi symbolise le possible, et par là elle le redonne.
   Car la loi sert aussi à vous libérer d'une limite, celle
qu'elle se charge de formuler ; elle vous libère de cette
charge ; vous pouvez donc explorer le reste des possibles, plus librement.

Bien des corps sont captifs d'une loi du fait qu'elle ne
s'est pas inscrite ; ils viennent se figer dans cette limite

manquante, dans ce manque de loi, et ne peuvent plus explorer d'autres possibles.

Les corps sont captifs comme gardiens d'une loi qu'ils ignorent.

D'où l'intérêt d'«étudier» – avec son corps et avec d'autres – la loi symbolique, dans ses ramifications, pour ne pas en être l'otage, pour n'être pas sacrifié à ses manques.

Le mot d'ordre «libérer le corps» (ou vivre son corps…) est un symptôme de ce manque de loi. Très peu en sont vraiment dupes. Des pédants y réagissent par le mépris, et c'est aussi un symptôme; de quoi? du fait qu'ils se prennent pour la loi.

Faute d'entendre ces symptômes, la libération va vers un régime dépressif ou purement narcissique – assez fuyant pour ne pas voir qu'il est réduit à lui-même.

Il faut comprendre qu'il s'agit souvent de se libérer d'un manque de loi, de reprendre contact avec la loi qui est à l'œuvre – pour qu'elle décharge le corps d'un poids qu'il n'a pas à porter. Si la libération sexuelle a plutôt foiré malgré des conquêtes réelles, c'est parce qu'on a cru qu'il s'agissait de libérer le sexe de l'emprise de la loi quand il n'est que l'otage du manque de loi et de l'angoisse qui s'ensuit. Libérer le corps c'est redisposer du corps, comme ouverture du possible, comme recours aux impasses où le manque de corps et de pensée est trop prégnant; c'est prendre appui sur le corps pour explorer l'être possible, les possibilités d'être – en passant par d'autres manques que le corps manifeste; par les renouvellements du manque.

De même, si la libération des femmes a souvent abouti à l'impasse, c'est qu'elles ont cru qu'elles n'avaient qu'à se libérer de la «loi des hommes». Or il s'agit de libérer l'action d'une loi tout autre, qui concerne la transmis-

sion du féminin, et qui pourrait se dire ainsi : une femme
doit sa féminité à l'autre femme, l'homme étant surtout
pris à témoin, et doublement : au titre de père puis de
compagnon ; témoin d'un processus qui s'il a lieu n'implique pour elle ni une dette compulsive, ni l'angoisse
d'être en faute pour en avoir trop pris, de cette féminité[1].
La loi sert de tiers entre les corps et les libère du coinçage entre deux femmes. Et si l'homme est « agressé »,
souvent à juste titre, c'est qu'il se dérobe à cette fonction
de témoin, essentielle pour que la loi puisse avoir lieu.

Liberté-loi du corps

Chaque danse reflète un rapport à la loi.

Pour la danse dite classique, la loi est entièrement
visible ; comme le roi soleil qui l'incarne ; qui n'a rien
d'un David. Cette loi est entièrement lisible, donc finie.
Or la loi a des racines invisibles, des prolongements infinis ; il faut brasser avec le corps beaucoup de chaos pour
la croiser. Elle est conditionnée par nos degrés de liberté
– de mouvement, de pensée, de parole. A son tour elle
les nourrit, leur offrant des appuis et non de simples
injonctions ; des appuis qui les libèrent ou les acquittent.

Quand la loi est écrite totalement, identique à sa trace,
elle rend inutile la pensée, car la pensée est une recherche
de lois. Et la danse, symbole de liberté de mouvement,
tend alors vers la simple exécution ; pédagogie du corps,
travaux d'embellissement, de réhabilitation.

Or la danse ce n'est pas seulement d'impliquer le corps,
c'est de l'impliquer sur un mode tel qu'autre chose

1. Voir « L'entre-deux-femmes », dans *Entre-Deux*, *op. cit.*, ou
La Haine du désir, *op. cit.*

puisse prendre corps au-delà des corps impliqués. C'est donc au-delà d'un travail *sur* le corps, «développant» ses capacités. Ce serait le cas si la loi était «naturelle» : l'homme identique à sa nature aurait pour charge de la retrouver. L'ennui, c'est que la «nature» de l'homme se définit par son absence. Les premiers humanistes le savaient bien ; ils savaient que l'homme est appelé à voyager dans cette absence, à l'explorer dans tous les sens. Ça les distingue des humanistes mous d'aujourd'hui, qui ont dit tant de bêtises qu'ils ont dressé contre eux une horde encore plus bête, dite «anti-humaniste», qui confond l'absence de nature humaine avec la «mort» de l'homme.

Que la «nature» humaine se définisse par son manque, on l'observe lors des grands cataclysmes, y compris celui – sournois et déferlant – qui s'empare de nos sociétés : où l'homme, pourtant voué à se déplacer et à bouger, ne trouve pas de place, et pas de ressort ou d'impulsion pour en chercher. Plus envie de bouger. Son potentiel de déplacement, son éducation motrice, sa «gestuelle fine» restent en friche et l'écrasent comme un fardeau.

Beaucoup de chorégraphes ont ce fantasme d'écrire avec le corps des autres une «loi» qu'on puisse maîtriser. Et déjà au départ, au déclenchement, le corps danseur improvise, cherche à saisir le point critique et singulier qui sert d'ancrage ; ancrage de l'écriture dont son corps sera l'instrument, l'objet, le sujet. On improvise, on plonge de tout son corps dans la provision d'écriture, là où les lois secrètes de l'être attendent d'être perçues, balbutiées, articulées.

En marge de ce geste, c'est le fantasme du corps inscrivant à même l'espace un sens qu'il puisse porter, et qui le porte ; un support où se tenir, en apparence. La danse déploie l'architecture où un corps habite l'espace, y construit ses lieux, sa demeure, avec ses provisions d'inconscient.

Et aujourd'hui, l'afflux de travail sur le corps – écoute du corps, éducation corporelle, apprentissages du corps… – est une façon pathétique de réparer l'oubli du corps – et surtout de développer les moyens de sa maîtrise, par des méthodes très proches de celles qui ont servi à la « maîtrise » du langage : alphabet, grammaire, syntaxe, formalisme, sémantique, sémiotique, etc. Cela donne des résultats, mais limités ; où l'on ignore que la limite est dans l'idée même du projet. De même que la linguistique ne permet pas de mieux écrire, surtout si l'on n'a rien à dire (« mieux écrire » ne se réfère pas, ici, à une beauté prédonnée mais à celle qui surgit de ce que la matière scripturale « atteint » une pensée essentielle), de même la technique parfaite du corps bute sur l'envie ou le manque d'envie de la mettre en acte, sur les situations nouvelles, imprévues (créatives, justement) où les techniques se cassent et en appellent à autre chose.

Tout se passe – et c'est un trait de « notre » culture – comme si en énumérant tous les gestes de la vie, et en travaillant chacun d'eux, ainsi que leur coordination, on allait produire… du vivant. On en est aux gouttes d'eau dans la mer. Or en deçà du geste, il y a ses sources, son surgissement ; au-delà du geste il y a le projet de faire et de trans-faire, l'analyse des limites, de leur rôle de loi, de leur dépassement éventuel…

Qui dit liberté de mouvement dit l'envie de l'exercer, le désir de la mettre en acte, de jouer avec : une liberté est faite pour se perdre, et se retrouver autrement. Si elle reste identique à elle-même, sans engagement ni dégagement, c'est une grande inertie, victime de la peur de se perdre. La liberté – du corps et de l'esprit – vient du fait que l'on se sent assez tenu, assez tranquille du côté de la loi. (C'est différent « de se sentir aimé » : l'amour peut être si possessif qu'il brise la liberté qu'il donne.) Un tout-petit, vivace, peut se sentir assez serein quand sa mère le nourrit pour n'avoir pas les yeux fixés sur elle, comme le veulent les livres savants. Au contraire, son corps se tortille dans une véritable danse tout en mangeant. De même, la jouissance de bien « se porter » c'est la sensation non pas d'un corps sans histoire que la santé fait oublier, mais de l'événement où le corps vous est redonné, comme lors d'une bonne nouvelle où le danger vient d'être écarté. C'est l'instant jubilant où l'homme se sent *à nouveau* porté par la terre, et bien porté. « J'ai envie de danser… », de sauter, de crier, de vivre la folie de cet événement qui se donne, et qui sous peu deviendra ordinaire. Sauter pour marquer avec son corps le saut de l'être ou de l'événement. Sauter de joie. On peut sauter de douleur, de détresse. On dit bien « sauter au plafond », et le « saut du lit » marque l'écart entre les deux temps du corps, nuit et jour.

Reprenons le vieux cliché, avec sa valeur de cliché : les Noirs dansent « naturellement », et les Blancs, « abstraitement ».

Aujourd'hui, on consent à ce que se mêlent – ou se métissent – la concrétude et l'abstraction que l'on prête aux uns et aux autres. On sait que l'abstraction forte est concrète, physique, mais à d'autres niveaux ; et que la concrétude – la densité de la chose – suppose des lois complexes et abstraites.

Et l'on voit que dans les deux cas, c'est une même soumission à la loi. Pour les Noirs, loi du groupe comme figure de l'inconscient, avec sa force symbolique et ses processus primaires. Loi de l'appartenance, qui trace des limites et qui en donne, grâce au rite qui la branche sur une histoire originelle, sur l'origine d'une histoire, celle du groupe. Les membres *peuvent* (c'est un pouvoir, une liberté) se secouer dans tous les sens, le sens est là qui les retient, c'est leur mémoire.

Pour les Blancs, soumission aux lois abstraites, devenues règles efficaces quadrillant la planète. Par ces règles visibles, ils sont retenus, protégés ; c'est la loi du technique qui leur sert de mémoire. Ils soumettent leurs corps aux lois qui ont servi, servi à soumettre la terre – la « nature », les autres…

Heureusement, cette vue clivée de la loi s'est perturbée. Les lois techniques donnent sur l'au-delà de la technique (lors de passages où le lien est remanié entre la loi et son support). De leur côté, les lois de groupe – qui n'ont rien de « naturel » – doivent affronter les tensions entre groupes, les narcissismes collectifs, meurtriers ou stimulants. (Plutôt meurtriers aujourd'hui.)

De sorte que les deux types de loi – technique ou tribale – ne retrouvent leur fécondité qu'en s'insérant dans le flux de la Loi infinie qui scande les passages entre ordres et désordres, discours et fantasmes, conscient et inconscient… Dans les deux cas (noir ou blanc…), il faut le même consentement pour supporter le passage, pour le porter à bras-le-corps. La « psy » y a mis son grain de sel : dites n'importe quoi, pour qu'apparaissent et s'articulent les lettres d'un message, la trame d'un désir… Et l'on voit que c'est plus complexe, que c'est une affaire de corps, plus que de discours. En témoigne l'éclatement même de l'*idée « psy »*[1].

---

1. Voir *Le Peuple « psy »*, *op. cit.*

La danse opère à sa façon ce tissage aller-retour entre ordre et désordre. C'est l'*image* du travail de la Loi. Sa question en jeu : jusqu'où le corps peut-il aller dans sa folie, sa liberté, sa fantaisie et ses pulsions pour pouvoir en revenir sans être lâché par les forces de rappel, celles d'une mémoire symbolique infinie et ouverte ; tout en jouissant de ces rappels, en y prenant des forces ?

Dualité « corps et loi »

La danse c'est donner corps au dialogue avec l'Autre – l'inconscient – dont la réponse importe peu, dont l'essentiel est la présence, le fait qu'on y soit sensible ou accessible. La danse est une prégnance corporelle de l'inconscient.

Ce serait donc une triste loi que de la réduire, la danse, à la quête du « corps adorable ». C'est un cas si limité, une telle clôture de l'espace… Déjà le sens biblique d'« adorer » est plus ouvert : c'est le *travail*, ou le sacrifice – d'autre chose que de soi-même. Un travail est offert à l'Autre, un jet de corps en forme d'objet. Offrande à la source des pulsions.

En cela la danse sublime le sacrifice des corps : c'est visible, déjà, dans le sport : par la voie du jeu réglé, de la performance bien définie, le sport aussi vient s'ancrer dans cette épreuve du sacrifice : des corps, pendant ou après l'exploit, ont fait le sacrifice de leur être ; ils lèvent les yeux, regards poignants et déchirés vers le tableau où ça s'écrit, où ça va s'écrire, s'Il les a agréés ou pas. Parfois Il leur fait le coup qu'Il a fait à Caïn : Il les désagrée parce qu'ils avaient toutes les raisons d'être agréés, de gagner, et que Lui ce jour-là avait d'autres raisons, ou était loin de la raison. C'est l'instant fatidique où le savoir est excédé par le désir, où la technique se mesure au destin sur lequel elle ne peut rien. L'offrande que font ces corps «dressés» s'adresse au Score, lieu symbolique où *Ça compte*, en présence de la foule – qui se confond avec ce lieu dans les moments d'effusion. L'aspect «sacrifice de corps» (travail converti en corps) est évident : dressage des corps pour qu'ils battent des records devant des «stades» combles et comblés.

Devant la danse, la foule semble dire : va, joue, «danse», sacrifie-toi pour aller «dire» à l'Autre corps de rayonner sur toi ce dont il nous prive, la force et la beauté ; et de nous faire voir à travers toi les élans qui nous manquent. (Dans le sport ou le jeu social c'est plutôt : va questionner le nombre, va titiller le Nom pour qu'il te donne le renom…) Ce serait trop simple de dire que la danse est un sport où les règles ont «sauté» et se sont mises à danser pour laisser voir, à l'horizon, l'infinité de la loi. Pourtant, il y a cet aspect «jeu» ; mais ses règles se produisent à mesure qu'il se joue.

Si la danse va questionner ou exciter le corps de l'*autre* ou l'*autre*-corps, c'est non pas comme corps idéal mais comme l'autre surface de notre corps, celle qui donne sur l'Autre, précisément, et que la danse se charge de faire jouer, de faire exister. Le corps dansant va puiser dans ce gisement invisible de corps-âme-esprit pour le faire voir et en transmettre tous les possibles. Il va donc, à sa façon et dans son style, réveiller pour chacun l'entre-deux-corps qui est le sien, et qui le fait vivre ou l'écrase. Cet autre corps est tissé par la pensée et la mémoire en ce qu'elles ont de matériel, sensuel, perceptif et présent.

La narration, que redécouvre la danse contemporaine,

est le déploiement de cette mémoire-corps qui inclut celle du corps « propre » du danseur et de ses fantasmes ; ou plutôt qui fait le joint entre ce corps « propre » et le potentiel d'être ; le parcours des épreuves possibles et impossibles.

Imaginez un corps engagé dans la fête, la mystique, la maladie, la solitude, ou tout cela à la fois ; la danse en ferait un enchaînement rapide, et révélerait chaque épreuve comme une danse « au ralenti ». A un pôle, il y aurait le mythe ou l'idéal à célébrer ; et l'autre pôle se révèle le plus vivant : faire chuter le mythe et l'idéal, revivre leur chute pour trouver dans ses bribes de quoi relancer un corps-langage, de quoi faire vivre le corps-mémoire et le passage entre deux corps.

La loi, au sens biblique de la Torah, c'est ce qui *se montre* ; soit sur le mode singulier (le « miracle », le *signe* qui vous est fait, et qui dans le chaos fait poindre un ordre, une nécessité) ; soit sur le mode régulier où une limite se révèle, et se montre dans une pratique qui se croyait sans limites.

La danse cherche la loi dont elle devient une des *monstrations* possibles. Elle est ce qu'elle cherche, et cherche ce qu'elle est. Il s'agit de faire voir – des monstrations du monde révélées par le corps. La danse est une question d'yeux intérieurs. Un aveugle dansant voit danser – de l'intérieur. Du point de *vue* du corps secret ; du côté de l'Autre, au regard de qui il danse.

Par ailleurs, la danse cherche les lois de nos corps : de leurs *évolutions* ; nécessités de leurs gestes, sur la terre. Ces lois, elle ne peut pas les saisir, elle les invoque ; elle veut les montrer à l'œuvre ; prendre appui sur elles ;

se montrer en appui sur ces lois, précises et mouvantes ; lois fermes et non fermées.

Sans sa recherche, la danse est guettée par l'arrêt, l'arrêt de sa transmission. Or l'arrêt de transmission de la loi de vie, cela s'appelle pulsion de mort, compulsion répétitive. Cela peut être confortable : un groupe qui se referme sur sa propre « tradition », qu'il arrête sur lui-même et sur laquelle il s'arrête, est dans cette pulsion de mort. Il peut même « bien » se porter ; mais les secousses de la vie – de l'événement d'être – n'y passent plus.

La danse est la mouvance des corps dans leur quête d'eux-mêmes, de ce qui pourrait les signifier, de leur rapport à la présence, donc à l'être. Le corps pense et se dépense à la recherche de son espace, de ses points critiques, des points singuliers de l'être par quoi il peut se faire parlant, jouissant, parlant à d'autres, aux instants rares où ça prend corps, où l'événement se fait corps, c'est-à-dire s'articule à une loi infinie, génératrice d'humain.

Le corps pense dans la mesure où il *est* la mémoire d'un savoir qui fait loi. C'est alors une tension vibrante – entre le corps actuel et le corps-mémoire.

Les « corps » célestes suivent les lois de leurs mouvements, de leurs trajectoires. Les corps dansants semblent vouloir sortir des lois connues ; sauf s'ils célèbrent un rituel ou exécutent un code. Sinon, ils veulent chercher les limites de la Loi. Or elle est infinie. Donc ils s'épuisent en route ; et d'autres corps prennent le relais.

Corps dansant et loi sont en dualité. Même quand il se veut hors la loi, « insensé », il tourne autour d'elle ; pour vivre l'événement où la loi prendrait corps, l'acte originaire de la loi. Il tourne autour comme un cheval sauvage s'agite avant qu'on le lie ; ou comme un peintre qui représente l'absence de représentation. (Tout l'art abstrait nous l'illustre : l'œuvre nie la représentation pour paraître la dépasser et s'approcher d'autant plus près de son irreprésentable.)

Le saut

Depuis belle lurette on sait que la danse est autre chose qu'un amusement anodin. Le public le sait, les marchands de culture aussi. Quelle que soit la voie d'approche, on a « toujours » senti (inconsciemment) que la danse concerne de près la Loi – donc la jouissance, le corps, l'amour, la mort, le fantasme, le langage, le silence, l'Autre, l'espace, le temps, l'incantation, la magie, l'image, les liens, l'absence de lien, la scène, l'obscène, le rituel, le théâtral, le vulgaire, le sublime, le terrien, le cosmique, l'ombre et la lumière... Elle concerne aussi le *pas* de tout passage, et surtout le *saut*. Et puisque je relis ce texte en pleine fête de « Pâque », je rappellerai que ce mot hébreu signifie *saut* et qu'il concerne un *saut* précis : celui de l'être, qui devient meurtrier pour ceux qui ignorent le sacrifice nécessaire du premier-né (c'est-à-dire du *premier pas* de la naissance), et qui se révèle salvateur pour ceux qui remplacent ce sacrifice humain par celui de l'animal. En l'occurrence, lors de la sortie d'Égypte (qui symbolise aussi bien la naissance que la sortie de l'esclavage quel qu'il soit), les Hébreux, les *passeurs*, avaient sacrifié l'animal à la place des premiers-nés pour conjurer l'appel vorace de la déesse-mère. Car il est clair que l'esprit « mauvais » de l'être, c'est celui de la mère archaïque qui veut reprendre le signe même du don de vie, le premier-né, pour faire main basse sur toute naissance, sur toute la naissance, sur l'origine comme telle. Au contraire, l'esprit vivant de l'être tient à marquer la coupure-lien par le sacrifice animal qui est un repas partagé avec l'Autre, une jouissance archaïque partagée avec l'être. C'est pourquoi l'être veut bien « sauter » par-dessus ceux qui ont marqué cette coupure-lien – et il tombe d'autant plus fort sur ceux qui la refusent.

Ajoutons que ce *saut* (de la Pâque), ce remplacement du sacrifice humain par l'animal, reprend un autre saut plus archaïque, celui d'Abraham qui fut le « premier » à le faire : il allait sacrifier son fils comme c'était la coutume, comme il en a rêvé, comme son Dieu le lui a demandé, et au moment décisif un messager arrête son bras ; et cet arrêt du couteau marque la *naissance* d'un nouveau corps, un nouveau compte en devenir, qui part de l'Infini de cette coupure, qui prend cet infini pour origine, et celle-ci une fois inscrite permet d'inscrire d'autres *sauts*. (J'ai montré ailleurs, en écho à Kierkegaard, que son Chevalier de la foi c'est cet homme qui compte à partir et au-delà de l'infini, de l'Alef, avec la sérénité qui permet de faire des « sauts » finis et simples – puisque le saut de l'infini est déjà fait et s'est déjà inscrit. Autrement dit, quand l'infini de l'origine est intégré, quand la rupture qu'il implique est acceptée, assimilée, tous les gestes et les « sauts » que l'on fait ensuite portent sa trace, sa couleur, sa lumière, même s'ils paraissent finis et simples. Rien à voir avec le héros du désespoir dont parle le même Kierkegaard, qui se noie dans l'infini. Ce n'est pas un hasard si ce même *saut* signale aussi la naissance d'un peuple – qui saute un peu dans le vide en portant sur son dos l'idée même du passage, le projet d'être le peuple des « passeurs »…)

Avec le jet, le *saut* est un geste essentiel du corps, du corps mouvementé. On dit sauter de joie, on dit *faire sauter* un blocage, un verrou, un bâtiment déserté ; quand ça résiste, on met un explosif pour faire sauter la roche inerte – pour ouvrir une autre voie. C'est une question d'*énergie*. Quand on reçoit un flux de « joie », un paquet de jouissance qui arrive dans le corps, du dedans ou du dehors, le corps doit bouger, il saute, comme sur une mine, il éclate de joie. *Le saut est le brusque passage du « corps » d'un niveau d'énergie à un autre*. Le saut est entre-deux niveaux d'énergie. Il exprime, en termes de mouvement, un autre saut qui a eu lieu dans l'énergie, une discontinuité du côté de l'Autre ou dans le rapport à lui. Car l'énergie, c'est de l'appel accumulé à ce que ça bouge. Par exemple, une « bonne nouvelle » lancée par l'Autre, ou un explosif posé dans le roc, c'est de l'énergie accumulée qui va se déployer dans le corps – ou dans la masse – en question.

Curieusement, quand on pense à sauter, on ne voit qu'un corps qui se lance dans l'air, verticalement, et qui « s'arrache » à la pesanteur. Mais que fait-il alors ? Il donne de l'énergie, venant de lui, pour la transformer en une autre énergie – dite « potentielle » –, celle d'un corps qui se trouve à une certaine hauteur, et qui va jouir de ce potentiel pour faire plus librement certains gestes (comme pédaler dans les airs) avant de retomber. Ainsi même dans ce cas il y a *passage d'un niveau d'énergie à un autre*. Du coup, au lieu de s'obnubiler sur le saut ordinaire qui lutte avec la pesanteur, on peut *appeler saut* (au sens général) *tout changement soudain de niveau – ou de qualité – d'énergie*. Pas seulement de

niveau d'altitude. Niveau d'*attitude* aussi bien. Énergie
gestuelle. L'énergie qu'il faut pour passer d'une attitude
ou d'un geste de routine à un autre geste plus nouveau
et surprenant, cette énergie peut être plus grande que
pour rester en l'air quelques secondes[1]. Dans les passages ou les sauts de l'énergie gestuelle, on n'a pas l'air
de sauter : on *fait « sauter »* l'emprise d'une attitude, un
geste invisible de l'Autre qui nous maintenait dans cette
routine, cette habitude – cet habit qu'il nous passait,
cette camisole.

L'effet dansant est alors de prendre appui sur l'énergie
d'emprise d'une « habitude » pour faire sauter cette
emprise, et produire un retournement ; comme on retour-
nerait un gant[2].

Le saut, c'est aussi l'effondrement du possible devant
l'*acte* qu'il instaure, et le choix qu'il inscrit.

1. Ce saut planant, on le prolonge aujourd'hui par des gadgets
variés – saut avec élastique, ou parachute, ou « surf » à partir d'un
avion… La jouissance de l'altitude effaçant toute recherche sur
l'attitude et le mouvement.
2. Ou comme en topologie on retourne une sphère dedans-
dehors sans la déchirer. Mais cela nous amènerait à cette *danse des
formes* qu'est la topologie…
En tout cas, cette idée plus large du saut est confirmée par le
passage de la mécanique classique – gravitationnelle – à la mécanique quantique, qui régit la texture fine de la matière : on y parle
de *sauts quantiques* quand les « ultimes » corpuscules composant
la matière « sautent » d'un niveau à l'autre selon l'énergie qu'ils
reçoivent, selon la lumière qu'ils reçoivent, produisant dans cette
danse élémentaire des effets d'ondes et de lumière qu'on n'a pu
expliquer qu'avec l'hypothèse de ces *sauts*.
Dans le cas des corps vivants, cette lumière est donnée par
toutes sortes d'intensités, y compris des *regards* de l'Autre.

Cela dit, comment dans la vie élaborer ces sauts subtils pour dégager les corps de l'emprise archaïque – exigeant souvent le sacrifice humain ? Comment vivre la danse de l'être en y reconnaissant la perte et le sacrifice « animal » ou narcissique ? Projet de vie, qui échappe aux « programmes ».

5

LA DANSE DE L'ÊTRE[1]

1. Propos tenus à des danseurs, suivis de réponses à leurs questions (Châteauvallon, 1992).

Je parle de la danse par l'effet d'un pur hasard, ça me laisse croire que c'est nécessaire. Je suis moins un penseur de la danse qu'un danseur de la pensée, qui honore ses rencontres avec l'être – par l'écrit – et qui un jour s'est aperçu qu'il y en a d'autres, les danseurs, qui explorent l'être avec leurs corps, qui dialoguent avec, par corps ; on aimerait dire par cœur ; des aventuriers de l'être, eux aussi. Alors, de temps à autre, je partage avec eux ces rencontres, ces vues et points de vue, en tant qu'*étranger*. Mais une de leurs fonctions c'est d'être aussi étrangers à eux-mêmes…

Des points de rencontre ? Par exemple, comment un danseur ou un chorégraphe peuvent-ils *déclencher* un langage, surprendre ses temps d'engendrement ? Ces temps-là, on les sent chez les enfants ; on apprend beaucoup des enfants, même normaux – on les voit naître, gigoter, ramper, puis assez vite lancer leur corps, qui vacille, tombe et se relance. Plus tard, ils se lancent dans les mots comme dans l'espace ; ils veulent les attraper, les mots, se faire attraper par eux, les rattraper. Ce faisant, ils trament une sorte d'*espace mobile triangulaire*, qui se déplace sur leur corps, qui leur sert à *placer* leur corps, à le déplacer. Quel triangle ? Par exemple, une pulsion (de regard), puis une autre (de mouvement), le tout sous le signe d'un tiers qui est là, ou qui n'est que l'espace, celui du jeu. Étonnant, que les enfants aient des problèmes de danseurs, mentalement, et que les danseurs croisent ces questions de mouvement où s'engendre le corps humain, ces mouvements du corps-mental. C'est l'enfance de l'art; ou l'art comme enfance avertie.

Donc, ce triangle mobile cherche un accord entre deux pulsions et le tiers terme: l'appel à l'Autre. Le corps – pensant, parlant, jouissant – s'accorde avec ça, il se cherche et s'ajuste à travers ça. Orchestration pulsionnelle, complexité, toute en finesse. Un temps pulsionnel, un autre temps, et entre deux une référence ou un appel qui tient lieu d'origine. Ce triangle, je l'ai retrouvé devant une danse; un triangle du même ordre: il y avait le *corps voyant* ou spectateur – la foule, vous – et le *corps dansant* (solitaire ou pluriel, incluant le chorégraphe qui fait corps avec les danseurs et prolonge par leur danse les limites de son corps), et il y avait le pôle de l'*Autre*, qu'on invoque dans les danses sacrées mais qui est là de toute façon; c'est le foyer incandescent où se puise la création; la source d'altérités… Et le triangle s'ébranle, ça vibre: le corps dansant convoque la foule en quête de l'Autre-polarité, de l'Autre qui n'a pas de corps palpable mais qui est une présence: celle de l'être comme origine de ce qui est, comme déclenchement de langage, de mémoire; support de ce par quoi l'être excède tout ce qui est, et notamment excède le corps. Même si ce qu'on ressent c'est d'être excédé par son corps; dépassé, débordé, et retenu.

Il y a l'enfant qui se met en acte dans le langage – alors qu'il y est déjà pris, qu'il y baigne dès sa conception; mais par des actes il y entre de plain-pied, par de sublimes effractions où il est accueilli, attendu par d'autres. Et il y a le corps dansant qui s'actualise dans l'espace où déjà il se trouve ; il advient dans l'espace en portant le langage qu'il met en acte, en créant.

L'art est d'explorer les horizons de ce que travaille un corps dansant ; d'élaborer ces déplacements. Le corps dansant veut la présence, c'est-à-dire l'être et ses approches, ses frontières ; *le corps dansant, c'est de la présence qui se cherche, juste au-delà du corps, mais grâce au corps*. Le corps est l'instrument, mais c'est aussi l'espace vivant d'un lien à l'être qui le dépasse.

Certains comprennent ces choses lorsqu'un choc, une maladie, les a fait rompre avec la danse, ou interrompre. Alors la danse leur est révélée dans sa perte. Et ils découvrent que l'enjeu était la résonance de cette perte avec un manque originaire. Comme dans l'amour. Une perte à relancer.

Car l'expérience du corps dansant tourne autour de l'amour ; en un sens assez précis pour guider presque un travail. Les démêlés du corps dansant avec l'être comme origine relèvent de l'amour essentiel, de l'amour de l'être. Si l'on oublie cela, le corps n'est qu'une masse de muscles livrée à une technologie, avec des prouesses mais qui n'en font pas un corps transmetteur d'être, de pensée, d'énergie ; un corps porteur du langage qu'il invente. Comment trouver les liens, les fines attaches qui relient le corps dansant à l'être, c'est l'art de la *conception* – celle des gestes, des *gestations*… Comme par hasard, ces deux termes évoquent l'amour – comme ressourcement dans l'être.

Un corps dansant peut tenter de faire tout ce qui est imaginable *avec* un autre, avec lui-même comme autre, avec l'espace potentiel… Il peut danser tous les verbes de la langue – faites l'expérience, dites des verbes incongrus, il peut les danser : manger un corps, ça se danse ; dormir un corps… sculpter, trouer, déloger. Mais tous les verbes s'ombiliquent dans le verbe *être*, le devenir «parlant» de l'être, même si ce n'est pas avec des mots. Il y a le devenir-lumière de l'être, son devenir-jouissant, voyant, aveuglant…

La danse est le devenir «parlant» de l'être avec des corps. Son objet c'est le corps en proie à l'être, à ce qui le porte comme corps vivant, existant, et qui le dépasse.

Or se trouver en proie à l'être, c'est affronter un *traumatisme.* Le corps dansant veut jouer ce trauma et le déjouer. L'émotion, c'est ce qu'un corps va faire à partir d'un trauma ; comment il va répondre à ce *trou d'être* par quoi l'être se manifeste, et que j'appelle son *manque-à-être.* Ce manque c'est ce qui le fait être et en même temps le met en manque. Devant le trauma, on produit un symptôme, une machine répétitive ; mais pas toujours. Il arrive qu'on ait le ressort nécessaire pour endosser son manque-à-être originel ; originel car on était déjà en manque de son origine ; notre origine nous échappe par définition, elle nous manque : quand elle était, on n'était pas ; quand on y est, c'est elle qui manque ; quand on est assez «présent» à soi pour y être, on en est déjà loin, c'est devenu très distant, même si ça revient par à-coups. Le rapport au manque-à-être peut se traduire par l'angoisse, la jubilation, l'envie de faire danser le monde – l'espace des autres, leurs corps. L'expérience est infinie de porter ce manque-à-être, de le revêtir, de le consumer, de le consommer avec d'autres. Elle peut aller loin, aussi loin que l'on déplace l'*entre-deux* entre soi et son origine ; aussi diversement que l'on peut vivre cet entre-deux qui se retrouve sous mille figures, y compris celle de la danse. Un corps dansant, un tableau, une œuvre inventive – un théorème – sont des créations où l'on tente de capter les *énergies de ce manque-à-être originel,* de ce vide où l'origine se redonne en se retirant.

Une création capte et conjure cette énergie pour qu'elle ne soit pas traumatique ; elle ressaisit et mobilise cet afflux-reflux d'origine qui s'appelle l'*être.*

La danse est l'acte de donner au manque-à-être la forme vide d'un espace disponible et d'une durée ouverte.

Le corps comporte assez d'instruments stables pour affronter le manque-à-être, assez de stases et d'extases pour même en jouir. Parfois ça casse et ça fait mal, et le manque revient en force, intact. A vrai dire, le problème de la danse est non pas ce qui arrive au corps mais ce qui arrive *par* le corps, ce qui revient par là comme nouveau ressourcement.

Lorsqu'un corps est en proie au manque-à-être qui tombe sur lui (imaginez-le seul, dans un espace possible mais encore incréé), il se passe quelque chose qui est aux sources de l'expérience amoureuse. Celle-ci n'est pas toujours réduite aux ajustages et aux frottements d'un fantasme avec un autre, au seul jeu de la séduction. Ce jeu relève d'un principe de plaisir à deux ; se séduire c'est se faire plaisir à deux, donc retrouver à deux certaines excitations pour les calmer, les ramener à zéro ; tel est le principe de plaisir : ce n'est pas de s'exciter, c'est d'agencer espace et corps de façon à être le moins possible dérangé, à partir des tumultes où la séduction nous «dévoie». Or le dérangement essentiel de l'être humain c'est de rencontrer ce manque-à-être ; ça lui rappelle qu'il est, plus que manquant *de* quelque chose, intrinsèquement manquant ; et que sa question c'est quoi faire avec ça ? comment fuir ce manque et le combler, ou comment le transmuer ? Dans l'expérience amoureuse – vécue, imaginée, ou transmuée en création – ce que vous attendez de l'autre, appelé partenaire, ce n'est pas seulement qu'il allume votre fantasme correspondant au sien, ou qu'il s'absorbe avec vous dans le même fantasme pour jouir de s'entre-identifier ; c'est qu'il vous *donne* votre manque-à-être sous la forme d'*un corps* vivant et désirant, qui est le sien. Grâce à quoi, vous pouvez avoir rendez-vous à quatre heures avec votre manque-à-être originel porté par ce corps qui le rappelle ou qui l'incarne.

Certes, on gaspille ces rencontres ; on ne sait même pas qu'elles avaient lieu, que le rendez-vous qui était pris était *celui-là*. C'est bien connu, quand on finit par le savoir, l'amour n'est plus. Voilà, ils ont appris à aimer après maints « exercices », et cette fois c'est l'amour qui manque. C'est donc en le créant qu'il fallait l'apprendre, dans le temps de la création.

Une création dansée tient lieu de ce rendez-vous : *elle raconte des corps en proie au manque-à-être.* Ces corps font le récit de leurs démêlés avec *ça*. Dans ce récit – léger, distrait ou concentré – le don du manque est évoqué, rendu présent par le corps dansant – corps abstrait, *corps générique* ; à travers le couple entre chorégraphe et danseurs, entre fantasme et conception. L'essentiel est que *ce corps enjambe l'abîme*, qu'il ait la force de faire le pas, le premier pas pour s'engager dans le rapport au manque-à-être qu'il va porter, et transmettre.

Il nous offre alors l'événement singulier de son origine manquante : c'est sa danse de l'être, qui assume ce manque ; elle prend même appui sur lui pour se déplacer. Ce manque-à-être est fait pour être partagé, déployé ; seul moyen de ne pas le rabattre sur un fétiche ou un symptôme. Un corps dansant prend la tangente vers le symptôme répétitif quand le *transport* de ce manque-à-être devient trop lourd. Alors le corps l'élude, lui qui devait le rendre léger, l'explorer dans ses trajets, ses trajets limites, extrêmes, minimaux.

Essentiel, cet aspect « minimal » : *juste ce qu'il faut* pour toucher aux limites. Avec justesse ; celle qui ailleurs relie la justice et la grâce…

La façon de rencontrer l'être, dans ce minimum d'être, est marquée de grâce ou d'âpreté. De grâce : l'artiste qui d'une touche (sonore, peinte, sculptée, jouée, dansée…) ouvre la voie à l'intact, à l'incréé… D'âpreté, voire de vengeance : l'anorexique aussi cherche l'être sous la forme d'un corps ultime, d'un minimum de corps, d'un vide d'être qui veut le plein d'être ; corps dévorant, boulimie de corps, porté par un minimum d'être. Étrange battement entre corps et être, marqué par la prégnance des forces de mort – ou leur cassure inattendue.

Le lien entre l'amour et le manque-à-être originel[1] anime toute créativité, dès la conception de l'œuvre. La « conception », immaculée ou pas, concerne aussi l'engendrement, le projet de mise au monde, l'événement où le « créateur » vit l'angoisse ou la panique inhérente à toute création, la peur devant ce qui va s'engendrer : est-ce un monstre qui ressemble à celui que l'on a en soi ? ou un monstre de beauté ? En tout cas, il évoque ce

1. Voir *Entre-Deux*, *op. cit.*

manque-à-être originel projeté en lui, et que l'amour se charge de transmettre.

Du reste, la beauté est une somatisation de l'amour, une atteinte de l'être qui a pris corps, une sublime maladie qui laisse sa marque sur le corps ou le langage ; elle somatise l'expérience amoureuse de l'origine, du partage de l'origine où se transmet le manque-à-être.

Est-ce ce partage de l'origine qui est dansé par des corps ?

Vous connaissez le partage de corps de cet homme fabuleux, qu'il ait existé ou pas, qui leur a dit : prenez, mangez, ceci est mon corps... et qui leur a partagé, comme du pain aux petits oiseaux, des morceaux de son corps pour apaiser leur manque-à-être, pour leur en tenir lieu. C'est une certaine sacralité. Elle a laissé le manque intact. L'espace de ce manque reste ouvert à l'aventure infinie de scènes multiples, de construction d'espaces où le corps, le corps dansant, semble nous rappeler, nous faire revenir en arrière, nous replacer au point où nul corps n'assume ce manque, qu'il s'agit donc de déplacer, transmuer, reconvertir. Là est le nerf de l'entre-deux radical, amoureux, entre corps et mémoire, entre corps et origine, entre celle-ci et les mouvements de sa mise en acte.

Ainsi la danse déplace la question de l'amour : elle voudrait toucher l'*être* de l'amour par l'amour de l'*être-corps*. Et aujourd'hui, l'être de l'amour contient une racine pourrie, un virus qui résume tous les «méfaits» de la planète avec le geste de «faire» l'amour ; et si ça tombe, parmi les corps-danseurs, bien plus qu'ailleurs, c'est encore un symbole – d'un discours social questionné par cet événement de l'amour et qui se révèle mutique, ou réduit à la bêtise. Mais les corps, eux, portent la question, obstinément. Et ils pointent l'amour comme le pouvoir de se dessaisir de son corps narcissique pour intégrer non pas le corps de l'«autre» mais l'épreuve de l'entre-deux-corps, le corps blessé entre l'actuel et la mémoire, entre le vécu et l'origine.

Au fond, pourquoi parler de la danse?

Parce qu'elle symbolise l'événement où il s'agit de donner force à la ligne d'horizon d'où se lèvent les mouvements. Mais elle, veut-elle «dire» quelque chose? En somme: peut-on avoir des émotions qui ne passent pas par le langage? – Oui, mais elles sont alors traumatiques. La danse recherche ces traumatismes, cachés dans le corps et dans l'espace; elle veut les intégrer, leur ouvrir un passage, pour les dissoudre, les consumer, les disperser. Les éluder, dans son ludisme. Et en jouir.

En ce sens, la danse est partout. Quoi soustraire pour la voir être sans sa «pureté», dans sa pleine existence? Rien. Elle fait danser *avec* des choses qui ne sont pas d'elle et qu'elle entraîne.

Elle prend l'alphabet des gestes – il y a des lettres-perceptions, des lettres-représentations, elles se croisent, se combinent; ça donne des mémoires, des rappels, des hallucinations. Et la danse compose avec cet alphabet, qu'elle fonde, et elle déchiffre à l'infini les textures qui émergent.

Est-ce qu'elle sublime? Ce n'est pas sûr. Le poids des corps à surmonter, le poids de la chair insurmontable, on ne peut pas tricher avec.

La danse *coupe* dans les désordres du monde, des coupures-liens qui lient le corps, et le rattrapent juste avant son affaissement, avant sa chute dans l'ininterprétable.

Rien n'est interdit en danse si le corps s'y plie, si dans ce pli ça prend corps.

Et on ne sait pas ce que peut un corps...

Encore un mot.

La danse fait communiquer l'être et l'événement ; l'être comme événement et l'événement comme forme élémentaire de l'être, où *ce qui est c'est ce qui se passe*, ce qui arrive à se passer.

Le *corps-événement* est une pratique, une expérience qui témoigne de ceci : que, pour le corps, l'objet premier – et récurrent – n'est autre que l'*événement d'être*. C'est ce que la danse veut « signifier » : ce qu'elle veut, c'est faire du corps un événement. Dans la vie, le seul cas où cela arrive, c'est l'amour. Autrement, il arrive des choses au corps, bien sûr, mais le corps lui n'arrive pas, ne suit pas toujours.

En tout cas, le corps dansant veut résoudre l'opposition entre l'objet (ou la réalité) et ce qui lui arrive : *le corps dansant veut être la réalité qui arrive à elle-même ; à l'image du cosmos.*

La danse est peut-être le seul art – le seul niveau d'existence – où le corps, de se prendre pour objet, d'inter-agir sur lui-même, est à la fois opérateur et réalité brute sur laquelle il opère. L'altérité ici ce n'est pas d'« être autre », c'est de s'engager dans le processus, dans la danse, processus de vie physique, vécu par mutations et transformations successives. Il n'y a pas un corps vivant qui « exécute », il y a la vie de ces mutations qui prend corps, en réseaux ramifiés, à base d'énergie, de gestes-énergies parfois surgis de rien et retournant au rien ; au vide créateur[1].

_____

1. A propos d'exécution, prenons l'exemple d'un certain entre-deux-corps, le massage. Certains masseurs *exécutent* sur votre

Il s'agit de faire du vide une forme naissante ; et des formes possibles, un évidement à l'œuvre.

Ces mutations prennent corps ; et le corps danseur vient se placer comme un relais dans cette danse, celle de la « matière humaine » qui s'appelle *existence*, et qui de tout temps précède et suit les danseurs.

En principe, leur savoir relève de l'*être* : ils *sont* sachants ; et du coup, ce savoir réagit sur l'être ; ça se transmet à l'être, ça le rappelle au devenir ; ça lui fait du *bien*. Le point de vue de l'être, c'est que *l'être entre en devenir*, dans ces mutations bénéfiques. (Le point de vue opposé, c'est de combler l'être-Idéal, en y passant de tout son corps ; sacrifice intégral ; alors la substance prime l'existence.)

Et dans le flot des mutations, l'agencement chorégraphique opère sur les parties du « corps » pour y révéler l'univers, l'un de l'être, chaotique ou ordonné, achevé ou béant[1].

La beauté

Elle est l'effet d'un passage, porté à bras-le-corps par les danseurs, en résonance avec les mouvements de chacun – ses émotions – qui touchent ses liens physiques à sa mémoire, à son langage. La beauté est une façon qu'a l'amour de prendre corps, de se somatiser.

---

corps leur petite danse programmée, assez au point mais dont l'effet est très médiocre. D'autres au contraire trouvent les flux énergétiques où les gestes s'infiltrent et touchent aux points limites où l'opérateur n'est pas objet ou instrument : c'est la réalité qui opère.

1. Ici commencent les « réponses » aux questions.

Vous regardez certains visages, vous sentez qu'un souffle d'être est passé sur eux, qui les accorde avec l'être, qui les réconcilie. Ils sont beaux juste le temps de cet accord ; à moins que cet accord (parfois dissonant) ne les dépasse et ne les marque à leur insu. Quand ces traces deviennent « empreintes », elles semblent fixer une matrice répétable ; elles bloquent la transfiguration.

La beauté tient à l'instant où le corps se laisse surprendre par le passage du manque-à-être qui se déploie dans l'amour. Ce mouvement est crucial, où l'être advient au-delà de ce qu'il est : l'être sonore devient musique ; l'être prenant devient plus entreprenant, créateur de techniques neuves ; l'être parlant trouve d'autres mots (poésie), d'autres jeux (théâtre) ; l'être moteur se fait mouvant : la danse est mouvante ; c'est l'aspect mouvant de l'être qui fait danser son émergence : quand c'est sur le point d'être. L'être sur ses pointes…

L'analyste – l'interprète – connaît bien le trajet inverse : il décrypte les événements qui sont tombés sur un corps et l'ont empêché de « danser » ses moments d'être. C'est en rapport avec la Loi. Sur certains corps, l'être tombe comme un arrêt et il les cloue à ce qu'ils sont ; ils ne seront pas autre chose. Sauf si un travail de dénouement, de dénuement, dénude l'instant et renoue avec le temps. Décoder cela, c'est trouver les gestes qui « savent » comment ça s'est inscrit ; recréer un état proche de celui où ça s'est fixé. C'est nécessaire pour désinscrire l'emprise.

Une recherche de danse explore les gestes possibles d'où va pouvoir se détacher un *geste inscriptif* ; qui ne fasse pas trop symptôme. Un symptôme est un geste, disons, un peu « académique ». Mais on ne peut pas dire à quelqu'un : « votre symptôme est académique », pour le sortir de cette « école » où il s'est inscrit comme symptôme, tout entier. On ne lâche pas *comme ça* une école ; il y a des risques, le risque créatif par exemple, qui peut vous « tuer » sur place, achever ce que vous êtes et vous jeter dans l'inconnu. Connaître un moment créatif c'est pouvoir supporter une nouvelle origine du temps ; un nouvel instant zéro. L'origine du temps s'est éclatée, et l'on recueille de petits éclats, de quoi changer de temps, avec d'autres durées…

Table rase

Même quand une époque fait table rase, on la voit chercher des débris, dans les « décharges », pour recomposer autrement. Parfois, comme en mai 68, cela produit toutes sortes de vides, des trous d'air, des appels d'air ; on « déconstruit », c'est-à-dire on analyse, on recompose, et plus tard, quand on se demande ce qui s'est passé, très peu comprennent qu'il s'est passé *rien* ; le pur passage d'un certain manque, mais inscriptif. Inscription partielle, de préférence, sinon on est marqué-manqué pour la vie. Ce *rien* d'être est essentiel pour se perdre et se retrouver.

Certes, il y a malaise dans la transmission lorsqu'il faut tout jeter pour ensuite aller le chercher dans les poubelles ; ou dire « non » aux conformismes pour se permettre d'être conforme. Le « jeu » est trop facile, ou impossible ; et le « je » devient futile, même s'il gesticule beaucoup. Au moins le « je » de la danse a une certaine probité : « je » danse, c'est tout au plus : quelque chose danse à travers moi et je m'y prête. J'acquiesce.

Pouvoir

Se réfugier dans du pouvoir institué, c'est aussi une fatigue, celle de se confronter au verbe pouvoir, qui demande à être conjugué : je peux ceci, il peut cela. Et quand l'essentiel est impossible… Alors on dépose son *je* dans l'institution, dans l'espoir qu'elle puisse. Mais elle est déjà tout occupée à être là ; à durer. L'esclavage des gens de pouvoir quand leur machine fonctionne toute seule est bien connu ; et ils vous prennent à témoin : regardez, c'est fixé, dramatiquement ; on n'y peut rien. Sortir de l'esclavage c'est poser la question de l'être, à nouveau, la transmission du trou d'être, du manque-à-être. Cela permet de remplacer la grosse question « alors qu'est-ce qu'on fait ? » par une autre moins grossière : « qu'est-ce que je suis empêché de faire, là ? », « d'où vient le manque que je perçois ? ».

La danse est un pouvoir poétique sur le manque-à-être ; mais le pouvoir qu'elle donne disparaît dès qu'on jouit trop de le maîtriser.

La question : « Est-ce qu'il est arrivé qu'on fasse danser des corps dans le noir, en l'absence de toute lumière ? », je la prends comme une métaphore : cela arrive, qu'on fasse danser dans le *noir*, toutes les fois que cette danse ne transmet rien, ne produit aucune lumière ; même avec des projecteurs. Une danse sans énergie qui déborde ; comme certains corps narcissiques sont saturés d'une énergie qui ne sort pas, qui ignore l'autre ; totale rétention, souple et souriante. Or un corps dansant doit trouver sa lumière d'être et la transmettre. Le contraire, c'est le corps « noir », comme en physique, qui garde toute la lumière reçue d'ailleurs. Le regard brillant des amants dit que cette lumière en passe par eux, les frôle ; ça suffit à faire des éclats.

Et pour en revenir au pouvoir, le pouvoir absolu est une façon de faire le noir, de ne rien laisser entamer, ni l'opacité du manque, ni les retours de la lumière. *Il y a pouvoir totalitaire quand l'instance de pouvoir obture le manque.* Cela peut être un parti, même démocratique, ou un père de famille qui cristallise dans son discours des fantasmes d'achèvement. Des enfants ou des jeunes se coincent le corps dans ce fantasme, ils y laissent leur peau. Voyez dans le champ médiatique : une partie de sa médiocrité tient à ce fantasme de « plénitude » : il ne faut pas que ça déborde, ou que l'imprévu se profile qui entamerait le narcissisme de ce montage ; si celui qui présente est débordé – ou pas assez narcissisé – par la chose qu'il présente, il est foutu. S'il ouvre cette machine narcissique sur le possible – le possible, matière première de ce que l'on peut –, c'est l'angoisse. L'angoisse du discours qui serait porteur de manque, de manque vivant et transformable. A la rigueur, le manque convenu, par exemple la culpabilité devant les malheurs du monde, c'est montrable, gérable, maîtrisable. C'est « gentiment » totalitaire, on ne tue personne ; mais ça finit par ennuyer, donc par angoisser. Et les signes de vie qu'on accumule pour « faire vivant » disent surtout à quel point c'est mort.

D'où m'est revenue cette idée d'être et de manque-à-être ? Moins de l'analyse que de la Bible, et plus tard des présocratiques. Heidegger, lui, l'a prise à ces deux sources mais il a tu la première, il ne l'a pas nommée, feignant de confondre la Bible hébraïque avec le message de l'Église ; ce qui est un peu gros ; et virant le tout côté « croyance »… Selon moi, la grande invention de l'« Ancien Testament », c'est une vaste pensée de l'être

qui se décline en une histoire, à partir de l'idée simple
qu'il n'y a que l'être qui mérite d'être divinisé, et que
tout le reste a pour valeur d'être marqué d'un manque,
d'un écart à faire jouer, à vivre, entre l'humain et le
divin. Vivre cet écart, c'est ouvrir la porte à l'acte créatif ; avec cette pointe d'ironie : allez-y, donnez-vous lieu
d'être, dans les grandes largeurs, vous aurez beau
«être», de l'être il y en aura toujours. En excès ou en
manque. Là s'accroche le plus vif du manque-à-être. La
danse se charge de le faire jouer. Elle consiste en cela. Il
faut croire que ce manque a dû peser sur nos corps, les
coller au sol, les faire ramper ou glisser vers l'abîme,
et qu'ils se sont ressaisis, secoués ; ils ont sursauté, ils
ont protesté contre ce *traumatisme rampant*. Ils se sont
dégagés de leur origine sans oublier que c'est d'elle
qu'ils tirent la force de leur élan. Il n'y avait pas d'autre
issue que d'inventer la danse.

Cet appel d'être qui fonde la danse, le spectateur le vit
aussi devant d'autres œuvres. Et devant les siennes,
d'œuvres : devant ce qu'il a fait et qui lui échappe (et le
fait jouir ou l'horrifie…). C'est souvent très violent, mais
il tente d'y donner sens, pour réagir et supporter, tout en
sachant que l'essentiel est entre deux niveaux de sens.

Le théâtre et le cinéma, qui passent pour des foyers de
sens, édifiés ou édifiants, sont perçus en fait à partir de
flashs uniques, d'éclats singuliers, d'associations d'idées
précaires et «libres», par lesquels on s'identifie. Autrefois, l'identité était massive, l'identification aussi, cela
s'appelait *catharsis,* et cela arrive encore. Mais d'autres
choses arrivent aussi, qui étayent une autre expérience :
l'identité est infondée, c'est patent ; alors on cherche le
contact avec l'origine pour pouvoir s'en éloigner, et

recommencer autrement ; et c'est ce trajet « infini » qui s'appellera identité.

De même, autrefois on servait des valeurs, on les exaltait et les trahissait en secret. Aujourd'hui, on sait qu'elles n'ont de valeur que dans le rapport qu'on a avec. Autrement dit, chacun est ramené à son *être-avec* ses valeurs. C'est un certain décentrement dont chacun sait qu'il ne doit pas trop s'enivrer, car il sait que le pire danger, pire que les embrigadements dans des Centres, c'est de se retrouver cloué au Centre de lui-même qui est vide. Il sait que les cassures de la représentation sont aussi représentables, qu'elle servent à en produire d'autres pas moins leurrantes ou vraies. Il apprend à savoir que pour « mettre en question », pour toujours questionner, il faut du répondant. Et que si le corps se retrouve seul comme répondant, il reçoit le choc de plein fouet : on dit alors qu'il somatise.

Aujourd'hui, quand au sortir d'un spectacle de danse l'homme simple bougonne : « j'n'ai rien compris », on peut l'entendre ainsi : le chorégraphe a été trop seul, il n'a pas fait place à l'autre, il n'y a pas eu de mise en tension, de sorte que je n'ai rien « *pris* » dans l'entre-deux ; il a parlé pour lui tout seul. Autrefois on aurait dit : Que c'est beau ! mais ce n'est pas pour moi. Aujourd'hui on est plus franc : Ça ne m'a rien fait.

Le corps dansant produit de l'appel et du rappel entre deux corps – qui déjà sont quatre : ses deux corps à lui, et les deux du spectateur ; et très vite il y en a six dès qu'il y a un autre danseur, et ça se morcelle et se compose et se décompose pour fomenter des *appels d'être* inattendus, qui parlent d'autant plus fort.

Mais la danse accepte ces morcellements ; elle articule des séries de gestes naissants, naissants chacun pour soi, qu'elle articule en un sillage d'existence. Tout ce qu'elle touche et qu'elle emporte est marqué par elle de naissance. Ainsi elle illustre l'idée que vivre c'est naître à chaque instant; qu'en somme la vie est une danse infinie où ceux qui tombent sont déjà précédés par la relève. La vie est une jeunesse incessante; non qu'il lui soit « interdit » de vieillir (pourquoi serait-ce interdit?); mais au cœur même de ce qui vieillit, des points de jeunesse sont disponibles.

Suites

I

Le triangle

C'est un triple opérateur où se repère l'événement Danse. Il comporte le *Corps* dansant – qui peut être un groupe ; la *Foule* – le public, dehors ou dans une salle obscure, ou dans l'œil d'une caméra ; la foule c'est tout ce qui est pris à *témoin* ; l'instance *Autre* – là où le corps visible s'articule à l'être. L'Autre, c'est aussi bien le corps secret, réel et virtuel, qu'une instance « sacrée » quelconque. Il présentifie l'Autre-corps, le corps tel qu'il manque à tout corps, ou tel qu'il peut bloquer nos corps dans la douleur d'un excès, ou l'hébétude du Rien, la distraction vide. Disons que l'Autre c'est l'*être du corps*. Communiquer avec c'est faire jouer le corps avec ce qui le fait vivre – en manque ou en excès –, avec sa joie d'être, et de n'être pas le Tout du corps.

Il y a donc le *Corps* dansant, la *Foule*, et l'*Autre*. C'est de varier ce Triangle qui se révèle éclairant. Par exemple, si l'on supprime l'instance Foule, il n'y a plus de témoin, c'est le duo-duel entre le Corps et son Autre. Cela peut être une salle pleine de danseurs en train d'invoquer l'Autre, pour nul autre qu'elle-même, avec des cris de gestes, des gestes criants ; où se profilent l'auto-hypnose, la transe, l'état second, le corps dansant ivre de soi, la possession-dépossession, l'imitation des primitifs, l'in-

cantation à se retrouver «primitif»… Cela n'exclut pas
que des membres du Groupe s'y réjouissent de «redisposer» de leur corps, d'être portés par leur «transgression» collective. (Hou! on se fait peur et on s'émeut.)
On joue à «transgresser». Mais la transgression suppose
la Loi; si donc la Loi est supposée rester dehors, ou si
c'est le groupe qui la remplace, on frôle la secte. Et
aujourd'hui il y a des sectes à temps partiel, des prises de
lien sectaire comme de drogues légères…

De fait, on s'hypnotise comme on se drogue – à n'importe quoi. Façon de se faire livrer son désir clés en main
venu d'ailleurs, sans les grincements et les contraintes
qui nous empêchent d'y accéder. C'est pourquoi l'hypnose marque les transferts achevés et les danses abou-
ties. L'instance de l'Autre est intégrée, absorbée. (On
comprend que dans certaines danses, plus ou moins
rituelles, certains finissent par *avoir la peau* du Dieu. Se
prendre pour lui, le prendre pour eux – Nijinski en savait
un bout, là-dessus.)

Autre cas de figure: l'Autre est absorbé par la Foule;
alors il reste un duo entre la Foule et le Corps dansant,
différent d'elle. C'est une pure exhibition où le corps
montre son «tout» à la foule venue pour ça. Le désir
est appelé et se consomme sur place. Au fond, une
fois l'Autre aboli, c'est la Foule qui devient l'instance
sacrée, la divinité ahurie, prête à se faire mener à la
baguette, par les connaisseurs, les experts, les tyrans
«avertis».

Autre cas de figure: le Corps dansant c'est la Foule.
Variante de l'incantation collective, de la prière mouvementée. Auquel cas il y a un regard étranger – ou une
caméra d'ethnologue – qui restaure le *triangle* et déplace
la prière vers la pure danse.

En général, la Foule lance sur scène ses danseurs, elle les jette en pâture au grand Vide de l'espace. Et elle les aime parce qu'ils s'accrochent, ils trouvent le fil, qui se révèle une corde raide sur l'abîme. Et de là ils lui font peur et envie : plaisir ambigu de les voir ne pas tomber, de les sentir lui titiller son corps abstrait, ses zones érogènes... La foule aime voir ces danseurs grignoter le grand vide, s'ouvrir des chemins imprévus à force de ruses et de mouvements, et lui restituer l'espace comme vécu, vivant, travaillé ; comme un espace porteur.

Mais derrière cette férocité, elle fait preuve d'un respect admirable, une immense tolérance pour tout ce qui s'offre comme « folie ». Aujourd'hui la folie inspire l'« écoute », la distance respectueuse, pas la moquerie ou le dégoût. Au point que sa « subversion » dansée est vue avec un respect conformiste qui ne subvertit plus personne.

Parmi les forces à l'œuvre entre les pôles – les sommets – du Triangle, il y a d'abord la *séduction*. Elle n'exclut pas les tensions sacrificielles. On sait[1] que le sacrifice vise à séduire l'Autre et qu'inversement toute séduction comporte un sacrifice ; déjà dans son labeur pour occulter ce qui peut déplaire.

Le fait qu'un Corps interpelle l'Autre ou la Foule implique la séduction[2]. Ce n'est pas propre à la danse. Un chercheur en mathématiques peut être séduit par le désir de séduire la Mathématique, d'entrer en contact avec elle, en conversations passionnées... *Tout langage*

---

1. Voir *L'Amour inconscient. Au-delà du principe de séduction*, Paris, Grasset, 1985.
2. Voir ci-dessous « Danse et idéal », p. 248.

nous donne l'envie de le séduire pour lui faire dire des choses nouvelles. Mais dans la danse, le Corps prend le relais du langage ordinaire pour *bouger* l'Autre de sa place : pour le séduire, le dévoyer. Le Corps dansant transmet cela à la Foule et se charge avec elle d'émouvoir l'Autre, de l'atteindre. Inversement, en l'atteignant il touche la Foule, il l'émeut, il la séduit.

C'est tout un travail. Sculpter l'espace, devenu creuset ; tailler dans le vide, dans le vif de l'espace ; y prendre des formes, les prélever, faire parler les figures déjà-là (car un espace est toujours déjà occupé, pré-occupé par des affects et des mots qui l'habitent). Le danseur les fait parler à mesure qu'il les « trouve », qu'il les rencontre. Il découvre de nouvelles formes comme des pensées surprenantes ; de quoi donner de l'air aux spectateurs, du souffle, qu'ils puissent penser, respirer, bouger leurs corps ; l'idée leur « plaît », les séduit, même si seul l'autre la passe à l'acte ; à l'acte pur de la faire « passer »…

Et ça tourne bien sûr, en tous sens. Parfois le corps apparaît comme délégué par la foule pour séduire l'Autre ; pour se mettre en contact avec. Parfois la foule n'est que le témoin de ce que l'Autre a séduit le corps, dans la danse, totalement.

D'autres cas sont possibles, car chacune des trois instances Corps, Foule, Autre est multiple ou scindée. Les interactions « magiques » – séductives, résonantes – sont d'autant plus vives : pour bouger l'Autre absent, on bouge soi-même, ou l'on émeut la foule inerte. On cherche les fréquences propres à chaque instance. Plus que la pesanteur des corps, la danse veut conjurer celle des esprits. Caresses à distance, incantations formelles, mimétismes : pour séduire l'Autre on crée des formes à son image, comme pour lui suggérer de nous refaire, autrement, plus légers.

Au-delà de la séduction, il y a l'amour, et ses façons de prendre corps. Procréation dans la beauté, disait Platon. Déployer le désir narcissique, le voir s'abolir devant l'Autre, puis resurgir dans l'Autre à mesure qu'on s'y retrouve.

La trouvaille des gestes va fomenter le coup de foudre : on y rencontre la surprise d'exister, à travers cette Autre chose qui vous attendait et que vous appellerez l'amour.

Dans sa lancée – pour sculpter, tailler, gagner d'autres formes dans l'espace autre –, le corps travaille l'espace psychique. L'espace du corps est psychique comme potentiel de transferts, de projections, d'influences transformatrices ; avec des convergences et des dispersions structurées. (Dans la psychose, le corps se définit par l'empêchement à produire ces effets de limite symbolique – d'extension, de traversées, de séductions ; comme s'il n'avait pas le contact avec l'Un de l'être qui rassemble le corps pour le projeter hors de lui-même. Le psychotique *est* tout son corps, il ne trouve pas le chemin pour l'avoir en partie.)

Et il se peut que le tout-petit en train de *naître au langage* travaille à faire parler – à faire se séduire entre eux – les différents niveaux de son être, de son corps. Voilà pourquoi nous l'évoquions à partir de ce Triangle. Il s'avance en dansant sur trois supports pulsionnels, au moins [1]. Il est son corps, et son autre, et la petite foule admirative qui l'accompagne. Il s'avance, il boite, vacille, titube, tombe et se relève, même à travers les mots, auxquels alors il donne corps.

1. Voir ci-dessus « La danse de l'être », p. 133.

Invocation

On sait la force invocative du poème : il appelle par la voix les forces de la présence, il les appelle *sur* ceux qui l'écoutent et à qui il s'adresse. Il prend lui-même la forme de cet appel qui prend corps, un corps de mots. C'est donc à trois dimensions : le poème, les forces qu'il invoque, et ceux à qui il s'adresse.

Dans le poème les mots font corps avec la voix. Mais la danse est un poème de gestes. Les «mots» y sont des gestes, et la voix un mouvement. Au lieu du corps «voisé» c'est le corps «mouvementé», gestuel. Cependant, l'invocation est du même ordre. La danse se passe non pas dans l'écoute de l'Autre, mais sous son regard. C'est un poème qui invoque avec des gestes le regard de l'Autre, son attention, pour la pointer sur ceux devant qui ça se passe, ceux qui voient la danse. C'est un appel à l'Autre qui fait retour sur les autres. Et cet appel poétique, la danse elle-même le constitue.

Bien sûr ce poème dansé peut être une litanie, un refrain militaire (ou son équivalent), une quête de voies nouvelles où le mouvement peut s'infiltrer entre chair et mémoire, entre corps et langage – comme pour appeler *sur* les corps en présence les forces bienveillantes du possible.

Par ce travail, le corps dansant prend sur lui cet appel : il *s*'appelle dans ce poème qu'il constitue et où il s'ouvre la voie pour capter ces forces – de présence – et transmettre leur élan à ceux qui voient.

C'est ainsi que le *Triangle* structure l'invocation ; et la danse, comme le poème, l'articule à plusieurs niveaux selon sa complexité. Ainsi elle donne un sens nouveau à ce qui s'appelle «prendre corps»; non comme simple effet de la parole, mais dans l'action du corps sur lui-même, médiatisée par le Tiers qui regarde.

II

La flamme et la lumière

Mallarmé, c'est en poète qu'il a saisi des images de la danse; images-éclairs, aiguës, quoique procédant du seul Ballet. Ainsi, sa danseuse semble «appelée dans l'air et s'y soutenir d'une moelleuse tension de sa personne». Et le corps de ballet, qui tourne autour de l'*étoile* («la peut-on mieux nommer!»), figure «la danse idéale des constellations»… Ou encore: «Une femme associe à la danse l'envolée de vêtements… au point de les soutenir, à l'infini, comme son expansion.» On le voit, l'*image poétique* perce le code trop fermé du ballet et produit de beaux éclairs sur l'enjeu narcissique de la danseuse décrite comme «fontaine intarissable d'elle-même». Cela dit bien qu'elle cherche à s'auto-engendrer. Mais ce n'est là qu'une vue possible sur la naissance, un des fantasmes. De fait, Mallarmé reste pris dans le clivage qu'il a posé entre «le Drame» (le théâtre) qui pour lui est «*historique*», et la Danse qui est pour lui «emblématique». Certes, elle peut l'être, mais *elle signale un travail et un passage plus intensifs entre corps-mémoire et corps en acte*, par des *transferts* qui sont loin de se réduire à la seule *suggestion*. Car Mallarmé dit que la Danse, «écriture corporelle», «*suggère* le poème»; qu'elle le suggère «dégagé de tout appareil du scribe». Disons plutôt que *le poème donne corps, par lettres, au*

mouvement que la danse incarne avec le corps réel – qui
est un double corps, du Soi et de l'Autre. Mais quel est ce
mouvement ? Pour Mallarmé, il s'oriente vers l'« idée » –
d'autres diraient : vers l'idéal ou l'image idéale, mar-
quant ainsi leur capture dans un code limité, celui du ballet classique. Mallarmé, lui, ne se laisse pas enfermer
dans cette « incorporation visuelle de l'idée ». Il propose,
à chaque « pas », d'interpréter ; il propose de *lire* la
danse. On le reconnaît bien là, cet homme du Livre, ce
poète du Livre à venir qui s'écrit et s'interprète par son
approche même, et par les éclats qu'elle produit[1]. Et
comment propose-t-il d'interpréter ? D'abord en se
demandant à chaque *pas* ce que cela peut signifier ; puis
en laissant s'ouvrir la *rêverie* que *cela* inspire : c'est donc
un couplage entre cette rêverie inspirée et celle qui s'incarne, là sous vos yeux ; couplage dynamique, espacement
de l'entre-deux où aura lieu un étrange « commerce », dit-
il : tu *déposes* aux pieds de la danseuse « la Fleur d'abord
de ton poétique instinct », et « elle te livre […] la nudité
de tes concepts et silencieusement [elle] écrira ta vision
à la façon d'un Signe, qu'elle est ».

Précisons cet échange mystérieux, et ses limites. Les
concepts, ce sont les pensées que tu conçois mais que tu
enfermes dans une écorce ou une carapace raisonnable
pour que leur mouvement dans ton corps ne t'atteigne
pas. Les concepts – qui pourraient être des événements
dont on est le conceptacle ou le réceptacle actif – étouf-
fent un peu dans ce vêtement ou ce revêtement qu'on
leur impose. Et l'action du corps dansant les met à nu ;
ou plutôt, la vue de la danseuse révèle qu'elle est au

---

1. On sait que Mallarmé a toujours eu le projet d'un Livre – qu'il
n'a jamais écrit, et toute son œuvre ne fut pour lui que l'approche
constellée de ce Livre impossible, absolu ; approche faite de circonstances, simples prétextes de ce Lieu à écrire…

cœur de nos concepts, qu'elle y fait signe : son corps en mouvement est la « vision » que ces concepts enrobaient. On apprend donc que dans la vision du poète, dans ce qu'il *conçoit* au plus intime de son être, il y a une mère mouvementée qui fait signe, qui est signe du féminin à l'œuvre dans la langue et que le poète doit délivrer (et mettre en Livre). Mais qu'est-ce que cette *vision* sinon un appel de lumière ?

Alors, allons plus loin : *le corps dansant transmet la vision, première entre toutes, qui est la lumière d'être pour chacun*, dès lors qu'il dépouille ses concepts de ce qui entravait la vision, de ce qui l'empêchait de voir ; y compris de ce qui lui en met plein la vue : images idéales, ivresses d'idée, *idologies*, et autres frilosités narcissiques qui exigent ces « habits » étouffants, ces habitudes, ces fonctionnements qui stérilisent nos conceptions, nos engendrements. La force de Mallarmé c'est d'avoir beaucoup « vu » à partir du seul ballet, grâce à son lien avec le Livre ; grâce au fait que sa langue n'est pas « purement » française : elle est habitée par une langue étrangère qui pousse à bout, littéralement, la française ordinaire.

Donc, *la danse est une mise en lumière du corps mouvementé*. De là à dire que le corps dansant est comme la flamme (déjà devant celle d'une bougie, l'enfant avait dit « ça danse »), il n'y a qu'un pas, qui vient de loin. Dans la Bible, la lumière se dit OR, et la flamme, OUR. Même racine ; dont dérive aussi la T*OR*aH c'est-à-dire la *Loi*, qui en araméen se dit O*R*aïTa. Les *oracles* – les OURIM – sont un pluriel de *flamme* (OUR). Un autre mot pour dire lumière ou flamme c'est NéR, dont dérive – en arabe – le *jour* (NhaR) et aussi le *fleuve* (NahaR). *Le corps dansant fait venir au jour un flux de lumière ;*

qu'il est. Le «Signe» mallarméen n'est qu'un signe de cet afflux, de *ce fleuve d'énergie impliqué dans le mouvement* – dans cette liberté de mouvement qui est aussi liberté de jugement. (Il serait naïf de les opposer : elles concernent deux aspects du *corps*, et sont conditionnées par la même *Loi*.) La flamme donc – celle qu'on «déclare» aussi, quand on déclare sa passion –, c'est de l'énergie qui se consume et se dissipe.

Valéry suggère que la danse c'est de l'énergie en trop qui cherche à se consumer ; dans cette flamme qu'est le corps danseur. Et cette flamme ne serait qu'un perpétuel changement de forme. Or elle est plus que cela. Car un tel *saut d'énergie* – où ça s'enflamme – indique d'emblée une mutation : l'énergie «en trop» – qui ne trouve pas où s'investir – redevient en quelque sorte originelle ; elle s'empare du corps, qu'elle fait repasser par l'origine, pour une autre épreuve de naissance ; et dans ce passage, on *est* tout feu tout flamme. Au contraire, les corps dépressifs, qui refusent cette épreuve ou ce déchirement narcissique, subissent les assauts de l'énergie en excès : ils sont battus et rebattus par son reflux comme une rive aride est battue par les flots, ou un désert par les vents. L'énergie libre ou en excès du dépressif est rabattue sur son corps. Il est pris dans un suspens, impossible à danser. Pour «danser», il faut de l'énergie en plus – ou en trop – mais *déjà impliquée*, *déjà appelée* par le mouvement du corps qui demande à être investi. (L'énergie est «en trop» quand les lieux où elle peut s'investir sont fermés, interdits, invisibles… Il faut donc, déjà, que la lumière *soit*, un peu.)

Quant à la flamme, elle évoque le *flash* des drogués. Après tout, ce que la danse découvre, c'est qu'on peut se droguer au corps, *se shooter* au corps mouvementé. C'est peut-être la première drogue qu'on ait connue ; elle est multiforme, on se drogue à la faim, à la « bouffe » (ça s'appelle faire *yoyo* : le corps se gonfle puis se dégonfle, etc.) ; on se drogue au souffle, orgasme respiratoire ; et ça s'appelle *rebirth*, pour rappeler la naissance – celle que vise le « flash » de toute drogue, l'instant traumatique que donnent certaines initiations comme passages par l'*initial* ; *initial* dont dépend le fait d'avoir de l'initiative.

Cette quête du geste extrême nous rappelle que les corps danseurs – tout comme certains faiseurs d'exploits –, en déployant tout le possible du corps vivant, protègent la vie ; ils la confrontent à ses limites par des gestes insoupçonnés qui font pourtant pleinement partie de sa gestation. Livrée à son fonctionnement « régulier », la vie dépérirait, tout comme déjà elle s'étiole chez les êtres qui s'enferment dans la norme, les « normaux ». Par le geste excessif ou grotesque, c'est l'ensemble de tous les gestes qui est appelé et questionné.

L'événement, l'initial, la naissance renouvelée – tout cela se tient, et les fils de cette tension passent par le corps comme origine récurrente. La flamme qu'évoque la danse n'est donc pas un simple acte d'énergie qui fonde une durée isolée. Valéry parle à ce sujet d'un état exceptionnel, qui ne serait qu'action, une permanence qui se ferait par une « production incessante de travail », comparable, dit-il, à la « vibrante station d'un bourdon, soutenu par le battement incroyablement rapide de ses ailes » [1]. Je préfère voir cette flamme ou ce feu mouvementé, plutôt que dans un bourdon, dans l'enfant qui naît et qui demeure vivant, dans sa durée autonome, dans le temps nouveau qu'il fonde, qu'il inaugure. Car non seulement il signifie l'événement d'être, d'être naissant, mais il donne à l'événement – qu'il est – toute sa puissance énigmatique ; il maintient à l'œuvre toutes les forces de vie dont le jeu produit cette flamme et la transmet. Et la cinétique de ces forces entretient cet éclat de vie. *L'événement que devient le corps dansant, c'est la naissance – furtive et prolongée – d'un corps* ; plus que d'un geste ou d'une forme.

De sorte que *l'acte où se jette et s'implique le corps dansant dépasse l'acte de changer* («Voyez ce corps, comme il s'enivre de l'excès de ses changements», dit Valéry). Certes, il y a cette ivresse, mais l'enjeu est plus lointain, plus radical que de «remédier à son identité par le nombre de ses actes». Cet activisme, «bourdonnant» et «ravissant», n'atteint pas le processus identitaire – où l'identité intègre pas à pas ses altérations successives. Du reste, l'acte qui nous enivre, s'il n'est pas une simple prise de drogue, nous met hors de nous-mêmes et en nous-mêmes ; il nous coupe et nous ressoude. Il entérine une coupure d'identité, une ouverture d'altérité qui n'est pas un simple jeu pour «s'essayer à être différent infiniment de soi-même» [2]. Outre qu'il suffirait de se répéter, de s'y reprendre à ce petit jeu – et si j'essayais d'être autre, hein ? – pour devenir celui qui ressasse le projet d'être un autre.

Cette approche idéaliste qu'a Valéry suppose qu'au

---

1. P. Valéry, *Œuvres,* t. II, Paris, Gallimard, coll. «La Pléiade», p. 1396.

2. *Ibid*. Voir *L'Ame et la Danse*.

départ on est identique à soi, que le corps est une chose et le monde un réel dont on serait prisonnier et dont il faut se délivrer (comme d'un mensonge, dit-il), faute de quoi l'*ennui de vivre* nous saisirait, l'ennui dû à la froide clairvoyance devant la nudité de la vie où les choses sont identiques à ce qu'elles sont. Dans cette étrange inertie de l'être, où ce qui est n'excède pas les limites de ce qu'il est, où donc l'être est sans mouvement – c'est «l'idée» qui viendrait, nous dit-on, «faire entrer dans ce qui est, le levain de ce qui n'est pas».

Or l'*idée* n'est elle-même qu'un événement entre deux «corps», corps visible et corps-mémoire; elle signale la secousse où *ce qui est* perçoit son manque-à-être et entre ainsi en contact avec *ce qu'il peut être*. L'*idée* n'est pas l'effort précieux d'un esprit pur pour «avoir des idées»; c'est l'altérité de l'être, qui lui est intrinsèque, et que nous percevons quand sa lumière nous atteint; quand nous voyons la béance où «ce qui est» s'ouvre sur ce qu'il n'est pas. L'*idée* c'est cette ouverture même. Faute de le voir, on bascule vers l'*idéal*, l'*idée-miroir*, et l'on produit de «belles idées» pour mieux s'y regarder. Ballet classique des «idées»…

Valéry impute l'«ennui de vivre» au fait d'être dans «le réel à l'état pur»: alors le cœur s'arrête parce que tout est froid; la danse viendrait mettre de la flamme dans tout ça et semer un peu de trouble dans cette terrible «netteté». C'est là encore une idée assez faible des choses. De fait, on ne se retrouve dans ce «réel à l'état pur» que quand le fantasme, devenu trop dangereux ou impossible, se retire; alors se crée un plombage narcissique, où l'on pose comme vitales et nécessaires les conditions de sa propre mort; de quoi devenir inerte, identique à ce que l'on est. C'est la *saturation narcissique* – où le monde et l'Autre sont en proie à une iden-

tité sans manque – où l'esprit qui ne voit que lui-même
se projette ses dernières «idées» en date. Alors ce qui
le fascine dans le corps dansant c'est cette même saturation narcissique où «le corps veut remédier à son
identité par le nombre de ses actes». Mais le feu de la
vie, lui, est différent de cet activisme obsessionnel; différent aussi d'un «libre jeu d'intensité». Dans ce feu,
corps et «âme» rivalisent pour faire de l'entre-deux-
corps qu'ils constituent une dynamique féconde.

La Genèse nous en donne un écho littéral: l'homme
de la *Création* s'appelle 'IYSH, et la femme, 'ISHaH;
deux lettres les distinguent: le Y (yod) de l'homme et le
H (hé) de la femme; ces deux lettres mises ensemble
donnent l'*être* (YaH), ou plutôt un abrégé du nom de
l'être (qu'est le tétragramme YaHWH); ou encore: les
trois lettres de l'homme et les trois lettres de la femme
sont non pas six mais quatre lettres (ÉSH et YaH), qui
mises ensemble signifient: le *feu* de l'être. *Le rapport
sexuel est une mise en feu de l'être.* Ou encore: *l'entre-
deux-corps homme-femme* (qui peut même être celui
d'un homme et d'une femme aux prises avec son autre)
*est l'espace-temps où le feu divin peut se transmettre en
tant que feu de l'être, en quête de «lettres» (ou de
signes) qui puissent faire loi, dans un mouvement où les
corps puissent se prendre et se déprendre, se laisser
marquer et démarquer, liés qu'ils sont par les images
multiformes de leur manque-à-être originel.*

Tout le projet du mouvement, donc de la danse, est que
le corps, non pas se désennuie d'être ce qu'il est, mais se
branche sur l'*être* comme sur l'arbre de vie, arbre de feu
– presque buisson ardent – qui brûle sans se détruire, et
dont seule la *connaissance* permet l'approche dès lors
qu'elle a ses deux niveaux – physique et mental.

Et le corps (dansant) n'*imite* pas l'«âme», pas plus
que la flamme n'*imite* la vie. *Il renouvelle la création* –
de l'univers, donc du temps – *en commençant par la
lumière*. Surtout quand il ne porte pas de sens préalable,
ou idéal, il émerge du chaos – du tohu-bohu – et il se
fait venir au jour. Sa venue est une mise en lumière qui
ouvre un cycle de temps, un espace *momentané*. L'acte
créatif est de prélever cette lumière – ces mots, ces
gestes, ces actes –, de les prélever dans un chaos originel et toujours là – à l'origine des prélèvements articulés qui créent nos œuvres et nos langages.

Pour prélever cette lumière, ces bribes de *loi*, il faut
consentir à sa «mort», à sa décomposition. Ceux qui
doivent faire de leur image un carcan narcissique n'accèdent pas à ce chaos, donc à cette lumière qui s'ensuit.
Ils n'en ont pas *besoin*. C'est ce besoin que signifie le
corps dansant : l'acte créatif, il faut en avoir besoin, physiquement, pour qu'il prenne corps en vous et s'articule
à une histoire, à un mouvement du Temps. L'instant, la
forme, le corps émergent dans le même temps que cette
lumière. «*Soit* la lumière», cela veut dire qu'elle passe
par l'être, et cela crée une boucle de temps, un *pas* oscil-
lant entre le «jour» et la «nuit». Le créateur trouve que
c'est bon, que c'était mûr pour ça. Et la danseuse exté-
nuée dit à son tour : «Que je me sens bien…» ; son
monde, c'est-à-dire *elle*, est *bon* pour cet instant.

Cela peut aller vers l'ivresse, le chaos provoqué pour
doubler l'autre chaos – intérieur ou cosmique. L'ivresse,
c'est le refus de prélever une autre loi que l'oubli de
toute loi, une autre lumière qu'éblouissante. L'ivresse,
c'est le corps devenu monde et identique à son chaos.
Il faut en passer par là pour émerger de son chaos – et
s'y ressourcer encore. Le corps-dansant est le candidat

tenace à cette plongée émergente, cet aller-retour qu'il veut nous rendre interprétable. *Danser, c'est interpréter le chaos en lumière* – qui sera cyclée, rythmée, par le mouvement du corps. (Et là-dessus, la pensée classique de la danse révèle son point de vue, son angle de vue assez réduit : elle fait de cette lumière une belle image[1]. Mais l'image n'est qu'une scansion du processus identitaire.)

Quand le corps devient acte ou acteur de lui-même, c'est lui l'instant qui émerge : c'est le corps naissant qui déclenche sa durée. Seul le corps naissant est à ce point « identique » à son acte de naissance, qui excède toute image. Comme dit la Genèse, ils furent créés – homme et femme – à l'image de l'*être*, qui lui n'a pas d'image ou plutôt ne s'y réduit pas. L'identité avec l'image idéale n'est qu'un cas particulier, un *pas* possible qui doit passer pour ouvrir l'identité avec ce qui peut être, donc avec l'état où l'identité nous manque.

Et aux interstices entre ce qui est et ce qui peut être, entre l'être et ce qui est, le corps transmet quelques éclairs. Le corps dansant éclaire l'acte de sa *soudaineté* essentielle.

la danse comme lumière
par idée

Qu'en conclure ? Entre autres ceci : l'idée classique de la Danse, à base de pensée grecque « apollinienne », est très faible, très limitée, très « idéale », au regard de l'autre source – disons hébraïque, issue du Livre hébreu et de sa pensée de l'être, qui fut des siècles occultée, confinée, et que nous remettons en lumière ; d'autant que par elle transite aussi le filon grec ésotérique, disons dionysiaque, *via* les pistes obscures de l'Égypte et d'Orient.

---

1. Et cette pensée est à base de « comme » : « le pied de la ballerine, *comme* un gros doigt, porte son corps, qui est sur le sol *comme* le pouce sur le tambour [...] elle est dans son mouvement, isolée, *pareille* à l'axe du monde » (P. Valéry, *op. cit.*).

6

LA JOUISSANCE DANSÉE

La danse comme forme « première » de la jouissance

I

Jouissance paradoxale

Jouir de donner corps, de prendre corps, d'articuler les deux corps que chacun porte en soi ; incarner quelque chose et mouvoir l'incarnation, donc ne pas s'y figer – la danse est la prise de corps incessante, en plein vol, en mouvement. Mobiliser les fantasmes, en faire des mobiles, s'y embarquer ; en faire des tenues, s'en revêtir et s'en défaire, comme d'une peau. Posséder toute sa technique et s'avancer au-delà d'elle, porté par cette mémoire, et transmettre au passage un mouvement sans mémoire. C'est jouir d'une écriture inspirée, porteuse de mouvement, portée par ce qu'elle mobilise.

Mais dans la danse, le scripteur, le support et le texte, c'est le corps. La danse signifie toute situation où l'on *est* ce qu'on écrit, où l'on naît comme une mémoire qui prend corps et qui « part ».

C'est une écriture narcissique, mais le corps est objet : on jouit de prendre son corps à bras-le-corps et de « partir » avec. Savoir prendre une chose ou un problème à « bras-le-corps » c'est savoir s'y prendre avec le corps ; comme la danse, qui le confronte à l'Autre corps et au vide.

Jouissances du corps narratif : un corps raconte toujours des histoires. La trame dansée peut les montrer, en filigrane. Elle formule, met en place, situe, explore les mouvements indestructibles de la vie.

Un corps qui danse selon ses lois est parlant, il a ses mots formels ; il raconte une histoire depuis les origines jusqu'au suspens où il nous laisse. Il peut même s'absenter, et s'exhiber comme une absence.

Jouissance d'infiltrer le corps dans le roc de nos fantasmes, tous mêlés : s'il trouve les veines justes, où ça éclate bien, comme un minerai, il libère des fantasmes bloqués et cela fait des étincelles ; comme l'entre-choc de deux fantasmes qui fait jaillir une « pensée ». (Car une pensée ce n'est pas un fantasme, mais la rencontre de deux fantasmes qui vous libère de chacun d'eux.)

La jouissance chorégraphique donne corps à cette « pensée ». Le corps est pris dans l'événement – qu'il provoque. C'est un procès complexe, avec énergie et dépense.

Le corps jouit de trouver ces énergies dans les replis de son espace, dans le savoir instinctif qu'il en acquiert. (Dans la danse de David, le texte dit qu'il y allait de « toute force » et non « de toute *sa* force » : la force qu'il mobilise est bien plus que la sienne ; par la sienne il y accède, mais elle est autre.)

Le corps dansant jouit d'énergies qu'il n'a pas, mais qu'il sait appeler sur lui, et il s'en sert pour créer son espace. L'énergie que le corps libère et l'espace où il a lieu s'articulent dans cette jouissance.

Pour la décrire en jargon « psy », il faudrait dire : *jouissance narcissique objectale*. C'est contradictoire. Cela confirme que c'est *la jouissance de naître et de jouer avec sa naissance ; d'émerger de son origine en y plongeant plus à fond.*

Jouissance quand le corps trouve les forces qu'il invoque (chthoniennes, cosmiques, « spirituelles », pulsionnelles – la pulsion maîtresse étant celle de se porter, de s'emporter, de trouver les bonnes portes…).

Entre l'origine supposée et l'actuel qui se pose, il s'agit de *se donner une nouvelle fois*. De recevoir et de se donner.

Cet échange de soi à soi passant par l'Autre ouvre un *niveau hypnotique de la jouissance*. C'est le cas, toujours, lorsqu'un corps se fait donner son mot de passe comme venant d'ailleurs. *Choréïa* (danse) et *chora* (chœur de voix) ont même racine et incarnent la même tension à ce que l'Appel provienne d'ailleurs. Dans l'hypnose, la *voix de l'Autre* porte au sujet le message de son désir comme venant d'ailleurs ; et lui redonne une sensation de complétude. Dans la danse, c'est avec le corps que le danseur s'hypnotise, trempé dans la voix de l'Autre, le regard de la foule, le silence musical.

Le matériau narcissique mobilisé organise une pulsation : stase-extase, mise-hors-de-soi en soi, entre un versant et l'autre de l'espace narcissique ; et le corps, dans l'entre-deux, est sur l'arête où ça passe de l'un à l'autre. C'est l'auto-hypnose, *l'hypnose par soi-même divisé et surmontant sa division, grâce au mouvement dansant*.

Cela est vrai dans les danses rituelles et dans la société moderne qui a écarté les vieux rites comme pour s'offrir le luxe de les retrouver ; l'illusion d'en être l'auteur (ce qui est un solide fonds d'auto-hypnose, d'auto-référence). Elle cultive les états seconds et les transes ; même s'il manque parfois la pensée pour les gérer. (Les gestionnaires sont gênés ou débordés par la force qu'ils libèrent, par leur réussite, et ils se demandent s'ils ne sont pas les prêtres d'une nouvelle religion, celle du corps...) Or les choses sont plus simples : des êtres au narcissisme embryonnaire ou délabré font le pas et se risquent dans une démarche symbolique qui peu à peu fait apparaître la division entre l'archaïque et le manifeste. Cette division interne sert de support à la pulsation hypnotique – qui pour installer son emprise s'adresse à chaque niveau (archaïque ou manifeste) en lui parlant la langue de l'autre, pour saturer leur écart. L'hypnose offre l'épreuve d'une *jouissance traumatique* assumable : d'une faille interne réparable à travers le jeu de se perdre et de se retrouver, de dire non et oui à son corps, avec son corps.

On voit bien l'enjeu commun entre *origine, rituel, traumatisme, hypnose et transe* : une naissance en état d'absence – forcément – et qui se ressaisit.

Ce rapport aux origines est privilégié dans la danse, qui pour certains est le « premier-né » des arts. En témoignent selon eux les dessins des grottes préhistoriques où la danse est montrée. (Ces scènes prouvent aussi bien l'antériorité... du dessin ; à moins que la trace écrite et le corps mouvementé ne soient contemporains.) Mais c'est un fait : le matériau de la danse est la matière « première » humaine, matière ultime, ultime recours pour trouver le sens de la *mater* et du *matériel* naissant.

La danse fait jouir une différence – un mouvement différentiel au cœur du champ narcissique, en plein dedans. Et elle en fait un support de l'effet hypnotique répondant au trauma originel.

Dans certains rites, cette différence est celle qu'il y a entre l'homme et l'animal sacré avec dans l'entre-deux tout un jeu mimétique : on provoque pour incarner ; on incarne pour provoquer. Stratégies d'approches de l'autre, séductions. Il ne s'agit pas de devenir l'autre, mais de le bouger, d'entrer en contact avec. L'identification et ses failles offrent un espace maniable où la visée hypnotique se donne libre cours. (Par exemple, le danseur vêtu d'une peau – de la bête qu'il convoite – danse jusqu'à l'épuisement qu'il souhaite à l'animal blessé, par la flèche qu'il lui lancera lors de la chasse à venir, chasse inaugurée par la danse...)

Cette jouissance *narcissique d'objet* se cherche à travers ses décombres, ses éclats, ses fissures, dans le mouvement alterné entre le même et l'autre, entre identité et différence. Et quand le danseur devient ce pour quoi il danse, ce à quoi sa danse s'adresse, il devient à la fois ce qu'il est et ce qu'il n'est pas ; il naît à la cassure entre l'être et ce qui est ; entre ce qui est et l'être qui l'excède.

C'est une *jouissance de l'accession à la « propriété » du corps : accès précaire à sa présence entamée.* Avoir un corps dans le fait même qu'il se dérobe, qu'il ne se laisse pas avoir et que pourtant il ne trompe pas : il est bien là, même dans les failles et les entames de sa présence. Et ce, sur le mode de la pulsion, le mode de ce que rien ne satisfait une fois pour toutes. N'est-ce pas ce qu'on pourrait dire du corps de l'être aimé ? surtout s'il ne se laisse pas absorber, ou posséder comme un objet ; s'il garde sa présence autre et pourtant accessible.

D'où la jouissance de dépenser son corps, de le penser, de penser le monde avec ; jouissance de l'épuiser et de le sentir inépuisable ; comme le monde des formes et de l'informe, des chaos et des ordres.

D'où encore la référence à la Loi, et au roi danseur.

Au fond, il jouit de la Loi non comme objet de pouvoir mais comme existence. Il jouit de l'existence de la Loi, du fait d'être libéré par elle de la charge écrasante de la porter ou de l'incarner. C'est donc jouir des rythmes du monde, qui ne sont eux-mêmes que les effets d'une Loi infinie – celle dont la science déchiffre au fil des siècles les premiers balbutiements ; premiers segments des lois cosmiques.

Et la danse pressent cela, car si le corps peut opérer sur lui-même et sur le monde, c'est comme potentiel de loi – symbolique et cosmique. Connaître ces lois, c'est apprendre à connaître les libertés qu'elles permettent par leur seule existence. Libertés physiques dont le corps peut jouir.

II

Orgasme de vie

Le sexuel, fissure dans l'être charnel, prend le corps et le porte au-delà de lui-même, *via* des appels au refoulé, à la mémoire. Des mystiques parlent de leur Dieu comme d'un partenaire sexuel – avec inceste, conception, grossesse, naissance.

Or jouir, c'est être porté par quelque chose d'autre, en soi, tout en étant encore soi-même, assez pour suivre ce transport et avoir prise sur ces énergies qui émergent ; qui vous projettent. (Contrairement au drogué qui jouit dans sa bulle, uniquement rassemblé, retiré.) Là au contraire, une incision apparaît, incision dans la plénitude narcissique qui se répare et se surmonte. C'est la jouissance de faire avec cette faille ou ce vide. Ceux qui font du «deltaplane» ont aussi des accents «sexuels»: le corps se lance dans le vide et se rattrape, c'est la jouissance d'être porté par autre chose, jouissance du vide porteur, impalpable et consistant. Jouissance de dialoguer avec. La technique est le langage de ce dialogue. Mais dans la danse, la technique est un corps; elle est donc infinie. (De quoi rappeler que les grandes techniques sont des approches – toujours finies – de l'infini.)

Faire quelque chose de cette faille, c'est la jouissance de posséder: se combler mais être libre de ce qu'on possède, pouvoir y être absent, y manquer. Si vous avez la jouissance d'un «bien», d'une propriété, un acte légal vous assure de ce lien, vous pouvez y courir, mais aussi la laisser, partir et revenir. Vous n'avez pas à la tenir à bout de bras, à toujours la surveiller. C'est ce jeu des distances qui module la possession et qui en fait une jouissance. Ce n'est pas de l'avoir, c'est d'être avec et de pouvoir l'oublier. Si vous êtes «tenu» d'y aller le week-end, pour la rentabiliser, c'est la loi du rendement que vous faites jouir.

Dans sa jouissance, la danse charrie l'énigme du *devenir corps*, corps d'humain où convergent et d'où partent tant de liens symboliques. Elle part du premier niveau narcissique (celui où par exemple la danse est dite «jolie», «agréable»: petite plénitude complaisante) pour passer au second niveau où elle intègre dans l'espace narcissique la faille qui en fait le paradoxe; qui permet d'*avoir* un corps, et d'*être* un corps; de conjoindre ces deux niveaux de corps, dont chacun doit «répondre». Cette faille originaire, c'est ce qui permet au corps de se perdre et de se retrouver. Donc d'être et d'avoir une mémoire, de jouer dans le Temps.

L'essentiel dans le rapport sexuel n'est-il pas que le corps réponde par *ailleurs*, cet ailleurs qui défie toute pornographie[1]?

La jouissance du sexuel peut dépasser le plaisir d'organe, ou du corps complice. C'est une traversée du vide où les manques s'échangent, se croisent, se partagent. C'est assez risqué pour que certains déclarent forfait, se mettent hors jeu. La théorie freudienne du rapport sexuel a mis l'accent sur la coupure – la castration – qui entame l'un et l'autre, et qui les dote différemment d'un manque à valeur symbolique, un manque qui les lie et les désaccorde à la fois. (D'où cette formule lacanienne un peu pédante : « il n'y a pas de rapport sexuel », pour dire que le rapport ne tombe pas juste, comme si c'était une division entre deux nombres.) Cette coupure amène l'un et l'autre à franchir l'abîme au moyen du fantasme, qui est une sorte de corps abstrait et minimal, d'espace fictif et opérant, chargé de mémoire et de libido. C'est une machine à approcher le corps de l'autre et à s'en protéger. Ce jeu du fantasme rend possible l'entre-deux-corps érotique. Dans la danse, c'est le corps dansant qui dessine ce « fantasme », cet autre espace, qui le crée de toutes pièces comme effet et support de ses mouvements.

On voit comment *le corps dansant infléchit la jouissance « sexuelle » vers la traversée du fantasme*.

1. La pornographie est l'effort pathétique pour faire accéder au sexe ceux qui n'ont pas de désir. Ceux qui n'ont pas les forces de rappel de l'amour physique. C'est un raccourci de la mémoire érotique ; et l'on comprend que notre époque, à la mémoire vraiment très courte, exploite cette veine à grande échelle. Il y a de la demande. C'est un créneau précis dans la muraille de la jouissance.

La jouissance dansée métaphorise une traversée du fantasme. Traversée qui pour certains est le signe de l'acte thérapeutique, de l'interprétation opérante. La joie d'être tiré d'affaire, de sortir de sa caverne ; de renaître.

L'émotion ou la peur autour du rapport sexuel n'est pas seulement l'annonce d'une jouissance qui pour certains est « traumatique », elle est cette jouissance « appréhendée », qui questionne l'impossible ajustage des corps, leur refus d'être réduits à des organes, leur ballet sans chorégraphe qui les fait dévier sournoisement vers d'autres fins que de pur plaisir : la mise au monde ; celle d'un couple, d'un enfant, d'une liaison, d'une rupture ; d'une histoire, comme on dit. Tout le monde est convaincu qu'avec *ça* quelque chose naît à l'existence. Même quand c'est l'ennui d'une histoire qui tourne court. C'est bien cette chose naissante qui semble portée par les amants comme lorsque, sur scène, les danseurs portent une danseuse et la relancent. Peur qu'elle ne tombe, que le désir ne tombe, ne soit plus porté par l'un ou l'autre des corps. Cela peut s'élargir dans la peur d'inexister, alors que ce que promet l'orgasme c'est justement de vous *donner* un certain brin d'*inexistence*. De quoi ouvrir ou inciser des existences trop pleines d'elles-mêmes.

La danse, métaphore de l'acte érotique, en retient l'essentiel : se redonner son corps après l'avoir risqué et perdu ; après l'avoir fait passer par l'Autre (qui est l'*être* du corps, son support symbolique).

En quoi la danse va toujours plus loin qu'elle-même : emportement du corps qui s'arrache à « lui-même », à l'ombilic de ses limbes ou de ses torpeurs, pour se retrouver avec soi riche de cet arrachement. S'arracher à ses origines pour les retrouver ailleurs ; exhiber même cet arrachement comme inutile ou impossible. (La danse orientale exhibe l'origine comme un accomplissement.)

Le risque de cet emportement est d'être laissé tomber ; de n'être plus, soudain, porté par ce *dialogue érotique avec l'Autre*, que la danse convoque ; et que le corps rencontre dès qu'il est au-delà de lui-même ; pour rappeler les limites, les franchir, et les recueillir à nouveau comme un *don* venu d'ailleurs.

Dans cette transmutation dansée l'identité naît sous nos yeux, se défait et se refait en passant par ailleurs, à *pas* de danse, par sauts, courbures, inflexions. Ça répète des gestes archaïques, ou ça ne répète rien. L'essentiel pour l'être-corps c'est que l'Autre-corps réponde.

Le corps dansant se commande à lui-même certains gestes ; on admet que c'est pour capter d'autres forces, de secrètes énergies, pour ouvrir d'autres pistes, dans un voyage que la foule suit du regard comme l'épreuve d'une ordalie : le don du corps ou sa perte, selon le butin qu'il ramène ; les richesses qu'il produit.

Une des richesses c'est le trajet lui-même, trajet dansant efficace dont l'énergie est intrinsèque. Il convoque les gestes convenus pour les vider. La jouissance du corps dansant est d'être un messager de vie, entre le corps et l'autre corps *possible*.

Les danses de « possession » l'illustrent bien : tel corps y vient déjà possédé, tel autre y vient pour l'être, pour entrer en possession ; de quoi ? d'une dépossession de soi ; pour qu'en passant par l'extrême de la jouissance, le point d'orgasme de la danse, il obtienne la décharge ; où l'Autre aussi est déchargé de *nous*, dépossédé. (*Nous* étant la foule, fragment du Corps dansant…) A ce point paradoxal, *le don et la possession communiquent*. Encore faut-il que le corps prenne le risque d'être abandonné par les forces qu'il invoque, laissé seul à sa blessure ou à sa complétude opaque.

La blessure originaire, interne au narcissisme, liant et séparant les deux corps en un, n'est donc pas seulement «sexuelle». Le corps danseur y rencontre l'Autre, l'Être-corps, en affrontant ce qu'il dessine comme des figures de son destin: de son pouvoir de rencontre. Exemple, un corps heurte un autre corps, lui aussi en proie au monde qui s'anime. Que peut donner ce choc? Ils peuvent rouler l'un sur l'autre, s'accrocher, se rejeter, se ressaisir, s'exaspérer de ce qu'aucun corps ne soit le bon. Et sur scène comme dans la vie, les gestes qu'engendre ce choc se condensent autour de lui comme une personne nouvelle, avec ses visées autonomes, son histoire.

Rencontre de gestes pour faire un corps; gestes librement «associés» qui rencontrent comme par hasard les ancrages physiques de l'être; c'est la jouissance de la trouvaille: voir se produire un sens à partir du chaos. C'est différent de donner sens. On le voit se produire comme l'effet d'une création, celle du corps lui-même, d'un autre-corps toujours absent qui se donne pour apaiser le chaos du monde.

III

Jouissance de séduction

Double sens : séduction *de* la danse sur le corps danseur – qu'elle veut porter ailleurs ; séduction que le
corps danseur rayonne quand il émeut d'autres corps
qu'il veut emporter avec lui. Il séduit le corps des autres
s'il a séduit son autre corps ; s'il a pu vraiment *partir*.

La danse dit en silence la vérité de la séduction. On ne
sait pas qui a commencé, le séducteur ou sa « victime » ;
Don Juan ou la femme. Mais la danse des deux ou de
l'entre-deux vise à produire une naissance, celle du
désir, même interdit.

Le corps dansant nous séduit en passant, presque par
hasard, dans l'éclair d'un geste où il ouvre des voies
nouvelles dans l'espace encombré, dans la masse des
gestes usés, pleins de mémoire vide.

Mais parfois c'est la danse explicite de la séduction,
du coup massive : la femme dansant pour séduire
l'homme ; elle annonce ce que sera l'acte sexuel. Voyez
les danses de Carmen filmées par F. Rosi : le bassin se
meut sous des assauts qu'on ne voit pas, les jambes s'ouvrent, les cuisses vibrent, écartées par un corps absent
mais qu'elle convoque ; les seins se donnent à des mains
invisibles mais présentes. C'est la séduction par le
manque, par l'appel impératif. Il ne manquait plus que
nous, le tiers, qui voit cet appel. La séduction opère de ce
que l'acte annoncé ne vient pas ; la danseuse en donne le
retrait, et l'attrait. Elle montre même que le plus apte à la
faire jouir, c'est l'absence de cet acte.

La « danse » est le plaisir préliminaire dans l'acte d'exister.

Le but de cette séduction n'est pas tant de jouir du corps de l'autre que de sentir exister son propre corps ; s'assurer de son existence par l'autre-corps que l'on séduit.

Et il émane du corps dansant dans son travail entre les formes et l'informe – comme une prière : de mon désordre ou ma débâcle, je t'appelle ; pas seulement des profondeurs, comme dit le psaume, *de profundis*. Car la danse est de surface. La profondeur, on la suppose, mais c'est la surface de nos psychés qui est balayée.

Certains corps s'épanouissent dans la danse, ne se rencontrent que là, la danse est leur état second du corps. Ils y éprouvent leurs distances à eux-mêmes, les font jouer, au-delà des mouvements ordinaires, qui sont les bavardages du corps.

Comme dans la jouissance d'écrire, le corps semble vidé, exténué, mais soudain accueilli de l'autre côté par cette chose même qu'il vient d'écrire, qui s'est expulsée, et qui le remplit de souffle, en retour, de force, lorsqu'elle relève d'une écriture *nécessaire*.

Dans la danse, ce fonds d'écriture – et d'énergie – c'est le corps, la texture entre les deux corps : inconscient et matériel. Là le corps devient passeur d'énergie ; il la transmue, la fait passer d'une langue à l'autre, traducteur obstiné, inconscient de ce qu'il traduit. Interprète naïf.

Il fouille dans nos trésors d'images ; il contourne ce qu'on appelle *image du corps* ; il fait comme s'il n'en avait pas car il en explore les potentiels, les états limites. Le corps dansant porte sur lui le risque de faire

un geste pour sortir de l'image où l'on est pris ; où l'on
s'est pris sans le savoir. Cela s'appelle un symptôme.
Le symptôme, c'est le contraire de la danse. Pour se
dégager d'un symptôme, il faut le séduire ou trouver un
tiers assez fort pour le séduire[1]. Et que l'être *fasse un
geste*.

Car le risque de la danse – celui qu'elle court et qu'elle
cherche – c'est de faire un choc dans l'espace narcissique ; choc limité ou choc déchirant les limites. Or c'est
contre cela qu'on invente le symptôme ; le geste rigide
ou frigide, d'inhibition et de peur. Un corps rigide c'est
un corps qui n'a qu'un seul partenaire, son symptôme
qui peut être lui-même, mais tel qu'entre eux deux le
mouvement est bloqué, ou d'avance maîtrisé. C'est la
peur de l'événement, y compris celui d'exister. « Je ne
me vois pas danser ! » L'*image du corps* c'est le point de
vue qu'on a sur soi, elle sert à produire des approches
du corps, à les varier. Tout créateur de formes prend
appui sur l'image du corps, celle qu'il a, pour la quitter
et s'avancer vers des régions où c'est comme s'il n'en
avait pas. C'est au-delà de la séduction. Le corps dansant actualise cette avancée, cette approche de seuils où
le corps se perd et se reçoit dans l'après-coup. Le corps,
c'est ce qui recueille l'effet de retour de ce que nous faisons. Les vieux théologiens disaient : à genoux et tu croi-
ras. Ils savaient à quel point le corps *engage*. Et l'athée,
qu'ils exhortaient et qui refusait, confirmait la valeur du
geste, et sa croyance dans le corps.

A ces seuils, il y a des retournements : le geste et la
pensée s'échangent, se relaient, passent l'un pour l'autre,
comme image l'un de l'autre. Toute la dialectique de

---

1. L'idée freudienne d'interpréter le fantasme sous-jacent au
symptôme fait partie de ce que j'appelle « séduire le symptôme ».

l'amour est là, entre l'élan charnel et la pensée : lorsque le geste passe pour le mot indicible et que le mot ouvre la voie au geste qui l'incarne. (Que font les gestes de l'amour sinon tracer dans la chair des « je t'aime » inouïs – ou seulement inaudibles ?) Parfois la pensée de l'amour n'est que le désir de faire un geste qui soit d'amour – et qu'un mot puisse prolonger. L'exclusion de ce geste peut écarter l'amour, ou le déplacer. En même temps, le geste possible engage plus loin la pensée. Bref, de part et d'autre, geste et pensée invoquent le possible. La danse actualise cette charnière entre l'acte et l'idée ; entre la cause et l'effet. Elle est le bord où l'un et l'autre se relaient, se débordent, dans la *jouissance du geste*.

Mais pour le corps inhibé – déjà trop érotisé par la menace du choc et de la coupure – la réalité du geste peut le rendre écrasant, infaisable. Le corps ne trouve pas le moyen de passer, de changer de réalité.

La danse est métaphore de l'événement où le corps change de réalité, où il permute cause et effet, acte et pensée, déclenchement et retour. C'est le jeu corporel entre le fait et la pensée ; la naissance du corps déjà adulte qui à la fois se multiplie et se rassemble.

Jouissance d'être un corps au cœur des verbes devenus possibles ; d'être un corps à qui il arrive des histoires. Notamment celle de l'entre-deux-corps qui est le sien et qu'il transmet. C'est le passage même, l'ensemble des *pas* possibles…

Le corps peut reculer devant ces passages, et se rabattre sur la technique, le mimétisme, le répétable ; travailler au service des gestes plutôt que d'en faire des appuis du corps-mémoire, des points de rappels. On les distingue très vite, les danseurs du franchissement et

ceux du grand mimétisme (qui mimétisent l'«idéal»
avec une grâce sans risque). Pour le danseur du franchissement, son corps est de part et d'autre de l'événement verbal qu'il danse, du verbe qu'il fait briller; et au
cœur de tous les verbes, l'*être* : je suis le passage..., je
suis la passe et l'ouverture... Pourquoi pas: «je suis la
voie»?

Dans toute épiphanie dansante, un accent de révélation.

Le saut qu'opère la danse contemporaine c'est d'avoir
ouvert en tous sens, au-delà du sens, le lien du corps à
son image. Certes, il a plus de «liberté», mais avec le
paradoxe de la liberté: le corps doit retisser les liens
coupés redevenus «libres»; c'est à lui d'en répondre et
d'assumer son histoire. Il subit les tensions, les contrecoups des libertés qu'il se donne.

Cela ouvre une jouissance – conforme aux racines de
la danse: celle de rendre problématiques l'appartenance, l'inclusion, et autres enveloppes culturelles,
mythologiques ou pas; jouissance d'ébranler les inclu-
sions automatiques dans un «texte», et de mettre à nu
de la texture, celle que produit le corps dansant à
mesure qu'il se conquiert au travers des failles qu'il
intègre. Le corps n'a plus à être messager du mythe, ou
du manque de mythe, ou de son identité[1].

D'aucuns regrettent que la danse actuelle échoue face
au pouvoir des mythes, et ils regrettent qu'elle soit la
preuve de leur «usure». Deux regrets contradictoires,

---

1. Ou plutôt, quand ce message est réussi, le corps dansant est
surcodé: danse orientale, butho...

qui occultent l'essentiel : la danse passe entre les fractures des mythes, aux interstices ; elle les remet en jeu autant qu'elle les déjoue ; elle les ramène à leur fonds fantasmatique (aux origines du fantasme ou au fantasme d'une origine reconquise). En cela elle tente d'éviter l'ajustage trop parfait au fantasme ; elle le fait jouer, éclater, danser autrement. (Le contraire de la danse dite orientale, qui jouit et souffre de sa trop grande « réussite » : fantasme de la mère jouissant de l'« organe » maternel qu'elle fait tournoyer devant ses fils éblouis.) Aujourd'hui, les mythes ne se survivent que dans l'évidence de leurs fractures, quand celles-ci sont reprises, reconnues, et autrement élaborées. Par là les mythes se révèlent non pas des entités toutes faites ou des repères « incontournables », mais des variables, des matériaux d'une fonction plus ouverte, celle du fantasme, comme approche des « réalités ».

IV

Jouissance d'entre-deux

Le couple danse-musique reflète celui du corps et de la parole.

Leur point de rencontre est clair : quand la danse c'est la voix de l'Autre qui a pris corps. Elle fait « chanter » le corps, elle lui fait du chantage, elle le possède ou le libère, et de leur lien dépend que le silence soit musical ou vide, et que la danse puisse apporter sa musique intrinsèque.

Voici un couple de vieux, le musicien et la danseuse,

très âgés. «J'entends ma musique dans vos gestes, c'est comme si vous chantiez», dit-il. En effet, elle lui montre sa musique, avec ses mains, à portée de mains. Elle est venue lui rendre visite, une dernière fois ; ils sont assis, ils écoutent cette musique qu'il a écrite et qu'elle a dansée. Elle la danse avec ses mains, et lui aussi la rejoue du bout des doigts. Comme quoi on peut prêter le peu de son corps qui soit jouable…

Le danseur, en principe, s'y prête de tout son corps ; il prête le tout de son corps au dialogue du corps avec l'Autre, devant la foule.

Donc, les doigts du vieux se prolongeaient dans sa musique ; les mains de la femme, dans son corps immobile. Couple ému, porté par l'émotion de sa mémoire. Dans tout couple et tout être il y a un coin de la scène, de l'autre-scène, où le mélange de voix et de corps, hors de tout sens, manifeste simplement une persistance de la vie.

Maupassant[1], lui, raconte une scène au Luxembourg, où l'homme se croyant seul se mit à danser comme jadis :

> Quelques petits bonds d'abord, puis une révérence ; puis il battit de sa jambe grêle un entrechat encore alerte, et commença à pivoter galamment, sautillant, se trémoussant d'une façon drôle, souriant comme devant un public, faisant des grâces, arrondissant les bras, tortillant son pauvre corps de marionnette, adressant dans le vide de légers saluts attendrissants et ridicules. Il dansait !
> Je demeurai pétrifié d'étonnement, me demandant lequel des deux était fou, lui ou moi.
> […]

---

1. *Le Menuet.*

Et l'après-midi il revint avec sa femme, et ils dansèrent tous les deux le menuet, «la reine des danses et la danse des Reines» :

> Ils allaient et venaient avec des simagrées enfantines, se souriaient, se balançaient, s'inclinaient, sautillaient, pareils à deux vieilles poupées qu'aurait fait danser une mécanique ancienne, un peu brisée, construite jadis par un ouvrier fort habile, suivant la manière de son temps. [...] Et je les regardais, le cœur troublé de sensations extraordinaires, l'âme émue d'une indicible mélancolie. Il me semblait voir une apparition lamentable et comique, l'ombre démodée d'un siècle. J'avais envie de rire et besoin de pleurer.
> Tout à coup ils s'arrêtèrent, ils avaient terminé les figures de la danse. Pendant quelques secondes ils restèrent debout l'un devant l'autre, grimaçant d'une façon surprenante. Puis ils s'embrassèrent en sanglotant.

Et ce coin de jardin, qui sentait le temps de jadis, ayant disparu, qu'est devenu le vieux couple ?

> Sont-ils morts ? Errent-ils par les rues modernes comme des exilés sans espoir ? Dansent-ils, spectres falots, un menuet fantastique entre les cyprès d'un cimetière ? [...] Leur souvenir me hante, m'obsède, me torture, demeure en moi comme une blessure. Pourquoi ? Je n'en sais rien.
> Vous trouverez cela ridicule, sans doute ?

Devant l'homme seul et devant le couple, l'auteur évoque les poupées, les marionnettes, pures présences exécutant le rituel d'une autre vie ; corps dont les mouvements sont imputables au seul destin qui tire les ficelles, au temps qui les emmêle et qui les coupe à la fin.

D'un certain point de vue, la danse est une affaire de couple – un Corps avec son Autre – la Foule étant prise à témoin. L'idée c'est qu'on se jette « dans les bras » de l'*autre*, surtout s'il vous donne de quoi sauter de joie. Idée originelle, que cette rencontre de deux corps. (Surtout quand l'un a *porté* l'autre dans son ventre – la mère – ou dans sa parole – le père ; dans les faits c'est plus mêlé : le corps du père et le dire de la mère sont essentiels à la rencontre.) Et si l'un des deux manque, c'est l'âme ou le vide de l'âme qui le remplace, c'est-à-dire le corps-mémoire. Là encore, dans les faits c'est plus mêlé : on a en soi le corps-mémoire, on a devant soi le corps de l'autre, et ça voudrait se rencontrer. Ça se cherche. La danse *signifie* que cette recherche c'est tout un monde, tout un espace dynamique. C'est pourquoi du reste, quand les deux corps ne font que se doubler, se répliquer par symétrie dans une danse à deux, ou quand le corps visible veut mimer l'âme pour l'« exprimer » en la doublant, toute la force de l'entre-deux-corps s'évanouit, s'amortit, se simplifie dans la simple répétition. (Or *le plus vif de la jouissance est de casser la répétition*, pour reprendre la cassure et se brancher sur d'autres forces dont l'émergence nous donne à jouir.)

Même l'apprentissage est un corps à corps, presque archaïque. Je revois la danseuse âgée, l'étoile retirée qui montre tout le ballet geste par geste à l'étoile montante. Transfusion de corps entre deux femmes : l'une *passe* à l'autre. Emblèmes de la présence, recettes indicibles, transmission d'un secret qu'aucune des deux ne possède mais qui passe par l'une et l'autre. L'une le tient de l'autre qui le retenait… C'est une « répétition ». Et le tiers est la salle vide, ou la musique, ou la danse qui se transmet.

Même le danseur qui se produit seul dessine les repères de l'Autre-corps, les appuis que son corps cherche dans son jeu avec l'espace ; dont il joue comme d'un instrument. Il en tire des notes – avec rythmes, accords, accents, dissonances qu'il se charge de marquer et de remarquer. Il se complète de ces appuis tout autant qu'il s'en détache. Il porte cet autre corps autant qu'il est porté par lui ; les deux se servent l'un de l'autre pour se rejoindre, se croiser avec des éclats d'émotion fluides ou grinçants, lumineux ou sombres.

En l'occurrence le mimétisme n'est qu'un passage ou un prétexte pour trouver d'autres résonances. Même, en plein « classique », quand la danseuse paraît en Cygne, au-delà du mimétique, ce sont tous nos « chants du Cygne » qui se trouvent évoqués, tous nos déclins, nos crépuscules.

Car la danse peut ériger tout ce qu'elle touche au niveau du symbole.

Il s'agit moins d'imiter, ou même d'imiter *rien* en désespoir d'imitation, que de maintenir la question que porte le corps dansant : l'Autre, qu'a-t-il fait de mon corps ? et que puis-je à mon tour en faire ?

C'est la question de toute *clinique*, de tout rapport à la souffrance. La souffrance est bien souvent le coinçage d'un corps dans un passage entre-deux-corps sur lequel il « fait l'impasse ». Impasse où se bloquent les mouvements possibles entre son corps visible et son corps-mémoire, donc les mouvements intrinsèques de l'entre-deux-corps qui le constitue comme vivant.

Si on ne sait pas ce que peut un corps, comme ironisait Spinoza, c'est que ça se passe entre deux corps et que de l'Autre on sait peu de chose ; sinon qu'il est là, manifeste ou caché ; digne d'être découvert ou inventé.

En tout cas, la question de savoir ce qu'un corps fait à un autre, ce qu'il peut lui faire, englobe celle des rapports entre un corps et son double, entre sa chair et sa mémoire ; dans un espace entre-deux-corps où se déploient les fantasmes, les gestes et leurs interpellations – bref l'essentiel de l'«idée psy», c'est-à-dire de l'apport freudien dans toutes ses métamorphoses.

On peut donc dire que la danse, à travers sa quête d'espaces – nécessairement psychiques –, a pour enjeu la mise en geste de la psyché. Serait-ce une psychanalyse gestuelle ? Cela n'évite pas de retraduire, dans les mots d'une langue «audible», pour à nouveau interpréter, en corps, en gestes… à l'infini. La danse questionne les relais et les pistes où l'homme interprète son être-au-monde de toutes les façons possibles. Et ce, à travers cet «opérateur» que j'appelle *entre-deux-corps*. Plus précisément : interpréter son être-au-monde par le geste et le mouvement, c'est rendre possible le passage multiforme et mouvementé entre deux corps, sous ses formes variées : entre son corps et son corps-Autre ; entre soi et d'autres corps…

La danse est l'entre-deux-corps en mouvement.

Et traversant cet entre-deux, une autre de ses variantes se profile : entre l'humain et le divin.

Autre effet d'*entre-deux-corps* : l'énergie. Elle résulte de l'écart mouvementé entre le rythme donné et celui que produit la danse. C'est pourquoi une danse qui *suit* trop la musique n'est pas seulement d'ordre militaire, comme le dit Nietzsche. Elle est dans la doublure, la symétrie. Et quand il y a trop de symétrie, la question de l'énergie est éludée par le doublage. L'Autre-corps est absent, ou plutôt on renonce à le chercher. C'est toute la différence entre action et distraction, entre l'urgence intensive et le délayage, entre l'énergie qui vous fait partir d'un trait vers l'imprévu et la figure prévisible ou déjà là.

7

« DANSE ET… » DANSEZ

Comme la danse va avec tout, on peut dire : danse et son, danse et parole, danse et lumière, danse et danse – car une danse peut faire danser la danse, comme telle… s'il s'agit de faire danser la mémoire, la narration, l'inénarrable. (Comme dans ces danses de deuil où les corps mortifiés délèguent des pleureuses pour scander l'endeuillement : à corps et à cris.)

Et tout ce qui se danse recherche la coïncidence. Coïncidence entre un corps *et* l'autre quand chacun se cherche, entre deux espaces ; entre le corps *et* l'espace qui le porte. Danse et éclairage : coïncidences quand le corps dansant est pris en charge par un jeu d'ombres et d'éclats, et apparaît à la lumière de son désir ; désir de s'éclairer, d'être voyant et visible, offert au désir de ceux qui le voient et qui troublent son effusion avec lui-même ; son flirt avec ses images.

I

Danse et miroir

Dans le triangle Corps-Foule-Autre, il y a beaucoup d'effets de miroir.

Le corps peut miroiter dans son Autre, qui devient son corps secret. Il peut se mirer dans ses propres figures, ou se mirer dans la foule, dans le corps social qui à son tour se regarde et se cherche dans les corps-danse qui le ponctuent. La charge narcissique se déplace, se redéploie en différents niveaux de miroirs, et de regards.

Une mère qui danse avec son bébé devant le miroir, c'est déjà *quatre* niveaux de réalité, qui la questionnent sur ses fusions-séparations, y compris avec *elle-même*. Questions sur le pouvoir de se quitter pour que l'autre se reconnaisse, pour que dialoguent les images, et que le miroir s'inscrive aussi comme regard du monde, mémoire des autres.

Car le miroir n'est pas qu'une machine à regard ; il symbolise tout moyen de *se reconnaître*, de s'imager sans se réduire à cette image, d'être projeté par cette image vers un regard qui vous reconnaît, mais qu'il vous faut traverser pour être reconnu par vous-même et trouver place dans le trajet identitaire.

Le corps dansant comme miroir pour sortir la foule d'elle-même et lui montrer son *existence* ; comme pour faire vibrer les corps, les décaler, faute de les fendre brutalement en deux corps qui se reconnaissent.

De même le peuple se regardant au miroir de lui-même, à travers ces corps dansants, peut prendre conscience de sa valeur suprême : de son existence physique, naguère divinisée, aujourd'hui à portée de corps et d'images.

Toute œuvre, notamment tout corps œuvrant ces figures dansées, est une mémoire qui vous rappelle, ou vous confronte à l'appel.

C'est dire que l'effet miroir accompagne le processus identitaire, et rebondit sous d'autres formes : un texte, un tableau, un corps dansant l'actualisent. La rencontre miroitée est à l'œuvre dans toute danse, qui est aussi un affrontement en miroir, y compris le miroir qu'elle-même reproduit, en essayant de le briser ou de le franchir.

Parfois l'effet de miroir est pleinement assumé par la foule et ses danseurs.

Exemple, le Carnaval brésilien. Grande leçon narcissique : la foule se rend manifeste à elle-même en affichant le désir des corps qui la composent, désir de voir et de se faire voir dans le miroitement. Célébration du point de croyance narcissique, d'où un groupe s'aime du seul fait d'exister. On sait qu'ailleurs, quand des foules « manifestent », c'est avec banderoles et emblèmes ; et des mots d'ordre, en vue de ceci ou de cela. Dans la foule brésilienne du Carnaval, c'est autre chose. A Rio, il y a ce qu'ils nomment un « sambadrome » où les danseurs de *samba* défilent par écoles, des nuits entières : chaque petite foule déguisée défile en dansant sur telle musique de samba dont elle a fait sa ritournelle, et on dirait qu'en dansant elle envoie ce seul message : « me voilà ! » à l'autre foule, immense, qui est là sur les gradins, à regarder, à « suivre ». Le lieu de la cérémonie ne sert qu'à ça, c'est un parcours quasi sacré qui tout le reste de l'année est désert ou presque. Défilé du narcissisme collectif, en toute innocence ; on sent qu'il assure beaucoup d'équilibres secrets, subtils, pour que la texture identitaire reste en place, malgré ses trous et ses déchirures, prête à cet amusement sérieux, rituel et déchaîné. Ils sont tous là, à jouir d'être ce qu'ils sont ; et puisqu'on est dans l'être, autant le faire miroiter, si cela permet de s'imaginer qu'on s'en dégage ; qu'on en émerge.

Au lendemain des chants, on déchante un peu… en chantant. C'est la *saudade*, la nostalgie de soi en tant qu'on a manqué à soi, de tout temps.

A Salavador de Bahia, c'est plus « sombre » et plus profond. C'est la foule qui danse, en suivant des camions qui jettent une musique stridente. La foule est à elle-même, encore plus radicalement, son propre spectacle. Même quand ce sont des sectes qui défilent dans la rue ; leurs membres sont la foule qui danse ; ils ne sont pas sur une scène comme à Rio.

Dans tous les cas, la foule miroite sur elle-même et décharge sa pulsion d'exister, sa pulsion de lien, le lien qui la tient, qu'elle célèbre, et qui n'est autre que sa présence. Le tissu social se déploie et se retisse avec des airs d'oriflammes. Il y a bien dans la foule quelques dialogues collectifs : entre les sambistes et les tribunes, comme un dialogue d'échos, une houle dansante, toujours sur le même rythme, avec des trouvailles d'une année sur l'autre, de nouvelles charges ou effluves, d'infimes différences qui fouettent ce désir de se mirer dans sa danse. On peut même voir de petits groupes ou des gens seuls qui, portés par une musique, dansent pour eux-mêmes comme s'ils se regardaient dans le miroir de leurs gestes. Ils semblent parfois se chercher dans cet abîme de figures miroitantes, prendre appui sur elles, accomplir un rituel intime : vérifier leur existence. Chacun endosse individuellement l'enjeu de la foule :

jouir de se rendre manifeste, de se montrer sa joie de vivre devant l'autre foule qui est là pour jouir de regarder ça. La foule se fête et se prend pour son miroir dans un spectacle qui devient fête à cause de ce retour sur soi. Dans cette ivresse il y a une teinte légèrement hypnotique, un coup de fouet aux narcissismes qui vacillent. Y a-t-il désir d'hypnose ? En partie, s'il est vrai que l'hypnose est une certaine prise de « drogue » où la drogue c'est soi-même, qui arrive de l'autre côté, dans la voix de l'Autre où miroite votre désir.

Cette question du miroir en soulève une autre : comment peut-on être ensemble ? Question simple, que la danse travaille, à la force des corps cherchant leur voie dans les galeries invisibles de l'espace. Elle exploite ce gisement énigmatique : comment un « ensemble » humain est-il possible ? Comment peut-il se voir exister, percevoir son existence et la vivre ? La danse est partie du corps comme premier « ensemble » humain, ou plutôt comme premier *collectif* – qui n'est pas un ensemble.

Une autre figure où la Foule s'incarne dans le Corps dansant, et se regarde exister, c'est le cercle, la ronde, image parfaite de l'enchaînement collectif, fermée sur soi, avec centre et foyer, dedans et dehors. Pendant que les corps singuliers cherchent leurs propres enchaînements.

Le cercle existe dans les cultures les plus distinctes, qui s'ignoraient (tribus d'Afrique ou d'Amérique, villages d'Europe…). Quand le couple émerge au creux du cercle, comme grain social élémentaire, l'homme n'y est souvent qu'un porteur de la femme, donneuse de vie, sans « autre » qu'elle-même, dialoguant seule avec le monde. D'où cette image impressionnante : le cercle

ou plutôt l'ovule collectif accouchant de la Femme
comme fantasme majeur. Apparition et transmission du
féminin à travers le cercle collectif, *via* le geste plutôt
secondaire de l'homme.

De ce point de vue, *la naissance est femme*.

Aujourd'hui, l'ensemble où la foule peut se voir est
plus complexe, plus bariolé : des hommes, des femmes,
des couples, des bribes de foule en formation, déformation ou effritement. Topologie mouvante des groupes
humains pris dans l'énigme d'être ensemble ; malgré les
secousses de chacun ou grâce à elles. Le miroir chorégraphique offre à la foule l'idée de l'*ensemble possible*,
où les liens de corps permettent des jets singuliers, des
lancées marginales, tout en gardant au groupe son rôle
de corps-mémoire, de planète attractive, dont la tenue,
la consistance, tient à la « danse ». L'« ensemble » est
possible, la preuve : il rend possible le public qui vient
le voir, qui y revient, avec toujours cette énigme : comment peut-on être ensemble par la seule densité des
corps, le seul jeu de leurs présences ? Où est l'Image
selon laquelle « Dieu les créa à son image » ?

Pourtant ces corps ne disent pas « rien » : ils mettent en
geste les formes simples de la présence, présence physique au monde, avec ses rythmes, ses contours, ses
figures. Chaque geste peut donner lieu à une pulsion, un
espace pulsionnel. Prenons le geste de la marche : un
taconeo espagnol (*tacón* : talon), ou un *zapateado* (*zapa-
tos* : chaussures) est dans son genre un sublime piétine-
ment, une topologie de la marche, une méditation intense
de ce que peuvent des pieds chaussés sur la terre sonore.
Enlisement jouissif de la marche : on y raccroche des
rêveries sur la marche impossible ou sublimée ; et toutes
sortes de fantasmes. « Lève-toi et marche ! – Je ne peux

pas. La terre colle à mes pieds ; ça vibre à l'infini ; la naissance de la marche m'arrête – Marche quand même,
donne-toi plus de lenteur, plus de temps. » Parfois ils évoquent les premiers pas d'un tout-petit mais stylisés infiniment. Piégés par le projet de marcher, décidés à vivre ce
piège jusqu'au bout, jusqu'à épuisement. Ils font du
contact avec la terre une pulsion, une pulsion du corps
sonore, qui se donne plus de champ quand le pas s'allonge ;
avec des sauts où s'esquissent des « boiteries » qui se rattrapent et se renouvellent. Ce n'est pas une mince question : ça vous fait quoi de *marcher* ? Ça fait quoi, à votre
corps ? à part de le « faire marcher » au point qu'il s'oublie
et que sa marche devienne inerte, indifférente, immobile ?
Il y a un bon mot, la « démarche », pour dire cette bordure
de la marche, cette dérivation du jet de la marche.

Tout cela est un cas simple d'une question vaste : que
peut faire un corps avec le monde ? Quoi qu'il fasse, il
est déjà *dans ce* qu'il fait ; déjà pris, repris, mordu dans
son corps par ce qu'il fait. Il instaure l'entre-deux où
déjà son autre corps est impliqué, transféré dans son
geste, lisible mais pas toujours. Cet entre-deux est une
texture dansable : par le corps-mémoire et le corps sensible, indissociables.

Dans sa présence au monde, *le corps est l'ultime objet
de transfert* : il est non pas supposé savoir, mais supposé
chargé de présence. C'est pourquoi, quand il déclenche
une dynamique, elle lui échappe et elle l'entraîne. Le
corps tire avec lui la présence au monde, comme un trait,
une attraction.

C'est aussi pour cela que tout « miroir » est parlant
comme un corps ; tout objet où un geste se reflète est

parlant, presque comme un corps ; comme un complexe physique branché sur les transferts de vie.

Et la danse fait le pas décisif : d'ériger sur scène ces rappels de transfert, ces miroirs-mémoires. Le corps y fait jouer sa présence au monde, il rencontre des choses, des gestes, des éléments (la terre, l'air, la lumière…) et aussi les traces charnelles d'autres corps. De sorte que la question : « Que peut faire un corps avec le monde ? » rejoint celle-ci : « Que peut faire un corps avec un autre corps ? », cruciale dans la clinique comme dans la vie. La plainte d'un corps atteint par un symptôme, cette forme inerte de transmission, revient à dire : « L'Autre est venu mourir en moi ; il s'est échoué en moi et je n'arrive pas à le détacher de mon corps pour l'enterrer ailleurs ou le rendre à lui-même. »

Ainsi l'effet-miroir tel que la danse le manifeste déborde l'imitation, le reflet, la doublure. C'est l'interaction des corps à la recherche de leurs limites d'être, et qui se font l'instrument de cette recherche. Sachant que le corps en dit plus qu'il ne peut, plus que les mots et leur non-dit. Par cet excès ou cet écart, *la danse déplie l'effet-miroir, à l'infini, cherchant ce que les miroirs ne voient pas, ce qui échappe à la technique mais qui exige l'approche technique, la représentation. Elle vise l'irreprésentable à travers les seuls corps et leur présence.* Elle vise le corps-inconscient. Sur cette voie, l'effet-miroir est utile : c'est le regard qui se perd et qui revient d'ailleurs, chargé d'ailleurs. C'est l'aller-retour élémentaire entre deux corps, produisant leur trame d'approche, l'entre-choc où émergent leurs fantasmes.

Dans la danse l'effet-miroir mise à fond sur une force étrange du corps : sa force d'*entraînement*, d'une pensée ou de l'impensable ; sa force d'attraction qui emmène avec lui les fantasmes d'autres corps.

En principe, l'Autre est l'espace où se prélève l'image du corps, le projet de se faire une place, de se déplacer dans l'espace « autre ». C'est aussi cela l'image du corps : le visible de notre corps vu d'Ailleurs.

Notre hypothèse, c'est que, dans ce champ du regard, un corps s'ouvre à sa propre naissance, ramifiée, divergente, jamais réduite à une image.

Aujourd'hui la technique de l'image aide beaucoup à l'éclatement de l'image, et permet de ne pas s'y réduire ; et d'enrichir l'effet de miroir. Par exemple, le fait de projeter des images vidéo sur un écran mobile ou morcelé, ou sur les corps dansants eux-mêmes, est une façon de les confronter, par ce miroir plus vaste, avec leurs ombres, leurs doubles éclatés. On peut même les confronter aux ombres d'autres danseurs qui ressemblent aux leurs, ou à d'autres silhouettes projetées. La technique – notamment vidéo – fonctionne comme regard de l'Autre, venant de la salle et projetant sur les corps une série de fantasmes, d'images proches ou étranges qui forment un décor vivant, faisant affluer de l'autre-corps. Exemple : on projette l'image d'un corps sur le danseur qui s'éloigne, et cela fait trois corps (puisque l'ombre du danseur apparaît sur l'image). On projette sur la danseuse une éruption volcanique ou une série de bouches qui parlent – qui parlent dans son dos (les jeux de mots et de choses sont infinis)… Bref, on réalise en image ce que le regard du spectateur *projette* par le fantasme. Cela redéfinit le corps-danseur comme une complexité physique, allant de l'image impalpable jusqu'à la chair et à l'os en passant par des pensées plus ou moins denses. Mais aux films de danse, il manque toujours quelque chose : il leur manque le corps-dansant sur lequel on pourrait les projeter. Ils ne sont donc qu'une partie, une facette de la danse, à venir.

Le travail de miroir assumé par l'image – l'image qui d'elle-même fait miroir – rappelle que tout fragment de langage est un miroir, qu'on peut se mirer dans un mot ou un geste, et même s'y perdre, dès qu'on y transfère un bout de mémoire cristallisé, un fragment d'imaginaire[1].

Et l'intérêt de ces écrans-miroirs où se projette un autre monde, c'est d'apporter chaque fois une dimension de plus aux miroirs ordinaires et aux projections trop usées.

C'est dire que la danse, comme *mise en jeu du corps mouvementé*, est autre chose que l'incarnation. C'est une *mise en scène du corps et de ses possibles au regard de la pensée* en tant qu'elle est mémoire du corps et appel à l'autre-corps. Et ce point de vue s'est imposé par la technique ; elle a non pas cassé les représentations mais posé leur pluralité et imposé leur analyse. De quoi rappeler que le corps *n'est pas seul*, qu'il est *avec* ; avec lui-même, avec d'autres, avec l'infinie richesse de ses présentations possibles. Dépassement de la solitude par l'*être-avec*. Et que cela soit rappelé ou imposé par la technique donne à penser. Mais n'est-ce pas la technique qui aujourd'hui fait parler de l'éthique, massivement, à travers les pratiques nouvelles et les fantasmes qu'elles réveillent ?

---

1. Pour l'image comme miroir et médiation, voir « L'image entre soi et l'origine », dans *Entre-Deux, op. cit.*

II

Danse et langage

Une perception est riche de liberté si on peut la quitter, la retenir dans une mémoire qui la présente à nouveau, et fasse percevoir autrement cette re-présentation.

La liberté de percevoir est donc plus qu'une simple mise à distance. (Beaucoup deviennent des zombis à force de tout mettre à distance.)

On a donc tout un tissage entre deux corps – corps actuel et corps mémoire ; un tissage qui alterne *perceptions* et *traces*. Travail « itératif », typique du vivant : il opère sur ce qu'il produit, pour faire surgir un organe, ou une limite.

La perception est déployée, travaillée, jusqu'à toucher avec le corps l'objet qui fait question, l'autre-corps, le lien interne au groupe, les liens qui lient les corps danseurs, leur mémoire-corps en pleine action.

Trisha B.[1] est conquise par « le paradoxe d'une action travaillant à l'encontre ». Or toute action a son *autre* et son *encontre*. Il n'y a pas là un paradoxe, mais un fantasme originaire : le corps prend l'entre-deux à bras-le-corps ; c'est le rêve d'être l'un et l'autre ; rêve d'être la rencontre et celui qu'on rencontre.

Cet intérêt pour une action qui se contrarie indique la quête de termes opposés pour mettre en place un langage, qui puisse ensuite se déclencher. Grâce à quelle

1. Je prends l'exemple de Trisha Brown car son travail à New York en 1976 m'a inspiré.

énergie ? Pour elle, le corps génère le mouvement, le mouvement génère l'espace, l'espace régénère le corps… Ça tourne. Autres polarités : les cassures du mouvement, la percussion entre deux jets, les greffes d'un mouvement sur un autre, les éclats qui s'ensuivent… C'est un patient travail pour *placer* un langage.

Et si l'on objecte : voilà un langage, mais il dit quoi ?, elle répondrait : ça parle et ça me suffit. Tout un temps, sa phrase fétiche était : « C'est tout ce qu'il y a, il n'y a rien d'autre, rien que ça. » Les mouvements n'avaient pas de sens au-delà d'eux-mêmes, au-delà du fait qu'ils étaient là. « Et je ne m'étais jamais sentie plus vivante, plus expressive (*in performance*) », ajoute-t-elle. Sommet du rituel intime, autofondateur du lien. Fabriquer de l'Autre à tour de bras, et de jambes. Faire du langage une chose à palper, toucher, manipuler.

La naissance du corps dansant devient celle d'un langage toujours *sur le point de se dire*. Ça remplace les pointes des sylphides, ces corps de femme qui semblent venir d'une autre planète, et qui, sur la pointe des pieds, cherchent où se poser. Aucune piste d'atterrissage ne leur convient.

Ici le corps dansant touche la folie de l'origine, devenue l'origine des langages ; il la saisit, la libère et l'intègre.

A cette frontière d'intégration « danse et langage », il y a de quoi dire. L'*entrée-sortie* dans un langage, ça prête à danser. Vu que l'homme crée le langage qui créa l'homme… ils se sont créés dans le même *jet* ; la même lancée créative.

Même quand le langage est simple, « technique » – appareil ou méthode –, ses limites et ses *seuils* restent un lieu où les corps se rencontrent, se touchent, s'accrochent. Les corps ont le dernier mot. D'ailleurs elle dit :

« Chaque fois que je parle de danse, je pense que je suis en train de mentir. » On la comprend : elle doit danser les mots qu'elle dit, et mettre en gestes ses paroles, pour ne pas perdre sa vérité – faire danser les entrées-sorties d'un langage, celui qu'elle danse, justement ; qu'elle fait danser. Son *entre-deux-corps*, c'est la dynamique entre corps *réel* et corps *tracé* dans l'espace des mouvements qui accueille les mutations, les liaisons-déliaisons, jusqu'à ce que ça reflue sur le corps réel, actuel, et que ça lui fasse du bien, que ça lui donne un *bien*-être venu des horizons de l'être. (« If the momentum is just right, there is an *ease…* »)

Son désir est de faire danser l'être au langage, autour des points singuliers où un langage prend corps ; où il y a du jeu. Ce n'est même qu'un jeu : déclencher une syntaxe, un langage, l'animer avec du corps, jusqu'à ce qu'il révèle ses faiblesses, ses intensités.

Ce n'est pas donné, d'assister au *déclenchement* d'un langage, de vivre l'instant originaire où ça part. Cela nous est donné dans le rêve. Comme quoi l'enjeu de cette danse (de toute danse peut-être ?) est de *faire un travail sur le rêve, avec le corps* ; faire un travail de rêve (avec, côté chorégraphe, le fantasme d'écrire avec le corps des autres : « Je déplace le corps comme je déplacerais le crayon… »). Le rêve s'empare d'un mot, d'un geste, et il en fait tout un espace ; ça donne un faisceau de gestes, un espace de fibres, où le corps se décompose puis retisse de nouvelles compositions quand on interprète. Il y a éclatement puis recollement ; toute une messagerie d'images éclate et se recolle autrement. A chaque mot-geste correspond un éclat, une diffusion ; et quand on les rassemble apparaît toute une frange, très dense, la frange d'interprétation. Dans le cas du rêve, c'est l'ensemble des interprétations possibles. Elles sont nombreuses. Car à mesure qu'on en parle, elles éclatent et ouvrent de nouveaux possibles. Ça se démultiplie, par l'effet du hasard – de coïncidences magnifiques –, par des poussées inconscientes dont on a libéré le jeu. (De fait, cette Trisha s'est réclamée d'une mathématique de la danse. En termes maladroits, mais justes.) Sa passion du langage c'est toujours sa quête d'un terme et de son autre : « Quand 99 % du corps se déplace à droite, je fais saillir quelque chose vers la gauche pour contrebalancer, ou dévier, ou créer un renvoi de l'un à l'autre ; une réverbération. »

Insistons-y, la richesse de l'effet tient moins à l'ordre initial et au chaos qui le perturbe qu'au nouvel ordre qui se détache du *dialogue* entre cet ordre et ce chaos ; dialogue multiple, polarisé par des oui-non, droite-gauche, haut et bas, course-arrêt, lumière-ombre, etc. A partir d'événements purs, de gestes purs, la signifiance apparaît dans les effets de retour : un amas de gestes et de corps est chargé de faire retour. Il peut s'ensuivre un appel, un rappel, un objet à contempler, à rêver avec… (Le public gagnerait à ce qu'on lui donne quelques clés du désordre qui s'organise.)

Il y a la quête des convergences, des effets d'accumulation, les seuils par où l'on passe entre deux organisations ; d'une simple permutation à toute une mutation du groupe. (Comment changer un groupe, changer un corps avec des gestes ? Vaste problème. On dit : « Faites un geste… » Et l'impuissance du geste peut faire de vous un simple gestionnaire.) Il y a donc l'aspect physique, « politique », et même thérapeutique : comment se transforme une image du corps ? sous l'action de quel choc ? quel événement ? A cette naissance d'un langage, on a un « stade du miroir » mais généralisé : entre danseurs et spectateurs, danseurs et groupes dansants, groupes et monde ambiant… Le miroitement et l'image relancent la polarité. Celle-ci peut tourner à vide, devenir compulsive quand elle n'a pas su accrocher le point d'appel ou de rappel.

En principe, elle a le souci du lien, des liens humains : « I think my work demonstrates a regard for human relationship. » Une fois sa danse reconnue par le public, elle dit avoir trouvé une certaine liberté. Quand elle-même a réussi à faire inscrire son image, elle en est libre, elle peut voir ailleurs. Comme pour toute œuvre : si le public entend l'appel, s'il l'agrée et le reconnaît, l'auteur est libéré ; libéré du fardeau qu'est un public qui n'entend pas. Si ce n'est pas agréé, l'auteur reste captif ; il peut creuser encore plus loin son appel jusqu'à le rendre, parfois, plus *dur* à entendre ; ou s'enfoncer dans l'oreille du public, dans son corps, jusqu'à trouver où pincer pour que ça se réveille.

Ce point de vue (d'un langage à déclencher) fait que l'œuvre devient comme une toile immense qui se peint sur place à mesure qu'elle émerge, qu'elle se voit : les traits et les couleurs sont des corps et des pas et des gestes infléchis. Mise en place, mouvement, jet des couleurs... c'est une action, comme celle des actionnistes qui jetaient leur corps sur la toile, oubliant parfois de recueillir le retour : le transfert de corps, l'interprétation.

A travers ces chaos, il s'agit de donner à l'inconscient de quoi parler ; assez de germes de langage pour qu'il prenne corps et se *manifeste*.

Tout cela est loin de la danse comme amour du corps « parfait » ou « idéal ». Ici *le corps est opérateur de langages*, d'espaces, tout en étant le support de l'opération, de l'espacement. Il y a amour mais pas de l'effigie de

l'autre ou de son corps. Il y a amour de l'événement où
un corps produit son souffle, son âme, son potentiel de
langage et de «noms» qui font retour sur lui et le portent plus loin que lui. Bien sûr il y a le cas particulier où
ça se fige en effigie, à adorer. Ce cas fétiche ou idolâtre
a lieu plus facilement quand le Dieu est un corps; ça
aide à croire que le corps peut devenir Dieu. Mais ces
aspects christiques sont un cas limité. L'enjeu est plus
vaste : c'est le potentiel des corps-langages qui voudraient se libérer et se transmettre : ton corps inconscient en dit plus que tu n'entends; plus que tout idéal, il
y a le possible, c'est-à-dire l'*être*[1]. (C'est le nom «ori-
ginal» du Dieu biblique.)

1. L'idée que l'objet de la danse est un «corps-icône» idéal et
adorable, et qu'il s'agit dans la danse de devenir autre, de devenir
ce corps idéal, est soutenue par Pierre Legendre. Son approche
d'un phénomène aussi riche et vivant que la danse par la lorgnette
de la scolastique chrétienne médiévale a son intérêt, même s'il
reconnaît – à la fin de l'ouvrage – que le mystère de la danse lui
reste entier. On y apprend qu'un auteur scolastique du XVIe siècle
évoque la danse comme rhétorique muette, et en parle comme
d'une grammaire. Mais faut-il aujourd'hui en passer par là pour
établir ce b-a ba ?
   Plus sérieux est le fait que la référence majeure de Legendre est
le système chrétien, où l'on donne un corps à Dieu. Ce même
point de vue tend à figer l'instance sociale, qu'il qualifie de
«bureaucratie industrielle». On sait qu'elle est plus souple, plus
fluide et chaotique. C'est d'ailleurs l'industrie de l'image du
corps, la mode, et son changement bisannuel, qui met en pièces
l'idée de corps idéal tout en semblant l'affirmer; par un éclatement féroce et ludique.
   Et l'«instance bureaucratique», censée faire marcher le monde
et mettre les gens au pas, se révèle plus éclatée. Il y a de la mise au
pas, et il y a d'autres forces qui s'y opposent; il y a des remous, des
tourbillons, des mouvances, et les individus sont pris là-dedans,
comme dans une danse qui s'ignore, avec des trajets imprévus, qui
échappent aux «bureaucraties», car les manipulations produisent
aussi leur contraire, par d'incessants renversements.

Le paradoxe est que la danse ne peut être qu'un langage intermédiaire, une intercession de passage ; non pas une demande ou une prière (l'accent narcissique est trop fort), mais l'ouverture d'une demande ou d'un appel. Et par là, elle est le comble du langage et de son acuité symbolique. Disons originelle.

Car la question clé du rapport danse et langage, c'est le « déclenchement » ; et il se rapporte à l'origine. On a vu que l'objet de la danse c'est le corps naissant ou émergeant en tant qu'il cherche à se *nommer*, à se donner le nom qui manque, le nom de l'événement qu'est cette naissance. Un détail presque technique permet de le préciser. Imaginons une notation de la danse qui permettrait au danseur de l'exécuter parfaitement. Cette trace écrite servirait de nom, du « nom » que la danse elle-même est supposée chercher. Mais il y aurait quelque chose de « mort » dans cette chorégraphie. C'est dire que la danse est en principe toujours *vivante*, foncièrement. Elle serait à chaque instant le déclenchement du langage qu'elle produit, du nom qu'elle engendre. Si celui-ci la précède, il serait la stèle ou l'épitaphe qu'elle commémore. Or la danse fait du corps la stèle vivante de la mémoire qu'il coproduit. (Même pour la musique, la présence d'un orchestre se distingue du « disco », dans certaines langues, par le terme « vivant » : *live*, *ao vivo*… C'est la question de l'enregistrement, la différence entre la trace passée et la trace actuelle produite par l'événement en cours. Aujourd'hui, la vidéo de danse peut tenir lieu de notation, de rappel à investir autrement. Mais ce n'est plus de l'événement. Du reste, souvent la caméra ne sait pas où se mettre.)

Donc, produire du langage, soit. Mais pour qu'il vive il faut pouvoir y entrer et en sortir avec son corps. Dans ces va-et-vient se joue une transmission ; qui interprète le corps visible par l'invisible et inversement. La danse interprète les fantasmes qu'elle réveille.

L'énergie de ces alternances, de ces entre-deux, permet le jeu de la charge et de la décharge libidinales ; où s'accomplissent le plaisir, l'affiliation, la désaffiliation.

Par là aussi la question du lien à soi se pose : lien au corps collectif, lien du groupe qui délègue une partie de lui-même – le groupe des danseurs – pour faire danser le lien, l'exhiber, le faire varier, lui donner vie. Faire danser le lien c'est le rendre disponible, l'incarner, le désincarner, l'inscrire et le déplacer ; le charger et le décharger. Car le lien est une charge libidinale, c'est tout le complexe des rapports entre le corps et la loi ; là se prélève l'objet de la danse. Grâce à quoi elle explore avec le corps les lois de la vie ou plutôt leurs reflets sur le corps.

Cela dit, le corps danseur est délégué par la foule, mais en principe c'est lui qui jouit. Et l'on voudrait que sa seule vue fasse jouir la foule ? C'est déjà beau si elle l'« excite », l'émeut, l'intéresse à ce flot identitaire : où le chorégraphe, avec le corps des autres, recompose une identité, un processus identitaire – forçant d'autres corps à une prise de connaissance. Ce don d'émotion se fait en présence du Tiers qui reconnaît le risque de s'aventurer dans l'écart entre l'être et ce qui est.

Le corps dansant est supposé impressionné par l'être, l'événement d'être ; primé ou imprimé par l'écriture des origines. Il soutient la pression du monde, ou du vide, pour faire jouer le rapport entre expression et impression. Cette pression c'est ce qui *prime* ; le contraire de la déprime, qui est l'absence de toute pression venue du monde, l'absence du corps qui sentirait ces pressions, et qui faute de cela se retrouve seul. Or ce qui prime, ce qui est premier c'est l'origine, comme dépôt infini des transmissions à venir.

La danse est le contraire de la déprime. Pourtant, dans les deux cas, c'est le même investissement narcissique ; mais dans la danse il est projeté, jeté avec le corps qui s'y accroche. Danser c'est se raccrocher à soi en tant qu'on est revenu d'ailleurs ; restitué à soi, après des perditions réelles. Déperditions de l'être.

III

Danse et musique

Voltaire disait que si on regarde les autres danser en se bouchant les oreilles, on les trouve idiots. C'est que pour lui la danse était portée par la musique, moulée dedans. Si on enlève ce moule, elle se répand chaotiquement. Il ne voyait que la danse-réplique, prise dans un moule idéal. Il serait surpris de voir que c'est l'éclatement de ce moule qui est visé, la mise en pièces de ce corps préalable et figé. Et la musique intrinsèque à la danse, produite par elle, en plus de l'autre musique qui l'accompagne, c'est le champ silencieux d'une naissance qui a la folie d'éclater n'importe quand. Même comme naissance de l'horreur ou de l'insoutenable.

On ne sait jamais ce qu'on se bouche – les oreilles, ou le cœur, ou le corps – devant de tels spectacles. Souvent on se bouche le passage entre-deux-corps, l'ouverture d'inconscient, que telle danse précisément veut faire « parler ».

Appliqué au ballet de la vie, cela veut dire que l'on se

bouche les oreilles à la musique de l'être – qui passe entre deux corps…

Or l'être c'est l'*Autre* (du triangle Foule-Autre-Corps) ; et la musique, c'est la « voix » de l'Autre, voix unique ou multiforme, apaisante, déferlante, ordonnée, chaotique, inaudible… Voix chargée d'appels ou de demandes, de sens ou d'insensé, mais toujours chargée de ceci : l'Autre existe – qu'il soit absent ou divin – et il s'occupe à autre chose. L'espace musical fait face au corps dansant, et leurs rapports peuvent dépasser l'effet de miroir.

Danser sur telle musique, c'est se mouvoir sur tel espace des voix de l'Autre, explorer ses reliefs, tout en poursuivant son voyage, son propre mouvement, qui a aussi sa *musique intrinsèque*, intérieure, qui s'articule avec l'Autre par ailleurs. Par le silence.

Parfois la musique qu'on entend est si « forte », si foisonnante qu'elle submerge le corps dansant. Elle le force à danser *dans* cette musique, et pas *sur* elle. Je me souviens d'une pièce de l'« American Ballet » (Baryshnikov) sur le *Concerto pour violon* de Max Bruch ; pas moins. La musique était trop riche pour cette danse, elle semblait la porter comme un adulte porte un petit qui lui fait des chatteries, pendant que l'adulte regarde au loin, d'où viennent les vagues et les dangers. La danse, très « en mesure », n'était pas à la mesure de l'espace sonore. Elle se faisait prendre en charge. Elle aurait eu trop de problèmes à résoudre, trop d'intensités, de dégagements, d'énergie, de constructions d'espace. La danse était maternée par cette musique, ou étouffée par elle. Elle s'accrochait aux plus gros reliefs sonores, mais l'épreuve avec l'Autre semblait éludée ; épreuve vivante ou érotique de fusion-séparation. L'Autre se fait entendre, mais le corps dansant délégué pour l'accueillir n'a pas vraiment entendu. C'est un travail immense que de rencontrer cet Autre, déclenché musicalement, à qui on lance un désir de dialogue et qui répond, lui, à ce désir. Cela évoque les situations où l'on ne sait pas à quel point on est riche de soutiens, de ressources, de questions, d'intensités. Ou des situations thérapeutiques, où des forces « autres » et archaïques sont convoquées : elles répondent, et ce qu'on en fait paraît si mince, si gentiment convenu…

On dit que « le geste ne ment pas ». Mais par rapport à quel mouvement de vérité ? Épreuve ouverte, quand le corps traverse d'énormes champs de force, par exemple de telles intensités sonores, sans que son trajet s'en ressente. Ou quand son trajet n'en est que la copie[1].

Parfois la musique impose un champ sémantique si précis et prenant que c'est dansé d'avance. Le corps dansant n'a plus qu'à *suivre*[2]. Les corps sont placés d'avance, précédés par leur mouvement. Comme certains orateurs dont on sait ce qu'ils vont dire. Une échappée peut être alors la surenchère, tout faire craquer de ce monde convenu. On peut toujours faire faux

---

1. Toujours dans cette chorégraphie, l'auteur a senti que pour *tenir* devant cette musique, ou lui tenir tête, il fallait un « langage ». Il a donc élaboré un alphabet, et des formules basées sur des jeux de couples, de contraires (même des couleurs : danseurs noirs, danseuses blanches…). Clavier d'alternances, d'alphabets binaires : il suffit de zéro-un, présence-absence, pour faire beaucoup de messages. Mais voilà, certaines langues chorégraphiques parlent beaucoup sans rien dire. Et lorsqu'en même temps la langue musicale (Max Bruch) se déchaîne de tous ses cris et ses appels, il y a gêne. Ponctuer ne suffit plus, il faut un travail d'approches, de résonances, de caresses, d'empoignades, de corps à corps, de charges-décharges et d'abandons. Il faut une vraie connaissance mutuelle pour qu'autre chose apparaisse.
2. Comme, dans ce même « American Ballet », une pièce dite *Gaîté parisienne* sur la musique d'Offenbach.

bond même quand le sens est déferlant; ou en pointer d'autres. Tout en sachant que le sens poétique c'est celui qui s'impose tout seul, sans solennité, quand les autres se sont tus ou épuisés.

De fait, ce rapport musique-danse fonde un symbole, une métaphore: qu'est-ce que votre corps peut entendre des bruits de l'Autre? qu'est-ce qu'il peut en interpréter? dans la vie, sur quelles musiques «dansez»-vous? Beaucoup sont cloués sur place, par une voix de l'Autre impérieuse ou terrifiante; d'autres dansent en rond au son d'un disque «Voix de son maître».

Le couplage entre musique et corps dansant fait jouer cette idée: si l'Autre me parlait *ainsi*, voilà ce que je répondrais, voilà les forces qui en moi se libéreraient.

De fait, plus qu'un dialogue, c'est un cas d'*entre-deux-langues*, avec des frontières en morceaux, problématiques; sachant que chaque langue doit donner sur une autre, ou en passer par une autre, pour s'entendre avec elle-même à des niveaux tout autres.

Il y a des silences dansés qui sonnent très fort. Ils rendent présent un Autre qui retient son souffle, qui garde le silence pour écouter ce qui se danse. Quand la musique est pur silence, on voit comment, en présence d'autres musiques, la danse trame une présence autre.

Et quand la musique est un double, l'enjeu semble être l'unisson, l'axe de symétrie, le couplage «réussi», le miroir assumé pour le même souffle, le même rythme, la même découpe du temps... Bref, le couple «harmonieux», qui sauvegarde les apparences.

Aujourd'hui rien n'oblige à se limiter à cet opérateur simplet. Le *partage du temps* entre son et vision est un programme ouvert, comme le partage de la lettre entre son et sens dans un texte qui s'écrit. Débridage des rapports, des correspondances – polysémies, polyphonies. L'art est de révéler dans ce chaos l'effet de *loi*. Notamment, d'explorer la danse comme musique de l'existence – celle du corps avec le monde et avec d'autres. Et quand tout se tait, on entend la danse plonger dans le silence, et s'affairer : elle emporte les corps dans le silence où ils *poursuivent* leur existence.

Mais toujours la musique exerce une feinte : elle feint de présentifier l'Autre. L'accord avec elle passe pour l'accord avec l'Autre. Alors cet Autre déchoit, de n'être qu'un écho, un miroitement entre le son et le geste. Modèle de cette chute, le défilé militaire, encore. Il y a d'autres effets, plus comiques, où la musique et les gestes se singent, se parodient.

Il est juste que l'accord avec l'Autre n'ait toute sa force que quand cet Autre reste en partie imprévisible, et n'est pas appauvri jusqu'à disparaître en tant qu'Autre.

Cela dit, certains chorégraphes modernes ont un attrait pour des danses folkloriques : ils y trouvent, notamment *via* la musique, le lien reposant, disponible, qu'ils s'efforcent, eux, de construire comme à partir de rien, à chaque chorégraphie. Dans ce folklore ils trouvent la loi déjà présente, à l'œuvre, eux qui doivent la produire de toutes pièces, et qui la voient s'effacer.

L'un d'eux m'a appris ce fait piquant : aux États-Unis, à l'hôpital, dans certaines salles d'opération, il y a une musique de fond. Un jour, il remarqua que médecins et soignants noirs swinguaient doucement dans la musique, en travaillant, dans cet espace plutôt dramatique où les Blancs restaient impassibles. Là, la musique sert de révélateur ; elle dévoilait les corps noirs dans leur lien traditionnel. Un lien que des Blancs évoquaient avec nostalgie, comme si ayant perdu leurs traditions ils avaient perdu l'origine.

Mais la musique n'est pas seulement la voix de l'Autre, c'est un support présymbolique qui prend le relais de tout ce qui porte – de la terre, du sol, de tout appui. Elle introduit l'*existence* de l'autre espace. Le corps dansant est porté par elle, pris en charge, même si elle le laisse tomber. Elle le jette en lui-même, et hors de lui.

Rien de tel que la musique – les voix porteuses – pour faire sentir au corps que sa «folie» se répare, se dépense et se consume. Ces voix qui portent parlent une langue mystérieuse, virtuelle, générique. On comprend l'attrait de la musique pour les «jeunes» à qui elle offre l'effet porteur au moment où le reste se révèle sans grande portée.

Certaines danses (jazz, rock…) jouent à fond l'aspect *porteur*: on s'y embarque dans la musique, et l'esquif portant les corps navigue, subit la houle, sensible aux moindres vagues. La danse relaie la mère qui porte ou qui berce. (Les tout-petits aiment qu'on danse avec eux, très collés, comme les vieux couples, habitués des bals.)

Le couple danse-musique, plus qu'une féconde prédation, exprime les avatars du couple; allant du couple maître-esclave jusqu'au mariage arrangé: le corps dansant s'aligne, traverse la musique, l'exécute, la reflète, la redouble… (Le couple du tango ne fait qu'un quand il s'accouple à la musique comme voix de l'Autre qui les couve et les console…)

Aujourd'hui la danse et la musique sont souvent partenaires, comme ces couples qui dans les «boîtes» dansent ensemble-séparément ; la musique et le corps dansant ne collent pas ; interdit de s'enlacer ou de trop s'afficher ensemble ; distance ; qu'il s'agit de faire jouer, justement.

Mais entre la foule qui danse et l'orchestre de jazz, ce foyer incandescent, le rite veut qu'il y ait des médiateurs, des « prêtres » danseurs, sur scène, qui réellement viennent exploser dans la musique, relayés par d'autres dans une noria sacrificielle, où la voix de l'Autre elle-même dansante absorbe le corps et s'en nourrit, jusqu'au cri final, d'assouvissement et de détresse. Orgasme de la musique – qui est une danse de la « voix » ou de l'orchestre des voix.

Du coup, danse et musique sont deux danses intriquées, dont l'une peut prendre le pas sur l'autre, alors qu'elles s'enchevêtrent, se recoupent, s'accordéonnent ou se disloquent en variétés de collision.

Danser avec des sons – mais aussi des couleurs, des jeux de lumière – c'est comme penser avec des sens, des perceptions, des bouts de mémoire qui ont pris corps. Sachant que la danse est aussi faible quand elle imite la musique que la musique quand elle mime un phénomène.

Cela dit, le vieux mariage danse et musique n'a pas été très libre. Mais leur *divorce* aujourd'hui est très moderne, du genre : puisque tu persistes à croire que je compte moins que toi, alors on se quitte. C'est banal : on divorce parce que c'est facile, parce qu'il y a des facilités qui permettent de vivre en étant divorcé (et de voir les « enfants »…) ; on se sépare pour se retrouver autrement. Et en effet, musique et danse peuvent se tou-

cher autrement par l'écume d'interprétations qui émanent
de chacune ; comme deux adultes, homme et femme, qui
se rencontrent « enfin » à travers les richesses propres
à chacun une fois franchie l'agressivité en miroir enve-
loppant leur « union ». Agressivité narcissique que l'on
retrouve dans chaque couple où tous les deux sont
immatures.

L'écart qui s'instaure entre danse et musique évoque
aussi certains divorces dus à ce que l'un s'adapte trop
bien à l'autre : quand par exemple l'homme finit par
faire toutes les tâches de la femme sans plus connaître
son rôle d'homme ; ou quand la femme s'adapte si bien
à être l'ombre de son *hombre* qu'elle en oublie sa
propre vie.

C'est dire que les nouvelles retrouvailles entre danse
et musique sont prometteuses, d'autant que l'image –
filmée ou autre – s'en mêle avec succès. Comme si la
technique de l'image servait de *tiers* pour conseiller aux
deux parties : avant de vous marier et de feindre l'en-
tente totale, tâchez de vous connaître *chacun*, un peu
mieux [1].

IV

Danse et temps

Le jeu du temps implique nos corps dans leur genèse,
générative et transmissible.

Héraclite là-dessus est éclairant : « Le temps est un

---

1. Voir ci-dessous le texte sur « La musique », p. 374.

enfant qui joue, qui joue à déplacer les pièces de son jeu.» Et il conclut : « A l'enfant, la souveraineté.»

C'est d'avoir vu une naissance, une mise au monde, qui m'a fait écrire sur le temps, autrefois[1] ; effet de choc : un corps jaillit, comme ça, d'un autre corps ; un trésor de temps qui éclate et se déploie. Cela m'a donné l'idée des *objets-temps*, des objets ou des « corps » *porteurs* de temps, plus que de désir. Il y en a des exemples. Un symptôme est un objet-temps ; un rituel, un texte riche aussi ; un événement : ils *portent* le temps qui les a produits, *tout* le temps qui les a mûris ; et ils promettent le temps, celui d'en jouir, d'en souffrir, de les comprendre, de les interpréter. *Les objets-temps sont les passeurs du temps possible.* Héraclite nous dit que le temps est un enfant, un corps naissant, mais qui *joue*, qui sollicite le hasard, l'événement, la rencontre avec autre chose qui s'appellera aussi le temps, si ça arrive ; si ça s'inscrit. Et ce que déplace l'enfant – les pièces de son jeu –, ce sont des parties de lui-même, des fragments de son être, de son corps qui poursuit sa genèse, tout engagé qu'il est dans le « corps » de l'Autre, dans l'espace des autres, dont il cherche à se dégager, aussi.

Ainsi le temps est une naissance, permanente et renouvelée ; il joue avec des limites, des objets-frontières, il les fait jouer en tant que lieux d'une rencontre entre soi et l'Autre. L'enfance se joue avec des *surprises* de temps, des prises minimales de temps qui plus tard font mémoire, selon que le temps a été *pris* ou pas, mais qui au départ sont des gestes actuels, des *présences* du corps. Le jeu que joue l'enfant, c'est lui-même, l'enfant-temps. (Et l'*enfantant* – tout ce qui en nous est en train d'enfanter, de mettre au monde quelque chose – consiste à

---

1. Voir « Temps », dans *L'Autre incastrable*, Paris, Seuil, 1978.

être en proie au temps, au tourbillon du temps qui va prendre ou pas, cristalliser ou pas dans l'*objet-temps* que l'on produit.)

Même les «vieux» – qui ne «produisent» plus, qui n'enfantent plus –, l'enfant affleure en eux; l'enfant qui les a toujours habités est là; présence intense et impuissante. C'est un enfant *qui ne joue plus*; il n'a plus les moyens de jouer mais il est présent. Ce manque de jeu, est-ce l'effet d'une fatigue du corps? d'un délabrement du cerveau? Ou l'inverse: cette fatigue traduit le fait que ça ne joue plus, que ça ne trouve plus le contact avec le temps du jeu, les moyens de jouer le jeu de la vie.

En tout cas, les adultes les plus vifs sentent la fatigue toutes les fois qu'ils s'imposent de ne pas faire ce qu'ils veulent, ou qu'ils arrivent au bout de ce qu'ils faisaient – de ce qu'ils croyaient vouloir faire.

Héraclite conclut: *à l'enfant la souveraineté*. Autrement dit, faites ce que vous voulez, ce que vous pouvez, agitez-vous ou pas, vieillissez «bien» ou «mal», de toute façon *c'est l'enfant qui l'emporte en vous*. C'est lui qui sera prédominant, souverain. l'enfant, non pas comme image nostalgique ou pas, mais comme événement: l'enfant comme événement insurmontable de notre vie. C'est lui qui l'emporte, car sa voix ou ses traces sont toujours là.

Même quand on vieillit. L'enfant est à entendre comme potentiel de naissances, de mises au monde, de remises en jeu. L'idée est que l'«enfant» se présente à nouveau, se représente encore, à la surface du visage qui a vieilli, qui a vécu; car ce *désir de remise en jeu* est increvable; cette remise en jeu ne connaît pas le temps. C'est donc une figure même de l'inconscient. Freud dit que *l'inconscient ne connaît pas le temps*; je me suis permis d'ajouter, dans un vieux texte sur le temps, que l'inconscient ne connaît pas le temps car *l'inconscient c'est le temps*. En

somme, le temps n'est en soi ni linéaire, ni circulaire
– ces formes, de traits ou de cycles, ne sont que des
modes privilégiés de *prélèvement* du temps. On «prend»
le temps selon des cycles ou des segments. Mais l'inconscient lui est un chaos de temporalités diverses, hétérogènes, irréductibles entre elles, virtuelles ou actuelles ;
ce qui compte, c'est le *geste* d'y prélever des objets-
temps ; cycles ou trajets ; de les prélever pour les vivre,
les transmettre, leur donner lieu, les rendre vivables.
L'enfant réel ou l'enfant qui affleure dans les visages
âgés est une figure de cet inconscient. Dévisagé.

Ce qui révèle le point de jeunesse dans un visage ou
un corps c'est cette présence d'inconscient, qui passe
par l'enfant (l'*infans* : qui ne peut pas parler). De fait,
ça parle quand ça trouve entendeur. C'est l'écoute
qu'on en a qui fait dire que «ça parle». Il faut de l'autre
corps (donc de l'entre-deux-corps) pour qu'un corps
s'exprime. Un *autre* corps qui *mise du temps* pour
déclencher le jeu du temps, et la remise en jeu où
s'opère le prélèvement ; là où l'être trouve de quoi se
séduire pour sortir de ce qu'il est.

Avoir du temps, du temps devant soi, ce n'est pas avoir
tant d'heures ou de jours. Ce bloc de temps peut même
être angoissant s'il est perçu comme inerte. Avoir du
temps, c'est avoir la sensation d'une *secousse d'être*
imminente, d'un certain tremblement d'être qui s'appelle
événement, et qui promet d'arriver, de se détacher du
bloc de temps disponible ; ou plutôt du grand Temps
inconscient où il a ses racines, pour venir prendre place
dans le temps disponible, pour venir le percuter. Sinon, si
rien ne doit *arriver*, si l'on est de ceux qu'angoisse l'événement par ce qu'il a d'incontrôlable, alors ce temps
devient un pur encombrement. On ne l'*a* pas ; sa densité

inquiète, sa vacuité angoisse ; on essaye même de le
«tuer» ; tuer le temps, ça occupe le corps, ça le fixe ; et
ça parvient à détruire la liberté – de penser – que constitue l'approche du Temps et ses secousses, l'acceptation
de la «crise» et de ses traversées possibles.

L'intéressant est que ce temps disponible – en forme de
vide ou d'événement – convoque chacun à l'expérience
délicate d'*intégrer sa mort*. Certains n'intègrent leur
mort, symboliquement, qu'à l'occasion d'un choc réel,
d'une maladie, par exemple. (Aujourd'hui, beaucoup
«intègrent» cette mort à travers le sida. «Ça m'a enlevé
mon immortalité», m'a dit l'un d'eux. Il lui a fallu ça
pour accepter de découvrir qu'il avait lui aussi droit à la
mort, donc à la vie ; qu'il pouvait «enfin» vivre puisqu'il *pouvait* mourir.) D'autres attendent, longtemps,
qu'un grand morceau de leur vie passe, pour savoir
qu'ils peuvent la vivre. Dans une pièce de Shakespeare,
Beaucoup de bruit pour rien, un prêtre dit cette parole à
une femme calomniée : «Mourez, pour vivre.» Façon de
dire : disparaissez, pour faire disparaître avec vous le
poids de la médisance et confronter les autres à la part
qu'ils y ont prise, donc à leur culpabilité ; après, une fois
cette limite inscrite, vous pourrez reparaître, et revivre.

Les corps-danseurs, sauf exceptions, on les écarte dès
qu'ils «prennent de l'âge», comme s'ils prenaient de la
graisse, du poids ; or c'est le poids de l'angoisse des
autres qui ne veulent pas voir une trace de mort, de leur
propre mort[1]. Les gardiens de la «norme esthétique» –

1. Pourtant les grands génies de la danse, comme Wigman ou
Graham, ont dansé jusqu'à un âge très avancé. Rien n'est plus
beau qu'un corps qui porte toute sa vie et sa mort, toute sa densité
de présence, à faire danser. C'est le *partage d'un instant, étrange-
ment plein, l'instant de toute une vie.*

qui peuvent être de vrais flics dans la tête des « normaux » – demandent au corps danseur de danser notre apparition ; après quoi, il faut qu'il disparaisse, lui. S'il s'attarde, il risque de parler de *notre* disparition ; et c'est insupportable. Ce n'est pas vraiment une « loi » qui écarte ce corps âgé, c'est une forme féroce du principe de plaisir : pas d'ombre, s'il vous plaît ; seulement de la lumière et de la chair fraîche ; et sans rides... Pour les « normaux » la mort doit être refoulée, jusqu'à l'instant fatal, réel, et dans le coma de préférence... Les âgés, on les écarte parce qu'ils mettent chacun au défi d'intégrer sa mort. Intégrer sa mort – à sa vie – c'est tenter d'échapper à une vie morte ou inerte. C'est à partir de vies inertes que l'on impose les limites d'âge. La phobie de l'âge peut éclairer d'autres phobies : celle de l'*autre* ou de soi-même devenant autre.

Et le déni de la fatigue et de la mort, en tant qu'elles sont au cœur de la vie, fait que souvent on ne peut recevoir de ceux qui sont plus âgés que leur disparition ; des vieux, que leur mort finale. Si l'on y pense vraiment, ça donne quelque chose ; une bonne claque par exemple ; un don de vie pour qui peut l'entendre[1].

Si l'on a tout cela en tête, le rapport de la danse au temps s'éclaire d'emblée.

La danse révèle le temps dans l'espace, elle le manifeste et le prélève avec le corps en mouvement, avec des gestes qui sont des objets-temps ; faits avec du temps qu'ils prélèvent dans le grand Temps inconscient, celui de l'être et de l'univers, dont le corps est la plus vive métaphore. Par quel miracle peut-on prélever du temps dans l'« espace » ? C'est toute la force et le privilège du

1. Voir « Entre vie et mort », dans *Entre-Deux*, *op. cit.*

corps en tant qu'il est entre-deux-corps, entre mémoire et acte. Voici : par le *trajet* du geste, le corps prélève du temps linéaire (ou segmentaire), du temps cyclique (ou récurrent) ; ce temps est modulé sur le trajet, c'est le temps qu'il « prend », et qu'en un sens il restitue. Mais par le geste comme acte, le corps prélève de la présence, il fait exister l'instant, le grain du temps, le pur objet sujet au temps, saturé de temps – du temps qu'il donne à vivre, à faire jouer. C'est en quoi la danse, l'effet dansant du corps, déborde l'approche du temps que fait la « psy » traditionnelle – où le temps est un rappel, un « transfert », une répétition du passé.

Ici, il s'agit du *passage actuel* du temps, d'une *construction de l'instant* que constitue le corps naissant, apparaissant à travers ses disparitions ; produisant le temps qu'il prélève, et ce par sa dynamique intrinsèque, par les gestes et la gestion de l'énergie. Exemple : outre les durées linéaires ou cycliques, l'*instant* apparaît comme *concentration soudaine d'énergie*, quand passe un geste qui dénoue l'emprise d'un autre, ou *fait sauter* une routine, une fixation[1]. La soudaineté de la mutation d'énergie donne la mesure de l'instant et son rythme ; sa densité.

Du coup, c'est le corps dansant qui interprète le plus vivement l'idée d'Héraclite : le temps est un corps naissant, à soi et au monde, et aux « instants » marquants de son destin. Il *est* cette naissance en jeu, dont il joue à déplacer « les pièces », les appuis, les supports d'énergie, passant d'un geste à l'autre, d'une fixation (ou d'un symptôme) à l'autre, sachant que dans ce qui le porte, ce qui l'emporte c'est sa naissance en devenir, c'est ce qui l'enfante et ce qu'il enfante.

---

1. Voir le sens général du *saut* comme mutation d'énergie, p. 129.

La danse fait passer sur les corps la magie de l'instant, et par là elle y inscrit des points de jeunesse. (Un corps « vieilli », même de vingt ans – car ça existe –, est un corps sur qui le temps ne passe plus : il s'est soustrait aux acuités de l'instant.) Or l'instant est un *appel* de temps à vivre. Il rappelle que le temps c'est l'ensemble des secousses d'être, d'événements d'être, d'accumulations de l'être – qui appellent le rebond, la rencontre d'autre chose. Une rencontre, c'est aussi un *objet-temps* ; il s'y passe des transferts, des appels, des rappels ; des bouts de mémoire qui se fixent ou se déploient, des bribes d'histoires qui s'inscrivent et se déchiffrent.

La danse actualise la rencontre, au niveau de l'entre-deux-corps, entre l'un et l'autre.

Quant au geste crucial de «*prélever*» du temps dans l'espace, comme si l'espace enfermait le temps dans des réserves insoupçonnées, on peut le formuler aussi grâce au rapport entre danse et musique : *la danse est la musique du visible* ; musique non pas tant de la représentation que de la présence. Elle danse autour de l'irre-présentable qui est l'*instant*, comme *urgence renouvelée* ; elle danse le temps comme origine renouvelable par instants.

En quoi la danse subvertit le clivage entre temps et espace, entre *volonté* et *représentation*, volonté comme affirmation de soi et représentation comme vision du monde[1]. La danse veut assurer un véritable retournement : volonté de représenter et représentation de la volonté, celle de puiser le temps aux entournures de

---

1. Clivage que fait A. Schopenhauer dans son œuvre maîtresse : *Le Monde comme volonté et comme représentation*.

l'espace. Il y a mille façons de loger du temps dans l'espace et donc de l'en déloger, de l'en extraire. Dans un spectacle de danse contemporaine, on peut partir d'un geste – comme d'un instant – et suivre le fil d'une vraie narration, qui s'interrompt pour *sauter* (ou faire sauter) vers une autre. On perçoit ainsi un foisonnement de temps possibles, hétérogènes, une pelote de fils multicolores où chaque temps a sa couleur, sa lumière. On y voit l'instant comme croisement de deux ou trois durées ; car *le temps mis en acte par le corps mouvementé est pluriel*. Et pour cause, le corps est l'inconscient où se prélèvent les temps multiples. Ça se prélève par le corps ; le corps comme «machine» à prendre le temps dans l'«espace», à user le temps et à s'user au temps ; machine infinie qui se charge de temps et s'en décharge, et qui ainsi le renouvelle.

Cela nous éloigne des banalités sur le temps linéaire ou cyclique, ou sur l'idée que ce qui compte c'est le «rapport» au temps – mais oui, le rapport, bien sûr. Disons plutôt le port du temps, le *corps porteur de temps* ; colporteur d'histoires – même instantanées, même vides. (Un génie comme Cunningham a inventé la *présence de la durée*, le silence du temps, l'instant vide comme un événement évidé ; évident.)

V

Classique et moderne

De notre point de vue, le malentendu, que l'on feint gravissime, entre classique et moderne peut se dissiper[1]. Le classique serait tout «en extérieur», grâce et légèreté, exprimant un sens donné, mythique, idéal forcément. Le moderne serait intérieur, chaotique, planté sur la terre, corps terrien qui pose ce qu'il ressent, au-delà du sens. On a vu que la légèreté c'est de n'avoir pas à porter le poids de la Loi, de l'Autre, de la terre. C'est d'être assez sûr de leur existence pour pouvoir s'en alléger, et s'avancer le cœur léger dans d'autres recherches. La légèreté est celle du souffle de l'Autre : lorsqu'on laisse souffler l'Autre, et qu'on n'est pas tenu de combler tous ses manques, on a cette légèreté ; celle où l'Autre peut respirer – et même nous inspirer. Le paradoxe de la danse classique, c'est qu'elle fait cette supposition : *on sait* ce que l'Autre veut ; sa voix est un appel et on sait ce qu'il faut répondre. Et on tente de répondre de la façon la plus «belle», d'une «beauté» préconçue. Dans la danse actuelle, il est reconnu implicitement que l'Autre, on ne sait pas trop ce qu'il veut, mais on sait qu'il est vivant, criant, débordant, et son existence suffit pour que puisse être dansée la nôtre, la question de notre émergence ; qui après coup sera *belle* si elle a lieu.

La danse classique a poussé le savoir de l'Autre jusqu'à le montrer «après» la mort : à la *lumière* de l'autre monde, celui de l'au-delà : épiphanies, apparitions, pâleurs. Tant elle cherchait le contact avec le monde des absents ou des revenants, des êtres exsangues sans autre corps que celui de l'*apparition*.

Le reste est évident : il faut être *de la terre* et de l'origine pour transmettre le désir de s'en détacher ; et il faut être très léger, sensible à l'allègement de l'être, pour transmettre les densités terrestres.

---

1. Voir aussi ci-dessous «La musique», p. 374.

Dans les deux cas, c'est la même épreuve : se mesurer avec l'être, sur le mode partiel, pulsionnel ; avec l'être du corps et le corps de l'être ; pour conquérir l'événement *d'avoir lieu* et faire de cet événement une histoire. De ce point de vue, quel que soit le style, il y va de messagers entre ici et ailleurs, pour fibrer l'être avec du corps ; avec des corps singuliers, selon chaque danse.

Entre la danse dite classique et l'actuelle (contemporaine) la cassure serait du même ordre qu'entre l'espace euclidien et celui de la topologie : il n'y a plus un seul repère mais une infinité de repères, mobiles, avec entre eux des connexions, des cassures, des obstructions, des singularités d'espace, correspondant à des corps singuliers[1]. Ces cassures sont les mêmes qu'entre la pensée métaphysique et l'émergence de l'inconscient ; les mêmes qu'entre le roman classique et les nouvelles narrations à même la texture de la langue (le dernier Joyce, par exemple). En physique aussi, même rupture due au quantique : éclatement de l'idée d'objet… Dans tous les cas, l'idée de corps idéal, de corps-beau-adorable-institué en prend un coup. La coupure est sans retour. Même si comme en peinture on refait du figuratif, cela n'a plus le même sens, la même figure.

La violence du choc entre classique et moderne est due moins au carcan étouffant du premier qu'à la peur de le faire sauter ; comme si on redoutait les énergies

---

1. En géométrie, cette coupure a consisté à mettre du « corps », de la matière avertie, là où ne régnaient que des lignes harmonieuses. De ce point de vue, une danse serait une *géométrie* – une nouvelle mesure de la terre et du monde – induite par des corps singuliers, avec ce qui les situe et ce qu'ils prétendent dé-situer ; avec leurs vues, bévues, désirs, fantasmes et fantômes.

que ça allait libérer. On oublie que d'autres carcans se proposent, ni classiques, ni modernes : simples cramponnements, certitudes, prises de pouvoir, vampirismes et autres prisons invisibles qui à leur tour méritaient d'apparaître pour exploser. Cela rappelle le mythe de la caverne, de Platon. On croit qu'en sortant de la caverne on accède à la lumière, à la vérité sans ombre... Or quand ce n'est pas l'éblouissement immédiat, donc l'hébétude, on est à peine installé pour célébrer la vérité que celle-ci a déjà fui, et qu'on se retrouve à nouveau enfermé, dans une caverne invisible, enfermé dehors ; tenant dans sa main un petit morceau de vérité, pas plus vrai que ce qu'on voyait dans la caverne de départ.

Et au carcan de la danse classique répondent des clôtures béantes produites par la moderne, où le corps semble accablé de sa liberté durement conquise.

Au-delà de ces carcans et de ces clôtures, l'événement d'être : intrinsèquement dansant.

Les peuples, eux, ont toujours su s'infiltrer entre les époques, aux interstices du temps, pour faire des danses ni classiques ni modernes. Voyez le *flamenco*. Le même rythme va et vient de la musique au corps et du corps à la « voix », incluant les instruments. Le public est chauffé à blanc comme pour la corrida. Mais au lieu de la *mise à mort* il attend la *mise-amour*. Tout autour, l'Autre se signale par le chant, la musique, et la présence impérieuse d'une Loi étrange qui dirait : voilà, vous êtes homme et femme, tout est interdit, maintenant allez-y. Et les corps se mettent en branle, tressaillent, avancent à petits pas – jeu de retenues et de tensions qui entame la prison invisible où les corps étaient pris. Il entame le «tout» pour détacher une partie jouable, une partition dansable avec cette musique qui convient, qui va avec: celle d'une foule possédée par ses passions, et de la voix rauque qui monte comme celle du chœur des tragédies. La danse se meut entre le meurtre et l'inceste, avec la Loi à l'horizon, qui «retient» les corps, qui ne les lâche pas un instant.

Mais dans cet espace enserré, presque tyrannique, que de liberté à conquérir pour ce corps qui évolue avec rigueur! Même s'il danse seul, il réussit à être nombreux à force de se morceler. Le jeu des mains est tel qu'elles semblent *tenir* le buste, à distance, en fouillant le vide au-dessus de lui pour chercher les attaches, les points de tension. Un cercle brusque parcouru par les bras, là-haut dans les airs, et c'est le buste qui bondit et chavire, prêt à tomber dans ces bras. Bref, le corps, protégé du meurtre et de l'inceste, se fait l'amour à lui-même dans l'espoir de se faire amour.

Et l'échec de l'amour ne pardonne pas. Dans une danse assez proche, celle du torero, cet échec s'appelle mort ou boucherie ou foirage: l'homme est envoyé par le groupe pour affronter la bête, l'animalité collective, et y marquer le sacrifice au terme d'une séduction, d'une fascination réciproque dont il doit jouer; le tout au son du «paso doble» (si bien nommé). Un pan de tissu rouge oscille dans l'entre-deux. Un faux pas, une fausse passe, et c'est l'envoyé qui meurt, sacrifié.

VI

Danse et objet

Une autre façon d'approcher l'objet de la danse est de réfléchir aux séquences – souvent belles – où ça danse avec l'*objet*.

Certes, la danse elle-même peut se prendre pour l'objet du *désir de danser* ; objet après lequel elle court sans cesse. Et le corps lui-même n'est-il pas l'objet de la danse, le corps qui joue avec lui-même, se jette et se reçoit, se projette dans lui-même, c'est-à-dire dans l'espace qu'il se crée ? Chaque fragment de danse n'est-il pas l'objet transitoire qui la propulse vers d'autres jets, vers d'autres sujets-objets ?...

Objet-mur

Pourtant, nombre de chorégraphies présentent un jeu avec l'objet : les corps dansent avec une planche, un mur, un cadre, une forme étrange. Les objets « avec » lesquels on peut danser sont infinis. L'objet, en théorie, est un fragment du corps de l'Autre auquel on « tient », une forme partielle de sa présence que l'on cherche à représenter, ou à vivre. C'est donc un moyen de réinvestir l'approche de l'« autre », la fréquentation de l'Autre en forme d'objet – qui peut être un support, et un encombrement.

Par exemple, dans une chorégraphie récente (de S. Rochon), un homme et une femme dansent « avec » une planche, qui les sépare comme un mur. Une planche de salut peut-être : elle les encombre. Ils tournent autour, elle sert d'axe à leur tournis. C'est une tranche visible de l'espace qui les lie. Elle les lie et les sépare, ils s'y accrochent, et ça les tient. L'encombrement leur sert d'appui. On dit qu'entre l'homme et la femme il y a un mur, mais voilà que ce mur est mouvant. *Comment faire danser le mur qui sépare hommes et femmes ?* Vaste projet. Prendre le mur à bras-le-corps ? marcher dessus ? danser dessus ? Comment ça se *passe*, un mur ? C'est toute la question du passage, et du temps, à explorer. Comment nos lieux, de passage, sont-ils aussi des murs – qui portent, qui soutiennent, qui enferment ? des verticalités précaires qu'on peut abattre et qui se déplacent ? Comment ça se déplace, un mur ?

L'objet est une découpe dans l'espace-Autre, un prélèvement dans l'inconnu. Mais c'est aussi une transition, une membrane vive entre un corps et un autre, entre les corps et le grand vide qui les porte, qu'ils traversent.

L'*objet* de la danse (comme l'objet de tout art), c'est l'*objet porteur de désir* ; l'objet qui porte au désir. Dans la danse c'est porté par les corps, les corps mobiles, qui veulent mobiliser l'espace. L'objet de la danse est l'émotion entre deux corps ; entre un corps et l'autre-corps qu'il refoule.

Dans les fréquentations de l'objet, on revit nos façons de fréquenter l'objet aimé, aimant, protecteur, redoutable ; l'objet du sacrifice. On ressaisit son corps, *via* le rapport aux objets – dont on retrouve les fréquences extrêmes –, avec contact, séparation, perte ou dérive.

Dans la danse, l'objet – porté ou pointé par des corps – est plus présent qu'ailleurs, plus apte à emporter le corps.

Il rappelle qu'une danse doit d'abord nous emporter, même en douceur ; nous transmettre cet autre mouvement de l'âme qu'est l'émotion, qui redouble celui des corps, qui le relance et s'en nourrit. Sinon le mur entre elle et nous se fige, et peut devenir insupportable.

J'ai vu récemment deux chorégraphies[1] où les danseurs sont aux prises avec l'objet. Elles m'ont ému ; toutes deux avaient un mur sur scène ; les corps dansaient *avec* ce mur, à croire que c'est devant le mur que l'on devient inventif ; devant l'obstacle rendu visible et jouable. C'est au pied du mur de lui-même que l'homme touche à ses limites et au désir de les franchir, de jouer avec, de les danser, de les mouvoir avec son corps. Dans un cas, ce mur est un tableau, une peinture où le corps s'intègre et qu'il finit par traverser. Les corps dansants viennent tantôt s'y inclure, tantôt s'en expulser, s'y ressourcer, s'y réfugier. Une fissure de lumière dans la toile, fissure picturale dans le mur vivant, ouvre l'espace et suggère la traversée. La traversée du mur inclut le mur, comme le dépassement de l'obstacle inclut l'obstacle et le reconnaît.

Dans l'autre cas, c'est le mur opaque, le pur obstacle que la danse subvertit : les corps dansent au pied du mur, parfois sur deux plans – le sol et le mur, l'horizontal et le vertical. Cassure d'espace entre les corps d'hommes et de femmes. Inclinaison à angle droit. Hommes et femmes ne sont pas sur le même plan. On s'en doutait. Mais ici, leur danse inclut cette différence de plan. L'objet – l'*objectant* mural – peut devenir un lieu d'appui, générateur de différence. Et comment la rencontre hommes-femmes prend-elle en compte cette différence ?

---

1. De C. Bourrigault et d'un groupe slovène à Bagnolet, en juin 1992.

C'est toute l'histoire de leurs «rapports» sexuels. Une femme vient de me dire qu'entre elle et son homme il y a un mur, rien d'authentique ne passe, et pourtant quand ils font l'amour «c'est parfait, c'est la symbiose»; à croire qu'alors ils s'encastrent dans le même mur…

Ce mur donc, ou ce rideau de fer mural, on comprend qu'il ait hanté l'imaginaire de ces peuples de l'Est. Objet inerte mais sonore. On tape dessus, aveuglément ou en rythme; il sert de butée, et son appui permet des ouvertures, plastiques et gestuelles, à la danse en cours. On s'y accroche, on en décroche, on le franchit, ou pas. On y est de part et d'autre, on jette l'autre contre ce mur au pied duquel l'un et l'autre sont acculés; devant le rien.

Bref, *l'objet explore les gestes qu'il rend possibles*.

Ici, il fait remonter à la surface l'immense violence que peuvent contenir les peuples de l'Est récemment libérés. Une violence longtemps rentrée sous la pression de la «loi» totale. On y montre même un viol, on y «danse» un viol; une façon de plaquer l'autre sur le sol comme contre un mur, pour que son corps ne bouge plus. C'est dire qu'une fois le mur brisé, le fameux mur qui enfermait ces peuples, la violence refoulée remonte intacte à la surface…

L'objet fait affluer dans le groupe ou l'espace dansant de fortes singularités. Il rend la danse plus lisible, plus réflexive: elle affronte ses retours sur elle-même, et l'objet – tel le mur ou le miroir – la réfléchit.

L'objet prélevé dans l'espace est un miroir abstrait entre le danseur et l'espace invisible. Parfois «ça se voit»; ici c'est la coupure entre hommes et femmes: trois femmes dansent en couples avec trois hommes qui soudain, lors des rondes, les font passer sur le mur, sur un simple arc de cercle; et cela donne un «clinamène»:

un *écart intérieur* au lieu commun qui les porte. Le mur de l'*un* est le sol de l'*autre*…

Dans une pièce assez ancienne de Trisha Brown, *Line up*, le groupe danse avec une longue baguette, une ligne rigide assouplie par la danse, et qui littéralement lie le groupe. L'objet structure la danse mais lui reste extérieur. Cela éclaire le rôle de l'objet dans un groupe [1] – objet non idéal mais porteur du lien de groupe, de sa peur de se délier, de son silence, de son « désir ». Le groupe dépend de l'objet mais il ne cherche pas à l'atteindre. Il cherche à se mouvoir autour. Tel est son désir de mouvement. Et le retrait de l'objet – sa posture excentrée – révèle une vérité du groupe ; comme si l'objet recouvrait une faille intrinsèque.

De fait, même lorsqu'on danse « avec » l'Autre, et qu'il est en forme d'objet, on danse avec soi-même ; pas toujours avec son « moi » ; avec soi-même comme univers, avec l'univers comme fonds premier où se prélèvent et s'évanouissent tous les « soi-même » imaginables ; ou possibles. (Même la version mystique des choses le confirme : danser avec Dieu c'est danser avec soi-même devenant Dieu, créateur nouvellement recréé.)

Objet-feu

Parfois, il y a trop d'objets. Le corps hystérisé veut tous les prendre, les investir ; comme si le corps de l'Autre se morcelait ou était à mettre en morceaux. Voici une chorégraphie avec la terre boueuse, l'eau, la lumière, une baignoire, des dessous féminins, des robes mon-

1. Voir *Le Groupe inconscient*, Paris, Bourgois, 1980.

daines, de la fumée, des corps crispés survoltés, énervés
– ça laisse peu de place à la danse ; les objets auront pris
toute la densité.

Parfois l'objet est trop chargé, trop brûlant. Dans une
chorégraphie de Saporta l'objet c'est le feu : deux danseuses, chacune avec un chalumeau – décor d'usine,
vacarme –, dansent vêtues d'un tablier d'amiante. L'idée
est forte, mais l'objet semble plus fort, plus violent ; il
prend toute la place et confisque toute l'énergie. Autrefois il y avait des danses du feu : le village ou le groupe
fait converger vers ce foyer sa dramaturgie collective ;
vers ce point incandescent. Là au contraire, c'est le feu
qu'on fait danser, symbole de force, d'énergie, de travail, de sexe ; de corps. Et les corps qui le portent semblent éclipsés par lui. L'image forte du spectacle est celle
où une danseuse se retrouve enfermée dans une armoire
qu'elle soudait, seul le chalumeau de feu reste dehors,
dans la fente des portes closes. L'image est forte : une
femme-armoire-métallique d'où sort une queue de
flamme. Du coup, le corps dansant c'est le feu. Les mouvements des danseuses n'auront fait que le servir, sans
pouvoir faire couple avec. Dans une autre figure, la danseuse est demi-nue sur un lit de camp, le chalumeau
entre les jambes. Feu sexuel de l'homme absent ou
impossible ? ou feu de la vie assez dangereux sortant du
ventre de la Femme ? L'objet, pris dans le corps de
l'Autre, interprète l'Autre qu'on imagine. Ici c'est
l'Autre-femme, porteuse d'un sexe-lance-flammes.

Il y a l'objet-fissure, qui ouvre le vide ; il y a l'objet
qui obstrue ; mais toujours l'objet de danse est très
chargé ; c'est un bout de corps qui s'*ignifie*… Il rappelle
l'enjeu : l'objet, tel que le révèle la danse, est l'interstice
où un corps s'articule avec l'autre-corps qu'il est.

Toujours il s'agit de danser avec l'«objet» de la danse… qu'est l'espace où elle se lève, et se prélève. Sur scène comme dans la vie, question brûlante : quels objets se découpent dans l'espace où tu t'agites ? qu'est-ce qu'ils permettent de voir ? de projeter ? Analyser l'espace en jeu, c'est trouver quels objets s'y profilent, par quels bouts cet espace accroche l'Autre. Mais très peu prennent le risque de faire voir l'espace «dansant» dans le miroir d'objets précis. Alors c'est la danse avec l'objet invisible de la danse, avec le vide où des gestes se prélèvent pour gérer la *Présence* et son lien avec les corps. Quand le geste dialogue avec l'objet invisible, il risque d'être une pose, ou de se perdre dans l'énigme. Il risque de perdre sa vitesse intérieure. Or l'enjeu premier de la danse est de déloger les corps, de là où ils en sont, de les mettre hors d'eux, de les envoyer comme messagers vers les ressourcements de l'être, et de l'espace.

C'est un défi. Les corps-danseurs se lancent, aventuriers du vide, dans la quête de l'objet qui puisse porter leur danse. Parfois l'objet est d'emblée là. Mais s'il manque, les bons danseurs finissent par le ramener, sous forme d'ivresse, de frénésie, d'extase, d'intensité, d'accélération… Parfois c'est une trouvaille ; ils finissent par revenir ou émerger avec cette coupe brandie, arrachée au néant. Cette découpe dans l'Autre-corps nourricier…

L'essentiel est qu'ils ne reviennent pas bredouilles, de leur plongée.

Organes du corps

Parfois certains organes sont élus pour parler au nom
du corps – comme des objets qu'il délègue. Le ventre
dans la danse orientale, les mains dans le flamenco, les
pieds dans le tango. Mais le reste du corps orchestre le
jeu de l'organe. Dans le *flamenco*, la danse des mains
arborescentes, portées par les bras et avant-bras, s'en-
racine dans un corps lui-même planté comme une tige
vibrante, arc-boutée entre le sol et le ciel ; le tout porté
par la voix rauque où monte le *duende*, cette déchirure
de l'âme. L'être jouit du corps planté sur terre, du sol
battu par les talons – plante des pieds, plantation saccadée du corps – et de l'air où les mains plongent leurs
tensions extrêmes.

Toute une danse, toute une culture, tout un monde du
corps se disent avec ce simple alphabet. Le *tango* danse
les cassures entre jambes et bustes – enjambements cou-
plés, couples qui naviguent leur étreinte sur la musique
qui les porte à la dérive, dans l'espoir qu'autre chose les
porte et démente le désaccord intrinsèque du couple
– dans ses intimes enjambées. Dans la danse orientale,
on dément la perte du ventre – ou du giron – tant désiré
qui tournoie au son de la voix elle-même perdue, pour
relancer ce même désir.

Voilà trois danses, surcodées par la *nostalgie*, celle de
l'origine. Dans les trois, un organe vital du corps s'accroche à la voix de l'Autre. Comme pour jouir et souffrir d'un décrochage originel.

Ce sont trois démentis, que le groupe oppose au destin :

a) on a des racines, et nos mains ont beaucoup à faire
(*flamenco*) ;

b) on est un couple accordé, un couple de corps qui court bien sur ses quatre pattes, docile à la voix de l'Autre (*tango*) ;

c) la mère n'est pas perdue, elle est là, c'est La Femme, ou l'Autre comme Femme (*danse du ventre*).

Trois messages de rêve.

C'est que la danse, loin de mimer la «réalité», est une marche rêvée, hallucinée, autour d'un objet de désir qui s'appelle : *renaître,* même s'il prend des formes abstraites. C'est une «démarche» pour donner corps et consistance à cet objet, à contresens de sa perte, jusqu'à sa retrouvaille hallucinée : où l'acte de renaître est présent, palpable, n'attendant plus que d'être «vécu», pensé, dépensé.

La danse «rêve» les mouvements du corps comme le rêve ordinaire rêve des mouvements de la parole. Les deux se croisent, en des points où le rêve interprète le monde, avant de s'interpréter en corps.

Et s'il faut faire le joint avec un champ plus clinique, disons que l'*objet* peut toujours être un fragment de l'image du corps (du corps de l'Autre ou de l'Autre-corps). En somme on danse avec l'*objet* prélevé en pleine image du corps pour la faire vivre ou l'éclater.

La danse est donc la métaphore *des gestes que l'on fait pour toucher à l'«image du corps», intervenir dessus, jouer avec, en jouir ou se dégager de sa souffrance.*

Et cela se passe sur la scène du monde.

Telle jeune femme se dit boulimique, elle mange jusqu'à «éclater». En fait son corps n'a pas changé, mais l'image qu'elle en a est tout autre : il est gonflé à bloc, elle le sent «très sexuel», très attirant pour les hommes, qui d'ailleurs sont… attirés. Mais elle peut se dire anorexique, manger «rien du tout». Là aussi son corps visible ne change pas, mais elle se sent plus proche des femmes, de sa mère qu'elle déteste. Bref, elle peut se remplir et se vider dans cette pulsation mortifère, c'est son «image du corps» qu'elle transforme à ses yeux. Et tant qu'il n'y a pas d'Autre qui puisse marquer ou trancher, le jeu ne s'arrête pas.

L'image de soi a un rapport subtil au corps : certains sujets se réduisent à cette image, d'autres savent en jouer, et en faire une transition ; d'autres encore prétendent qu'ils n'ont rien à voir avec elle : c'est leur façon de s'aveugler. L'image de soi est importante, c'est pour cela qu'il ne faut pas s'y réduire.

VII

Danse et idéal

Dire que la danse a «à faire» avec l'amour est bien vague. Tout ce que fait l'homme, même la guerre, a «à faire» avec ; avec son projet de faire des choses à partir d'où il puisse s'aimer, ou se croire aimé. Dans la danse il prétend *faire* avec son corps tout ce qui concerne la «création». La création de l'être humain… Et l'amour s'y pointe aux premiers détours.

Même dans les danses traditionnelles, un groupe se montre sa beauté, façon de dire qu'il a fait le plein d'amour ; que c'est fait ; qu'il n'y a plus qu'à en jouir.

Contrairement à la technique qui projette des bouts de mémoire sur ses montages ou appareils, la danse projette le corps sur le corps, et déplie dans l'entre-deux la mémoire disponible. Elle est le projet de *faire* et de *trans-faire* avec tout le corps ; le désir de corps ; du corps comme passage de vie entre origine et fin.

Comme tout projet de faire qui implique désir et corps, la danse mêle savoir et ignorance. Évitant, en principe, de se complaire dans le savoir ressassé ou l'ignorance ivre d'elle-même.

Entre le dire et l'indicible, entre ce qui est et ce qui peut être, il y a un rapport à la loi ; entre la part évidente de la loi et sa part mystérieuse.

La part évidente : toute la foule danse. La part mystérieuse : seul un groupe est « envoyé » par la foule pour lui faire signe de loin, dire ses trouvailles, dans sa quête des autres secrets de la *loi*…

Dans ces passages ou entre-deux s'offre un temps de « folie » – quand les fragments connus de la loi ne jouent plus, ou pas encore. Cette frange de « folie », certains en font « n'importe quoi », d'autres y guettent la lumière d'être et les rappels d'« au-delà », d'autres encore, l'effusion avec l'*idéal*. Tous les cas sont possibles, toutes les folles prétentions. Seul le public peut témoigner du Signe qui lui est fait et dire s'il perçoit le « miracle » ou pas. Il ne suffit pas que le corps danseur proclame sa propre métamorphose pour qu'elle opère.

Aujourd'hui, la passion pour l'idéal en a pris un coup. Si l'idéal existe, il est éclaté, dispersé. Et la technique montre l'absence de machine idéale. La pornographie destitue le corps « idéal » comme objet ultime de désir. (Elle exhibe les corps qu'on devrait pouvoir désirer même si l'on est… sans désir. Ainsi elle défait l'idéal qu'elle érige.)

Faute de corps idéal, on ravive le désir du corps. D'où cet autre enjeu de la danse : *le coup de folie qu'elle donne veut rappeler le corps à lui-même*.

Sachant que la crise narcissique est insoluble : ceux

qui ont faim d'une belle image d'eux-mêmes, aucune image d'eux ne les comble. Côté portrait ou effigie, c'est la chirurgie qui l'emporte, ou l'art de «relooker» – avec ses limites évidentes. Quant au groupe, il a son issue narcissique : investir le lien qu'il est, jouir de le célébrer, ou faire semblant ; l'effusion dans ce lien peu idéal, c'est ce qui lui sert d'idéal. Nul corps «idéal» ne tient devant le lien du groupe rassemblé en train de voir ce qu'il feint de prendre pour «idéal».

Il y a un deuil de l'idéal, un deuil qui s'étire, sans fin. Même si ce deuil aussi peut s'ériger en idéal, on se rend compte que ce n'est pas l'idéal qu'on aime ; *l'idéal c'est la peur de l'événement*, c'est là où se réfugie l'amour – en attendant de se vivre.

Même les modes – petites érections d'idéaux passagers – obéissent à la logique de toute technique : un transfert l'impose, un autre la dépose.

Car le nerf de cette affaire est le désir de trans-faire. Le tout du point de vue de l'Autre – que la danse cherche à séduire, mais qui par nature lui échappe. (Lors d'un concours de danse sur glace, les danseurs ont voulu plaire au jury en respectant les règles au détriment de l'invention, et le jury les a rejetés, leur reprochant de s'être trop soumis aux règles, au jury.)

Donc, *le désir de danser vise non pas le corps «idéal» mais l'acte de se donner corps, de s'y redonner vie ; se donner le fait de naître plutôt que de se faire reconnaître.*

Cette opposition est de même nature que celle qu'il y a entre *ordre* prédonné et *complexe* où ordre et désordre sont en lutte ouverte et vivante. C'est la même qu'entre institution et individu… Deux pôles nullement antinomiques, entre lesquels passe le *renversement*.

C'est aussi l'opposition entre la fin et l'origine. Le leurre existe de prendre l'origine pour fin. En danse, cela signifie revenir au corps originel, au corps de la mère fantasmée, ou du fantasme maternel. Voir Céline se pâmant sur les jambes de danseuses ; elles le fascinaient peut-être plus qu'un corps de mère, lui qui adora sa grand-mère dont il prit le prénom, Céline, pour le faire danser dans l'écriture. Elles sont pour lui le fantasme « maternel » que par ailleurs il réalise. Dans cette capture, il célèbre, en effet, le mythe du corps adorable ; l'adoration faite corps *via* la fête ou l'orgie, en toute « innocence ». Mais voilà, le mythe du corps adorable n'a plus besoin de la danse pour s'exalter. Il l'est déjà à grande échelle grâce aux « stars » de l'écran, et par là il se monnaie dans les fantasmes de séduction automatique.

Le danseur part et revient ; et en revenant il poursuit son trajet sur un autre plan. Il se porte plus loin. Ce qui l'embellit, ce n'est pas d'être conforme à l'« idéal » ; c'est de se porter au loin pour intercéder là-bas, là où les autres renoncent ou se contentent d'être des modèles.

Et l'*ange*, comme figure de danse, est-ce un corps idéal ? Non, c'est l'instant ou plutôt l'*instantané* de ce qui prend corps. L'ange porte le désir d'être entre l'humain et le divin. L'ange est porteur d'être. Le corps danseur aussi, envoyé par la foule vers le point vif, incandescent, où on le guette, pour voir s'il ne va pas se brûler ; s'il va ramener quelque chose ; ou s'il va s'effondrer dans le vide. Aux éclats qu'il ramène, on peut juger de son épreuve de vérité, de son engagement. (Car même avec le corps on peut tricher.)

L'éclatement du corps «idéal» vient de plus loin.

Dans sa théorie du groupe, Freud voyait le lien des membres dans leur convergence vers un point *idéal*, qui est le lieu de l'amour du père et de son meurtre. J'ai montré que ce schéma n'est qu'un cas particulier, que ce point idéal éclate en un potentiel de liens, de nœuds, de coupures-liens hétérogènes où l'enjeu est d'assurer une trame identificatoire, une écriture de loi possible. L'idée de cet éclatement, un groupe chorégraphié par Trisha Brown me l'avait suggérée[1] :

«Dans ce *dance group* j'ai senti ce que peut un groupe aux peurs désancrées, livrées aux mutations d'une écriture autre que celle de la trique phallique. Ils (et elles) évoluent dans l'espace, en figures non pas centrées, symétriques, permutables, avec chorus et "ensemble", mais en accords-désaccords, accordées puis dispersées, sans les contractions du trait tiré. Ils ne souffrent pas de l'écart, ils le produisent et le "passent". Du coup, d'autres écarts se produisent, plus justes, plus proches et foisonnants, plus aptes à donner vie à leur langage. Ils semblent se mouvoir chacun pour son compte, chacun pris par la loi et les crises de sa trajectoire ; mais leurs fils se croisent, se délient, et au passage – aux entournures, là où ça gêne et où d'ordinaire un groupe s'arrête devant sa peur… – ils soulèvent des formes nouvelles qui naissent et meurent ; ils *suscitent* l'espace autour d'eux, pour en tirer des traits cachés, et faire lâcher ses *résons* au langage fatigué du tout-venant ; des raisons *de plus* à vivre, en ployant d'autres espaces. Ils touchent l'espace en des

1. Voir *Le Groupe inconscient*, *op. cit.*, p. 27.

points étrangers, avertis l'un de l'autre ; et il en sort une signifiance nouvelle, naissante, nouveauté signifiante de l'espace. Ils tirent des traits uniques, où s'ignifie l'autre corps, l'éclair d'un contact, celui de la première fois, avec ce corps de l'autre dont ils suivent les contours, et qu'ils retiennent par cœur, modulant leur trajectoire.

« Ce qui d'ordinaire fait la peur du groupe (cette peur qu'éprouvent les corps retranchés, tirés d'un trait tyrannique) devient, là, jeu de contacts entre les corps, effets de rencontre qui les rassemble et les disperse, les rendant à leur solitude ; solitudes qui se frôlent au hasard des images, et qui portent aux confins de la parole. Pas d'errance. Le groupe fait jouer toutes ses arêtes, ses articulations, ailleurs engourdies ou trop prévisibles. Il convoque une à une ses formes belles et sclérosées pour les casser sans agression ; en leur apprenant simplement qu'elles sont mortelles.

« Ce groupe dansant, c'est l'animal même de la vie, immense, en lutte avec la mort. Il invente des formes, les tire de leur réserve pour les rendre disponibles. Il s'agit de rester mortel tout en jouant la mort ; de la jouer aussi, dans la foulée. Et l'ensemble surgit soudain, mémoire ouverte de ce qu'il produit, et fermé aux ressassements ; ayant toujours en réserve une langue étrangère, pour maintenir l'acuité entre deux langues.

« Bien sûr c'est du semblant. Mais ce sont les limites qui comptent, les arêtes. Et elles marquent aussi les limites du semblant ; là où se révèlent les inerties du monde. Ce que révèlent ces danseurs bouscule notre jouissance de l'identique, nous la fait presque oublier, ou nous rappelle qu'il y en a d'autres, ouvertes en tous sens.

« Comme toujours dans l'œuvre d'art, ça va loin sans qu'on sache où ni qui y va. Est-ce seulement une image ? Nos images de fond reviennent de loin.

« Il fallait cette chorégraphie pour déplier et faire jouer le lien du groupe ; tissé autour d'un objet, l'objet absent, l'objet porteur de son désir, qui le traverse comme un trait. »

Il se peut que tout groupe s'interprète en termes de groupe dansant, où la « danse » déploierait le groupe de corps qui tient lieu d'inconscient à ses membres ; et les lie autour d'un certain vide.

Peut-être même qu'un seul danseur porte ce vide autour duquel un groupe se lie ; ce vide qui le rend vivant, qui fait danser les interstices par lesquels il en appelle aux autres groupes ; au public, dans le cas du groupe danseur... – qui fait résonner ce vide avec celui de l'espace, pour évoluer. Le corps dansant vit de ce vide, et le fait vivre ; le corps de la foule le redécouvre et le consomme, à petite dose. L'un travaille avec, et l'autre se saoule avec.

En tout cas, l'amour du corps « idéal » occupe la place que dans tel groupe occupe le Chef ou le maître absolu. Cette place fonctionne ; mais pas tous les groupes, heureusement, la gèrent sur ce mode.

Autrement dit : la danse n'est pas la quête du corps parfait ou idéal ; elle est la mise en jeu du corps vivant en quête de vie et de lois de vie. Même quand ce vide prend la forme du Tout, la danse veut le faire bouger, le dévoyer ; et sur ses ruines ou ses éclats, convoquer d'autres jouissances.

L'« idéal » est toujours une solution – même illusoire, même inaccessible. Or la danse est un phénomène qui fait vivre l'*insoluble* de la vie ; qui fait toucher du doigt, ou du corps, ceci, que le langage est un problème insoluble ; qu'il ne se résout qu'en mouvement, même si cela ressemble à une fuite en avant.

La danse ne méprise pas le discours : elle en fait une épreuve charnelle, une expérience gestuelle, mouvementée. Et en cela, la danse fait bien la différence entre *incarnation* et *expérience* du corps.

VIII

Danse et séduction

Un des gisements de la danse : la séduction. Dévoyer le corps, le sortir des voies connues, titiller l'inconnu… Cela peut surprendre : l'idée que naître c'est séduire l'espace de vie où la naissance peut avoir lieu. Mais les tout-petits vous l'apprennent vite ; sans cette séduction, ils mourraient.

Mais la chose est plus précise : séduire c'est, à deux et entre deux, faire jouer le féminin porteur de vie et de jouissance, c'est échouer à l'incarner et s'y reprendre encore… *La* femme étant le point de folie du féminin : son point d'achèvement fantasmé. (Au contraire, *une* femme est un éclat du féminin.)

Séduire ce n'est pas seulement montrer ce que l'autre aimerait voir, c'est lui rappeler l'invisible, le lui promettre, c'est appeler son regard sur ce qui ne se voit pas. C'est un rendez-vous précaire aux limites du visible, de l'écoute, du montrable.

Le lien entre danse et séduction, c'est de dévoyer le corps de ses voies normales ou fonctionnelles.

Au-delà de la séduction : l'amour ; en l'occurrence, l'amour de l'existence comme telle. Comme dans les amours essentielles, où ce que l'on aime dans l'autre c'est sa pure existence, devant laquelle aucun trait précis ne compte – ou seulement après coup. L'amour se profile aux limites des danses où le corps arraché à lui-même – par la séduction – est lâché, ou jeté comme dans un coup de dé cosmique, faisant vibrer l'indécidable.

Inversement, ce qui tourne autour de la séduction (fantasme, scène primitive, violence, pulsion, compulsion) est actif dans la danse.

Il s'agit de plaire à l'*autre* en vue de se plaire à soi-même.

Il s'agit moins d'apaiser une excitation que de l'éveiller, de la chercher, de la séduire, quitte à ce qu'elle trouve son apaisement dans cette recherche elle-même, toujours reconduite, répétée, variée, jusqu'à l'épuisement.

La séduction est un principe de plaisir à deux. Or la danse se veut au-delà du seul plaisir.

Comment agit-elle ? Les danseurs, elle les porte à « passer » le seuil, à s'y dépasser… Les corps-spectateurs, elle veut les « entraîner » ; mais elle bute sur leurs inhibitions ; sur les limites de leurs jouissances trop stables, qu'elle risque de perturber. Les limites de leur être ou plutôt de ce qu'ils sont.

Pour *lever l'inhibition*, la danse « caresse » le temps et l'espace, par le corps et l'esprit ; le corps spirituel ; dans l'espoir de faire détoner toute la réserve de libido. Comme une blague libère la masse refoulée, la fait « sauter », et l'entraîne dans le rire, ou dans le simple état serein qui nous révèle disponibles ; nous rend l'envie de faire le pas, ou le saut.

Toutes les levées d'inhibition sont physiques, et presque toutes évoquent la danse. Le poids de l'Autre sur vous s'allège, sa poigne qui serrait le corps se desserre ; vous respirez, votre corps se lève. La levée d'inhibition, d'un empêchement, équivaut au don d'une liberté de départ ; d'une liberté originelle.

Le groupe aussi peut permettre la levée d'inhibition. Effet d'entrain ou d'entraînement. Le narcissisme collectif prend le relais de l'individuel.

Si c'est un spectacle, il prétend désinhiber le spectateur par l'ouverture imaginaire : lui faire voir des dynamiques inattendues, des espaces surprenants. Mais cela le prend-il à bras-le-corps pour le « bouger » ? Question générale sur l'action de la « scène ». Est-elle de catharsis ? d'identification-désidentification ? de prise à témoin ? de transmission ?… En principe tous les transferts à l'origine s'y rejouent. (Et ils sont au cœur de toute séduction.) Si le spectateur vient avec sa joie disponible, qui appelle ou qui répond, il peut y avoir de la rencontre ; si le public est transportable… Dans quel état est sa jouissance, est-elle fermée, rituelle, plus ouverte ?…

La danse agit selon trois effets majeurs : a) le choc (variante du trauma) ; b) l'interprétation transférentielle (croisement de deux transferts, dont celui du chorégraphe) ; c) l'hypnose ou suggestion.

Or ce sont les trois modes courants d'action psychique. La danse prend donc en charge des questionnements sur la psyché – le désir, l'inconscient, le fantasme, la mémoire, la perception du corps, du monde… Elle prétend, plus que tout art – son matériau étant le corps –, apporter sa contribution : recueillir l'effet psychique, le travailler, le transformer. Certes, le retour sur la psyché n'est pas garanti : il est appelé, incanté.

Et sur le spectateur, le choc et l'interprétation sont moindres que l'hypnose, l'éblouissement, la capture. Même l'interprétation, fondée sur deux transferts qui se croisent, parle surtout à l'imaginaire ; elle suggère, elle n'a pas un lieu de rappel ou d'après-coup pour s'inscrire.

Mais après tout, nulle pratique ne peut se targuer d'impliquer ce changement, ou de garantir que soit transmise la capacité d'aimer. C'est déjà fort si elle est redonnée comme possible. Dire que la danse donne à voir « la beauté », c'est dire qu'elle témoigne pour l'amour, qu'elle le rappelle comme possible, existant. Et elle le frôle par plusieurs voies : celle de la beauté qui somatise l'amour, celle du trans-faire, où la séduction se dépasse… (Même le délire de Nijinski était à base d'amour : il est passé Dieu afin de « mieux aimer » l'homme…)

Le corps dansant veut porter un désir précis, le désir d'un amour autre que de transfert, un amour qui serait l'être-corps comme tel. Le corps dansant porte ce qui manque à ce désir pour s'accomplir et donc mourir.

D'où le paradoxe de cette transmission de l'amour : si elle réussit, l'amour devient fétiche. Et si elle préserve l'amour, elle rate en tant que transmission. On couve du regard cet amour qui se dit possible, on croit le connaître, l'inclure ; comme un petit objet fragile et absolu : tenez, voici le corps divin…

Mais le corps dansant, lui, employé à temps plein pour porter ce désir d'amour – entre humains et divins –, jouit-il du désir qu'il porte ? en est-il conscient ? Les « anges » n'ont pas à vivre le désir qu'ils inspirent, cela fait partie du message que de laisser ce désir se perdre dans son sillage, se dépenser.

Il y eut un temps où le projet fut d'accomplir la pause parfaite et statuaire. Aujourd'hui ce serait plutôt de secouer la statue, de la mettre en pièces – parfois en poussière – pour la reprendre comme matériau. C'est déjà dans la danse de David : assez d'être des statues devant la Loi ! surtout quand elle se déplace. Bougez un peu, comme elle, avec vos corps... (Tout le contraire de la « statue amoureuse » : elle rappelle à ceux qui l'adorent qu'ils veulent un amour idéal, c'est-à-dire mort.)

IX

Danse et parole

Il s'agit de la faille entre nom et corps, une forme de la faille originelle mais qui toujours s'actualise.

Le corps dansant évoque parfois les mains du pianiste virtuose : elles jouent sur l'espace devenu instrument, elles prolongent le cerveau, elles correspondent avec, mais parfois dans leur extrême agilité elles décollent : le cerveau ne suit plus, n'accompagne plus ; la main n'a plus de répondant ; elle est passée de l'autre côté, du côté « fou » ; elle a coupé les amarres ; ça s'effondre. Il faut alors lui réapprendre le lien, la dépendance, le contact avec la « tête », l'ancrage dans la pensée et dans

le corps. Sa liberté, toute seule, l'a rendue folle, c'est-à-
dire insignifiante. Elle a «oublié» des arrêts, des
contacts. Et pourtant, ce qui est recherché dans la danse,
c'est aussi cet *effondrement*, cette cassure des liens
connus, cassure d'où l'on attend que l'inconscient se
manifeste.

Cela arrive dans l'art contemporain, quand le corps se
morcelle et que l'autre-corps ne suit plus. Liberté chaotique, indépendance totale, façon de «dire» n'importe
quoi; l'auteur croit se libérer du sens, mais il attend,
désespéré, qu'un sens lui soit *donné*; un nouveau départ
puisque c'est une «origine»; comme un patient attend
une parole d'interprète qui arrête, même si l'arrêt doit
lui-même être interprété.

Il ne suffit pas que des signes baignent dans la lumière
de leur non-sens, ou de leur absence d'explication. Cette
lumière, ou bien fascine et l'on est hypnotisé donc arrêté
sur son désir, désir devenu sourd qui plus tard, peut-être,
demandera à se faire entendre; ou bien produit des variations d'éclats, donc des appels d'explications.

Là se confirme un des enjeux de l'art actuel: l'œuvre
semble une «autopsychanalyse», en cours, inachevée,
liée à toutes sortes d'inachèvements pour déclencher un
processus.

Le corps dansant c'est aussi cela, ce jet de signes
insensé, magnifique, porté par les rites de l'artiste, en
quête de résonance avec les rites intimes des autres, à la
recherche non pas du temps perdu mais du corps invécu.
(Le temps est là non comme mémoire mais comme
source où se prélèvent des objets-temps, des objets porteurs de temps, des ports d'attache dans la dérive.) Mais
devant certaines danses – qui sont des clignotements de

gestes – on se dit seulement : pourquoi pas, c'est possible... Or celles qui nous émeuvent frôlent en nous l'impossible. L'impossible déploiement du corps à vivre. Le paradoxe de son être-au-monde.

Toute pensée joue entre *perception* et *représentation* ; entre l'appel de l'instant et les rappels de la mémoire. Du reste, la mémoire au double sens (d'appel et de rappel) se combine aux perceptions – à la présence des choses et des mots pris comme des choses – pour composer une dynamique, celle de l'être : où ce que nous sommes se porte au-delà, vers d'autres potentiels d'être. La pensée se compose dans les couplages entre choses sensuelles et choses représentées ; de même que les démêlés entre vie et mort sont pris dans le mouvement de la vie qui les englobe (elle-même étant aux prises avec d'autres forces de mort, etc.). La pensée est d'autant plus forte qu'elle maintient cette com-position entre noms et corps qui se cherchent et se manquent. Le corps est pensant s'il prend part au processus, à ce double niveau : s'il tient l'entre-deux et le passage.

Exemple. Trisha Brown demande à ses danseurs de bouger tout en parlant (*accumulation with talking*), pour *penser* et *sentir* en même temps. Au contraire, l'incantation d'un texte sacré, sa «musique», empêche de le penser. Peut-être est-elle faite pour ça. La danseuse Trisha, elle, parle en dansant, elle dit ce qu'elle fait, elle dit ce qu'elle voit du public, ou ce qu'elle a vu à d'autres représentations ; elle dit ce qu'elle sent, toutes sortes de choses, ses genoux qui tremblent..., et soudain on y est : elle parle de la mort de son père. Un discours de passion qu'elle tente de mettre à plat. Il n'y a plus que ça à faire : pousser les mots vers les choses, vers les choses qu'ils deviennent. Un chaos de gestes et de mots s'accumule, mais quelle structure s'en dégage ? L'enjeu est de déclencher un langage pour le faire *exploser* – pour faire voir et sentir ses *points de folie*, ses lieux d'origine, où s'articulent noms et corps. Les spectateurs peuvent les ressentir comme points d'angoisse, de plaisir, de capture fascinée. Entre-temps, cela fait un *espace de gestes*. Car il n'y a pas l'Espace, mais l'espace dynamique constitué par les trajets. Un espace se définit par les mouvements qu'il rend possibles, les transformations qu'il permet, sur lui-même et sur le reste. Ici, l'articulation c'est le *pas*. « Il y a tant de pas pour se déplacer », dit-elle. Le pas, le passage, la transition d'une « phrase » à l'autre. Dépasser le « tenu » classique, surtendu et souriant… Fluidité des gestes et des phrases pour faire passer le corps.

Là s'inscrit le *travail du corps dansant* : moins pour produire des images « belles », données d'avance, que pour surprendre la genèse de l'image, rayonner la beauté de cette surprise ; de cette prise de corps dans le chaos d'où il émerge. Ces images naissent dans un dialogue avec l'être, *via* des miroirs invisibles du côté de l'Autre : le corps-chose cherche sa présence, et une fois représenté, il cherche des choses sensibles qui le nourrissent de sensations. Le processus peut s'arrêter, et s'en tenir aux miroitements, à la doublure, à l'image belle, à la pose. Mais le processus est vivant, donc infini : c'est par lui que passent les corps pour penser et faire acte. L'arrêt implique d'autres départs.

Donc, le corps est entre deux états de corps et de pensée ; et la pensée, entre deux états de l'être, incarnés ou pas en corps dansant. La pensée, arc-boutée entre appel et rappel, s'avance parfois dans le vide comme un pont en construction. Cela montre ce que signifie que certains mots n'ont pas de corps ; ou que certains corps ne trouvent pas le fil des mots pour se sortir d'eux-mêmes. La danse est une de ces secousses, elle veut produire des mots physiques, des germes de mots, des signes qui s'articulent – des jets de vocables, de vocabulaire – pour produire cet éclair où une pensée prend corps et où le corps se « dépense » dans cette pensée. De quoi faire résonner des traces enfouies dans l'être-à-venir.

Si certaines danses sont éphémères, c'est parce qu'elles ne peuvent qu'évoquer ces traces ; elles n'ont pas assez de forces, pas assez de corps ou de corps pensant pour les inscrire. Alors ça s'efface. Le corps du chorégraphe répondait de cet acte, mais dès qu'il se retire, ça disparaît ; pas de corps-mémoire à sa place. Au contraire, les danses traditionnelles, gravées dans la mémoire des « peuples », font que le groupe incarne ce corps-mémoire, et reste témoin. Ailleurs ça s'estompe. Même les livres qu'on fait sur tel chorégraphe disent sa visée, mais pas *ça*, pas cette Chose qu'il a pour un temps incarnée. (Car bien sûr, la danse flirte avec le mystère de l'incarnation.)

D'où l'équivoque entre la danse et les mots ; l'inflation de mots autour d'elle. Aujourd'hui, toute l'ivresse qu'elle ne donne pas passe dans les mots ; les mots qu'elle a laissés sans corps reviennent en force, harcèlent les corps qui eux aussi revenaient de loin – de la souffrance, de la violence narcissique, de l'absence de corps, ou de son encombrement. Ce n'est pas un hasard si toutes les « techniques du corps » s'offrent comme recours contre cette solitude, contre le fait que les corps tout seuls n'en peuvent plus, qu'il faut « faire quelque chose». L'affaissement des corps fait qu'on travaille *sur* eux, à défaut de les connaître, de les reconnaître ; ils demandent qu'on les retienne sur la pente du temps. Ils demandent qu'on leur *donne* un don de temps et d'être. Aujourd'hui ce don de temps peut prendre la forme d'un lifting, prolongement d'âge – tenez, je vous «donne» vingt ans ; et comme vous en avez cinquante, *on* vous en «donnera» trente. Mais dans un même milieu, tous font la même chose, alors il faudra un super-lifting pour faire la différence. Et les corps ne savent pas plus quoi faire de ce redressement de temps qu'ils ne savaient quoi faire de ce temps-là, quand ils l'avaient réellement.

Il faut comprendre que des discours sur la danse ne fassent danser que des «mots» ; tout comme des discours sur la psy ne font que jouer avec ces mots, ou leur fouiller les tripes pendant que les vraies tripes à côté se tordent. Heureusement, les pratiques peuvent être plus fortes. Du reste, ces discours ne sont pas seuls à faire symptômes, l'art actuel est aussi la visite guidée du musée des symptômes qu'il sécrète, ou qu'il rêve de déplacer : l'homme sans corps, las d'être sans corps et de paraître le supporter ; l'homme sans visage, ou à visage fermé ; l'homme sans lumière...

La religion, surtout chrétienne, a lâché prise côté corps, ne s'intéressant qu'aux «âmes» qui lui glissent entre les doigts. Et s'il y a aujourd'hui un retour non pas au religieux mais en amont du religieux – aux questions sur l'être et le mode d'être –, c'est dû au fait que des corps cherchent à quoi tenir, sur quoi prendre appui pour tenir. L'art, lui, n'est pas près de lâcher prise. Les techniques de pointe, elles aussi, ont le corps pour objet. La psychanalyse, elle, a failli glisser tout entière du côté de l'«âme», des mots, des signifiants ; heureusement, toutes

sortes d'hérésies – malentendus, déformations – la ramè-
nent de force pour lui mettre le doigt sur le corps ; le
corps bavard et inhibé, le corps malade, ressuscité, le
corps pris dans ses carcans qui le protègent en l'étouffant ; le corps – cloué sur place, par l'angoisse.

L'enjeu de la danse – et des vraies psychothérapies –
est de vouloir qu'au-delà des mots, des gestes, des pensées, ce soit l'*événement d'être* qui dénoue les captures
et renoue autrement l'alliance des corps vivants – avec
leurs transmissions de vie ; la *liance* qui relie entre eux
nos corps pluriels (corps-âme, corps-souffle, corps-pensées) ; bref, reconnaître nos potentiels d'altérité et
renouer *avec*.

X

Danse et folie

Autre enjeu de la danse : convoquer la « folie » pour la
faire porter par le corps, la lui faire surmonter peut-être,
au prix d'une empoignade où le corps intègre cette
source folle de la vie qui lui ouvre sa profusion, et qui
est telle qu'en la prenant à bras-le-corps il puisse revenir vers les humains, repu, réconcilié. Soulagé de « lui-
même ».

Ce double mouvement – aller vers la folie et en revenir, la déployer et en sortir – est l'essence même du
geste d'innover. Faire une trouvaille c'est voyager loin,
hors des gestes et des espaces fréquentés ; c'est donc
l'art d'être « fou », de se couper du monde ordinaire.

Mais c'est aussi supporter de faire le retour, le geste de venir se regreffer aux liens humains, aux groupes qui piétinent, qui tournent en rond. Sans ce retour, on reste cloué à sa folie. Du coup elle ne fonctionne plus comme folie mais comme nouvelle installation, persécutive ou béate. C'est parce qu'il y a l'aller-retour qu'on peut se nourrir de folie, de pure altérité, et en irriguer sa vie. Eh bien, le collectif que le chercheur doit quitter pour aller vers sa folie, imaginons que ce soit son propre corps, son corps visible, socialisé, domestiqué ; et qu'au retour du « voyage », ce à quoi il se regreffe ce soit non pas le groupe des compères mais à nouveau son propre corps. Cela donne une idée du passage – de la jonction entre deux corps – qu'opère une danse réussie.

Il a fallu un fou, Nijinski, pour vendre la mèche : « J'ai remarqué, dit-il, qu'il y a beaucoup d'êtres humains qui ne scintillent pas. » Mais oui.

Nijinski

Ce fou de la danse. Son délire fut doux mais très précis. Façon schizo de prendre les mots au corps, à la lettre : on lui dit qu'il est « divin », il rétorque : « Dieu vit en moi » ; puis ça glisse vite : « Je suis Dieu », pour faire ensuite un pas de côté : « Ce n'est pas le Nijinski-Narcisse qui a ma préférence, c'est le Nijinski-Dieu[1]. » Son *Journal*, il se contente de le cosigner : « Dieu et

---

1. Nijinski, *Journal,* Paris, Gallimard, 1953, p. 203.

Nijinski. Saint-Moritz Dorf.» Il se plaint du clivage chez sa femme entre intelligence et sentiment. Quant à lui : «J'ai une âme. Ame est le nom que je donne au centre générateur des sentiments[1].» Il prend au sérieux l'idée de danse sous le regard de l'Autre : «Dieu ne désire pas me voir *tomber*.» Il y a même un partage entre son œil et l'œil de l'Autre qui fait «rappel» : «L'idée m'est venue de faire construire un théâtre rond comme un œil. Je trouve amusant d'approcher mon visage tout près d'un miroir, et de n'y regarder qu'un œil.» Ou encore : «J'aime Dieu, qui me rend mon amour.» Beaucoup de formules qui tournent comme des pirouettes où l'un et l'Autre reviennent au même ; où le corps danse avec son Autre le partage du corps ; un partage qui referme le corps sur lui-même. Il a «cherché» l'amour et l'a cru «introuvable» ; mais sa quête même de l'amour le protège de le trouver, cet amour dont la trouvaille l'a rendu fou en le fusionnant avec l'Autre. D'emblée il eut l'intuition que la danse est «folie» : «On va encore répéter que Nijinski est devenu fou, que c'est un danseur[2]...». C'est que la danse pointe cette folie, pour la déployer, voire la surmonter ; ou tenter de l'intégrer. «Moi, un homme en qui Dieu s'est incarné.» Il avait pris ce vide divin de plein fouet, en plein corps.

Donc, «Dieu ne désire pas me voir tomber». Mais voilà, il est «passé» Dieu, au lieu de seulement prendre appui dessus. Il est tombé dans le chaos sans pouvoir revenir. Nijinski a vécu l'effondrement où le «mariage» avec Dieu, l'*accouplement avec le vide*, devient réel. Dans ce vide il devient son seul partenaire ; au lieu

---

1. *Ibid.*, p. 197.
2. *Ibid.*, p. 143.

d'avoir comme partenaire la danse. Parfois l'alternance entre soi et l'Autre se précipite : sa peur des gens devient la sensation de leur faire peur ; comme si le vide où se fixe la peur oscillait entre lui et l'Autre. « Les gens étaient venus se distraire, et croyaient que mes danses allaient être amusantes. Elles furent effrayantes, et je fis tellement peur que les spectateurs s'imaginèrent que je voulais les tuer. Je ne l'ai pas fait[1]. » Leur faire peur : jeter sur eux le vide qui les affole ; les « tuer » : les sortir d'eux-mêmes…

Ce double sens de la peur – qu'il ressent et qu'il inspire – suggère qu'il s'est écroulé devant son double, devant le miroir sans tiers, dans la folie de ce vide, ou son insignifiance. « Je supplie qu'on n'ait pas peur de moi, je suis un homme comme les autres… *Ne me tuez pas.* »

Sa symétrie avec l'Autre les rend complémentaires : « Nous nous comportons [lui et le Christ] chacun à notre manière : il aimait garder une attitude impassible, alors que j'aime danser, remuer… » Il fut le roi des danseurs (comme Jésus fut le roi des Juifs, des « passeurs » – portant sur lui toute leur impasse), il fut, lui, le plus danseur possible, s'effondrant au point de vérité de la danse qu'en un sens il accomplit : le corps y passe, tout entier, et n'en revient pas. Il est sacrifié à cette place, à cette vérité, où il prend sur lui le mélange corps et âme, de l'une et l'autre, jusqu'à l'implosion. Le danseur « divin » n'est pas devenu fou-de-danse, mais il a incarné la folie de la danse, celle que la danse convoque, conjure ou élude. Il l'a fixée sur lui, et il éclate au point de « vérité » – et d'illusion – où la danse, en dialogue avec l'image,

1. *Ibid.,* p. 183.

hésite entre se figer dans l'image « belle » ou la franchir
pour devenir pensée du corps.

Dans cette fusion où l'un et l'autre reviennent au
même brille la psychose narcissique. « Le don que je lui
fais de mon amour [à Dieu] est un sourire que je
m'offre à moi-même. » Et il réfute avec humour le
soupçon de folie : « On croit que je vais perdre la raison,
mais je n'ai pas de raison, je n'ai qu'une chair, un
corps... » Et c'est vrai, la folie c'est la perte *dans* ce
vide plutôt que la perte *de* la raison ; cette collusion
avec l'autre où le vide entre-deux se comble de terreur.

Et, s'il n'y a plus d'Autre, il n'y a plus de don possible : « Je suis le don de Dieu et je m'introduis dans son
offrande » ; tel un danseur s'appuyant sur lui-même, sur
l'autre part de lui pour sauter plus fort. (On pense au
poème de Baudelaire où il est la plaie et le couteau...)
Autopénétration où l'*un* et l'*autre* fusionnent et se
consument. « Si quelque graphologue lisait ceci, il dirait
que le scripteur n'est pas un homme ordinaire parce que
son écriture est agitée, *sautante*. » Et il défie son « producteur » Diaghilev : « Je le défie à la course de taureau
car je suis Dieu logé dans un taureau, dans un taureau
blessé [...] Je suis l'arbre de Tolstoï et les racines, je
suis la chair dans l'esprit et l'esprit dans la chair [...] je
suis une nourriture spirituelle. » Il se nourrit et se
consume de sa perte dans l'Autre.

D'autres éclats de son délire sonnent juste : « Il n'y a
pas de danse qui ne dépende de la mort[1]. » Ou : « Un travail exaspéré m'avait conduit aux portes de la mort. » Et

1. *Ibid.*, p. 98.

en effet, toute danse dépend de la mort comme la lumière de l'ombre, ou la vie de ses arrêts et de ses sursauts. Sa danse, il l'a toujours faite «avec amour[1]». «Massine, en raison de sa préférence marquée pour l'art dramatique, danse sans amour.» Autrement dit, l'acteur joue trop pour être «dans» l'amour, vu comme l'effusion avec l'Autre. Le théâtre entame cette effusion, où l'un et l'autre s'appartiennent. Et la danse riposte en absorbant le théâtral.

On peut prendre tout ce *Journal* comme une danse scripturaire ; une danse dont le ressort serait par exemple la fuite des idées, typiquement narcissique – quand le sujet ne peut rien investir d'*autre* : une idée vient mais n'a pas assez de force pour être suivie en tant qu'*autre*. Elle s'échoue dans le corps. Même s'agissant de la danse, puisque la danse c'est lui. Ainsi on est frustré en lisant : «Je me propose d'expliquer ce que c'est que d'être un danseur», car aussitôt il enchaîne : «En tant qu'être humain, j'aime ma belle-mère[2]…» Même si on parle d'ambivalence incestueuse envers cette femme, on n'aura que la danse alternée, à même l'écriture, entre corps et «parole». Ce texte est vécu comme une danse : «J'aimerais que mon manuscrit fût photographié [et non pas imprimé] parce que je le sais vivant.» Une prise de vue le saisirait tout entier, aux prises avec l'Autre où il se noie. (Cela ne manque pas d'intuition sur le rapport, aujourd'hui crucial, entre danse et photo, fondé sur l'essence de la photo : le savoir de l'instant fatal, la lumière de l'instant de mort, qui redonnerait une vie ultime, tout autre[3].)

1. *Ibid.*, p. 112.
2. *Ibid.*, p. 165.
3. Voir «Une technique de l'instant», dans *Entre dire et faire. Penser la technique*, *op. cit.*

Nous l'avons assez dit : la question de la danse commence par celle de l'*origine* – à déployer, à vivre. L'aspect « folie » y est crucial, car l'origine est comme telle « invivable ».

Ce n'est pas pour rien que les marchands de plaisir, qui ont le nez fin, ont appelé un de leurs hauts lieux : Folies Bergère. *Mettre en folie* le corps, ou le groupe comme corps « social », c'est retrouver la folie d'avoir un corps : au-delà du sens et des raisons ; dans le seul fait de se ressourcer dans sa « folie » et d'en sortir ; la folie comme potentiel de ce qui peut être, contact brut avec l'être comme origine.

C'est dire qu'il n'y a pas de « danse des fous » : les fous y sont déjà, dans la folie, ils ne peuvent la danser. Mais leurs mouvements « naturels » peuvent être dansants pour les autres. Les fous peuvent danser en réponse à une demande, et ce qu'ils dansent c'est cette réponse (à la demande qu'on leur fait, pour les normaliser). Ils dansent l'ordre qu'on leur donne de danser ; ils y répondent. Mais la folie de la danse est l'affaire des pas-fous ; les danseurs capteraient le point de folie (par exemple le vide du groupe) pour le faire bouger et le rendre au groupe ; lui transmettre ce point de folie par où il est *retenu*. La transmission de ce vide vital est au cœur des transmissions d'inconscient[1].

Un groupe n'est jamais fou comme tel, sauf s'il se prend pour le tout de l'humanité, ou pour son pur emblème. Mais il peut être en manque de ce point de folie ; alors il faut le lui donner. En principe, il se donne les moyens de se le donner, périodiquement. Ses artistes le lui donnent. Eux-mêmes, dans leur vie, rencontrent ce vide ou sautent dessus comme sur une mine. Alors,

---

1. Voir *Jouissances du dire*, Paris, Grasset, 1985.

par cette transmission de « folie », on épargne au groupe la folie d'être identique à ce qu'il est ; de croire qu'il épuise l'être, alors que l'être excède tout ce qui est. L'être c'est ce qui permet que tout ce qu'on est ou ce qu'on peut être soit marqué de déficit, de manque-à-être, de ceci qu'il y a de l'être en reste, quoi qu'on fasse.

On peut donc en passant nuancer ce cliché : « C'est *tout* l'être qui est engagé, impliqué, dans le corps du danseur qui se lance… » Tout l'être ? Tout *son* être, tout ce qu'il est ; et non pas l'être qui par ailleurs l'appelle ; encore moins *tout* l'être. Disons qu'*il se lance avec tout ce qu'il est vers l'être qu'il n'est pas*. C'est déjà beau s'il ramasse « tout ce qu'il est », face à l'être qui est au-delà. Même *son* être est au-delà de ce qu'il est, puisqu'il est le potentiel de ce qu'il *peut* être ; s'il peut. *A fortiori*, l'être comme tel, qui est plus une fonction qu'un espace ou un lieu. C'est cette « puissance » ou ce possible qu'il va tenter ; tenter de fléchir ; et de réfléchir sur le public qui, du point de vue de l'être, a les mêmes problèmes que lui. Il va tenter de faire éclater ce vide compact, opaque, pour le mettre en lumière, et en éclats. C'est encore la *genèse*, la création, où ce vide originel devient *lumière d'être* à la force d'une parole où l'être se retire pour faire place au possible.

Revenons à la « folie »-dansante. Il y a ce qu'on nomme la « danse-thérapie » qui veut transmettre cette secousse à des corps bloqués, narcissiques, plus ou moins clos, pour leur donner ce manque-à-être – même si pour l'essentiel on en reste à la catharsis, où le corps exsude ses trop-pleins sans accéder à ce vide. D'où l'idée que la danse peut soigner les normaux, les rangés, les bloqués qui s'ignorent ; peut-être même soigner les fous, les extraire de la folie qu'elle renomme ou recompose autrement. La question est ouverte, comme toute épreuve de l'origine. L'art l'agite dans tous les sens en variant ses matériaux ; ici le matériau est de choix : le corps des mots et des pulsions.

La variante la plus simple est l'incantation. Mais après tout, c'est aussi un appel ouvert, béant, dès lors qu'il n'est pas rabattu sur des idéaux exotiques, « primitifs » ; dès lors qu'il est repris dans un travail interprétant.

La danse – ou d'autres matériaux – peut-elle donner ou éveiller l'énergie de la secousse pour « s'en tirer » ? se délivrer de ses captures – s'en sortir, comme on dit ? Il y faut sûrement plus qu'ailleurs des « thérapeutes » ayant l'intelligence du cœur, capables de se faire piéger dans une image pour la franchir, non asservis à l'« idéal » de ce qu'il faut être ou dire ou faire ; des *danseurs de l'être*, formés aux passages entre ordre et désordre ; pouvant donc permettre d'entrer dans le chaos et d'en sortir. Entrées et sorties du malêtre. Les seuils de l'être doivent pouvoir se mouvementer, se chorégraphier, se laisser penser en termes de corps pensants. Donner au corps, comme partenaire, ses propres mouvements, ou l'espace de ses possibles, cela peut tirer à conséquence. De ce point de vue, la danse contemporaine peut ne pas se réduire à un flirt complaisant entre sens et non-sens. Elle a un vrai travail : *l'interprétation physique de l'être-au-monde*.

Y a-t-il une folie spécifique de la danse ? Sans doute, quand elle se réduit à elle-même, comme on se noie dans un miroir. Autrement, il y a projet de mise en contact avec l'être et l'origine – en tant qu'on ne peut pas y être ; contact avec l'inconscient – en tant qu'on ne peut pas le dire ; mais qu'on peut *faire mouvement* à partir d'eux.

8

ÉCLATS DENSES
ET LIEUX

I

« Définitions »

1. Appelons *danse* le désir de symboliser avec le corps en donnant corps à ce désir.

Aujourd'hui on prend la mesure de l'extrême difficulté de symboliser. On a cru que c'était « mettre du langage là où ça manque ». Il est rare que cela suffise. Même quand c'est le cas, il faut que ce « langage » procède d'un corps, y soit ancré. Vous ne pouvez avoir d'action symbolique sur un autre corps qu'avec votre corps – même à distance, médiatisé par l'image ou la parole.

Symboliser implique donc l'*entre-deux-corps*[1].

Sinon, on imagine qu'on symbolise.

Dans la danse aussi, on imagine la chose, on la met en images réelles ; et cela comporte une dimension incantatoire, sous-entendue : Ah si ça pouvait marcher, s'inscrire… Fais que ça marche ! Lève-toi et marche !

Cela passe par l'éveil d'une instance de Loi.

Or découvrir une trace de Loi c'est faire que l'*être* se donne à voir, se mette en lumière, même dans un éclair. L'existence de cet éclair a des effets symboliques, à même le corps.

---

1. Comme preuve *a contrario* : il suffit d'*un geste* pour ravager tout l'espace symbolique d'une personne : le geste incestueux. Ravager ou créer des trous de langage, des trous de mémoire, équivalents à des impasses réelles du corps.

2. Les danseurs *cherchent leur corps* – et jouissent de le trouver. Certains, pour le posséder, d'autres pour s'en déposséder. Ceux-là peuvent jouir de le trouver au moment de le perdre.

La danse cherche et le corps et la loi qui le ferait tenir, de loin. Cette loi peut être complexe (voyez celle du roi danseur) ou très simple (cris et rythmes d'une danse «primitive»). Dans les cas simples, c'est une image idéale – où la question de *naître* reste entière; objet de l'incantation corporelle. Dans les cas encore plus simples il s'agit de *catharsis*: on se soulage ou se décrasse, mais il n'y a pas de mutation, et la naissance est inutile.

La danse comme contact mouvementé entre ce qui est et ce qui peut être; entre l'étant et l'être. Elle dit la joie de prendre appui sur l'être et de trouver l'être comme appui. Tout le rapport de l'homme à ses énergies s'y rejoue.

3. La danse elle-même est un appui s'il y a un lieu tiers où cela peut se dire et se reprendre. La danse *continue* même dans des scènes plus latentes, et des mouvements moins manifestes. Il se produit alors comme une *transmission intérieure*, une contagion d'énergies, un art des franchissements – où un état du corps s'interprète dans l'autre corps. Entre-deux-corps, entre *faire* et *trans-faire* foisonnent les frontières et les limites à dégager, à explorer, à franchir. Frontières et interstices par où *ça* passe. Exemple: passages entre perception et conscience; entre deux niveaux de conscience; entre rationnel et sensible; entre appel et rappel.

Un des fantasmes du corps dansant : entrer dans le rêve de l'autre (du spectateur), ou dans le sien, et s'y greffer, pour ouvrir l'interprétation. Entre mémoire et perception transformées.

Et dans l'espace béant le corps dansant résout toujours un problème. Le corps est créatif s'il le résout de façon neuve. Sinon, il exécute. Reste à voir si ça marche ; si le rituel fonctionne.

Tout travail du corps trébuche sur la mémoire. Sur des fragments qu'il reconnaît ou sur des vides qu'il doit modeler. L'interprétation réarticule ça autrement. Elle exige d'autres plans d'appui, d'autres transferts (à l'être ou à la lettre). C'est la levée d'un autre langage, ou sa genèse.

Cette genèse du langage est une pensée inassumée, sauf par le corps qui la porte à son insu ; entre ce qui s'est toujours dit et ce qui cherche à se dire. Entre les morts et les vivants.

Être réduit au corps (corps à gérer, à mettre en « gestes ») est angoissant – pour le danseur comme pour d'autres. Le passage par « ailleurs » doit toujours être ouvert ; le « pas » possible toujours possible. Quand tout risque et toute angoisse ont disparu, c'est que l'état machinique est atteint une fois pour toutes, et c'est encore plus angoissant – pour les autres.

La danse éclaire le passage entre l'être et le manque-à-être. Le manque-à-être ce n'est pas seulement ce qu'on n'est pas, c'est ce qu'on est appelé à être ; ce qu'on pourrait être si l'appel était possible. D'où l'urgence de le produire.

La danse veut être l'appel du corps mis en mouvement. Et le manque-à-être qu'elle empoigne, c'est l'espace disponible – qu'elle dispose autrement.

4. C'est dire qu'on ne peut « définir » la danse par des clichés aux grands airs « scientifiques ». On ne peut la définir sans reconnaître qu'on y est pris, sans être pris dans ce mouvement ; comme on ne peut rien *dire* sans fréquenter le non-dit ou l'indicible.

Ou alors, faut-il faire des clivages – et laisser la danse aux danseurs comme l'inconscient aux analystes ? Aujourd'hui, le mouvement des choses récuse ces clivages ; chacun affronte l'existence avec son corps et désire nommer physiquement ce qui lui arrive. Si l'on s'abrite dans des concepts, on peut toujours parler de la danse, et finir par avouer ses fantasmes – de pureté, d'impureté, d'élation virginale, de beauté idéale … Cela ne mène pas loin. Car ces fantasmes, il s'agit de les faire danser, de les secouer.

Ou alors on s'expose, sans autre recours que la pensée de l'être ; on joue aussi ses fantasmes, mais cette pensée les traverse et les reconnaît.

Mon point de vue, ou mon fantasme, le voici : *la danse célèbre l'événement d'être originel, le corps naissant au monde*, le corps pris dans des mémoires et pourtant libre d'y prendre place ; questionnant sur la Loi et ses passages – ses lignes d'horizon.

5. La variété des définitions de la danse dit l'absence de « définition » de l'humain, et le désir d'en trouver une qui tienne un peu juste avant de vaciller. La valse

des définitions… Autour d'une variance radicale de l'espèce humaine, de l'espace humain ; le contraire des « danses » animales qui fixent l'espèce à elle-même. Une danse d'abeille devant l'essaim de ses semblables est un programme, une machine qui indique le lieu du butin. Est-ce un lieu « autre » ? Non, il n'a pas d'altérité dans cette fonction alimentaire, il fait partie de l'espace narcissique, du fonctionnement de l'espèce. Les danses animales ne sont pas une image des danses humaines, pas plus que le jeu animal n'approche le jeu humain – qui fait jouer précisément la « plénitude » animale pour s'ouvrir sur le grand vide, à l'infini.

Certes, les danses rituelles semblent épeler un texte ou lancer un message, mais elles pointent au-delà du message, l'existence du groupe comme tel, branché sur son au-delà. Même quand l'homme fait des gestes qui ont un sens, ces gestes dans leur sillage dévoient le sens, ou orientent l'insensé vers d'autres sens plus mystérieux.

Tous semblent partir d'une loi première – la pesanteur, la « gravité » – qui paraît simple ; mais déjà elle dit bien plus que la densité des corps sur terre : c'est la *dansité* de leur lien au sol, aux éléments ; leur façon de s'y accrocher, de s'y traîner, de rester sur le carreau. En témoignent aujourd'hui toutes les guerres d'identité : où l'on veut d'abord accumuler une grosse masse d'identité avant de la vivre. Conception « anale » de l'identité.

Au fond la danse dit simplement : comment pouvez-vous parler sans assumer de temps à autre votre *existence* de corps ? sans vous rappeler périodiquement sa venue au monde ? sans la marquer, la célébrer ?

En jargon « psy », la danse serait du prégénital, ou de

la pulsion à l'état pur, ou de l'image-du-corps faite corps… Disons que c'est de la *Présence*, voilée-dévoilée par le corps. Car le corps est à *l'image de la Présence* – dit la Genèse.

La danse est la question d'assumer le corps dans nos mouvements pour exister.

II

Danse-analyse

Aujourd'hui la «danse» exhibe la quête de l'origine, dans sa dimension inconsciente, pour y trouver sinon des mots du moins des gestes qui en découlent; des gestes qui supposent les mots indicibles.

La jouissance à danser touche cet indicible. Jouissance «inconsciente» – de toucher ce qui vous échappe. «Sensation que ce que l'on fait ne vous appartient pas.» Sensation d'être porté par les choses, par cette chose première qu'est le corps.

Tout cela relève d'un élan vers l'origine du mouvement, plutôt que vers le mouvement; un élan vers l'être, plus que vers ce qui est. Si l'être s'identifie à l'origine, et donc à une certaine mise en folie, l'être met en folie tout ce qui est; à coups d'événements, de gestes dans le temps.

Cela implique des effets d'interprétation; quand le geste naissant ou le germe de langage est obstrué par le symptôme. Par ce symptôme déferlant qu'est la routine ou l'habitude.

C'est là que l'artiste aujourd'hui trébuche sur l'analyse, sur «un bout d'analyse» à faire. Pouvoir libérer son «texte» par un mouvement inattendu ou médité; marquer un texte et le franchir, le transgresser. C'est l'un des sens de leur rêve à tous : pouvoir «écrire»; s'éclater dans l'écriture, accéder à l'interprétation de ce rêve.

C'est ainsi que la danse connaît les mêmes «problèmes» que l'idée *psy* : rivalité entre la recherche et le convivial – avec effets de sectes et de gourous, quête de la prise en main puis sujétion dont on espère se libérer... C'est toute une ritournelle. Bref la danse est impliquée dans les mêmes axes que l'idée *psy* : la quête du lien (physiquement formulé), l'enquête sur le faire et le transfaire. Ces axes sont à la fois subjectifs et sociaux.

C'est plus complexe, bien sûr, que le culte de l'Idéal – incarné par le père ou le maître ou l'idole...

Pour que se parlent et communiquent les corps et les pensées faites corps, la danse découvre l'importance de travailler du point de vue de l'être, plutôt que de l'image. Façon de dire qu'elle cherche autre chose qu'une «belle» image ou un geste empaillé qui ne donne pas vie. Dans le travail, on passe par des images pour atteindre leur racine dans l'être, leur ombilic. (Tout comme en analyse on part d'images ou de mots anodins.) C'est la charge énergétique qui importe; et qui porte.

Tous identifient créativité, être-autre, être avec ce qui vous échappe, toucher ses limites, atteindre l'état a-subjectif, impersonnel, donner sens en passant à travers le sens, extraire le geste comme fragment d'ordre dans le désordre d'où ça émerge...

Au fond, la danse est une psychanalyse *physique*; tel serait le fantasme dominant. Auto-analyse même : conversion incessante entre mémoire et perception, dans les deux sens ; entre oubli de soi et trouvaille de soi ; entre ce qui se dit et ce qu'on ressent ; ce que montre le geste et ce que l'on croyait.

Même le regard vidéo, pratiqué par des thérapeutes, l'est aussi par des danseurs.

Même l'analyse – ou l'art – peut comme la danse devenir une drogue. On peut se droguer au corps, s'y enfoncer, s'y défoncer ; s'y consumer, y échouer.

Le point commun d'intensité – transe ou interprétation – pourrait s'appeler : la défonce de l'entre-deux-corps (corps actuel et corps-mémoire).

La danse, comme «construction mentale» – à base de gestes, d'images, de sensations, de fragments d'être –, cherche des *trajets interprétants*; des franges interprétantes comme pour le rêve quand il s'agit de le déployer. Et toute interprétation prend le relais d'une autre.

Le point faible c'est l'implosion narcissique dans le fantasme d'une «langue à soi» (comme d'une loi dont on serait le fondateur) ; une langue qui ne dit rien aux autres.

Le point fort c'est la trouvaille, qui en danse a une étrange précision : car toute trouvaille – dans l'art ou la science – implique le corps, donc l'autre-corps ; et justement, c'est la matière de la danse.

Autrement, le discours sur la danse est parfois la gestion des scories du discours «psy», de ses déchets ou de ses retombées. Mais tant d'autres discours sont dans ce cas, qui soignent ou traitent ou gèrent le corps... (Une simple formation en « pub » vous apprend à procéder par « associations d'idées », pour trouver des idées et se tirer d'affaire...) On parle d'habiter son corps, de le rendre présent à ses pulsions, exaltations, libérations, énergies, expressions... C'est là le style des pubs pour nouvelles thérapies. Dans tous ces « champs », la parole tourne sur elle-même, et ne tire à conséquences que si elle implique l'Autre-corps, l'Autre comme corps vivant et mouvementé.

Aujourd'hui, des danseurs parlent de retour à l'être, aux sources du mouvement, à l'énergie interne ; ils parlent d'état mental, d'instinct, d'expression juste, de liberté, de pensée sincère, d'émotion... Ils parlent de lieu, de loi, d'inconscient, de transmission, d'espace, de rythme, de corps, de risque, d'angoisse, d'image, de temps retrouvé. Ils en parlent comme de choses où ils sont par ailleurs – par le corps – impliqués. Or tous ces mots balisent mes trajets et je les retrouve chez eux avec surprise et intérêt. Cela confirme que l'artiste fait son « analyse » avec l'objet de son art ; et que l'analyste-écrivain travaille avec l'événement d'être, avec ceux à qui *ça* arrive. Mais il y a plus. Aujourd'hui la danse illustre le fait que l'art se vit presque comme une variante de l'« idée psy » – cet éclatement d'approches qui explorent l'être-au-monde par les détours du corps-mémoire, du corps présent et actuel, de ce qu'il peut faire ou trans-faire. C'est une communauté d'enjeux ; en surface, mais ce n'est pas rien : il y va de repasser par l'origine pour y puiser de quoi prendre le large. Ce point de vue irriterait Freud sûrement ; mais il n'est plus là, il n'a pas voulu voir ça. Lui voulait que la *psy* interprête l'art et les religions et les symptômes et les blagues... mais pas que l'art ou les religions soient une autre interprétation des mêmes choses, des mêmes données psychiques, donc physiques et corporelles, que l'analyse. Je montre dans *Le Peuple « psy »* que la psychanalyse, comme pratique du lien, tend aussi à se fondre dans des liens de type religieux ou dans des liens de corps (corps collectifs) qui tiennent lieu de lien symbolique ; qui en « dispensent ». Et voilà que l'art, de l'autre côté, vient redoubler la « psy », avec ses éclatements, ses déliaisons, ses liens renouvelés, ses objets porteurs de temps et de désir – qui peuvent rejoindre les objets de culte ou les gadgets.

S'agissant d'origine, les arts du corps – dont la danse – se mêlent à l'« idée psy » en une vaste constellation. Mais c'est sur l'« actant » de l'art – sur le danseur – qu'opère l'action originaire (cathartique ou interprétante). Sur le public en revanche, elle fait l'effet d'une impression, d'une prise à témoin ; c'est différent de l'essentiel remaniement que produit l'interprétation, où le sujet lui-même s'engage. Après tout, pour les non-créatifs, l'art sert peut-être à parler de ce qu'on ne fait pas, mais qu'on aimerait faire ou supposer *faisable*. Avec la *psy* aussi on peut avoir ce même rapport : on peut venir y chercher l'interprétation de ce qui doit rester en suspens, inassumable.

En tout cas, la danse peut parler des mêmes choses que la « psy », mais la question reste ouverte des effets de cette « parole » : rappel pour mémoire ? mise en acte des données de l'être ? Là encore, comme dans la *psy*, le point de vue de l'être peut servir de repère : est-ce une danse du côté de l'être ou du paraître ? portée par un trans-faire qui s'interprète ou un transfert qui se consomme ? porteuse d'un langage abstrait qui se combine ou de ses déclenchements impulsifs et de ses seuils singuliers ? De là dépend que se libère ou pas une certaine énergie ; une autre lumière.

III

Danse écriture

La danse se lie à l'écriture, non sans risques pour toutes les deux. Par exemple, sous le signe de la poésie, il arrive qu'elles se noient dans le même trou, alourdies l'une de l'autre.

C'est que la poésie déjà est une danse des mots, autour des mots qui manquent ; pour faire en sorte qu'ils se « produisent ».

La danse est l'épreuve physique des mots ; et les mots indicibles sont l'épreuve mentale de la danse.

La frontière entre les mots et la danse, c'est donc l'autre-écriture ; celle qu'une écriture produit à l'horizon qui lui échappe.

La danse se lie à l'écriture – avec le risque qu'elles s'enivrent l'une de l'autre (l'écriture comme autoenivrement, atteint d'énormes taux d'inflation). Autrement, elles se lient d'amitié, elles font attelage, souvent ça s'emballe, entre l'écriture de la danse et la danse de l'écriture. Un lien qui parfois tourne en rond.

Mais le risque est à courir, faute de quoi on risque de rester sur place.

C'est que l'écriture aussi est une danse et pas seulement de la pensée : une texture de pensée dans l'espace des rencontres, des coïncidences où, pour chacun, ses deux corps se croisent – le corps de chair et le corps-mémoire ; et l'écriture fait la navette dans l'entre-deux, coupe des liens et en renoue, mêle et démêle les couleurs, déploie et redonne vie au tissage de l'être.

Il s'agit d'écrire un texte avec le corps, une texture de mouvements à déchiffrer, interpréter, à mesure qu'elle s'écrit, qu'on la libère, qu'on s'en dégage.

C'est là que se profile l'appel *incantatoire* à ce que l'écrit du corps s'entende, se voie, s'interprète. Car ce qui pousse le corps à s'exhiber dans ses enjeux les plus intimes, c'est de trouver dans son errance des fils de loi où se raccrocher, où faire prendre en charge ses démêlés avec l'autre et avec soi.

En surface – à fleur de *regard* – la danse veut écrire avec le corps des trajets assez intenses pour passer par l'origine, là où les corps s'ombiliquent, et de là retransmettre ce qui leur avait donné force, consistance, densité – à travers certaines images qui servent de relais.

Cela paraît simple. Mais *ça* se fait comment ? Où trouver la force de le faire et que ce soit assez fort pour séduire, pour faire bouger ? C'est la question, toujours ouverte.

L'art chorégraphique tente d'apporter son écriture – sa question d'écriture – qui le distingue de « la danse » : il dessine une *dynamique* faite de trajets que des corps vont parcourir, en dansant. Il inscrit donc un corps abstrait, qui va porter ces corps danseurs. En cela l'écriture chorégraphique instaure l'entre-deux-corps : entre chorégraphe et danseurs, mais surtout entre cet espace de trajets et ceux qui vont le parcourir ; à la fois lui donner vie et s'en dégager.

Et pour tous, cela passe par le sexuel ; comme tout écrit.

Ce qui fait croire que la danse est « sexuelle », c'est qu'on y joue avec son corps le *tout* de son corps moins la *partie*… sexuelle. D'où le rapport suggéré – l'équivalence presque – entre le corps et le sexe ; le sexe écarté, mis sur la touche…

Cela frôle aussi l'enjeu mystique, dans sa rigueur et sa férocité.

Dans la danse, l'opérateur invisible (érotique) met le corps en pièces, articulables autrement, et à d'autres. Avec l'espoir – là encore, l'incantation – d'un souffle qui saisisse la composition, recompose le corps, lui fasse franchir la question de sa vérité : de ce qu'il peut transmettre.

Car l'étonnant est qu'*un corps porte toujours le désir d'une histoire* ; désir de la vivre, de la raconter avec des gestes ; histoire de ses naissances et renaissances, de ses morts éludées ; de ses transmissions. Là est le corps-mémoire.

Mais comment raconter à d'autres l'histoire de ses mises au monde, de ses disparitions, de ses apparitions ? C'est la question de l'engendrement : comment *s'y prendre* avec l'origine de cette histoire, et l'histoire de cette origine ?

Là le fantasme du corps-vérité, du corps comme haut lieu de la vérité, peut être un piège. Il y a des corps froids, déserts et qui bougent, qui bougent même très bien ; et des corps qui ont « tout ce qu'il faut », tout l'espace pour vivre, mais qui ne *se* rencontrent pas, qui ne vivent pas.

D'où l'importance du recours à l'écriture.

La danse, c'est faire prendre le corps dans les effets d'une écriture qui agirait sur d'autres corps pour les soulever, les sortir de leurs capsules. L'incantation thérapeutique qui s'y rattache peut faire du bien (comme beaucoup d'incantations ; jusqu'à ce qu'on s'en lasse).

IV

Danse et rite

Il est curieux que « solennel », qui veut dire « seul », suppose des gestes lents – comme si d'être agité signifiait qu'on est « pas seul » ; qu'on est avec l'Autre. De fait, la lenteur de certains rites suppose que l'Autre est déjà là, présent ; et qu'un dialogue un peu « fou » se poursuit avec lui.

Tout rite est nimbé de « folie » quand il évoque le vide du groupe, son point de manque, pour le cerner, l'interpréter, le conjurer, réassurer les membres du groupe devant ce vide. Et les danses rituelles supposent deux niveaux : celui de la « folie » déchaînée et celui de sa maîtrise. Elles affichent ouvertement la « folie » qu'elles libèrent. Et de l'afficher rituellement doit la ligaturer ; en principe. Les degrés de « folie » permise varient ; entre le carnaval de Bahia et une transe africaine (ou parisienne dans une danse-thérapie…), il y a du jeu.

La danse rituelle est un « placement » de transcendance : placement à fixer, ou à faire jouer – soi-même étant une pièce du jeu.

De fait, c'est surtout à déplacer. Déplacer le corps pour lui apprendre à chercher sa place «naturelle»: qui n'existe pas, sinon dans cette recherche. Danser est une façon de donner corps à cette recherche.

Si la danse est un rite, c'est au sens où le rêve en est un – où l'on «révise» son désir d'être. Et s'il y a une danse animale, comme la parade avant le rut, à quoi comparer la danse, ce serait plutôt les mouvements nocturnes du chat qui rêve et qui fait en plein sommeil les gestes félins fondamentaux: chasse, poursuite, esquive… Il réapprend les mouvements de son espèce. La danse serait un jet *nocturne*, un projet de rêve pour réapprendre les mouvements possibles de l'humain qui, eux, n'ont pas de programme «naturel». Le rêve est-il «naturel»? peut-être, mais pas ses interprétations; or lui-même en est une, portant sur d'autres interprétations. Et elles sont infinies, comme les gestes où l'humain s'apprend et tente en vain de dessiner son être-au-monde charnel, les volumes de sa présence.

La danse déplie le corps infini qui est plié dans nos têtes, avec des dimensions perdues ou virtuelles: elle l'ouvre et le dévoile par les rencontres qu'elle lui invente avec lui-même et avec d'autres. Elle le suit et le célèbre, lui qui cherche un espace où se mettre et qui ne le trouve que dans cette recherche. Au-delà des gestes appris – qui offrent un espace clos et rituel – il y a l'immensité de l'être où se prélèvent les rites, et où se puisent de nouveaux gestes, d'une liberté à conquérir; liberté que redonne au corps-mémoire la Loi apaisée.

Il y a aussi les rituels de la culture.

Tout rituel rassemble une foule périodiquement dans une bulle de «temps» où elle reconnaît son Objet en célébrant son lien à lui ; en l'invoquant. Souvent ce seul rassemblement suffit à faire rituel ; sans que l'Objet en question soit plus avant interrogé. En termes bruts cela signifie que tel spectacle peut être nul mais faire partie de ce qu'*il faut* pour le rite culturel, et permettre à ses prêtres de paraître sacrifier à la Culture – supposée « difficile » – pour se dédouaner vis-à-vis d'elle. Il y une vaste économie et une politique complexe pour gérer l'*intérêt* du public au mieux des intérêts institués.

En principe, l'art et la pensée ont pour visée de traverser ces fixations, et de faire vibrer autrement l'Objet porteur de désir. Objet qui pour la danse est le Corps. La danse décrit le monde avec le corps, et tout ce qui décrit le monde physiquement peut la croiser, la rencontrer en des gestes fulgurants.

L'art multiplie ces rencontres pour échapper aux clôtures du rituel ; notamment les rencontres avec d'autres arts. Tout art gagne à être éprouvé – et mis à l'épreuve – dans le registre d'un autre art ; façon de traduire les points singuliers – sachant qu'ailleurs, au loin, il y a la Singularité de l'être qui advient. La singularité de la Loi, qui produit autre chose que des contraintes et compulsions.

V

Dialectes

On comprend que des chorégraphes aient le discours élémentaire – si proche des éléments : ils veulent « sentir », être dans ce qu'ils font, sentir ce que c'est d'y être présent, ce qu'est un lien nécessaire. La sensation comme promesse de connaissance *exacte*. «Je veux faire parler à mon groupe tous leurs dialectes musculaires, dans leur plénitude», dit W. Forsythe, qui ajoute cette «révélation»: la bonne danse c'est de la bonne danse, quoi qu'on danse… Bref, il y va du contact physique de chaque art avec sa matière; et ici la matière c'est le corps opérant sur le corps, à travers l'espace-temps; l'espace de ce qui *arrive*.

D'où l'infinité des dialectes – des valeurs, des accents – au moindre geste: mille façons de tendre son bras, sa main, de lancer son corps ou de tomber; outre les rythmes, les enchaînements. Un corps sur le sol a un espace infini de jets ou de trajets. Dans un spectacle de Pina Bausch, une danseuse, ventre au sol, a le corps incurvé en arc de cercle; l'arc durci oscille sur lui-même. C'est une forme symétrique du fameux *« grand arc hystérique »* où la femme ne tient sur le sol que par la tête et les doigts de pied. Ici le ventre est posé sur la terre, le ventre et l'utérus, ce qui évite à celui-ci de se «balader» dans tout le corps (car c'est ainsi qu'on définissait l'hystérie: balade de l'utérus dans tout le corps). Ici l'arc est jouable, on peut en tirer quelques flèches, différentes de celles que l'hystérique se décoche à elle-même à travers l'autre. Dans l'arc dansé, le corps subit l'oscillation que sa posture lui donne; le corps dépend totalement de son geste; le mouvement peut s'amortir ou pas, selon que le corps entretient cette énergie ou la laisse mourir. Est-ce l'énergie du désespoir? ou de quelle tension? L'énergie vient de ce à quoi l'on tient pour exister. C'est l'énergie de cette «tenue». Mais cela dépend de nos fantasmes en voyant cela – ce corps branché sur nos fantasmes. Et cet autre corps de jeune blond en transe – décor de café berlinois –, l'aurais-je vu en Aryen se rappelant son père

nazi si je n'avais su que c'est un spectacle de la même
Bausch, qui y danse aussi avec un corps de déporté ?

C'est que, à travers les mille variations d'un même
geste, on peut soumettre le corps dansant à un champ
intense qui polarise le sens, les sensations, ou qui les
décompose selon des spectres assez riches qui peuvent
aussi se combiner. Dans une chorégraphie de Forsythe,
Écolières catholiques, une trentaine d'adolescentes en
fête, en uniforme, sont soulevées par le sexe, la foi, le
corps, la tradition, le désir. Exaltation modulée… Leur
uniforme crée un champ de forces qui agit sur elles, et
ce champ craque sous la danse des pulsions qui les saisissent différemment. Par ce dialecte, leur corps éclate –
leur corps opaque et uniforme ; il éclate sous le choc
éruptif de la vie qu'il révèle.

Au-delà des « dialectes », les bons créateurs ont le sens
de la *texture*, de la trame dansée ; le sens du transfert qui
porte une matière à son niveau incandescent et lumineux :
de substance dansante ; de mode d'être dansé, au-delà des
formes et des montages qu'on peut d'ailleurs dévoyer ;
au-delà du vocabulaire. On peut puiser de façon neuve à
des sources archaïques ; établir des champs complexes
capables de *laisser venir* ce qui doit se « dire » et se faire.
Ces « écolières » forment un soulèvement de corps de
femmes en proie aux liens naissants et aux liens passés
qui les tiennent, et qu'elles ne peuvent couper sans autres
liens… C'est émouvant de tensions en devenir, où le
féminin dit « éternel » se scande ; il promet de se séparer
de lui-même, de se différencier pour qu'un corps de
femme puisse exister parmi d'autres femmes, et « vivre
autre chose » ; sa *Chose* redevenue autre…

La texture de l'espace dansant s'enrichit de matériaux,
aujourd'hui très variés (musique, théâtre, costume, décor,

lumière, images, vidéo…), qui révèlent des richesses déjà là et non perçues. C'est toute une *variété* dansée – où la danse elle-même est un matériau qui se traite, sur lequel la danse intervient ; sachant qu'un des buts est de stabiliser l'ensemble, de le faire voyager dans des zones instables, des trouées de désordre, vers des chaos que la danse essaie d'articuler. Là, elle est dans son élément ; quand « ça danse » de partout.

Elle invoque avec les corps l'*implicite* partout présent dans les rencontres humaines. Quoi que vous disiez, ou sentiez confusément, deux corps dansants qui se croisent peuvent le « dire » et le faire sentir très au-delà, en gestes simples, sous le bon éclairage. Mieux, un seul corps peut le « dire » à lui-même, en se multipliant, en permutant ses gestes. (Et les techniques de l'image l'y aident beaucoup.) Ainsi la danse rattrape le « dire » là où il plonge dans l'indicible. De là elle renvoie cette gageure : Eh bien dites-le, maintenant avec des mots, ce que la danse vous a fait vivre. Essayez, et vous verrez l'abîme des lieux possibles et des rencontres insoupçonnées.

Il y a des mouvements limites plus justes que des bavardages de mouvements. « Justes » comme un trait symbolique qui assume tout un passé, qui le reconnaît, et qui indique les voies ouvertes par cette justesse. « Justes » comme la justice symbolique qui repasse comme une bourrasque rétablir l'équilibre après que les juges ont joué leur petit jeu. « Justes » comme ce qui convoque les chaos imminents pour les surmonter un à un. Il y a dans ce « juste » quelque chose qui sauve – qui sauve *de* l'apparence, des séductions faciles, des harmonies qui s'enkystent, et de la bêtise. Ça sauve le monde en indiquant des voies qui tiennent, qui se gravent comme existantes. (On connaît la tradition, ancrée dans l'histoire d'Abraham et de Sodome, où quelques *justes* suffiraient à sauver la ville, de justesse ; quelques corps qui vivent cette justesse et qui la portent.)

Sans cette justesse symbolique, on peut ordonner des mouvements, chacun d'eux fait le « beau » sans qu'une pensée ou un événement leur réponde. Tout est là et rien ne marche. Cela tient à des riens : un jour j'ai vu un *french cancan* chorégraphié où cette justesse s'est perdue au profit d'on ne sait quelle harmonie : dans le final, les hommes, danseurs superbes, courent vers le bord de la scène et tombent ; mais les danseuses arrivent aussi et tombent du même mouvement ; alors tout est faussé, la différence esquissée s'abolit ; la pensée du sexuel est sabordée au profit d'une beauté creuse à quoi rien ne répond. Simple ignorance du fait qu'on a là deux « espèces » différentes, hommes et femmes…

La justesse est intrinsèque aux rapports en jeu, comme la justice ; elle est produite par ces rapports et par leurs jeux. Et le corps nous le fait sentir, nous apprend à l'apprendre.

VI

Les présents

« Comment transmettre la présence ? par des thèmes ? des histoires ? mais comment les raconter ? par quel lien les lier ? » Question typique des transmissions d'inconscient. Et voilà que des chorégraphes se la posent. Certes, il faut y être, déjà dans la présence à transmettre ; et dans ses «thèmes». Souvent ils les lancent par bribes, comme des corps en morceaux, dans l'espoir que le spectateur soit *présent* aux interstices. Ils voient bien que c'est la même question que de réengendrer un corps qui s'est coincé dans ses ornières et ses symptômes. Comment l'extraire des chemins battus qui l'ont usé ou épuisé ?

Devant ces bribes énigmatiques, le public est surpris, docile, prêt à jouer ; il « marche », sans être prévenu qu'il a devant lui un rêve à lire, un fantasme à déchiffrer. (De ce point de vue, la parodie a plus de chance : la danse qui parodie la danse ; au moins le public a un modèle en tête, à mettre en pièces ; il sait de quoi on rit, de quoi on « parle ».) Sinon, il est un peu égaré : comment se frayer un trajet parmi tous ces éclats, qui remplacent mal le vieux désir de s'éclater ?

Le risque de l'éclatement c'est que chaque éclat soit pris – ou se prenne – pour le tout. Or c'est l'Autre-dimension qui donne la présence, la consistance.

La présence, les « bêtes de scène » la sentent bien : il s'agit de trouver *son* animalité, *son* entrée en lumière : « les lumières s'éteignent, je meurs », disait Noureïev. Demain je renaîtrai, je danserai… à la lumière stellaire des projecteurs et surtout du regard public, allumé, ébloui, projeté – dit l'étoile. Se faire voir à la lumière de la présence. Ledit Noureïev y tenait fort, à ce fantasme de lumière incarnée : il brilla dans le rôle d'Apollon (soleil), et de Lucifer (porteur de lumière). Son idée fixe : rester en l'air le plus longtemps, et, par le saut suspendu, montrer la suspension de l'être ; le corps accroché, l'état cosmique ou amniotique, la suspension chimique où baigne le corps à extraire ; à faire naître un instant.

La question est d'être « présent » à travers ses absences ou grâce à elles.

Le corps se présente comme dérivation de langages (qui à leur tour sont des greffes de corps-mémoires). *Dérivation*, au sens des flux tangents (comme on dit prendre la tangente), ces flux qui vont jusqu'aux points singuliers de la dynamique en cours, là où les lignes de force trouvent leurs points d'équilibre – et de retours possibles.

Les corps-danseurs sont assignés à la présence, mordus par elle.

Ce qu'on sait des conditions de vie matérielle de ce métier – où l'on frôle vite la précarité absolue – prouve que beaucoup y sont des héros inconscients, chargés d'un fonds narcissique inconvertible ou difficile à dépenser, et mus par la passion de *dire Ça avec le corps*; *Ça*, la chose qu'ils portent à leur insu, comme des messagers de l'être. D'où le côté ange : porteur d'être mouvementé. Et ils portent ce message vide et évident vers ceux qui peuvent le sentir, qui y sont prêts. Ils doivent traverser le vide et le symptôme, pour suivre la lutte indécise entre le nom et le corps, la mémoire et la matière, l'appel et le geste. Le choc qu'ils encaissent entre nom et corps, ils essaient d'en faire autre chose, à l'insu de tous, parfois ; comme si cette place mise à nu, il fallait qu'elle soit tenue, occupée, « animée ».

Il y a parmi eux beaucoup de « filles » – de femmes ; sans doute plus sensibles à l'urgence de donner corps, au dévouement maternant, au don érotique. Souvent plus aptes à la présence. Cherchant parfois dans la Danse l'Autre-femme qui, elle, accepterait de leur donner corps, de leur reconnaître leur corps de femmes, à travers ces gestes qu'elles font, où elles le risquent par morceaux…

Leur art, la danse, est une technique, un mode d'être, un état d'esprit. Une technique du mode d'être, d'un être-au-monde spirituel ; une re-présentation de la présence. *La danse serait au corps ce que le mot d'esprit est au langage.* Une *pointe*, une aspérité de l'existence, une incitation à bouger – sinon on va mourir d'ennui, ou de la fatigue de ne rien faire qui donne du souffle. Après tout, pourquoi fait-on des mots d'esprit ? juste pour écluser le trop-plein de refoulé ? Pas seulement. C'est que l'*esprit* du langage demande à jouer, à se faire entendre, à prendre des chemins grotesques non rebattus. Eh bien, l'esprit du corps demande que le corps se fasse un peu plus spirituel. (L'esprit *du* corps : un de ses contraires, c'est l'esprit *de* corps ; comme un des contraires de la danse, c'est le défilé militaire.) Et ce corps « spirituel » implique beaucoup d'humour : la consolation d'être soi et de n'être que soi, avec ses ombres et ses images. Le consentement à être réduit sans pourtant être réduit à soi. Halo d'amour dans les conflits ou les rencontres avec les autres. Sinon, que faire de cette « énergie » retrouvée ? On peut s'intoxiquer avec.

Beaucoup meurent de l'amour qu'ils ne donnent pas, et qu'ils ne peuvent donc recevoir.

Devant la présence de l'indicible, le halo des corps peut parler – leur mouvance, leur champ de gravitation –, et la danse peut associer librement comme en analyse. A charge pour elle d'assumer l'interprétation – qu'elle produit.

Et quand elle n'est qu'un jeu ? un jeu de construction ? Ce n'est pas rien de construire une structure physique, charnelle, qui tient debout, ou qui se relève si elle tombe, qui marche, qui fait de l'ordre et du désordre.

On y ressent que la présence est un don symbolique.

La vocation des danseurs c'est de danser. Quelles que soient leurs bases langagières, leurs théories fumeuses ou claires, leurs visées de vérité, d'authenticité : leur vocation c'est d'*être* la danse déployée, en développement. En cela, danse et corps dansant n'existent que l'un par l'autre ; ils n'ont pas d'existence séparée ; ils sont là pour rappeler la danse de l'existence. Rappeler la danse *à* l'existence.

Les corps dansants sont des corps qui se dévouent et se consacrent à faire exister le mouvement, comme s'ils *savaient* que rien d'autre n'existe, vu que le mouvement essentiel est toujours autre à lui-même.

Aux niveaux extrêmes où l'on fait passer le corps, le danseur et la danse ne font qu'un. Et nous aussi, qui la regardons, nous faisons partie de la danse : de se montrer à nous, elle nous appelle ; le corps dansant *dépend* du fait que nous soyons là, à le voir. C'est peu dire qu'il nous interpelle : il a besoin de nous pour exister, comme mouvement perceptible. (Comme le temps et l'espace, qui n'existent que dans notre relation à eux.) C'est en quoi *le corps dansant n'est pas un corps qui danse ; il est la danse faite corps, la danse visible en forme de corps*. C'est un mouvement du corps qui se crée, se détruit, se recrée, y compris à partir de rien – à l'image du monde : danse incessante de création et d'effacement. (Le récit de la Création dans la Genèse décrit l'infiltration de l'acte, l'acte créatif, dans l'enchaînement infini des mouvements qui font le monde, qui le constituent. L'acte créatif fait parler les interstices de cet enchaînement; il les met en lumière, comme existences possibles, comme tendances à exister.)

VII

Improviser

Improviser : se mouvoir entre les provisions d'être, physiques et mentales, pour des voyages non encore faits, ou pas même envisagés.

Répondre à l'imprévu; l'appeler, le déclencher, le laisser venir – l'état originaire non encore vu, *sans précédent*. Improviser c'est appeler l'origine, pour en passer par elle, y prendre la vitesse initiale; reprendre le départ consenti.

Danser l'imprévu, c'est explorer le corps caché, invisible : l'âme du corps, les autres feuillets du corps, matériels mais dérobés.

Le difficile est de retrouver les forces de l'imprévu sans les forcer; produire la spontanéité, le mode d'être où ça part tout seul, comme un départ de l'origine; un autre départ de l'existence. C'est le même paradoxe que la beauté : l'effet d'un amour qui ne se sait pas, qui ne fait exprès ni d'apparaître ni de s'ignorer.

Les allers-retours par l'origine conditionnent les mouvements d'entre-deux : entre deux corps, entre corps et loi, entre ici et au-delà, perception et rappels, apparitions et narrations, cadre et hors-cadre, loi et sans-loi; entre dire et faire, entre deux gestes ou deux pulsions, entre *khorê* et *graphie*[1]; entre corps et graphies; avec chaque fois des éclatements de possibles, donc des choix[2]...

Dans ces passages entre-deux, le corps-pensée donne l'idée, la constellation d'idées où l'effet de corps – la rencontre des corps – se produira; effet de corps abstrait, vaste, mais porté par des corps visibles, qu'il porte à son tour... (Toujours les corps dansants sont portés par la matrice qu'ils produisent, ou qu'ils évoquent, dont ils naissent ou renaissent.)

Improviser, c'est trouver où s'infiltrer dans l'improvisation incessante qui est à l'œuvre sous nos yeux, dans le monde, à coups de chocs et d'entre-deux. Entre «âme» et corps visible, ou plutôt entre les feuillets de l'être physique (corps-mémoire et corps actuel).

---

1. Voir la «Khora» de Platon dans le *Timée*.
2. Ces choix, je les appelle en termes précis *fibrations* et *coupures à travers les fibres*; comme dans l'interprétation d'un rêve: le rêve choisit dans chaque fibre d'images de quoi former son message, et l'interprétation reconstitue les fibres pour y faire d'autres choix. (Voir *Entre dire et faire* où l'on décrit cette alternance: déploiement de fibres puis coupures; et à partir des coupures, redéploiement puis autre coupure...)
Remarquons que cet espacement, ce potentiel d'interprétation que nous avons décrit ailleurs, englobe aussi, par exemple, celui des sémioticiens, appelé *schéma narratif* (Greimas): le schéma narratif met en vue des points singuliers qui feront l'objet d'éclatements, de «fibrations», pour voir ce qui s'y transfère; puis des réarticulations où les coupures se relient, etc.
Le point de vue *systémique* s'y inclut également. Son idée – que les acquis se réorganisent en un système «spiralaire» – signifie qu'un fibré se produit, dans lequel chaque fibre est la suite des images d'un élément dans chaque cercle de la spirale. Mais ce qu'oublie le point de vue systémique, c'est que ce faisceau de fibres appelle des interprétations... qui à leur tour mettent en cause le système.

Mais le plus vif entre-deux où la danse s'articule à notre histoire – et aux problèmes de notre temps – est entre *corps* et *loi*. L'enjeu n'y est pas d'être conforme à telle loi ou telle règle mais de faire vivre un dialogue spontané, calculé, du corps avec les lois de l'être qu'il cherche à vivre, à transmettre, à mettre en acte – actes de naissance et de présence. L'enjeu est de *faire passer* la loi plutôt que de l'incarner ou de s'y soumettre.

Par là passent toutes les voies qui dans la vie – marquée par les techniques – font surgir l'événement, entre l'*accident* et la *trouvaille* ; entre le retour du refoulé et le pur dévoilement[1].

Avec ces entre-deux, qui sont aussi des transits par l'origine, le corps se révèle porteur d'*objets-temps*. Il évoque de tels objets. Mais c'est le rêve de tout art : prélever le temps avec un corps, produire sa temporalité, «prendre» le temps dans l'être.

Pour rendre cette idée efficace, on dispose de certaines ficelles : mêler les arts – danse, théâtre, musique, arts plastiques –, briser leurs mutismes l'un sur l'autre, faire que ça parle entre eux même s'ils ne s'entendent pas ; même s'ils ne savent pas qu'ils s'entendent. Certes, le métissage n'est pas un but, c'est une chance de plus que l'on se donne pour dire… mais pour dire quoi ? la simple présence de l'Un dans le Multiple ? du Multiple dans l'Un de l'être ? Souvent ces ficelles sont un peu grosses, et le principe qui les guide – l'effet subversif du corps-pensée – n'est pas facile d'accès.

---

1. Toute l'esthétique d'un chorégraphe comme Galotta travaille ce va-et-vient entre une image et un réel ; entre ciel et terre, sacré et profane… Comparez avec l'écriture de Kafka qui est toujours dans l'entre-deux, entre deux niveaux d'écriture, entre rêve et réalité (voir *Entre-Deux*, *op. cit.*).

Improviser se revendique de la *création*. Aujourd'hui,
dès qu'un objet n'est pas produit mécaniquement, on l'appelle *création* ; pour conjurer le spectre de l'exécution
programmée. C'est un fantasme, qui vaut d'être interprété : dès que l'on frôle l'unique, l'objet unique, on croit
s'approcher de l'Un, des premiers tressaillements de
l'être, de l'être parlant et créatif. (L'origine c'est la figure
même de l'*unique*.) Mais plutôt que de dénoncer cette
manie « créative », prenons-la comme un signe, avec tous
ses abus : un désir s'y exprime – encore une incantation –
de contact avec l'être, avec le commencement, l'origine,
l'identité « vraie ». Fantasme d'engendrer du corps, à l'infini ; de disposer de l'espace, d'y marquer des séparations,
d'y faire foisonner la vie, d'instaurer la lumière – le
visible, les cycles de temps, les rythmes. Fantasme de
Genèse. Avec le risque – et le rêve – de retrouver d'abord
le chaos originel. (Pour juger d'une création, il faut voir
de quel chaos elle émerge et quel ordre elle appelle.)

A travers ce chaos, une question se maintient pour tout
créateur : suis-je en mesure de vivre un retour à l'origine
et d'en revenir ? C'est la question de la traversée, du passage à vide, du passage par le manque, de la traversée
du désert. Le voilier frêle qui danse sur l'océan, qui fait
le tour de la terre et revient après tous les déchaînements,
en donne une image.

Créer l'objet unique ou premier, c'est dire qu'aucun
objet disponible ne convenait ; tous étaient trop loin de
l'origine, trop chargés de répétitions. D'où le paradoxe
de l'*objet investi narcissiquement*. (De quoi gêner une
certaine « psy » qui force le clivage entre narcissique et
objectal en oubliant leurs connexions.)

Toute création véritable suppose que son auteur soit capable d'être recréé ou transformé ou ravagé par sa création. Qu'il voyage sur sa technique et porte son projet de faire, jusqu'aux seuils où sa trouvaille peut inscrire un trans-faire ; quand les transferts de mémoire ont servi de relais.

Il s'agit de créer un *être-avec* différent, pas seulement un objet neuf. (Et la danse fait jouer l'Adam, l'*Adame* créé avec de la terre, *adama* – ou l'*homme* avec de l'*humus* – ; elle fait de son être vertical, de son redressement, un saut pulsatil entre terre et terre. Le saut est la rupture du terre à terre, la coupure-lien avec la *mater* d'origine.)

La danse est donc une façon singulière de déployer la technique, à même le corps accessible : en prenant le corps comme «objet» qui aussitôt devient sujet, sujet au *transfert de création* qu'il objective.

Le piège est alors de croire qu'il faut d'abord une idée juste de la technique dans son ensemble pour «mieux» la mettre en œuvre ; qu'il faut d'abord imposer cette idée «vraie». Mais la technique – la masse du faisable – est ce qu'elle est, les idées qu'on en a, bonnes ou mauvaises, font partie du mouvement qui fait d'elle une création répétée, attendant le *saut* – accident ou trouvaille – d'où surgira la mutation. C'est le même type de saut qu'entre les lieux stables du corps. Le saut du corps mouvementé.

Le rapport entre technique et création est le même qu'entre transfert et trans-faire ; entre les rappels d'amour et la matière des gestes. Ce rapport impose – et contourne – la question du sens, par la voie de l'*interprétation*.

Si la technique permet d'avoir des libertés, c'est qu'elle a *reconnu* assez de loi pour s'en libérer ; pour être libre « de ce côté-là ».

Du coup, les paradoxes de la technique ont lieu en danse. Par exemple, s'installer dans un langage pour en sortir ; entrer dans une structure (dans un corps-mère) pour s'en expulser ; se soumettre à une technique pour s'en libérer ; faire des images pour les perdre et pour n'être pas une image ; déconstruire *via* les réseaux de trans-faire et *via* le rapport à l'origine pour se reconstruire. (Ce qu'oublient les maniaques de la « déconstruction », qui rêvent d'arriver, d'ouvrir leur boîte à outils, de déconstruire, et de repartir faire ça ailleurs vu qu'il y a tant à déconstruire...)

Composer, décomposer, lire-écrire avec le corps, différencier-intégrer... n'a d'intérêt que si cela révèle du nouveau. Sinon, c'est toujours l'incantation – qui rappelle sans cesse qu'on peut parler *avec* le corps. Soit. L'énoncé n'est pas nouveau ; mais il ne donne pas de savoir-être ; il rappelle que « ça existe », mais la Chose reste hors d'atteinte. « Ils ont un corps, ils sont un corps, ils le savent. »

– « Et après ? », ou plutôt : « et avant ? ».

Avant, il y a la provision d'être, à trouver. Improvisez, là, et que la danse ait lieu – dans ce lieu qu'elle réinvente.

On raconte qu'une danseuse était allée voir un monsieur important, qui la regarda du haut de son importance et lui demanda ce qu'elle voulait. Elle se déshabilla, puis dansa devant lui ; longuement ; vertigineusement. A la fin il y eut un vide, un silence ; il crut qu'elle était venue s'offrir à lui. Il allait se jeter sur elle, avec une passion importante, quand doucement elle l'écarta, s'habilla, et s'en alla en disant d'une voix sereine : «Ce que je voulais vous dire, je vous l'ai dit avec ma danse, je crois que vous n'avez pas compris.» Et cet homme raconte que depuis ce jour-là il se sent comme encombré de son corps, ou d'un corps invisible qu'on lui aurait *inventé*.

9

CORPS ACTEURS,
ACTEURS DU CORPS

L'expérience de l'*acteur* est de celles où corps et «âme» – corps visible et corps latent – non seulement communiquent, mais sont deux formes d'une même présence, physique et mentale, qui vient faire événement, s'exposer aux mots, et aux histoires grosses d'événements qu'elles font naître dans le corps qui les porte, qui les joue.

A condition que le «texte» à quoi l'acteur donne corps soit lui-même un événement ; ou un manque d'événement si violent que c'est un choc à transmettre ; un vide éclatant.

L'acteur supporte et assure le passage entre dehors et dedans, passage incessant entre la scène qui se voit et celle qui s'éprouve ; entre les deux scènes passe le jeu.

1

Pour l'acteur de théâtre son corps, comme pure apparition, ne suffit pas. Son corps s'appuie sur le texte – et sur le jeu des autres corps qui lui font face, même s'ils relèvent du même texte… C'est au couplage avec le texte qu'il prétend donner corps. Vivre un texte c'est le prendre comme un corps avec qui on s'empoigne, on se bat, on s'entend, on s'emporte ; avec qui il y a de l'amour, de la guerre, et des ruses.

Son travail d'interprète c'est d'éclater son corps – même en douceur, avec économie –, de l'éclater en fibres multiples, dont chacune sera *chargée*, avec sa voix, ses gestes, ses passions, ses calculs, ses pensées ; et cet ensemble de fibres s'offre *au passage du texte*, le texte qu'il lit et qui le lie ; qu'il interprète, qui l'interprète. Par toutes ces fibres, l'acteur est lui aussi interprété, pris dans l'*inter* – l'interstice, l'interaction ; l'interlocution…

Il bute sur des limites, des coinçages de son corps, de son histoire de corps. Un danseur voit tout de suite si des acteurs ont des blocages côté corps. La différence est claire : la danse transfère tout sur le corps, pour qu'avec ses mouvements il nomme, il porte, il reconnaisse nos existences et les recueille dans ce corps devenu mémoire, le corps danseur. Le théâtre, lui, transfère sur les mots portés-par-des-corps, dont le jeu doit produire l'événement qui nous regarde et nous reconnaisse. Le corps-mémoire de l'acteur se charge de ce qui se joue dans le texte ; qu'il décharge dans son jeu.

Sans ces limites de leur corps les acteurs seraient des danseurs. C'est pourquoi, ces limites – qui sont leur alphabet, ou leur palette de couleurs –, ils les transfèrent sur l'*autre corps* qu'est le texte, qui sert d'appui, de partenaire. Cette limite de l'acteur est relayée par d'autres corps, ceux des autres acteurs, qui s'y accrochent eux aussi de tous leurs crocs ; même que le plus vorace des acteurs, le metteur en scène, veut emporter le morceau, faisant jouer les autres corps comme des fragments du sien, qui se prend pour l'Architexte.

2

De ce point de vue, on est gêné de voir l'idée du grand Diderot devenir désuète[1] : pour lui l'acteur doit non pas « jouer d'âme » mais jouer « de jugement, de réflexion » ; être non pas sensible mais attentif à ce qu'il « imite » ; non pas éprouver la colère mais l'imiter. Aujourd'hui, il n'y a même pas à trancher entre les deux termes tant l'opposition est caduque. L'acteur joue un certain jeu, il est *sensible à ce jeu* et non pas au « personnage », qui n'est que l'effet de son jeu. (Le personnage est un éventail de jeux, et les lames qui le composent jouent déjà hors de la scène, disons sur la scène du social, depuis les tractations pour *décrocher* le rôle jusqu'aux retombées de la critique... ou aux rapports entre les acteurs.)

Diderot pourfend l'acteur qui est dans le vécu plutôt que dans le jugement ou la composition ; or il est *dans le vécu de* ce jugement, *de* cette composition. L'interprète est dans le vécu *de* cette interprétation, celle qu'il produit à force de jugement et de corps – dans un procès créatif où il est juge et partie. Il est sensible par transfert, par procuration ; sensible au transfert qu'il opère, et qu'il induit chez les autres. L'opposition entre simuler et éprouver est bien trop floue. Déjà l'hystérique l'a subvertie, très simplement : elle interprète

1. Voir *Paradoxe sur le comédien*.

quelque chose qu'elle n'éprouve plus mais qui la tient
car elle l'a un jour éprouvé, en son absence. En « simu-
lant », elle indique ce qu'elle éprouve à son insu et
qu'elle ne peut que dissimuler. Elle interprète un
trauma, une situation ; c'est-à-dire qu'elle la vit juste
assez pour déplacer sa clôture, pour l'éclater et lui
transmettre une autre vie, y révéler d'autres possibles.
Bref, ce que l'acteur met en place peut être assez vivant
pour qu'il y soit toujours sensible, chaque fois qu'il le
joue ; et chaque fois est unique. (Outre l'unique fois si
singulière jouée devant la caméra ; on la répète en tant
qu'« unique ».)

Aujourd'hui, l'acteur sait tout cela d'instinct. Son
vécu *et* son jugement sont faits pour être déplacés, en
déplacement, le long des fibres chargées d'images où il
fait ses choix, froidement, intuitivement, impulsive-
ment ; en vue de soutenir une existence *avec* laquelle il
va jouer. Le danseur danse son autre corps ; l'acteur, lui,
joue *avec* cet autre corps qui est son socle interprétant ;
et parfois il le montre comme une sublime marionnette
dont il est l'âme.

Son corps est l'âme de cette *chose* qu'il fait jouer ; de
ce bout de fantasme qui s'appelle « personnage ». C'est
dire qu'il travaille du corps : voix, regard, geste, mouvement, souffle… Et qui dit voix dit ventre et tête, comme
pour le chant ; un flux sonore est arc-bouté entre le
ventre et la tête ; avec du cœur au ventre, comme on dit,
le cœur – le courage – qu'il faut pour traverser toute
une histoire dans cet étrange navire qu'est son propre
corps, porté par l'océan verbal, laissant un sillage de
mots et de sens là où le danseur laisse des sillages de
silence. Est-ce à dire qu'il faille prôner le clivage entre
le théâtre foyer de sens et la danse lieu de l'égarement
insensé ? Ce serait oublier les croisements où un sens

donné éclate et où des éclats de sens se focalisent et dessinent l'autre sens.

De toute façon, le corps est la scène où se présente, mis en lumière, un certain événement. Parfois le corps « fait des scènes » et se prend pour le théâtre de lui-même, oubliant qu'il est le théâtre du monde. (Petite phrase zen : l'univers dans les dix directions est mon vrai corps.) Le corps est un monde à la recherche de son théâtre, de sa scène – primitive ou raffinée –, de son texte, de la mémoire qui le porte. Cliniquement, on connaît les corps-scènes qui convertissent la scène en corps ; l'hystérie est une danse du corps parlant rappelé par l'Autre qui en appelle à...

On peut penser le corps dansant comme ce corps de la conversion – hystérique –, mais à la place de l'utérus, ce serait tout le mouvement de la vie, et les scènes du monde.

3

Dans certains cas limites[1], l'acteur aurait pour partenaire non pas tel rôle ou tel corps-texte, mais le surgissement de la langue, le corps de la langue qu'il doit faire vivre et faire passer ; et faire jouir. D'un côté, apparition du corps ; de l'autre, apparition de la langue. L'acteur ferait danser le verbe avec son corps, comme le danseur fait danser le corps avec son corps. En géné-

---

1. V. Novarina en parle dans ses beaux textes sur le théâtre (Éd. Actes Sud).

ral c'est plus complexe. Le flux des mots n'est pas le
tuyau de la trachée où il suffirait de souffler, pour s'inspirer. Les galeries de vide et les canaux du langage sont
plus ramifiés.

La distribution de mots et de sens dans un corps-texte
n'est pas assez «tuyautée» pour qu'il suffise de souffler
fort afin de le faire entendre. C'est plein de fils multicolores, il faut choisir, ouvrir le jeu, dégager le rythme, différencier pour raccrocher le spectateur à quelques fils
ténus, assumer le manque interne aux mots, le faire jouer
au cœur des choses et des êtres.

L'acteur est de ceux par qui l'être se fait parlant. Il
allume les mots, les consume, se brûle avec parfois.
D'autant qu'il doit souvent changer de langage et de discours. Il sait la pluralité des langues, la bénédiction de
Babel effondrée. *La parole sert à passer d'une langue à
l'autre dans un même corps.* Et le corps assure ces passages multiples par quoi le texte prend corps. Là s'explorent les limites d'être et les manques, à même le
corps, pour les bouger, les déplacer. Parfois c'est impossible. Un symptôme, c'est cela ; c'est ce qui en nous ne
veut pas changer de langage. J'ai connu un homme – de
théâtre pourtant – dont le symptôme est de formuler la
même demande, toujours, celle de tout le monde au fond :
être accueilli, reconnu, avoir la part qui lui revient…
– mais il le faisait dans un langage intraduisible, obstinément fermé, dans une langue impossible à élucider
pour les autres ; comme s'il craignait que cette lumière
ne l'aveuglât lui-même ou ne révélât des choses du corps
ou des élans insoutenables, des appels d'amour plus
simples impliquant ses origines. Il préférait donc jouer à
ne pas savoir l'enjeu. Façon coûteuse de faire jouer le
manque-à-être sans y toucher avec l'autre corps, le corps
secret. Il jouait ça seulement avec son corps visible. Son

corps-mémoire n'entendait pas ce qu'il faisait. Comme quoi le jeu, même au second degré (celui de la mise en scène), peut impliquer le corps secret sans y toucher ; éluder l'acte interprétant – où l'être *joue* à s'interpréter.

4

L'éthique de l'être-en-jeu va plus loin qu'un frotti-frotta d'une image avec son double, ou qu'un duo du corps avec l'image qu'il se fait de lui dans le public et dans sa tête. Ces aspects existent, mais l'essentiel pour l'acteur est d'*habiter d'autres corps que celui de son symptôme*, de son fantasme, de son quotidien. Ainsi, il libère du corps pour le jeu ; il dispose d'un corps parmi les mots, il peut y entrer, le jouer comme on joue d'un instrument, et ressortir.

Là encore, facile à dire. Tant de risques l'attendent sur scène, et les mises du metteur en scène, mises avouées ou inconscientes. J'ai vu récemment une pièce agréable, *Tant de distance entre nos baisers*, jouée par sept acteurs qui incarnent chacun un stéréotype actuel. Un patchwork de parodies, pas de dramaturgie, pas de réseau actif producteur d'événements. Mais il y a les corps-acteurs qui jouent à fond ; on voit que ce qui leur est confié c'est d'être eux-mêmes la dramaturgie, faite de corps sur-chargés, intensifiés, accélérés. Ils arrivent à produire cette trame, à la sécréter ; à convertir la présence de cha-cun en jets d'instants et d'histoires, rien qu'avec cette surcharge – factice, forcée mais assumée – qu'ils pren-nent sur eux. Si cette charge devenait un corps que les acteurs joueraient à faire exister, cela ferait d'eux des danseurs. Quand tout le corps joue avec lui-même, en présence de l'espace-temps où il déclenche une présence, l'esprit de la danse est atteint, et entre en jeu.

Est-ce à dire que le danseur est un acteur sans paroles – dont les gestes entrent en jeu l'un après l'autre comme les lettres d'un nouvel alphabet? et l'acteur un danseur parlant qui ne danse qu'avec l'autre-corps qu'est la parole qui sort de lui? Pourquoi pas? Mais la parole ne lui fait pas méconnaître l'origine et le jeu qu'elle induit: l'acteur – déjà pour se poser, marcher, courir, faire entendre son premier souffle – connaît ce grand retrait du corps nécessaire pour laisser venir l'autre corps, de pure parole. Comme le retrait du Créateur de la Genèse pour laisser venir le monde, le laisser émerger; et avoir avec quoi parler, ou avec qui.

Ainsi l'acteur porte sur lui, à bout de bras et de voix, l'*identité comme processus*: l'identité multiple qui dérive de l'origine, si l'origine s'y prête. L'identité, comme trame d'enchaînements *virtuel*s que chacun peut vivre, est *actuelle* chez l'acteur: danseur de l'être, mais pas de l'être indéfini: de l'être parlant, vivant les effets de sa parole.

Par la parole on agit sur le corps; mais la danse est ce par quoi le corps agit sur lui-même, sur l'autre-corps qui le double. Et pour soustraire un corps à l'emprise d'une «mauvaise» parole, il faut plus qu'une bonne parole, il faut une bonne «danse»: un mouvement juste du corps chargé par la parole; chargé d'être et de manque transmissibles.

5

Sur scène, avant même la parole, il y a la *transfiguration* ; le corps présent transfiguré parce qu'il est dans la Scène, face au trou noir peuplé d'yeux, de corps presque invisibles. Alors le corps imminent s'allume, il peut parler mais il se tait encore, il prend en main ce pouvoir inouï de parler. Il mobilise une autre lumière que celle des projecteurs. Si elle vient, il est transfiguré. Mais d'où vient-elle ? C'est l'*entrée de jeu* : l'acteur est au seuil du grand jeu cosmique ; il entre dans la danse du jeu, il est déjà dans la peau de l'autre et peut jouer tout ce qui pour elle fut injouable. Il est l'ouverture du jeu, et son aura vient d'une aurore qui éclaire l'horizon ; en face.

Ça transfigure : la figure passe outre ; la figuration se traverse. *Trans* est le mot pour les traversées d'entre-deux : une figure transpose au-delà les enjeux qu'elle a bloqués, arrêtés, mais qui poursuivent leurs petits jeux. Trans-faire le jeu, transférer la lumière d'être.

L'acteur fait jouer les transversales entre-deux-corps, les interstices de la loi, c'est-à-dire ses points de rupture et de mutation ; il cherche les points morts et les rebonds du corps, ceux où ça fait mal et ceux où ça fait jouir.

Ce n'est pas qu'il est dans le corps d'un autre, encore moins du personnage. (Le fantasme d'être un autre est un fantasme d'hystérique et ne dit qu'un aspect des choses. Il ne s'applique qu'à l'acteur un peu borné qui renoncerait à faire jouer ses contours narcissiques et à les intégrer aux dépassements qu'il en produit.)

L'acteur possède son corps, mais il l'a décomposé, feuilleté, fibré de mots et d'événements : et à partir de ces fibres un autre corps se recompose, superposé au premier ; là résonne le manque qui les sépare et qui les lie ; là va passer la trans-missive qui fait le pas, un pas de plus, dans le parcours identitaire. Le but de l'art n'est-il pas de transmettre ce pas de plus dans la coulée identitaire ? de quoi rappeler que ce n'est pas un *état*, mais une histoire ; de quoi donner l'impulsion, à partir d'événements aigus ?

La danse travaille l'événement d'être. Elle danse le fait d'avoir un corps ou d'être un corps pris dans l'histoire, toutes sortes d'histoires. Mais l'enjeu de l'acteur est plus précis. Certes l'acteur vient faire jouir le corps de la langue, de la langue-mère trouée de partout [1], jouissante, furieuse de tous ses manques. Mais il vient surtout célébrer pour les autres, pour le corps-pensée des autres, l'événement traumatique de leur entrée dans les mots, les origines de leur engagement dans le langage. C'est l'événement insituable, qui est partout et nulle part ; car dans les mots, ils y étaient, avant leur conception, mais voilà qu'avec l'acteur ils peuvent se voir s'y mettre en acte, avec leur corps réel. L'impulsion de jeu part du même lieu que la danse : elle part de l'origine-corps, de l'événement d'être – appel de ce qui va être, et rappel de ce qui doit être. Deux figures du manque. On part de là, ça n'implique pas de s'installer dans ce manque ou ce vide. Il s'agit bien d'en partir, quitte à y repasser.

La création dont la Genèse donne une image est instructive : ça partait non pas du vide mais du chaos primitif, et de l'être en manque, à qui il manque d'être parlant, éclairant, râlant, jouissant, pensant… Alors l'être fait en

---

1. Voir V. Novarina, *op. cit.*

sorte *que ce soit clair* d'abord ; l'être se fait éclair et éclairant ; il fait qu'il y ait du temps, de l'alternance d'espace-temps ; et de la chair alternée qui prolifère. Il « crée » de la coupure-lien, de l'imparfait rattrapé. Eh bien, ce serait à prendre comme indications pour acteur, sur la scène du monde, vu que c'est sur elle qu'il convoque le bon peuple à venir voir ce que c'est qu'un corps parlant en proie à ses histoires. Non pas à venir contempler le trou et le vide d'où ça part, mais à venir suivre le départ, y prendre part, partir avec ; en étant porté, par toutes ces faces de la présence – par la chair féminine porteuse de corps et par la libido (masculine selon Freud) porteuse de ce joint érectile qui fait le lien entre les sexes…

6

Dire que le jeu ou la parole ou la danse, ça part du vide, c'est les ramener à leur énigme originelle dont ils essayaient de partir, justement, pour vivre ce que ça déplie.

Et que nous dit l'acteur du corps-en-jeu ? que le corps est parlant ? pensant ? Mais tout corps recroquevillé, en train de sécréter du vide, est pensant à son insu. *L'acteur nous dit que ce corps peut être porté à bout de paroles à travers ce qui lui arrive, qu'il peut porter des histoires, qu'il peut les traverser.* Quitte à y rester, aux arrêts de jeu, aux terminus du corps. Et s'il refuse ? Il y resterait quand même. Il n'a pas le choix.

L'*entre-deux-corps* que vit l'acteur est multiple. Il y a son corps visible et son corps secret, invisible. Il y a son corps et son corps-texte. L'acteur joue aux interstices de l'être. Entre-t-il dans la peau d'un personnage ? C'est plus complexe : avec son corps, son être, il entre en rapport avec le corps-texte, qu'il intègre à son corps secret ; rapport d'amour, genre homme-femme, mère-fille, père-fils... Il y a de la filiation, des fils multicolores, de toutes parts. Le corps-texte est donné, mis en main ; c'est plus maniable qu'un destin. L'acteur prélève dans son corps de quoi saisir ce texte, et dans le texte de quoi mobiliser son corps, et soutenir ce tumulte, cette approche, cette séduction mutuelle, cette rencontre des deux corps, pour qu'il en sorte quelque chose de viable. Entre le corps de l'auteur et celui de l'acteur c'est une texture dont il faut dégager les fils pour bien s'y accrocher ; pour les faire sentir au public, l'attacher avec. Entre le corps-acteur et la texture de l'autre-corps, il y a le tiers-spectateur, que ces fils doivent tenir comme les fils d'un destin.

L'acteur ne se dissout pas dans la représentation. Une fois celle-ci inscrite, délimitée, il peut l'oublier au profit de la présence : être présent de tous ses corps ; être non pas cet autre, mais cette présence parlée d'un destin. Cette présence charnelle, pensante, voyante, sert d'origine provisoire ; à partir d'elle partent ou bifurquent les corps visible et invisible, tous deux charnels, parlants, réels, s'ils reconnaissent leur ancrage d'origine. Ils ouvrent l'entre-deux où la chose se passe.

A l'acteur qui joue mal, l'auteur pourrait demander : c'est tout ce que tu trouves comme second corps pour seconder le mien, que j'ai mis dans ce texte ?

Parfois l'acteur peut arguer : mais le corps secret du metteur en scène m'a fait barrage, et s'est imposé comme limite. C'est que l'acteur peut ressentir le metteur en scène comme un vrai paradoxe : le « metteur » lui ouvre des possibilités de jeu, et les lui ferme en même temps ; ou plutôt, il place à chaque ouverture un guichet de contrôle. Mais après tout, à l'acteur de se défendre en jouant avec *ça*, et en prenant s'il le faut le metteur en scène comme une pièce de son jeu. (Encore une fois, le jeu comporte les conditions de sa mise en place : préparatifs, insertion dans le social, dans le monde intérieur de l'acteur. Sinon, le jeu ferait-il de telles résonances avec le jeu de l'existence ?)

7

Nos traits singuliers, de corps ou d'esprit, sont des plis et des froissements entre nos deux corps dans leur correspondance secrète – où l'un sert à fibrer l'autre. Pour l'acteur, cette correspondance est relayée par le *corps-texte*. C'est un partenaire, distinct des autres acteurs qu'il a devant lui ; il lui sert à entrer et sortir dans l'espace-temps de la présence. D'où ma surprise quand je lis que l'acteur vient jouer « pour disparaître » ; ailleurs j'ai lu que la danseuse vient danser « pour disparaître ». Et l'*apparition* alors ? pourquoi la laisser aux fantômes ? Toute disparition est entre deux apparitions ; et tout corps, entre deux corps.

Dans ce jeu de la présence, l'acteur n'est pas « mis à nu », mais il a sa nudité : le rôle ne le couvre pas complètement ; le rôle peut être un fil tendu sur le vide, il s'y avance à découvert. Un de ses corps est « drapé » dans le rôle, mais le reste est à nu, exposé, complètement.

Comme dans la danse, en silence, l'acteur crée de la place pour le corps, recherche les gisements d'être inexploités, à mettre en jeu ; il rappelle le corps à lui-même, et à l'Autre qui lui échappe, pour appeler le reste à prendre corps. Le reste : l'amour, le corps invisible… De quoi maintenir en vie la haute question de toute technique : qu'est-ce que tu fabriques, avec ton corps, ton être, ton histoire ? Qu'est-ce que l'Autre en a fait, ou t'a fait faire avec ?

Ne pas se réduire à son corps, mais ne pas passer dans le corps de l'autre : alternative que mainte jeune femme connaît, quand elle se bat vaillamment avec ce qu'on nomme l'hystérie. Ça lui donne des envies de faire du théâtre, parfois de faire de la danse – poignantes envies de bouger son corps, de le rencontrer, de l'inscrire ; d'exister dans le regard de l'« autre », d'y jouir, d'y être vue et entendue ; d'avoir de la place pour bouger et pour jouer…

Et la jeune femme se rappelle toute l'époque où les siens, ses parents, étaient aux petits soins pour son corps. Ils voulaient le parfaire, le rendre totalement performant. Et le corps s'est cassé, s'est noyé dans une vague d'anorexie. Il n'est resté qu'un fragment d'être avec la chair minimale, assez forte pour leur hurler en silence : et le *reste*, alors ? Le reste qu'ils avaient oublié et qu'ils ne voyaient toujours pas.

Intermède

Danseuse mystique

– On doit pouvoir chorégraphier le devenir fou d'un corps, ou son entrée en maladie.

– Ça se fait. Toute chorégraphie comporte cette mise en folie du corps. Elle le fait passer par ses états instables. C'est cela, « maladif », c'est l'état où l'on tient dans des conditions précaires, qui font mal.

– D'accord. Je parle de chorégraphier l'entrée en maladie ; certaines entrées.

– Comme l'entrée dans la vie, alors ? la naissance, donc. On n'en sort pas.

– Si. Ce serait justement la sortie de la vie, l'entrée au ciel, en somme. J'ai lu un récit sur Thérèse de Lisieux [1], son entrée en maladie, son agonie. C'est précis, volontaire, c'est comme une danse au ralenti, où la mémoire et les sens donnent les élans, les accélérations. Écoutez ça : « Ses mains naufrageaient dans l'espace réduit de leurs mouvements, hésitant toujours entre une destination et une autre... » On dirait de la danse.

C'est une étrange maladie que la mystique va danser. Il y a le devenir Dieu du corps, le devenir humain de Dieu,

1. E. Rasy, *La Première Extase*, Paris, Rivages, 1987.

et surtout l'effusion mutuelle, le déchirement de l'un par l'autre. Et puisque la maladie est une «déformation» du corps – elle le déstabilise, le décompose, le remanie, le manipule –, l'enjeu est clair : manipuler la maladie, crever le corps pour que Dieu y entre ; y faire entrer Dieu à en crever. Outre la limite christique, le corps-divin, il y a des variantes : être dans le don exultant de la vie, qui prend corps et qui reprend le corps.

Le corps à corps sera donc avec Dieu : lancer son corps vers l'Autre, jusqu'à le perdre dans cet élan, et, par un brusque retournement, se révéler déjà là-bas pour le recevoir ; pour se recevoir, en beauté, c'est-à-dire avec un grand amour de soi, ou de l'épreuve qu'on déclenche.

Dans cette aventure du corps, ce soulèvement serein et mouvementé, le corps est le lieu d'une «folie» qui jouit de s'expulser ; le lieu d'une souffrance qui jouit de s'absorber. C'est un mouvement physique de l'âme pour faire passer le corps ailleurs, s'en dépouiller, recueillir sa dépouille, celle du Dieu qu'on devient, ou dont on a la peau. Comme un danseur qui accourt, qui lance son corps aux confins de l'espace, et ramènerait en lui l'*origine* de l'espace ; avec lui. Certes, on ne parle que de l'âme, de ses élans, ses va-et-vient ; le corps bouge très peu, mais il cautionne tout le projet qui à la fin doit le consumer. Quelle danse est assez folle pour produire cette consumation ? En principe elle taille le corps, pour le dégager de sa gangue, elle le fait s'ignifier, elle ne le brûle pas.

Cette mystique est donc *aussi* une «contre-danse» pour faire pièce à la danse – dans un geste qui la bloque et l'accomplit.

L'agonie a des étapes. Le corps-pensée « danse »
autour de toute souffrance, pour la cueillir, en faire le
plein, absorber toute altérité. Vers la fin Thérèse dira :
« Je deviens déjà squelette. Voilà qui me plaît. » C'est
l'idée de naître *à* sa mort, d'y être présent. Le corps
global est fixe : viennent s'échouer sur lui les vagues
de la souffrance qui font partie de lui ; le soulèvement
des tripes. Elle veut se faire un corps divin *c'est-à-dire*
un corps d'enfant : « habiter l'enfance pour toujours,
l'enfance qui ne connaît pas de geste, pur mouvement… ». Curieuse idée, l'enfance sans geste, mais
qu'importe ; ce « pur mouvement » indique l'horizon de
la danse.

Pas de technique pour se battre avec la nuit et l'ombre.
Les techniques fonctionnent trop bien, croit-elle. (A tort
car les techniques, sans le savoir, donnent rendez-vous
là où justement ça ne fonctionne plus.) Elle « devina
que la technique avait réduit la magie à l'état de spectacle ». Mais n'est-ce pas ce que fait toute œuvre ? Pourquoi cette méfiance envers le spectacle ? comme si on
craignait d'y céder, de s'identifier avec, avec son propre
spectacle projeté. L'idée de spectacle « comprend »
peut-être tous les leurres dont on l'accable. (La danse
par exemple porte la magie spontanée vers les magies
reproductibles, celles du spectacle, capables de créer
d'autres « magies », d'autres inspirations, à travers la
technique.)

Mais la petite Thérèse, qui veut faire œuvre divine,
délaisse le morcellement du corps de son homologue
d'Avila, pour « ne pas se mesurer à la technique ».

Elle part du désir de n'« être que le jouet de son
Dieu », avant de « passer » Dieu – ou de le dépasser –
après s'être jouée d'elle-même. « Mon âme est déchirée,

dit-elle, mais je sens que cette blessure est faite par une main amie, une main divinement jalouse… Ce n'est vraiment pas commode d'être composé d'un corps et d'une âme.» Cette main de l'Autre, jalouse d'elle… Telle femme prise dans la haine du désir (haine *de* la mère, bien souvent) connaît cela quand elle torture son amant, qui n'est autre qu'elle-même, ou qu'elle torture en elle l'amant introuvable qui l'attend là-bas de l'autre côté d'elle-même, l'amant qui est son double et qu'elle contient.

La souffrance, perpétuel mouvement de l'âme, est à la fois moteur et piège. «La souffrance est devenue mon ciel ici-bas, et j'ai du mal à concevoir comment je pourrais m'acclimater dans un pays [au ciel] où la joie règne sans aucun mélange de tristesse.» Dans sa rage de «passer» Dieu, elle pourrait bien le traverser pour mieux atteindre le Dieu d'après, le *vrai*. Cette souffrance inapaisable exprime le manque d'espace et de corps, l'espace du manque où tout cela s'entrechoque.

Elle va naître à son corps en le faisant disparaître. Il s'agit d'absorber l'Autre jusqu'à s'absorber soi-même. En soi. Elle se veut tout entière dans son corps («qui se referma sur elle comme un linceul»). Pour cela elle part de sa mémoire en tant que corps de perceptions, sans parenté ni transmission. Ses souvenirs, elle les transforme en choses éparses, déconnectées. Son désir descend en elle et s'enfouit dans son corps, là où le temps n'a plus de résonance. On lui offre une poupée, elle ne lui rappelle rien, elle ne simule rien, elle est ce qu'elle est. Les semblants et les ressemblances vacillent. Le corps est une «fiction» réelle.

Certains corps pris dans cette danse narcissique, en proie à la mémoire qui manque, ou en guerre avec elle, ne veulent rien évoquer, comme pour mieux être réduits à eux-mêmes.

Pour Thérèse, un des secrets de cette guerre c'est qu'elle n'a pas connu d'intimité maternelle. Le corps de l'Autre, de l'Autre-femme, est resté pour elle opaque, hors d'atteinte. Elle en garde l'idée que le corps « ne se donne pas »; que *l'habit seul est le salut*, cet habit qui fait d'elle un pur objet de regard.

Sa vraie passion : l'intensité qui « annule l'objet et l'exalte »; qui l'écrase et le soulève. Comme ce sera fait de son corps. La danse ici est cette exaltation du corps chargé d'âme; c'est le *saut* de la vie à la mort, un saut qu'il faut parfaire. Elle cherche dans la mort la naissance qui lui manque. Elle la poursuit, la séduit, lui fait fête. La vie, elle, lui était « uniquement souffrance, séparation continuelle » (d'avec qui ? d'avec la mère toujours manquante ? ou d'avec son corps qu'enfin elle découvre ?). Or elle tient à la souffrance, donc à la vie. En même temps, ces déchaînements veulent atteindre son Dieu et entamer son inertie.

La danseuse veut dompter le corps avec le corps, la mystique veut le vaincre avec les mots et le vide des mots. Elle s'allie avec le langage, là où la danseuse fait danser le corps au rythme de l'autre langage – qu'elle déclenche. Les deux femmes vont à contresens, mais elles se croisent, au même ombilic : dans l'épreuve narcissique, qu'elles vivent différemment. La mystique écoute sa voix comme une relique; elle fait tout un travail du corps pour « manquer de mots »; la danseuse lance son corps et l'exalte, quand les mots manquent ; car son corps est ce qui supplée aux mots qui manquent.

Thérèse, la mystique, ne parle que corps et que mouvements, mais en négatif : « comblée par cette complète absence de mouvement, avec une impression de mouvement que produit le parfait équilibre entre l'état de sommeil et l'état de veille ». Elle est suspendue entre le règne humain et le règne des objets, en attente du « règne de Dieu ». Déjà, petite fille, elle savait « flotter savamment dans cette frontière qui sépare la matérialité muette du corps et la loquacité de l'esprit ».

Le poids réel du corps compte aussi, en négatif : plus elle maigrit, plus le corps est lourd. Mais elle, si légère, vit une danse avec son double ; un dédoublement dansé : la dispersion quotidienne du corps « se convertissait miraculeusement en une force de cohésion autour d'un centre qui était elle, ou une petite part d'elle, presque un double implicite d'elle-même... ». Elle contient donc son double ; son projet n'est surtout pas de le devenir. Sa sœur est invitée au mariage d'une cousine : « Thérèse la supplia de ne pas danser, de ne pas accepter d'être prise dans le mouvement centrifuge et décongestionnant de la danse, comme si c'était une trahison irréparable envers ce centre obscur vers lequel tout acte devait converger pour se résoudre en une stase [...], ce centre qui était elle-même. » (Comparez avec la femme stérile qui hait la danse ; deux logiques différentes mais proches.) C'est un centrage narcissique total ; ça tient tout seul ; le Dieu qui l'inspire c'est le Dieu de l'*inertie*. Elle déteste les résonances entre les choses et les êtres. Sa mémoire se désarticule, elle devient son corps ; et ces fragments, elle ne veut plus les transformer, les rassembler. Quand elle parcourt sa vie, des noms surgissent mais sans rapport entre eux. L'idée même de « rapport » lui inspire de l'horreur. Exemple de sa façon d'évacuer l'autre : en visitant le Carmel, « tout lui a semblé ravissant, elle se croyait transportée dans un *désert* ». (Où sont les sœurs ?…)

Elle se contracte et se love dans son propre ventre, pour « être à la fois la mère et son enfant ». Elle ne peut plus se lever. Assez de cette verticalité « qui tient l'homme debout et lui accorde le pouvoir sur la création ». La création, ce sera elle, résorbée en elle-même et en Dieu. Elle veut désincarner le corps pour s'incarner Dieu. Le corps n'accomplit plus que des « restes de mouvement, la main s'arquait lentement, puis s'étendait mais pas entièrement, comme si le mouvement lui aussi avait dû expérimenter l'impossibilité, et mourir ».

Veut-elle *parler* à ce Dieu ? Non. Pas le courage ; trop fatigant. Ce serait lui supposer beaucoup trop d'altérité. « Le silence seul était capable d'exprimer sa prière. » « Le silence, voilà le seul langage qui peut dire ce qui se passe dans mon âme. » (On comprend que certaines religions veuillent la prière articulée, à voix audible : que le fidèle reste à distance du Dieu à qui il parle.)

Jouissance paradoxale ; l'éloge du corps qui se décompose. La cécité progresse, elle lui fait voir « les ressources du corps plus vigilantes que celles de l'âme ». « Elle avait souvent pensé que l'âme n'était qu'une fonction du corps. » Le corps est en train de disparaître, mais il reste la vraie mesure des gestes ; le geste ne disparaît pas, jusqu'au dernier moment. « Elle trouvait sa force de gravité dans le fait d'écrire des lettres. »

Son idée est «que Dieu nous mendie notre agonie».
L'agonie comme rencontre avec la mémoire de soi. Se
voir comme une dépouille; non pas disparaître mais se
voir comme un autre en voie de disparition. Le corps
reste le lieu du dernier mot, qu'il prononce en silence,
pour dire l'échouement: l'arrivée sur la rive de l'incréé; de l'être. Désir de le rejoindre, d'être avec lui,
d'être lui; dans une consumation lumineuse du corps.
Mettre en feu le vide d'espace; être dans ce vide tel un
buisson ardent. («Il faut que l'amour s'abaisse jusqu'au néant, et transforme en feu ce néant.») Retour à
l'incréé. Se confondre avec, donc avec l'inanimé, avec
l'origine. Curieux, ce retour forcé. Après tout, on y
retourne, tôt ou tard, à l'incréé. Mais elle veut prendre
en charge ce retour, comme pour l'arracher à lui-
même, le maîtriser.

Et c'est le corps qui reflue. Le mouvement vital s'inverse: un flot de sang lui monte à la bouche, dans la nuit.
«Émerveillée par cet insolite mouvement interne, insolite et rebelle.» Alors elle perçoit la maladie «non
comme une préparation à la mort, mais une façon de
vivre appropriée, solidement liée au mouvement». Ce
mouvement est l'approche d'une nécessité. Le corps
s'éclate, mais il retrouve dans cette fragmentation «la
puissance de son origine, le corps enfantin magique
et incohérent». Donc, *retour à l'origine*, secrètement
dansé; mouvements infimes, mouvements du corps *dans*
la scène du corps. La maladie devient espace de vérité,
de sincérité avec soi; elle rend l'être plus accessible,
dans ses replis. S'avancer vers l'incréé, jusqu'à l'être,
jusqu'au déni non pas du corps mais du fait d'être créé.
Présence et arrachage total du corps.

Elle s'arrache à la mère qu'elle n'a pas eue, et dans

son déni absolu, le féminin devient le double de l'enfantin, surplombé par l'origine.

Puis c'est le décollement de l'être, la suspension disloquée. Plus « aucune coïncidence ne relaie ses intentions et ses actions. La grâce divine avait supprimé le jugement, ou en avait démasqué la vanité ». Mais la peur demeure, une peur physique, prouvant qu'il y a encore quelques attaches...

A l'inversion près, entre passif et actif, c'est presque de la danse. Mais c'est activement passif. Quel travail, dans cette passion de faire passer le corps vers l'autre côté où elle l'attend et le reçoit ; où elle se l'envoie. La jouissance du corps est là dans son déni : « Désormais, elle observait avec amour son propre corps », toujours plus passif. Son regard est actif. Ses mains maigres, « elle les contemplait avec une dévotion stupéfaite... Une insistance admirative ». Célébration des mains, comme les mains dans certaines danses (indiennes ou flamenco...), ou le parler des mains, style oriental. La main, notre seul membre qui projette une telle richesse de notre cerveau, une telle complexité ; le seul membre qui peut suivre pas à pas un langage ; qui peut écrire, par exemple, qui peut « saisir »...

Et ce corps, instrument de pureté, l'impressionne jusqu'au bout par la précision de ses troubles, sa façon de se faire sentir, son dialogue avec les « remèdes » chargés de le faire taire et qui le rendent éloquent.

Le corps est mis à nu par l'autre corps devenu âme, ou substitut de Dieu.

Le démenti de la naissance l'amène au démenti de la mort, pourtant voulue et recherchée : « Cela m'est bien

égal de vivre ou mourir. Je ne vois pas bien ce que j'au-
rai de plus, après la mort, que ce que j'ai déjà en cette
vie. » Elle a donc inclus le ciel, dès maintenant, elle l'a
fait descendre dans le territoire de son corps dès maintenant. En incluant la mort elle la rend inutile, ou plutôt
insignifiante.

La rareté des mots, leur consistance légère ou vide en
font des éclats du corps ; l'écriture devient un corps qui
porte les mots non pas vers quelqu'un mais vers d'autres
parts de lui-même. L'écriture est un corps dansant de
mots ; jusqu'au dernier souffle.

Où s'achève l'épopée d'un corps, pris comme moyen
de voyager et comme fin de son voyage vers la fusion
avec l'être. Fusion où le corps disparaît, la beauté étant
cette disparition même.

Je la vois comme une danseuse qui brûle au feu
qu'elle devient ; étant – dommage – sa seule spectatrice.

*L'anti-danse c'est l'événement où le corps affiche :
impossible de bouger.*
Thérèse illustre parfaitement l'anti-danse, cet événement banal où le corps ne peut pas bouger. Trop collé à
ses problèmes pour les voir. Ces problèmes deviennent
votre corps. S'il bouge, c'est le saut dans le vide. La peur
de faire mal, ou de mal faire. Le corps est arrêté par lui-
même, il peut croire que c'est la loi qui l'arrête, mais
c'est lui-même qui est sa loi. C'est son corps. Dans cet
arrêt, il n'a pas où se projeter, pas d'avenir ou de passé.
Il n'a que l'instant, le présent. Et ce présent, c'est son
corps immobile. S'il bouge, il bascule dans le temps.

D'autres peuvent trouver ce même carcan, cette immo-
bilisation, dans la danse elle-même : l'adolescente à qui

la danse est imposée comme la plus belle image de soi. On la fait travailler jusqu'à l'écœurement, l'à-bout-de-souffle. Elle le vit comme un sublime sarcophage : elle ne bougera plus. Elle sera l'instant figé de leur bêtise.

Les corps dansants, eux, font l'amour avec le vide, ultime figure du divin. Et ce vide, ce manque dans l'espace, ils le prélèvent aux entournures de leurs gestes quand ils cherchent à se donner lieu, avec toutes sortes d'« actes manqués »…

CONCLUSION

Nous avons vu que l'«objet» de la danse n'est pas le corps «idéal» mais *le corps comme événement à vivre*; le rapport corporel à l'être, à la présence; l'implication active, charnelle dans la façon de questionner l'être en devenir. Disons que la danse est une façon de *renoncer à l'idéal pour vivre ce qui est à vivre : l'entre-deux-corps*. Renoncer à l'idéal en tant qu'image achevée qui se fétichise et interdit d'autres images.

C'est là un autre point de vue; assurément originel. On peut le saisir parfaitement dans l'épreuve de l'amour: le préjugé rebattu veut que dans l'amour on idéalise à fond, à tour de bras, que l'être aimé est sublime par défi-nition, qu'on l'aime *puisqu*'il est idéal, que l'amour est aveugle… Or la danse ouvre – ou maintient ouvert – un horizon tout différent de l'amour, où l'autre est recherché parce qu'il traverse votre manque-à-être, qu'il le fait vivre, et non parce qu'il l'obture d'une image idéale. Concrètement, il ne s'agit pas dans l'amour de donner une «belle» image de soi ou de s'enliser dans une «belle» image de l'autre; la beauté se produit en pas-sant, dans la justesse de la rencontre entre deux corps qui se touchent par leurs fantasmes, par leurs manques-à-être qui s'articulent. Dans cette rencontre, on n'idéalise qu'en partie, ou plutôt, cela semble «idéal» parce que c'est l'amour, qui se vit, en mouvements réels (à l'opposé de l'idée naïve où c'est l'amour parce que c'est idéal). Certes, on se fixe sur l'être aimé, mais il n'y a pas à confondre *fixation* et lien *idéal*. Pour qu'une fixation à l'autre soit l'idéal atteint, il faut qu'elle soit déjà d'ordre fétichiste, et que le sujet lui-même soit totalement narcissique. Ce qui n'est pas toujours le cas. En général, on aime les défauts de l'autre autant que ses qualités, car les deux symbolisent ce qui nous fait aimer la vie. C'est l'amour de la vie... pour elle-même, l'amour qu'elle a pour elle et pour les vivants que nous sommes.

Ce point de vue – que j'appelle celui de l'être ou de l'origine – fait sentir ou comprendre dans le même geste de pensée et d'émotion des danses aussi diverses que les classiques, traditionnelles, modernes, actuelles, contemporaines.

On voit alors que « de tout temps » un corps qui danse, qui entre en mouvement, est supposé ressentir des émotions, des éveils, et les transmettre ou les rappeler aux autres corps qui les regardent ; ou à lui-même – s'il les chante seul pour l'instant, dans cette musique de gestes devant l'Autre qu'il invoque ; devant la danse ou le Corps de vie...

La danse du roi David nous a servi de paradigme pour l'illustrer, puisque la femme qui la regardait a trouvé cela très indécent.

Bien sûr, la danse d'aujourd'hui, en *donnant* tous ces gestes au spectateur, lui donne aussi un questionnement de son corps, un ensemble d'appels de corps qui le rappellent à son image, à ses impasses de jouissance, à sa lassitude des mots, ses rêves de contact ultimes et de rencontres vraies, avec lui-même et avec d'autres, son ludisme sérieux, son désir d'égarement, sa soif de liens et sa méfiance des liens qui s'offrent, son goût de la rupture – si elle ne fait pas trop mal –, son goût de la vérité qui échappe à qui la dit… Mais ce ne sont là que des repères ou des clichés parmi d'autres, qui balisent une scène précise : celle des rencontres avec le corps comme origine, c'est-à-dire lieu de passage nécessaire et récurrent, scène que la danse vient littéralement ranimer ; faire revivre.

Cette scène cruciale, nous posons qu'elle existe à chaque époque, avec des repères variables, des degrés différents d'animation. La danse classique n'a éclipsé celle des sorcières et du sabbat que sur des scènes mondaines, et repérables. Dans les forêts et les lieux sauvages, ça communique, ou en tout cas ça co-habite (Shakespeare s'en fait l'écho, qui fait danser les elfes et les sylphides et les esprits et les monstres en même temps. Voir sa *Tempête*[1]). Certes, la danse de Louis XIV exprimait des idéaux du Roi-Soleil et de ses fidèles, dans un contexte très précis. Mais il se peut qu'aujourd'hui, en pleine « post-néo-modernité », une spectatrice voie dans la danseuse qui s'éclate l'idéal de l'égarement dont elle rêve, égarement qui dans la vie lui coûte très cher mais qu'elle chérit d'autant plus comme riposte au « système », au pouvoir dominant. Pourquoi pas ? Cela veut dire par exemple que l'on peut danser des ballets classiques de façon contemporaine, en les réinterprétant, en ajoutant une lecture à celle qui les constitue. (Ce serait la dénaturer, si elle avait une « nature », mais en a-t-elle ?) En tout cas, la lecture du corps que fait chaque époque – et déjà sa façon de définir les effets de corps – n'est ni pire ni meilleure que la nôtre. En rejetant celle d'une

---

1. Voir *Avec Shakespeare*, Paris, Grasset, 1988.

époque, nous disons non pas qu'elle est étroite ou étouf-
fante, mais que *nous*, aujourd'hui, y serions à l'étroit,
car ce n'est pas la nôtre; et pour cause. Mais que nous
serions prêts à l'intégrer à notre culture soit comme objet
étranger qui sert à nous dépayser, soit comme expérience
plus subtile d'assimilation.

Donc, chaque époque offre aux siens la danse qui les
convoque aux effets de corps qu'ils ont à vivre ou à
refouler; danse plurielle, avec sa face officielle et ses
faces souterraines («underground»). Chaque époque a
sa petite idée et ses grands principes sur les tensions
entre corps visible et corps-mémoire, sur les souf-
frances et les jouissances qui s'ensuivent. Et *sa danse,
c'est-à-dire son image mouvementée du corps*, reflète
les attaches qu'elle s'impose, les fixations qu'elle a
pour faire que la danse passe par des seuils de justesse,
et assure certaines jouissances.

Or qui dit jouissance, image ou geste, dit aujourd'hui
rapport à l'Autre (voir le Triangle Corps-Autre-Foule).
Quand on est sous le signe d'un Idéal imposé, cela
signifie que l'Autre est plein, sans faille, qu'il sait ce
qu'il veut, qu'il nous l'a fait savoir. Autant dire qu'il est
mort en tant qu'Autre. Pourtant, quand cet Autre est
Dieu, on prenait soin d'ajouter que ses voies sont impénétrables. Ce n'est pas si mal; ça laisse du jeu. L'ennui
c'est que ces voies sont impénétrables… pour nous, on
ne dit pas qu'elles le sont pour lui aussi. En personni-
fiant Dieu on l'a supposé savoir ce qu'il veut. C'est une
façon étonnante de le figer, de le «tuer». Peut-être
même que le vrai sens du fameux «Dieu est mort»,
c'est de faire un simple constat: ce Dieu que vous dites
adorer est un Dieu mort. Sous-entendu: rendez-lui la

vie, la sienne, c'est-à-dire laissez-le redevenir « autre », radicalement, laissez-le ne pas savoir ce qu'il veut ; puisque déjà vous-même vous ne savez pas ce que vous savez, ni ce que vous voulez.

Là apparaît ce qui spécifie notre époque (pour laquelle le terme moderne est bien plat, même avec des nuances) : c'est qu'elle reçoit par vagues violentes successives ce message très « cogné » : *l'Autre existe mais n'est pas là où vous le croyez ; il existe de faire faux bond à vos fantasmes de le combler ou de le connaître ou de le fixer.* Il est toujours l'Autre-dimension qui manque à ce que vous faites, à ce que vous êtes. L'Autre, l'infiniment indécidable où se puisent vos décisions, est pour l'essentiel inconscient, pur appel d'être, de faire, de trans-faire. Voilà le message, en bref. Cela ne veut pas dire qu'il soit « vrai ». Mais il induit de riches mouvements, de complexes va-et-vient entre le fantasme de fixer l'Autre et le retour en force où ces fixations éclatent. Cela veut dire par exemple que la loi existe mais qu'elle est insaisissable sinon par bribes, trajets partiels ; à prolonger, interpréter…

Il s'ensuit, on l'a vu, que l'artiste n'est plus mandaté par un groupe pour montrer sa divinité ; il est appelé à faire acte singulier, vu la béance de l'Autre ; et par là, le spectateur aussi est appelé comme singulier, unique, quitte à souffrir de cette lourde unicité. (Et quand ils sont foule à se croire uniques, de la même unicité, celle-ci fait bloc et se prépare à débloquer. Pulsation identitaire, avec les risques que l'on connaît.)

Et le corps dansant vient toucher – du doigt ou presque – chaque corps spectateur, *singulièrement* endolori d'être resté intouchable. Le corps danseur vient se promener –

et fouiner férocement, tendrement – dans l'intimité des corps quelconques et uniques, pour toucher le point crucial où ils se sont affaissés ; l'ombilic de leur naissance impossible ; la trace de leur envol échoué. Le danseur est conscient que le corps ça pèse – et s'apaise – selon l'écoute que l'on donne à ses remous, ce qui le hante, entre les « sens » et la mémoire.

Le spectateur prend donc le risque d'être touché – pas seulement « ému » : atteint dans son corps. Mais le corps est fait pour être atteint. Il prend donc le risque d'exister comme corps, de découvrir la chair même de son existence ; le trajet le plus simple du *geste* qu'on lui donne, du « geste » qu'on fait pour lui. (Si les danseurs veulent bien *faire* ce geste, le laisser échapper, accepter de le perdre tout en le portant de loin… Le trajet de ce geste est déjà éloquent : il part de l'Autre-corps du danseur ; on dit parfois de son âme, mais elle est matérielle ; il part donc de son âme matérielle pour transiter par son corps, son corps visible, et de là percuter le corps spectateur, le toucher du côté de l'âme ou de la mémoire, c'est-à-dire dans la chair de son « autre »-corps.)

L'art actuel a compris que la mémoire est à la fois dedans-dehors, qu'elle traverse donc le corps, par à-coups ; par secousses. Et des foules vont voir *Ça* – cette danse – pour s'entendre suggérer : « Vois, tu as un corps ; *ça* peut bouger ; les choses peuvent se faire autrement. Les gestes sont des ouvertures du corps ; tu peux les faire ; tu t'exposes, ou c'est l'autre que tu exposes, mais c'est possible : l'un et l'autre – dedans dehors – tiendront le coup, car la Loi n'est pas loin ; elle ne coupe pas ton geste et ton geste n'est pas le couperet de la Loi. »

Et cette histoire de corps, encore racontée, rappelle à chacun qu'il peut *faire un geste*. Pour chacun, dans sa scène mortifiée, c'est le plus dur à faire ; faire un geste qui écarte l'emprise de mort. «Comment faire un geste avec ce père qui n'a jamais su dire ce qu'il ressentait pour moi ?!» dit-elle. (Elle, une femme qui comme tant d'autres n'a pas renoncé à refaire son père, sur mesure.)

La danse est le désir d'articuler des gestes naissants. Faire danser l'accrochage d'un geste avec l'autre, d'un geste avec lui-même quand il accroche l'espace ambiant, c'est fibrer la vie avec des gestes possibles[1]. Dés-opacifier l'existence. Brancher ce qui est sur ce qui peut être.

Dans cette voie, il n'y a pas de «beau geste», il y a le geste qui convoque l'entre-deux-corps et les fait se rencontrer sous le signe de l'amour. Il est le tiers, et s'il l'est avec justesse, il rayonne de la beauté. (Dans la vie, quand on parle d'un «beau geste», on voit bien que ceux qui le font sont très vite interpellés sur sa justesse, sur sa charge narcissique. Exemple : le geste humanitaire est-il un «beau geste» ? Quand cela arrive, sa beauté vient-elle de ce que les uns donnent aux autres ce qui leur manque et se comblent eux-mêmes de ce don, ou de ce que l'un et l'autre corps disent leurs détresses devant un tel manque de loi – qui les amène à tenter de recréer de l'humain à partir d'un plat de riz ?) Le corps-danseur, lui, prétend à plus : être l'événement où le corps se manifeste – irréductible à tel besoin ; indéfinissable, et pourtant source des gestes finis, et infiniment vivants.

Comment ne pas aimer les appels de cet événement et ses symboles que sont les corps-danseurs ? Qu'ils en soient conscients ou pas, ils sont des sentinelles de vie.

---

1. Sur le sens des «fibrations» et de l'ouverture qu'elles permettent, voir *Entre dire et faire*, *op. cit.*

Suites

I

La mode

Les habitudes sont les habits abstraits du corps, qui lui servent à se parer de l'effet dansant – de mouvements spontanés ou de gestes trop mouvementés –, et cette parade peut lui servir à se reposer, en vue d'affronter ces mouvements ; avec le risque que cette épreuve n'ait jamais lieu, qu'elle soit toujours remise, ou remplacée par un fantasme.

Loi et façon

C'est suite à mon *Entre dire et faire* que l'on m'a invité à parler de la mode. La mode concerne ce qui se fait et ce qu'on en dit. Les deux sens élémentaires de « mode » sont : la *loi*, au sens de la mesure, et la *façon*, liée au verbe faire (on dit façonner et on parle de *fashion*). Et si Cocteau dit que la mode meurt jeune, d'où sa légèreté grave, cette légèreté est peut-être celle qui passe entre âme et corps, entre esprit et matière, entre dire et faire…

Que fait donc la mode ? Elle fait *flirter* le corps avec la peau ou l'oripeau du corps de l'Autre. Elle vous fait habiter – dans l'habit – une forme du corps de l'Autre d'où il s'absente. Parfois c'est un mannequin qui porte l'habit – mannequin vivant ou plastique –, qui remplace votre absence en attendant que vous le portiez, cet habit. Bien sûr, le corps social est impliqué dans ce «port». Simple exemple : ce vêtement vous allait l'an dernier, il n'est pas usé, vous l'avez porté à peine, mais vous ne pouvez plus le porter. Il est passé de mode, ou plutôt, ça se voit trop qu'il est passé. Le porter quand même ce serait contrer le regard de l'autre qui fait pression, tel un miroir déferlant, qui vous rappelle que le corps social a retiré son agrément à cet habit. Pourquoi ? Peut-être pour signifier que le temps passe ? Grâce à la mode, le corps social vient par à-coups ponctuer votre lien à l'habit, à l'image de l'autre-corps ; il valide et invalide (ou revalide) vos rapports à cette image. Il ne vous laisse pas seul avec vos histoires de peau ; ou plutôt, il vous rappelle que, dans vos histoires de peau, vous n'êtes pas seul.

Certes, l'effet de miroir n'est pas propre à la mode ; tout ce que l'homme fait est une manière pour lui de produire un miroir, un déploiement de mémoire qui le retient, entre le passé et le devenir. Dans la mode il y a un peu plus ; vous-même, vous n'*allez* plus avec cette image ; et parfois sans nulle référence à la mode. La mode rappelle que le temps pourrait passer ; elle le fait passer en surface. Il vous a fallu acheter ce vêtement, le porter, pour apprendre de vous-même qu'une certaine image de vous était passée, périmée. Comme pour la parole : certaines paroles ont besoin d'être dites pour ne plus l'être. Et ceux qui les entendent se trompent quand ils y voient des messages, alors que ce sont des passages – parfois lents, il est vrai.

La mode, étant à la fois *mesure* (loi) et *façon* (de faire), est au croisement de ces deux flux : de la convenance, et du faisable. L'un concerne la reconnaissance, le fait d'aller-avec, et l'autre le praticable. (On connaît le culte du «pratique». Aujourd'hui, quand on dit «c'est pratique», on dit que ça va tout seul, presque sans vous; ça vous dégage de maintes responsabilités. Être dégagé, c'est n'être pas tenu de porter le poids de l'Autre, et c'est parfois avoir pu l'éliminer; en être venu à bout.)

On peut ainsi «balayer» sous cet éclairage bien des clichés sur la mode : le ludisme, la séduction, le fétichisme, le rituel du plaisir, de la beauté, de la transfiguration; bref le bavardage ordinaire, parfois savant, sur la mode. Dans un vieux livre, *La Haine du désir*[1], j'avais, à propos de la robe, fustigé un discours *psy* plein de ces clichés – où l'on parle de *vestèmes* – pour mettre de la «théorie» sur le fétichisme, la séduction, l'imaginaire... sur tout sauf l'essentiel.

A fleur de peau

Or l'essentiel d'une robe, c'est que c'est une histoire de peau – la schizophrène nous le rappelle quand elle met quatre robes l'une sur l'autre –, une histoire de peau avec l'Autre-femme. (La mode, comme pratique du corps, a pour enjeu de se refaire une peau. Forcément cela amène à vouloir la peau de l'autre... Il y a une mode plus radicale, à même la peau : la chirurgie esthétique, l'intervention sur le corps pour qu'il se rapproche du mannequin et se laisse mieux enrober.) Je disais donc qu'une robe, c'est découpé dans la peau de l'Autre-femme. De quel corps à corps est-ce l'oripeau ou le trophée? En tout cas c'est l'emblème d'une coupure où il s'agit de se faire une place dans la surface de

---

1. Récemment réédité aux Éd. Bourgois (1994).

l'Autre, en tant qu'il nous échappe ; trouver place dans la peau de l'Autre-femme [1]. Se faire porter par l'Autre-femme à tour de bras, couramment (comme on change de… chemise) ; puis changer de peau… Et c'est l'ensemble des robes – surtout à venir – qui sera la « vraie » peau. Par ses robes une femme se coule, se baigne, s'épelle dans la peau de l'Autre-femme, et en émerge pour y plonger, encore, façon d'éterniser dans le rapport à l'enceinte (femme ou limite) une mise au monde passionnément problématique. La robe, c'est l'objet de la *passation du féminin* à même la peau.

Solide ambiguïté autour de la peau. Entre « je l'ai dans la peau » et « je veux sa peau ». Il y a le trou, le manque de peau ; la lecture entre deux peaux que la robe superpose. (Laissons ici le savoir dermatologique, qui attaque la peau en direct, comme texture à déchiffrer, messages à réécrire… Les rouleaux de la Loi, devant lesquels dansa David, étaient des peaux, celles de la bête sacrifiée. Une Loi qui interdit d'écrire sur la peau humaine…) Ce qui nous importe, c'est que sur la peau affleure un mélange houleux de vérité et de tromperie, d'apparence, de parade, un désir qui *sent* la coupure à fleur de peau (curieuse *fleur*) entre deux corps : le corps de la robe et le corps de celle qui la porte. Double peau. C'est l'*événement* de la *naissance* du féminin, entre deux femmes : quand une femme s'affronte à une autre, qui aurait pris pour elle toute seule les attributs du féminin, qui les aurait confisqués de tout temps.

La mode serait cette Autre-femme. On en parle comme d'une femme même si un homme en est le prêtre. Et la créatrice de mode c'est l'actrice chargée de

1. Sur l'Autre-femme comme épreuve cruciale du devenir femme, voir *Entre-Deux*, *op. cit.*

jouer l'Autre-femme, de la mettre en scène, en pièces détachées ; de la dépecer. L'Autre-femme, ce n'est pas forcément la mère, c'est aussi elle-même quand elle s'envisage comme autre.

Dans l'événement de l'entre-deux-femmes, une femme veut que sa robe ou sa « tenue » la coupe assez de l'Autre-femme tout en la faisant femme, en lui donnant du féminin. Et dans le vertige de ses absences à soi, elle trouve dans la robe un objet singulier, un outil essentiel ; *l'objet de la transmission du féminin*. La robe le rappelle à chaque rencontre avec le corps qu'elle épouse (dont elle « prend » la forme) ; ou à qui elle en offre une. La robe est un corps-porteur de cette matière subtile et indéfinie qui s'appellerait le féminin. Plus que métaphore de la peau ou appel au regard – éblouissant ou aveuglant. Méconnaître cet aspect « transmission du féminin », c'est en rester à de navrantes banalités sur le vêtement comme espace pour « accroître » le corps, le parer d'une image, déjouer la nudité ; avec les clichés sur le voile : montrer en voilant, dévoiler pour mieux cacher…

Soit dit en passant, les récentes péripéties sur le voile islamique ont montré à quel point ces poncifs sont indigents ; les enjeux sont plus subtils que de montrer en cachant. En l'occurrence, des corps de femmes clament en silence leur connivence avec Dieu sous le signe de la pudeur ; on comprend que l'étalage de ce rapport – touchant au « sexuel » – ait indisposé d'autres femmes, et plus qu'énervé d'autres hommes. De fait, le voile ou le foulard sont une « tenue » qui dit que la femme est maintenue dans un certain rapport au Texte, supposé divin[1]. Et ce qui a fait problème c'est moins le port du voile que

---

1. Sur l'essence de ce maintien, voir la partie « Islam » dans *Les Trois Monothéismes*, Paris, Seuil, 1992.

son transport dans d'autres contextes. Dans ce passage
de frontière, le message initial de «soumission à Dieu»
devenait une interpellation des autres : «non, vous ne
verrez pas la nudité de mes cheveux, et de mon cou... »
Interpellation des corps et non plus simple affichage
d'un lien à Dieu, comme dans d'autres religions[1].

Le *charme* est à la traversée des frontières de l'être,
via le mode d'être, dont l'habit et la mode voudraient
saisir quelques accents. Charme irrésistible des *entre-
deux* où les termes sont maintenus mais où le passage
est possible. Et si ce contre quoi on se défend était *cet
irrésistible*, ce charme de communiquer avec l'autre
par-dessus la différence, une différence maintenue et
non pas abolie une fois reconnue ? Maintenue mais sur-
montée par des éclats de pulsion et de connaissance, de
regard et de savoir, ne cherchant pas à séduire, mais
étant là tout simplement. C'est au-delà du principe de

---

1. Comme toujours, c'est le passage des frontières qui est *parlant*. J'en donnerai un autre exemple, toujours à propos du voile.
J'ai vu récemment une adaptation théâtrale de *L'Étranger* de
Camus, par les frères Azencot. Ils gardaient le meilleur du texte.
(D'où la question : Qu'est-ce qui fait qu'un texte se démode ?) Le
décapage du temps l'avait réduit à cette idée : si vous êtes étranger
à vos père et mère, vous êtes étranger à vous-même, et ne reprenez
contact avec vous qu'à l'imminence de votre mort. Idée du suicide
comme acte qui peut donner la vie – à ceci près qu'on n'est plus là
pour jouir de ce don... En tout cas, il y avait là une femme arabe,
voilée, qui sur scène dit trois phrases dans un français impeccable
– l'actrice était française. Pour moi qui ai vécu au Maroc toute
mon enfance dans une foule de femmes voilées inaccessibles et de
maisons arabes fermées, il émanait de cette femme un certain
charme, presque amoureux. Et je me suis pris à penser que des
étudiantes qui seraient voilées, tout en parlant Diderot ou Freud
dans un français impeccable, auraient ce charme irrésistible que je
ressentais. Le charme des frontières qui permettent l'échange.
(Voilà qui risque de choquer des intégristes laïcs qui eux savent
comment il faut être pour être libre.)

séduction. Car *traverser une frontière alors qu'elle garde toute sa force, c'est plus beau que de faire croire à l'absence de frontière, et de la voir resurgir comme un signe de détresse.*

Tout cela n'éloigne pas de l'habit – et de l'habitat – comme frontière entre soi et l'Autre. Mais pour la robe, c'est clair : la robe est la frontière mouvementée d'une femme avec l'Autre-femme. Elle coupe une femme de l'Autre-femme, ou alors elle échoue à la distinguer d'une autre ; intérieurement ; symboliquement. (Le fameux transfert de «fringues» de mère à fille est un effet de cette coupure…) Une femme peut rêver de ressembler à l'Autre-femme dont la robe est le moule, la dépouille ; la robe-creuset de la femme absente, creusée de son absence, de sa présence idéale. Mais cela doit rester un rêve ; s'il se réalisait, elles seraient toutes horrifiées de lui ressembler ; elles se verraient semblables entre elles, comme une masse féminine dont il leur faut précisément se détacher, pour que chacune soit unique. L'enjeu est le marquage de l'identité paradoxale. Comme toute riche identité.

C'est différent pour les hommes ; la mode masculine joue davantage sur le registre de l'appartenance, de ces grandes appartenances que Freud nomme «homosexuelles» et qui sont simplement collectives. Le féminin comporte l'appartenance (au féminin) mais son autre dimension coupe la ligne d'appartenance, pour moduler des fragments d'identité. C'est qu'une femme n'advient comme femme qu'en se coupant du fantasme d'être La Femme, en se séparant d'«elle-même» sans tomber dans l'alternance compulsive entre présence et absence (alternance qu'en d'autres termes on nomme parfois *hystérie*). La robe est le lieu des transferts d'identité. Et le désir qu'elle «coupe» une femme de l'Autre-femme se signale à certains détails : à une soirée, sera-t-elle la seule à la porter ou pas ?… Et la lassitude de la porter en sortant avec les mêmes, c'est comme une identité forcée à soi.

La robe n'est donc pas simplement le rien du désir, l'emblème du jeu des séductions… Elle montre aux autres que celle qui la porte a prélevé sa parcelle de féminité ; qu'elle participe à cette coupure du féminin en quoi consiste le féminin. Moment consacré de cette «transmission» du féminin : le défilé de mode, où la figure de l'Autre-femme, jusque-là abstraite, s'incarne dans un modèle que déplace la cohorte des mannequins (elles-mêmes modèles de La Femme muette qui n'est là que pour montrer ce qu'on est appelé à lui prendre, à lui arracher, lorsque les marchands auront donné le signal de la curée…). *La mode est donc un rituel où l'on fait savoir aux femmes que la figure de l'Autre-femme est consentante à ce qu'on ait sa peau, qu'on se partage son corps, qu'une femme y découpe sa silhouette moyennant un certain prix ;* et transmette, avec son image, un petit brin symbolique : le nom de sa *marque*, sa «griffe» rentrée ; le nom du «Père» de l'Autre-femme…

La charge d'être

Ce qui fait que ça se démode concerne la *charge d'être* ; c'est une charge d'irreprésentable, à travers la représentation que c'est, chaque fois. Eh bien, quand tout est dit ou mis à plat concernant une modalité, une certaine *façon* d'inscrire ; quand par exemple il n'y a plus de résistance à l'inscription – résistance essentielle à toute écriture –, alors ce n'est plus chargé de rien. Même un texte ou un vieux film vous en donne l'expérience : il arrive qu'il se dégonfle sous vos yeux ; impression pénible et en même temps assez joyeuse : il n'a plus charge d'être – comme on dit charge d'âme ; ces œuvres ont déchargé leur coup. Point mort ; ce qui ne veut pas dire insignifiance : cela peut se recycler dans les gisements de la mémoire.

Inversement, quelle charge faut-il pour qu'une certaine réalité prenne forme d'histoire, de fiction vivante, de scène impulsive, de folie créative ? de rencontre entre une femme et l'Autre-femme à travers cet emblème simple et somptueux qu'est la robe – cette « tenue » du dialogue qui fait des signes : je suis pour toi ; je te suis ? Ou bien : je ne suis pas ton genre ; ou plus gravement : tu n'es pas ton genre… Et que faire pour être bien dans son genre ? au féminin ? C'est la question : si pour les femmes l'appartenance au groupe des femmes décidait de leur féminité, ce serait d'un calme, d'une tranquillité affolante ; plus de question sur l'identité d'une femme à elle-même. Ça *fonctionnerait*. Or il s'agit d'autre chose, de la genèse du vivant, de son déclenchement, et pas de son ressassement. Le déclenchement d'un langage, c'est quand ça se met à parler *autrement*, quand l'*être devient parlant*. C'est l'enjeu de toute technique : pouvoir se refaire, de toutes pièces ; se redonner vie dans l'espace recomposé d'une mémoire ; une mémoire manipulable mais pas trop. « Se refaire » : un joueur qui a perdu connaît ça. Si on joue le jeu de la vie, on connaît des moments rares où l'on n'a plus rien à perdre ; on les surmonte en jouant tout autrement. Les vieux connaissent ces moments, mais parfois ils sont trop vieux pour en jouir. Ce sont des moments d'intrinsèque jeunesse, moments créatifs où l'on expose un matériau à une parole inspirée, à une parole venue d'ailleurs et qu'on a pu déclencher ; elle assure une certaine prise sur cette matière. Un créateur réussit à exposer le bon matériau au passage de ce qui inspire. Et lui, à ces instants, il ne demande qu'à mourir dans cette œuvre dont il se dépouille ; il veut changer de peau ; changer de jeu. L'objet créé est le rythme de ce changement ; et il en est la preuve. L'objet ne se réduit pas à ce que la psychanalyse appelle objet de désir, objet « a », objet transitionnel, ramenant ainsi l'investissement de l'objet à une fixation antérieure, à un souvenir refoulé. Au contraire, la dynamique créative d'objets suggère l'inverse : ce qui vous a fait transférer sur cet objet veut se reporter sur autre chose d'inconnu, et non être ramené à la source d'où c'est parti. *L'objet de la création c'est le trans-faire*. C'est le point de vue de l'avenir qui s'impose là, plutôt que celui de la trace mnésique antérieure. C'est le transport du corps plutôt que le port... d'attache. Il s'agit d'être transporté du lieu même où l'on fut porté.

Dans ce transfert, ce transport, *via* l'objet privilégié qu'est le vêtement, on parle beaucoup de mouvement : est-ce que ça vous *va* ? à qui ça va aller ? La robe doit conjuguer le verbe *aller* avec un corps ; de femme. Celle-ci doit prendre part à un certain mouvement des choses. Ça *va* pour vous ? Comment *allez*-vous ? La mode lance des objets pour percuter le verbe « aller » ; et quand ça touche, « ça va », ça vous va. Voyez un défilé de mode ; scénographie très pauvre ; degré zéro du théâtral ; rien d'autre à faire qu'à *porter*. Et cependant, on voit le point de retournement, le point de vérité de la chose : on sent ces corps transportés par leurs vêtements, en butte à l'enjeu de se comporter... devant rien, et devant le monde. (Ces mannequins « superbes » qui défilent, qui s'avancent, leur bassin offert débordant leur mouvement ; qui s'exposent, à nul sexe possible…, semblent à la fois saturées d'être et d'impuissance à être. Victimes étranges.)

En tout cas, une femme cherche ce qui lui va, ce qui la ferait aller avec elle-même : sa plus féroce compagne. Elle cherche une griffe, un nom, une signature de protection ; elle cherche l'agrément de l'Autre-femme, la mode, qui la protège de son Autre-femme intime et hargneuse. Celle qu'elle imite c'est sa « patronne » protectrice, qui lui fait traverser le continent prétendu noir de sa féminité ; elle l'éclaire de ses conseils ; l'assure de sa certitude.

La mode évoque sans les résoudre ces problèmes de transport, de tenue, de transfert. Elle est modeste dans son déchaînement. Plus elle se déchaîne, plus elle laisse de liberté ; plus elle fixe de choses, plus elle crée de distances, de passages. Alors vous portez à peu près ce que vous voulez, mais en vous sentant portés par ailleurs ; sans être tenus de soutenir ce que vous portez ; d'en soutenir l'image. La mode rappelle donc ces questions – de corps en transfert – à leur état vivant. Sans plus. Plus que son contenu, c'est son existence qui compte.

On s'en doute, cela s'applique à tout effet de mode : qu'il s'agisse d'images, d'idées, de machines, de tout ce qui touche au faire et au trans-faire. D'où, par exemple, l'importance des idéologies, des faiseurs de mode en matière d'idées : ils vous permettent de penser autrement qu'eux, et lorsque vous êtes fatigué, vous vous rangez à leurs idées, elles vous portent, vous prennent en charge, tant que vous n'avez pas retrouvé votre appel d'être, votre *charge* d'être ; tant que vous êtes déchargé de vousmême. (Ce qui peut durer un certain temps ; le temps d'une mode, par exemple.)

J'avais pris autrefois l'exemple des médias. C'est un fait qu'ils contribuent à faire la mode, notamment en matière d'idées. Les médias sont des marchands qui traitent un objet très spécial, qui n'est pas le tissu mais la parole-image, ils la vendent, et se vendent avec forcément, puisqu'ils sont cette parole-image, qu'ils abordent par son seul aspect... vendable. Ça ne suffit pas à faire que la parole comme telle soit «vendue». Il reste toujours d'autres approches de la parole, et même des approches authentiques. Eh bien, l'idée que *la mode c'est ce qui nous protège de la mode*, et que plus elle se déchaîne, plus elle desserre sa pression, est encore plus vraie des médias : rien ne nous protège autant des médias que leur médiocrité, leur être-média. S'ils devenaient une instance de vérité, les gens seraient fous de rage : il leur faudrait passer au moins une fois par semaine à la télé pour reprendre consistance ; on voit où cela mènerait. Ce n'est donc pas l'omniprésence de ces choses qui fait pression ; c'est le fantasme qui leur suppose valeur de loi, au sens idéal. Or les médias, les techniques et autres îlots de trans-faire, dont la mode, interrogent la détresse d'*être,* le désir de renouveler ses supports d'être, notamment par ce point de renouvellement qui s'appelle l'amour. La mode questionne cette chose par le biais de la beauté. Et dans un journal de mode, vous pouvez voir l'aliénation, la réification..., mais vous pouvez aussi voir des corps en détresse d'une beauté inassumable, cherchant dans le vide de l'espace ce qui pourrait bien les porter ; les transporter.

La matière première de la mode – et de l'habit – c'est la texture, la surface «textile», tissée, avec coupe et plis de formes et de couleurs[1]. Là ont lieu les gestes d'où émergent des bouts d'espace : on coupe, on coud, on recoupe, on redouble, on plie ; le pli c'est la coupure – la singularité – qui redouble le même. On dit : se plier à une chose, en épouser la ligne. Des plis apparaissent dès qu'on transfère une forme sur une autre ; des froissements aussi, et d'autres singularités.

Là comme ailleurs, un « créateur » est un acteur – ou un réacteur – d'espaces, chercheur de places et d'emplacements où opérer ces transferts, ces dialogues entre l'habit en projet et l'habitude où il prend place. Il écrit avec du « corps » – des ombres de corps – faute d'écrire avec des lettres. Épeler le corps au rythme des peaux qu'on lui essaie ; faire que l'habit prenne le pli de la mémoire qu'on lui projette...

Le *style* c'est le pli du transfert entre ici et ailleurs, entre là et au-delà. Transfert d'images, de mémoire, de peau, d'allure, d'apparence. Changes, échanges... Ça se lit dans un objet de transfert comme l'habit. Dans un objet de transfert tout se lit. On lit tout l'état d'âme d'un champion à son jeu lors d'un seul match ; on lit le destin d'un violoniste, et ses démêlés avec l'Autre, à une seule de ses danses sur les quatre cordes raides...

Mais justement, avec la danse ou la mode, *on transfère sur la naissance, sur l'origine... à venir ; sur quelque chose qui est hors-temps et dont le corps donne l'apparence.* Dans la mode, une femme actualise les gestes de naître femme ; elle se fait l'actrice du féminin, l'actuel féminin ; son corps, elle le passe à l'acte de paraître, d'apparaître accomplie.

---

1. L'habit, en hébreu, se dit en trois lettres (B-G-D) ; elles disent aussi la trahison ; et leur écho dans la langue sœur, l'arabe, signifie la *couleur* (D-B-G).

Son problème «simple» à résoudre se rapporte à l'origine : une femme veut d'abord plaire à l'Autre-femme. La séduire. C'est d'une écrasante innocence. Car envoyer des signes qui «troublent», ce n'est pas de la perversion. La perversion c'est d'enfermer l'autre dans ses limites – ou dans le trouble qu'il ressent à leur approche ; dans l'espoir de le briser là. Et cela, nulle robe n'en a le pouvoir, sauf à être déjà fétiche pour cet autre qu'elle piège. Non, le trouble est le grain premier de la séduction qui dévoie l'autre hors de ses chemins battus, pour l'amener vers des voies qui intéressent la «rencontre», c'est-à-dire l'amour ; le déloger de sa représentation, par l'éclair de l'irreprésentable.

Donner naissance au féminin

Dans la Bible, c'est Dieu qui fait le premier vêtement à l'homme ; au premier couple qui voyant sa nudité se cache. Cette nudité, la même que vise la danse, est celle de la naissance : à soi, au monde, à l'être séparé de Dieu, notamment de la mère. Cette nudité, l'habit n'est fait pour la couvrir qu'en un premier temps. Après, il la découvre infiniment jouable. La naissance comme féminin et la naissance *du* féminin sont sans fin, comme les démêlés d'une femme avec son autre corps, le corps de l'Autre-femme qui autrefois s'appelait Dieu, et dont elle cherche à se dégager tout en s'identifiant avec. Le fantasme – stimulant – de la grande styliste est d'être créatrice de… femmes. Elle voit la robe découpée dans son double à elle, dans le tissu de sa substance féminine. Elle s'explique avec l'Autre-femme, à l'infini, et c'est en fait avec elle-même qu'elle se mesure. Elle voit la robe en gestation comme la Chose féminine même, qui capte un trou, une béance où *manque* une femme. Le trou qu'enveloppe la robe, le sexe de l'Autre-femme. Et ce manque fascinant est le lieu où la styliste veut advenir, si la robe remplissait sa « pleine » fonction. Elle est fascinée par cette présence-absence, cette alternance de vide et de matière, où elle renaît en créant, chaque fois. Le vide la fascine autant que le plein ; il symbolise toutes les absences de la femme à elle-même, comme le plein (des couleurs, des tissus, des fils…) symbolise ses modes de présence, donc sa présence unique, celle dont elle rêve qu'elle soit la sienne. Et que peut rêver une femme pour surmonter son absence à elle-même que de tracer les contours de cette absence, de l'égrainer en forme de robes que d'autres femmes portent – une absence qu'elles endossent, qu'elles usent, qu'elles réparent, qu'elles éloignent –, en forme de robes qui leur vont, des robes qui se veulent point par point une capture du féminin, avec une faim de féminité, un désir insatiable de prendre des femmes dans ce vide que la robe délimite ? En même temps c'est l'aveu d'être à soi-même insaisissable ; prise dans un deuil de soi infini. La robe devient le filtre magique pour piéger des corps de femmes, et se ravir de ce que leur corps ne soit jamais Celui-là, le corps perdu ou jamais eu.

La robe alors est le terrain d'une épreuve de force – dont l'enjeu est clair : une passation de féminité ; celle-ci est prise dans la peau de la créatrice (créatrice de femmes…), et va se mouler sur le corps des autres, capter leur peau, leur être, dans ce vide que la mère a laissé. Cette féminité est aussi le filet qui capture les corps de femmes dans la peau de la mère « première », matricielle ; de l'Autre-femme, qui revêt donc la forme des silhouettes qu'elle invente, qu'elle possède,

qui l'aident à se faire faux bond, vu qu'elle ne sait pas
où elle est, qu'elle est partout, et qu'elle jouit de cette
«errance». Comme toujours dans l'entre-deux-femmes,
l'homme est de trop. Confidence de styliste: «Dans mon
lit je me tourne; cet homme près de moi, qu'est-ce qu'il
a à voir avec cette robe?» (la robe qu'elle conçoit).

Femme-matrice, femme-actrice, cette Autre-femme
est forcément divinisée. Quand Sonia Rykiel un jour
rend visibles les coutures, elle dit vouloir montrer le
bâti d'une cathédrale. On s'en doutait, la robe recouvre
la déesse-mère.

Tant que l'Autre-femme est la robe, la styliste veut en
découdre avec elle. La robe se plie à son désir, mais elle
reste une dérobade dans cette épreuve sans issue. Ainsi
quand la styliste n'est pas l'Autre-femme, elle mène
avec elle une guerre d'amour, agressive et érotique.

La coupe doit être conquise de haute lutte pour maintenir la distance, et la jouissance de la mainmise. La
robe n'est pas la simple doublure de la créatrice; elle
est l'objet grâce auquel une femme «double» toute
autre femme. Et ce combat archaïque l'emporte sur le
rapport avec l'homme, sur le rapport sexuel «simple».
Il y va de l'identité même de la femme, de sa naissance
comme telle.

Pour la «créatrice», il y va de son lieu d'être. *Où* est-
elle? Sa réponse c'est que son corps c'est *elle dans les
corps des autres*, à travers ces robes portées par d'autres
mais faites par elle. Son fantasme est de se refaire en
faisant le corps des autres; ou en faisant que les autres
habitent cette ombre d'elle-même désertée, pré-occupée
par l'Autre-femme. Elle a voulu se regarder sur le corps
des autres, exposer sur le leur le sien invisible. Le corps
des autres lui a servi d'âme. La robe lui dit: je suis ton

autre, ton double, ta jumelle, ton autre corps… mais elle dit aussi : je suis ta création. Par ce biais elle peut croire se créer.

De fait, elle se crée une âme ou un amour de son autre corps – remplacé par son « nom » ou son renom.

Enveloppe d'une femme sans corps, la robe veut être une âme de femme, maîtrisable par la styliste et pourtant tyrannique. Comme elle. Le vide qui habite la robe, et qui fuit de toutes parts, suggère le nu. Ce vide est retouché à l'infini avec des touches de désespoir dans ce corps à corps narcissique où il s'agit de confondre toutes ces femmes dans le creuset incandescent de sa propre image ; dans le creuset de son fantasme…

Habiller d'autres corps c'est aussi les introniser comme acteurs dans la scène du social ; prendre option sur eux, prendre possession de leur mouvement. Par la robe qu'elle leur fait, elle croit leur coller à la peau, et prendre le pouvoir sur ces corps de femmes qui s'affairent dans leurs robes à *se* plaire, à se séduire d'abord elles-mêmes. Par la mode, la styliste veut mettre la main sur ce foyer brûlant où les femmes puisent leurs images et les consument en les rayonnant sur le monde. Avec ce « chiffon », ce bout d'elle-même comme Autrefemme, elle veut capturer l'*inconnue* que reste pour elle une femme qui passe. Mais voilà, son équation est insoluble : elle a trop d'inconnues.

Ce n'est plus la robe qui est fétiche, mais le corps absent qui l'habite, qui la hante ; le corps qui a fait le vide ; celui de la styliste, ou de sa « créatrice » à elle ; de sa mère… La styliste, sur ce modèle, travaille à se remodeler. En vain ; c'est toujours à refaire. Comment refaire sa propre mère, ou sa matrice ? Mais le public, le social, enregistre ses essais qui l'éblouissent, il applau-

dit la sublimation. Pour elle, ces essais sont des ratages
salvateurs : elle y aura sauvé sa peau.

Le travail sur la robe est tout le contraire d'un travail sur
les poupées, ces corps pleins et fétiches qu'on habille joli-
ment. Ici, on habille le corps qui manque et qui se fuit.
*Une femme a décidé de se fuir dans le corps des autres
femmes* dans l'espoir de capter son Autre ; et le désespoir
de voir ces autres revenir au même ; à elle-même.

Dans ce dialogue ambigu et déchirant avec l'Autre-
femme, un seul espoir : la transsubstantiation « mystique »
où la robe, devenue l'écume du Corps, en exprimerait
l'âme incarnée, la chair domptée, possédée.

Son fantasme : donner naissance à sa « mère », ou plutôt : au féminin, comme tel ; à travers cet objet multiple
et unique où une femme fait l'essai (et l'essayage)
d'être celle qu'elle croit être.

Dans cette mêlée des corps, un signe de reconnaissance : la beauté. A la fois éclat guerrier et somatisation
d'amour. La beauté, pour la styliste, est l'effet de sa
découpe. De sa chirurgie mystique. Où pourrait-elle
sortir du piège narcissique qui lui fait croire que l'enjeu
c'est de séduire ? que le jeu, pour l'essentiel, se passe à
deux ?

La création suppose que l'Autre soit maintenu, toujours vivant : créer c'est exposer une matière belle
– chargée d'amour – aux paroles inspirées ; au-delà des
fantasmes ; et redonner vie au monde à travers ses débris
mêmes. Au-delà du fantasme d'être la Mère de toutes
ces femmes, haïes et déniées, investies et recherchées.

Et quand la styliste – la créatrice – est un homme,
quel rapport avec l'Autre-femme ? Curieusement, c'est
le même : il crée pour l'Autre-femme qu'est sa mère,

dont il est le prêtre ; en tant que serviteur du fantasme maternel, il est souvent homosexuel ; pris dans l'image d'une femme idéale, la mère ; amené à lui offrir les autres femmes, à les mesurer à son aune. Et même quand il habille des hommes, c'est pour Elle qu'il habille cette horde de « frères », consacrés à Elle, vêtus des bribes de son corps infini, qui tient lieu d'absolu. Les défilés de mode masculine se font sous le regard attendri de leur « mère », de l'Autre-femme originaire.

L'homosexualité des hommes, plus reconnue socialement aujourd'hui, aurait pu faire que leur corps soit lui aussi reconnu objet de désir, au même titre que celui de la femme. De fait, il l'est, mais quand il l'est par une femme, c'est bien souvent comme complément de sa féminité, voire comme appendice. Le plus souvent une femme désire l'homme en tant qu'emblème du féminin pour l'Autre-femme. (La robe aussi est un tel emblème.) Et quand un homme désire le corps d'un autre homme, c'est souvent comme étayage narcissique de son propre corps, comme image qui peut l'aider à tenir debout[1].

Lorsque le styliste-homme ferme le défilé et repart avec la femme en mariée, c'est une image complexe : il retrouve la mère en jeune mariée, avant que le père vienne déranger son duo avec le fils ; il la préfère aux autres femmes qui viennent de défiler ; il symbolise le mariage avec une femme qui aurait sa peau... Les cas de figure fourmillent autour du même nœud.

Mais comme pour le styliste hétéro, il y a aussi l'amour des femmes, pur et simple...

1. Les cas plus complexes sont traités dans *Perversions* (Paris, Grasset, 1987). Quant au fait qu'il n'y a pas chez les hommes l'équivalent de l'« entre-deux-femmes », voir *La Haine du désir*, *op. cit.*, où l'argument est développé.

Modulations

1° L'emprise qu'exerce une technique impose des cadres et des contraintes qui éclatent, non pas à coups de vœux pieux et d'appels « humanisants », mais sous la pression de la technique elle-même et de ses changements intrinsèques. C'est aussi vrai dans la mode quelle qu'elle soit, pas seulement celle du vêtement : c'est la dynamique du « faire » qui fait sauter les cadres de la technique, et seul cet éclatement desserre l'étau et lève l'emprise qu'elle exerçait. Or la « massification » de la mode implique toujours cet éclatement, à partir de faits techniques. Et cela redonne plus de liberté que des appels vertueux à se montrer plus « libre ». Le désordre qui suit ces éclatements garantit plus de liberté qu'un système stable et cohérent qui se réclame de la liberté.

Tout projet de faire avance sur ce mode-là : quand la technique atteint un but, elle se trouve attaquée par l'effet de retour de ce but, par ce qui lui revient d'elle-même ; et elle en vient à du trans-faire ; à des ruptures de cohérence et de système. A l'inverse, le déchaînement des discours d'une pratique sur elle-même (de la mode par exemple) peut produire l'autoréférence ; mais celle-ci guette tout ce qui relève du « faire » : un *faire* qui se referme sur soi devient fétiche. Mais l'éclatement des techniques et l'afflux des trans-faire vient desserrer l'étau. Ainsi les garde-fous sont intrinsèques, partie prenante du mouvement. Assez de gens viennent désirer l'inattendu, l'incongru, et par d'infimes demandes ils font une déchirure, ils réinjectent l'altérité.

D'autres garde-fous sont évidents : il faut que ça plaise, que ça séduise. L'objet suppose une part de séduction, et il en devient l'instrument. La robe que vous portez (ou l'idée ou le geste) vous a séduite et vous sert de moyen pour séduire d'autres, c'est-à-dire faire reconnaître cette séduction intérieure. La robe est alors le support minimal d'où la *question* de la séduction peut se poser et se relancer, dans son échec à aboutir (sauf là encore dans le fétiche).

2° Disons que la robe ou le vêtement est une *métaphore maternelle* : un don transitoire par lequel la mère, qui au départ vous enveloppe de sa peau puis de ses gestes et de sa présence, vous laisse partir, vous lance dans le monde, avec cette chose découpée dans sa « peau » ou dans ses robes, cette chose qui la rappelle en tant qu'absente mais consentante. (Beaucoup de femmes n'arrivent pas à « s'habiller », parce que la mère n'a rien permis comme transmission du féminin. Elles ne savent donc pas jouer de cette dimension, une de plus, que donnent la robe et le tissu pour faire vibrer leur corps de femme ; ou le devenir femme de leur corps[1].) Sans cette métaphore de l'habit, de la « tenue », tout un langage du corps est entravé, un langage qui va au-delà de la séduction : un foisonnement de *transferts* qui passent par le corps, viennent s'y ressourcer et repartir ; posant chaque fois la question narcissique. Tout un mûrissement de gestes, de temps, de circonstances, passe par là ; par cette métaphore où le féminin s'apprend au corps (au sens où l'on apprend à être ce que l'on est, surtout quand l'identité s'éprouve dans la différence).

1. Pour les hommes, les conventions offrent un recours plus facile ; tout comme d'être membres d'un collectif – groupe ou équipe – les aide davantage à « résoudre » leur problème identitaire, c'est-à-dire à le cacher sur un mode acceptable, où l'on peut toujours voir une homosexualité « sublimée » : la cohorte des « frères » s'incluant dans la matrice instituée...

En cela, l'habit est une *frontière* à franchir, donc une mémoire à faire parler, un miroir à traverser pour rejoindre d'autres images de soi ; bref une coupure de l'être sur laquelle prendre appui. Il s'offre comme surface interprétant le champ qu'il cerne, à partir des données minimales du corps. Car il est clair que la peau féminine est l'ultime relais de ces surfaces factices, dont l'infini variété disperse un peu la plénitude, et soulage presque sa tension érotique, si forte et si précaire.

Certes, on peut ajouter à la robe des objets de valeur, des bijoux et des pierres et d'autres tissus précieux. Façon de la charger, de lui faire porter le geste social de la valeur, geste qui vaut son pesant d'or. Mais on sait que la valeur forte en la matière est la grâce, par laquelle un corps se sent assez porté, par d'autres forces, pour porter avec *splendeur* cette « peau » qu'il porte.

Car de même qu'il n'y a pas de corps-beau-idéal, de même l'objet ultime de la mode est perdu – la peau comme enveloppe de la vie, du don de vie. La *substance* de la beauté n'existe pas, c'est un mode d'être et d'existence, aux abords de l'amour. Mais on peut l'approcher par des trames tissées, cousues main, des textures averties qui non pas saisissent la beauté mais la font supposer. Deviner.

La mode serait une ombre de la danse ; une danse avec les ombres des corps vidés. Le « porté » est même une figure de danse. On porte un habit – comme on porte une habitude, un habitacle ; mais c'est aussi un morceau du corps de l'Autre devenu soudain l'Autre-corps ; c'est un moyen de changer de corps à portée de main ; un moyen de le croire en tout cas, et de se protéger du changement trop radical qui serait l'accès à l'Autre-corps réel.

La mode est une croyance à l'Autre-corps vouée à ne pas aboutir – comme toute grande croyance.

Nombreux sont donc les effets d'altérité, de rapport à l'Autre, qui se transfèrent dans le vêtement, et que celui-ci ramène au corps. Mais ces effets existent ailleurs, où ils suscitent d'autres pensées et d'autres gestes. Même le geste quotidien de manger : bien des intitulés de robes « haute couture » ressemblent à des menus de grands restaurants. Même chercher une robe qui vous aille, qui veuille aller *avec* vous, est une façon de sublimer la solitude d'aller toute seule ; au risque que cette compagne vous aille si bien qu'elle vous enferme dans vous-même. Il n'y a pas d'habit qui puisse « résoudre » la question – sauf pour les moines et les nonnes, puisque leur seul Autre est Dieu.

II
La musique

1. *Corps-mémoire et corps sonore*

On sait que la psychanalyse et la musique ne s'entendent pas bien ensemble. Leur gros malentendu tient à ce que le « psy » écoute la musique comme un discours ; il s'agace alors de toute cette séduction, de ces élans narcissiques qui ne lâchent pas de « signifiants » et qui jouissent de nous submerger, et de se submerger. Ça lui rappelle des patients qui parlent comme s'ils chantaient puisqu'ils refusent, croit-il, d'entendre ce qu'ils disent (alors qu'en fait ils interposent entre eux et ce qu'ils disent une plaque de vide ou de silence, pour que ça devienne inaudible, et que ça rejoigne l'inaudible qui est en eux). « Que signifie donc mourir ? » dit un patient à Freud, et celui-ci note froidement : « Comme si le *son* du mot devait le lui dire. » Malentendu éloquent, donc.

Certes, quand la parole, partie pour *dire* à travers sens et non-sens, se met à musiquer sans pouvoir décoller d'elle-même, elle rayonne une pulsion de mort, un arrêt dans la transmission du vivant. Mais ce faisant elle *dit* cet arrêt de mort. Alors, pourquoi le « psy » est-il agacé ? D'autant qu'il prétend ne pas courir après le sens (ce qui est faux : il court après le sens du non-sens, et après le non-sens du sens).

Contrairement au langage parlé, la musique ne donne aucun « signifiant », mais elle donne *du* signifiant à foison, à l'état premier, naissant, renaissant, en deçà du sens ou au-delà, ou en marge, qu'importe : le sens n'est pas là ; le non-sens pas davantage. Pour une simple raison : l'absence de référent. Si dans la langue « normale » un signifiant renvoie à d'autres signifiants, c'est grâce au fait que des référents jouent leur rôle de témoin. Or la musique est *autoréférée* ; elle s'entend bien avec elle-même. D'où sa dimension narcissique, qui agace certains « psys » ; alors que cette même dimension peut être utile au thérapeute pour « narcissiser » tels patients, les aider à se structurer. Ajoutons que la musique peut payer cher son narcissisme quand elle se frotte à des êtres plus narcissiques encore, c'est-à-dire plus inquiets sur leur narcissisme, qui se plaignent par exemple de n'être pas assez « touchés », ou pas au bon endroit, et qui assurent qu'ils seraient touchables si elle était, elle, plus touchante. (Pensez à tous les cuistres qui furent très froids avec Mozart, tout en lui reconnaissant du « talent »…)

Pourquoi l'élan musical est-il volontiers narcissique ? Ce n'est pas parce qu'il procède de l'*ego* ou du *moi* ou de quelque autre partie suspecte de la psyché (suspecte de trop de semblants…). Cela tient plutôt à la nature de cet élan qui, s'il porte le sujet au-delà de lui-même, lui permet de se retrouver, de s'entendre avec lui-même là où il n'était pas encore, là où justement il est porté par cette musique. Cette région autre se révèle être déjà la sienne, par une sorte d'*annexion rétroactive*. Mais après tout, cette dimension narcissique peut être aussi *réparatrice*, pour la même raison qui parfois peut l'enfermer dans une certaine complaisance. (Et même la complaisance, elle, n'est indécente que lorsqu'on la consomme tout seul. En groupe au contraire elle est très prisée, et le groupe oublie très vite qu'il s'en est gavé.) C'est dire aussi que le terme « narcissique » doit être pensé chaque fois, et non pas être benoîtement fustigé – comme c'est le cas quand le narcissisme des autres nous agace.

Cela dit, le sens, on peut toujours le faire venir : la musique fait sens quand on projette sur elle des fantasmes – en silence ; quand on les transfère sur ce corps sonore qu'elle constitue. Alors elle semble parler pour eux, ou plutôt elle les mobilise, elle les frôle sans en parler ; du coup ces fantasmes parlent pour elle, et l'on croit que c'est elle qui parle. Le fait qu'on se taise pour l'écouter favorise cette montée des fantasmes, cette « parlance » qui va avec, bref ces contacts fugaces entre notre *mémoire* et ce *corps sonore*, contacts qui s'allument et s'ignifient. Alors la musique fait entendre ce qui pourrait se dire *si* ça se mettait à parler. Si. On joue sur ce conditionnel, et l'on pose ses conditions. Par exemple, tel entend les cris stridents qui ont hanté son enfance, la voix déchaînée du père, la voix plus sinueuse et calculée de la mère. Mais il peut aussi entendre, *à la place* de tout cela, autre chose : à la place de l'inaudible, entendre l'inouï ; à la place du chaos, la paix sonore et l'harmonie, le bruissement presque irréel de ce qui ne s'est jamais entendu ; et le rappel, éternelle nostalgie, des sensations indicibles qu'il avait en entendant ces mêmes sons ou des sons analogues. (On ne revivrait pas avec une telle précision les circonstances où *cette* musique fut jadis écoutée si elle n'avait imprimé dans notre chair leurs traces non sonores et jamais formulées.)

Donc la musique colle au langage et au corps ; elle est entre corps et langage. Et certains, qui se méfient d'elle, font comme si elle se complaisait à ne pas passer au langage, à ne toujours pas y aller, comme pour rester hors d'atteinte; alors que c'est sa vocation que de se *charger* de ce qui ne passe toujours pas au verbe tout en n'étant déjà plus de la chair. Ainsi la musique est entre corps et âme, autrement dit entre deux niveaux du «corps», entre-deux-corps[1]. Et du fait qu'elle *rappelle* des sentiments et des affects, on peut dire qu'elle s'adresse au corps-mémoire, au niveau précis du *rappel*. Certes, elle peut se présenter comme un «appel»: vous êtes triste et elle lance un cri joyeux qui fait appel. En fait, il vous *rappelle* que la joie est possible et que vous pouvez vous aussi vous faire entendre, sans savoir qui vous entendrait.

Et de là – de ce contact entre son corps sonore et notre corps-mémoire – elle s'adresse à nous, elle dresse vers nous son corps sonore dans une danse où les jets de notes remplacent les gestes, et le mouvement qui les emporte prend le relais du *corps mouvementé* de la danse, restreint cette fois au seul espace phonique – restriction qui lui ouvre d'autres richesses. Surtout quand la musique *sort* du corps lui-même, comme dans le chant, où la voix prend en charge l'espace entre-deux-corps, entre corps et âme: elle se charge alors et de l'enjeu narcissique et de son dévoiement; le chant devient le flux de vie qui irrigue l'«âme» et qu'elle sécrète – la vie se nourrissant d'elle-même et de sa folle consumation.

2. Objets-temps

On dirait que la musique déploie dans le temps ce que la danse déploie dans l'espace. C'est bien sûr plus com-

---

1. Pour cette expression, voir ci-dessus «La transe», p. 89.

plexe, outre qu'espace et temps sont intriqués. La
musique déploie la chose dans l'espacement du temps
qu'elle crée, et où le corps joue ses naissances et ses
morts dans ses transferts au corps sonore. Les correspondances existent entre l'espace sonore et l'espace du
visible (et du geste) *via* l'espace plus abstrait des
formes, qui est le grand corps matriciel d'où tout cela
émerge, d'où nous émergeons en criant (musique) et en
gesticulant (danse).

La musique est une danse sonore qui donne corps au
temps. Qu'y a-t-il eu « avant », en « premier » ? danse ou
musique ? Ce qui est sûr c'est qu'il y a *transfert* de
danse et de mouvement sur l'espace purement sonore.
Et inversement.

Le corps sonore de la musique est fait d'*objets-temps* :
formes chargées de temps et chargées d'en donner, de
transmettre des volumes temporels articulés, avec comme
liant le silence ; et comme texture, le rythme : la vie de ce
corps sonore c'est l'ensemble de ses rythmes, au sens le
plus large du terme (au sens où un changement de timbre,
ou d'intensité, a des effets rythmiques au même titre
qu'une scansion ou un changement de registre[1]).

La musique est donc bien plus qu'une mise en ordre
du temps. Certes, elle se projette sur la durée de
l'écoute, mais *son enjeu est que les formes qu'elle charrie puissent prendre corps et que ce corps soit vivant*.
Et parce qu'elle constitue et fait vivre un corps sonore,
la musique exerce un *effet porteur* sur le corps qui

---

1. En un sens, la structure minimale du rythme, de l'élément
rythmique, est *ternaire* même s'il n'a que deux termes qui alter-
nent ; le troisième est alors pris dans le silence. Cette structure ternaire fait du rythme un germe essentiel d'« écriture » : dans
l'écriture une trace inhibe la précédente pour permettre la sui-
vante ; c'est donc par trois qu'elles avancent.

écoute. Elle l'exerce par induction, par résonance, plutôt que par mimétisme. Cet effet porteur est comme tel
interprétant (la musique *est* une interprétation du monde
imprononçable). Cet effet est structurant, il ordonne le
donné ; comme font les mathématiques. A ceci près que
la jouissance dans la recherche mathématique est de
vivre le moment chaotique pour fonder grâce à lui ce
qui pourrait l'ordonner. Cette jouissance est donc celle
du compositeur : questionner le Corps sonore – en espé-
rant que ça réponde. «Parler» à partir du chaos, trancher à partir de la crise, avec l'espoir que ça s'ordonne.

Mais plus que d'ordonner le temps, il s'agit d'abord
d'occuper chaque instant, de le vivre, de le composer.
Tant de formes sonores viennent se presser pour y passer,
dans cet instant «originaire», pour l'emporter dans leur
mouvement et le faire passer… La structuration du temps
est si intense qu'elle consiste à «éclater» chaque instant
en une fibre de formes sonores, et les fibres s'articulent
en un vaste espace[1]. Bien sûr on marque le temps ; tout
corps vivant marque le temps à sa façon, et il est marqué
par lui en retour. Mais ce n'est pas cela qu'on perçoit
d'emblée, ce qu'on perçoit c'est l'*existence* de ce corps,
sa façon d'être, de vous regarder, de respirer, de faire
mouvement. Même pour le compositeur, ce qui importe
c'est moins sa façon d'occuper le temps (bien que ce soit
son grand problème) que la co-existence des formes
sonores qu'il pose et qu'il compose.

---

1. Cet espace est une sorte de *système dynamique* ou *différentiel*
(au sens de la topologie), où l'énergie est sonore, mais où les questions, comme dans tout *système différentiel,* concernent l'énergie,
les trajectoires, récurrentes ou transientes (qui transitent sans
retour), les sources et les puits de potentiels, les catastrophes, les
singularités… La mathématique a beaucoup à dire là-dessus.

3. *Enjeux de la musique*

Faire entendre le possible, et aux limites du possible
faire entendre l'inouï, l'impossible à entendre. Faire
sentir le possible du corps sonore, les limites de ce
qu'on peut faire avec, dans ses rencontres avec notre
corps-mémoire. De quoi s'«éclater» ou simplement
s'abandonner en étant sûr d'être recueilli. Parmi les
choses inouïes ou inaudibles, il y a la *voix de l'Autre*;
ou les bruits de l'Autre perçus comme une voix. La
musique sublime la voix refoulée, celle de l'Autre,
qu'elle fait revenir par des voies détournées.

Pour la Foule – ou la horde – il s'agit d'*alléger l'inaudible qui lui pèse*; de le faire entendre sous d'autres
formes. Faire entendre l'*Autre-chose* là où il est dit que
«c'est entendu»; là où s'hallucine qu'il n'y a rien
d'autre à entendre. Là peut s'opérer un léger dépassement du narcissisme; ou plutôt, le sujet peut accomplir
son narcissisme en le dépassant, et presque en le quit-
tant – pour un moment. Il reconnaît que la voix de
l'Autre *lui* parle; que ce qu'elle parle, ou plutôt ce
qu'elle chante, il y est, lui, avec ses joies et ses détresses.
Il s'entend avec ça. C'est de l'amour *narcissique objectal*. Très proche de ce que montre la danse[1].

Après tout, ce n'est pas si loin du vieux projet analy-
tique : faire entendre autre chose; et du vieux projet
biblique : faire entendre la voix divine, ou celle des
anges; faire entendre l'Un de l'être...

Ce n'est donc pas – ou pas toujours – une simple jouissance fusionnelle. Du reste, même ceux pour qui la

---

1. Voir ci-dessus «La jouissance dansée», p. 173.

musique est une «pure jouissance» ne jouissent pas à chaque instant : la secousse a lieu dans certaines acuités, à des *points de retournement*, où l'amour de soi revient sur soi venant de l'Autre ; comme venant de l'Autre. A ces temps aigus le désir d'entendre se retourne – se reflète – dans le désir d'être entendu. Il y a toujours dans la musique l'aspect offrande ou prière ; ou sacrifice d'une part de soi… qui revient à soi-même : *on dépose ce corps sonore pour qu'il brûle – et s'ignifie – dans l'écoute qu'on en a.* Et le désir d'être entendu, inhérent à la prière, s'accompagne du sentiment de ne pas l'être, pour devoir appeler encore ; ravissement de l'appel recommencé, du rappel qui tend vers l'*incantation*[1].

A ces moments d'*acuité musicale*, où l'on dirait qu'un trou est fait dans l'inaudible, une ouverture séductrice apparaît : *un deuil de soi est tenté de s'accomplir, à travers une réparation.* Là se retrouve l'idée de la naissance, car toute renaissance est un deuil de soi traversé. C'est la jouissance de disposer, à nouveau, d'un espace bienveillant, où l'être est «parlant» et même criant ; comment ne pas l'entendre ? et il est prêt à vous prendre en charge, du moins à vous accompagner.

Et c'est soutenable parce que *ce n'est pas vrai*. C'est une pensée, une sensation. On intercède pour être entendu, terrifié d'avance à l'idée de l'être. Certaines prières veulent n'être pas exaucées pour pouvoir se répéter, se produire encore – comme certaines révoltes, qui programment leur ratage pour se garder en réserve. (On pourrait presque dire de la musique ce que Marx dit de la religion : *c'est l'espoir d'un monde sans espoir*. Et entendre cette équivoque : l'espoir que le monde reste ouvert au désespoir…)

---

1. Voir ci-dessus «Invocation», p. 160.

Et la musique tourne autour de ces points critiques, en portant le rêve de faire entendre le réel. Il y a une scène dans la Bible, une danse de la musique, qui a sa force de métaphore : les Hébreux tournent autour de Jéricho, toutes musiques déchaînées, portant avec eux l'Arche de la Loi ; ils tournent sept fois autour de la forteresse, et au septième tour, on entend un autre bruit, celui des tours qui s'effondrent ; la Chose est brisée. Entre ces deux bruits, celui de la musique errante et celui de l'effondrement, il y a le mystère de la pression symbolique[1].

En somme, au septième tour d'une musique assez « forte », un autre effet se déclenche, une autre musique, la naissance d'autre chose : la Chose s'est ouverte comme une coque qui craque, ses enceintes sont béantes. Le chiffre signifiant du rythme – sept – a « déchiffré » la citadelle. Une nouvelle épreuve s'ouvre : comment s'entendre avec *Ça* ? et comment vivre cette naissance ?

4. Fictions

Pour certaines musiques actuelles, *Ça* c'est le chaos sonore, qu'il faut creuser pour en extraire l'*inaudible* initial ; le déchirement premier de l'écoute. Toutes hiérarchies balayées (dans le système musical), on veut faire vivre ce corps sonore et faire entendre à travers lui l'inouï de la chair, du réel de la matière. Faire entendre l'appel au-delà des rappels.

Et qu'est-ce que cet appel, qui conditionne à ce point le *désir* d'une écoute ?

1. La scène a inspiré un grand poème d'Hugo.

Imaginons qu'au «départ» (lors des partages mystérieux d'où surgit le vivant) les humains ont *crié* et furent
surpris par ce cri. Alors ils l'ont répété, jusqu'à *faire crier
l'autre* – pas seulement la mère, l'Autre le plus autre possible, l'objet inanimé, que l'on percute avec son corps,
ses mains, son souffle. Danse sonore avec l'«objet»,
lequel est une forme de l'Autre corps qui prête sa «voix».
Prêt à crier jusqu'à «mourir»; à risquer d'être détruit.

Les bruits du corps et ses appels sont plus variés que
tous ces souffles à travers nos orifices et nos viscères. Il
y a la peau, les chocs, les frottements; et nos lieux érogènes, au-delà de leur bavardage, contiennent le silence
– de tout ce qui pourrait se dire d'*autre*. Qu'a-t-il à dire,
l'Autre, qui soit matériel, corporel, si ce ne sont pas des
mots? Qu'a-t-il à dire de *ça*? Cette question, on la
remue dans tous les sens. On fait parler toutes sortes de
voix, la voix maternelle de part et d'autre de la peau, de
sa peau qui vous enveloppait; la voix de l'animal que
l'on tue; la voix du Dieu qui tonitrue dans vos têtes; la
voix des choses inertes: leur sonorité, qu'on leur
arrache à coups de griffes, de pattes, de scies et de
souffle, qu'on leur arrache dans l'entre-deux-corps
mouvementé et savant. Arrachement qui nous fait crier
aussi (les *oh!* et les *ah!*, et les vibrations intérieures…).

Autant de voies pour explorer et faire vibrer le corps
de l'Autre, sa voix multiple.

Les cassures de voix aussi, le mystère des voix cas-
sées, la *mue* des voix mâles quand elles traversent la
puberté – étrange cassure marquée de sexe. (Or un
mélange de deux sons est une «cassure» de l'un par
l'autre, une coupure-lien, une mutation.)

Bien sûr, il y a du meurtre et de la violence à l'horizon. (Le shofar, la corne de bélier – le cri d'alliance

entre le Dieu et son peuple –, Reik y entendait la voix
de l'Élohim qu'on égorge, qui chavire les fidèles dans
un silence coupable…)

La musique donc s'adresse au corps-mémoire et
« remonte » le temps comme on remonte les horloges ou
comme après un abattement on est soudain « très
remonté » contre celui qui refuse d'entendre…
Cela veut dire qu'*elle recharge les objets-temps*, les
transferts, les potentiels du temps passé, et du temps qui
n'a pas passé et qui attend d'être vécu.

Et elle témoigne que l'*être est audible*, qu'on peut
s'entendre avec, même si au fond il n'y a rien de précis
à entendre, rien d'autre que l'être naissant à cette écoute.

De ce fait, on cherche des contacts entre *psy* et musique,
et on s'acharne à les trouver là où il n'y en a pas, faute de
les entendre là où ils sont. Ainsi on s'est demandé : est-
ce que la musique permet de lever le refoulement ? Bien
sûr, elle peut rouvrir certaines portes de la mémoire, mais
là n'est pas l'essentiel. L'essentiel est dans le don qu'elle
fait : elle fait entendre qu'on peut naître à l'écoute, que ça
peut s'entendre même si *Ça* ne veut rien dire – rien
d'autre que ce cri même silencieux. Elle peut donc
rendre inutile un refoulement, ou le laisser intact, ou le
contourner. Elle peut *déconcerter* le refoulement, ou le
ravir, ou le couvrir de ravissement, mais sa visée est plus
lointaine : *la musique donne le fait qu'on peut entendre
autre chose et s'entendre avec*. Là serait le point de rencontre avec une *psy* renouvelée, au bon sens du terme,
qui se fait rare. Elle dit qu'il y a d'autres choses à
entendre que ce qu'on a entendu, des choses non pas
cachées ou refoulées mais jamais « dites ». Option sur le

nouveau à naître. C'est le sens positif du « trou » qu'elle fait dans l'inaudible. Ce trou ou cette faille résonne aussi avec les failles entre-deux-langues. *La musique est un pont entre-deux-langues détruites ou ravagées*, ou ramenées à leur source balbutiante, insensée mais « criante ». Option – fragile – sur une certaine fraternité.

Et dans ce consentement à l'impuissance des mots, à l'impuissance devant le réel, elle renouvelle ce don d'être et d'existence comme un signe d'apaisement.

On peut en dire plus sur le rapport entre la musique et les mots, entre le son et la parole [1]…

Sur ce rapport parole-musique, une scène biblique en dit beaucoup. C'est l'épisode où l'armée des Hébreux est coincée dans le désert d'Édom [2] et menacée de mourir de soif ; on cherche un prophète à interroger, et l'on trouve Elisha, celui qui a « versé l'eau sur les mains » de son maître Élie. Mais le prophète, pour parler, demande qu'on lui amène un musicien : « Et voici, tandis que le musicien musiquait (*sic*), la main de Yahvé fut sur lui. » Il fut donc inspiré. L'*être* le saisit, et se fit parlant à

---

1. Vaste question qui a ses formes plus étroites, ou plus singulières : un objet comme l'*opéra*, par exemple, interroge à sa façon le mélange de la parole et de la musique. Mélange, ou plutôt accouplement. Et dans ce cas, se demander ce qui compte le plus, ou ce qui doit passer avant – de la parole ou de la musique –, est aussi oiseux que de se demander ce qui dans un couple compte le plus, l'homme ou la femme. Outre qu'il y a la musique propre aux paroles, et la parlance de la musique. Mais si un objet *conjoint* parole et musique, dans le même temps, c'est bien pour faire vivre leur *mixité*, comme entité nouvelle, comme entre-deux irréductible où parole et musique se touchent sans se réduire l'une à l'autre.

2. Roi II, chap. 3, v. 15.

travers lui, à partir de la musique. Et il parla, annonçant
l'afflux des eaux et la victoire… Il lui a fallu la musique
pour accéder au *dire* de l'Autre ; pour rendre la voix
de l'Autre – la voix de l'être – audible, explicite. La
musique l'introduit à la voix de l'Autre qu'il peut alors
interpréter avec son corps. En un sens la musique précède les mots, non pas en soi, mais dans le corps de chacun : en tant qu'elle est la voix de l'Autre, elle précède
vos mots, ceux du sujet en question, pas ceux de l'Autre :
les mots de l'Autre, elle les porte, elle les met en attente,
en attendant qu'un événement les rende audibles ou opérants. Autant dire que *musique et paroles coexistent mais
à des places distinctes, irréductibles*, qui parfois communiquent quand des médiations sont possibles. (La
médiation de ce prophète serait trop longue à développer ; ce qui est sûr c'est qu'elle implique son corps, sa
mémoire, son histoire singulière, son lien à son maître, à
son père, au roi qui l'interroge et à ce dont il parle.)
Musique et parole co-existent à des places distinctes,
sans qu'aucune puisse nier l'autre, comme deux lumières
d'être différentes. Et à vouloir les comparer, les classer *a
priori*, on risque de nier la cassure entre Soi et l'Autre,
cassure qui empêche la comparaison. Alors même que
parole et musique communiquent, par des voies mysté-
rieuses : on parle du *ton* d'un discours ou d'un texte, qui
bien souvent en dit l'essentiel.

   Cela dit, il y a un temps réel où la musique compte en
premier : pour le petit d'homme, c'est d'abord la voix
de l'Autre qu'il entend *in utero*, la voix de sa mère, de
ce qu'elle entend, des modulations où elle baigne ; plus
tard il y a son propre cri, sa voix à lui en tant qu'autre,
sa voix qui n'est pas encore la sienne, qui n'est la
sienne que pour les autres ; sa voix sera la sienne quand
il pourra mieux entendre celle de l'autre, et chercher

avec elle des points de rencontre, d'écoute, de coïncidence.

On peut donc écarter les distinguos assez scolaires où l'on dit que la musique porte notre insu, « contrairement » à la parole, qui serait consciente avant tout. Car toute parole a sa part d'inconscient, comme la musique, et celle-ci frôle aussi des niveaux de conscience. Il est vrai que la voix de l'Autre qu'est la musique reste, en général, « incompréhensible » : on entend la voix par le sens, on peut se mirer en elle, comme dans sa propre voix venue d'ailleurs ; ce qui donnerait deux miroirs parallèles aux images répétitives, à l'infini, dès lors que ce qui prévaut c'est l'investissement narcissique.

5. *Support narcissique*

Revenons à l'effet *porteur* de la musique, où le flux sonore vous porte, c'est-à-dire vous donne lieu d'être, vous accorde assez d'existence pour que vous puissiez vous livrer, en toute sécurité, au jeu de l'inspiration et de la mémoire.

On connaît ce cas extrême mais non unique[1] d'un homme qui a perdu la faculté de reconnaître les objets, les visages familiers (allant jusqu'à prendre la tête de sa femme pour un chapeau), mais qui maintenait pour l'essentiel sa vie sociale. Il enseignait la musique. La musique lui fournissait un vrai support identitaire : ses gestes quotidiens ou nécessaires, il les faisait en chantant, il avait un *air* pour chaque activité, et s'il était interrompu (en plein air musical, donc en pleine activité),

---

1. Décrit par le neurologue Oliver Sacks dans l'ouvrage *L'Homme qui prenait sa femme pour un chapeau*, Paris, Seuil, 1988.

c'était à nouveau le chaos : il ne reconnaissait plus rien.
La musique lui servait de mémoire : rappel de soi et des
autres, et surtout de mise en *contact* originaire permet-
tant de nommer, de *reconnaître*, c'est-à-dire d'*appeler*.
La musique lui permettait d'établir le contact ultime de
l'appel. C'est plus qu'un soutien narcissique, comme
celui que donne l'alcool et qui permet de « se lancer ».
C'est un espace d'appel. Et si une chose se présentait
soudain, un visage familier, un gant, une fleur, cela ne
pouvait rien lui rappeler, il décrivait la chose avec précision comme si c'était un phénomène complètement neuf,
mais l'acte de le nommer lui était impossible. Il était
ramené comme à l'origine du monde, devant nommer
pour la première fois cette chose « étrange » qui pouvait
être son propre visage dans le miroir. Ce n'était pas le
cas si l'objet se présentait avec sa musique familière, son
rythme, son mouvement ; si par exemple ce mouvement
comportait un détail : un visage avec un tic… Alors, il
pouvait le reconnaître à ce tic. En somme il pouvait nommer une chose si la chose se nommait elle-même par le
détail qui en ressort ; ou si l'ensemble des détails com-
posait une « musique » précise, émettait une « fréquence
propre » (comme on dit en physique des résonances). Par
lui-même il ne pouvait rien nommer.

Avec la musique, la voix des choses – la voix de
l'Autre – colle au sujet, fusionne avec, elle devient
presque la sienne par une capture évidente.

En un sens, la musique lui fait revivre l'épreuve originelle : la mémoire de l'appel où Soi et l'Autre se touchent, existent au même instant qui justement fait appel.
Cette double existence, le malade l'atteignait dans ses
gestes quotidiens par la musique : en chantonnant il
s'infiltrait dans les choses concrètes – dans son bain,
son assiette, son trajet, son travail – et leur donnait exis-

tence pour lui, pour lui seul. Rarement l'aspect narcissique de la musique fut à ce point évident, total. Narcissisme «primaire», premier, radical. Le sujet enrobe toute chose d'une sorte de pellicule sonore qui la lui rend faisable, qui lui permet déjà de l'apprendre, de l'appréhender, de l'intégrer à son petit monde, à son espace narcissique. A croire que la musique est un rapport au monde qui serait prêt à faire l'économie du monde, qu'elle réussit à doubler, suffisamment pour pouvoir en tenir lieu[1].

L'aspect «appel» – appel de pure altérité – que comporte la musique peut très vite se rabattre en rappel; alors le monde se trouve inclus dans la mémoire ou du moins projeté en elle: par la musique on peut absorber le monde, en oubliant qu'on l'a d'abord réduit à soi pour l'intégrer ou pour mieux s'y absorber. Et quand on dit que la musique donne à toute chose un sens «élevé», on dit surtout qu'il nous élève en nous faisant le réceptacle, l'origine et presque l'auteur de cette chose. Le sens est élevé parce que nous nous y élevons grâce à cette illusion.

On comprend mieux la vieille formule selon laquelle «la musique adoucit les mœurs». C'est que la musique atténue la violence agressive propre aux narcissismes

---

1. La musique se donnerait pour un modèle du monde, si originairement proche qu'il prendrait bien le relais du monde. A. Schopenhauer, dans son livre *Le Monde comme volonté et comme représentation* (paragr. 52 et chap. 39), formule une idée analogue, mais il a voulu trop prouver en prenant l'idée de modèle au pied de la lettre; et en voulant établir une stricte analogie entre la mélodie et le phénomène qu'elle «exprime» (le phénomène représentant dans le concret ce que la musique présente dans l'abstrait). Pourtant, il prend bien ses distances par rapport à une musique qui ne serait qu'imitation ou copie d'un phénomène.

blessés car elle comble les failles du moi, réconcilie le narcissisme avec lui-même, et fait que chacun trouve enfin grâce à ses propres yeux, au moins durant le temps où la musique agit. La légende dit qu'Orphée apaisait même les bêtes fauves par son chant, qu'il inclinait vers lui les arbres et les plantes, qu'il adoucissait les hommes les plus farouches, et les flots de la tempête, les éléments déchaînés… Bref toute identité perturbée peut trouver dans la musique de quoi se calmer ; au risque de finir dans ce calme et d'arrêter le processus identitaire qui, lui, est infini. L'autre risque est que la musique « charme » cette identité perturbée, et la fasse consentir à elle-même. (Orphée – décidément symbole du *dire* musical – charmait par son chant les forces de l'Achéron – ces mêmes ténèbres que Freud voulait *mouvoir* par l'interprétation, comme il le dit en exergue à son livre sur les rêves.) Ajoutons que, dans son régime narcissique, la musique ne connaît pas la mort – comme l'inconscient : la tête d'Orphée assassiné chante encore.

L'effet dansant au contraire – l'espace du corps mouvementé – refuse ce calme ou cette complétude narcissique que la musique obtient, et obtient d'autant mieux qu'elle court-circuite le visuel, la représentation. Bien sûr, toute représentation est une approche de l'irreprésentable, mais dans la musique cet irreprésentable est déjà là : c'est « moi », « moi » pansant ses blessures avec la voix de l'Autre ; s'identifiant à l'Autre par la voie de l'écoute. Mais quel « moi » ? l'*ego* ? le *self* ? le faux self ou le vrai ? Disons-le tout net, la musique subvertit ces distinguos, ou plutôt elle est le lieu où leurs limites se brouillent. Elle est le lieu de leur brouillage, de leur mise en crise ; et par là, elle opère sans le vouloir une critique de ces concepts dans leurs prétentions à régenter la psyché. Et ce n'est que justice : par le corps passent des voies subversives… La musique assure l'interaction ou plutôt la communion entre monde interne et cosmos sur un mode singulier où le narcissisme ouvre grand la gueule pour absorber tout l'univers. On peut dire qu'alors il s'efface en s'accomplissant ; qu'il disparaît au profit de l'univers… qu'il devient, de l'univers pour lequel il se prend. Certains usages incantatoires de la musique l'indiquent clairement : appel à l'Autre, au tout Autre, avec lequel on fusionne, pour ensuite revenir à soi – et encore, le faut-il ? si l'on est déjà partout… et pourtant nulle part. C'est qu'à ce niveau encore la musique redonne au narcissisme une fonction plus dynamique, récusant les idées figées qu'on en a. Mais en un sens, *elle élude l'épreuve du corps*. La danse, elle, déploie le monde interne et externe dans l'effet de « corps » qu'elle recherche ; elle impose la présence du corps et le jeu de ses altérations, de ses représentations ; présence et représentation, entre-deux-corps essentiel : par là la danse peut humaniser la musique : la perturber, la déranger, l'empêcher de trop s'accomplir, en y infil-trant des obstacles – de bons obstacles : des corps vivants, pour entraver les flambées totalisantes. Cela veut dire que « dans la vie » la musique – l'ambiance sonore et mélodique de nos vies – a beau inclure les dis-sonances, elle ne peut intégrer cette dissonance essen-tielle que constitue un corps vivant et désirant exister.

Cela veut dire autre chose. Le corps n'est jamais seul, il est comme tel entre-deux-corps. Et dans la danse, il cherche la voix de l'Autre, de l'Autre-corps à faire entendre. *Tout geste articulé sur la voix de l'Autre est une danse*. Cette voix de l'Autre peut être inaudible, incompréhensible (elle l'est souvent, quand c'est une

pure musique) ; en général c'est une onde d'énergie. Un
corps en proie à la jouissance d'un autre corps est dansant, avec ses spasmes incontrôlés. Pensez aussi au
déprimé à qui on donne l'électrochoc, ou au condamné
à mort, avec les secousses et contorsions de la décharge
électrique. Ce n'est pas de la danse, bien sûr, encore
que. Mais si au lieu du condamné on disait l'homme,
tout simplement, condamné lui aussi à mourir mais
plus tard, et si au lieu de l'onde électrique on disait
l'onde musicale ou visuelle (d'un flot d'images), alors
la décharge que cela fait dans le corps, les torsions que
cela induit, de mort et de naissance, donnent une idée
de ce qu'est la danse. C'est le geste du corps, déraciné
par la « voix » de l'Autre-corps, et cherchant d'autres
racines, mais inscrivant dans cette recherche l'événement de la rencontre, et de l'arrachage qui s'ensuit.

Si la danse est la musique du visible, musique des
représentations et représentation des musiques possibles
de l'être, elle arrache celle-ci à l'emprise de l'ineffable,
pour l'exposer au champ du regard, donc à la critique.
La musique donne l'âme sans le corps, mais la danse
veut subvertir ce clivage, et faire parler corps et âme
dans le même mouvement de l'être, mouvement physique par lequel elle cherche les voies, les ouvertures
vers la matière à travailler. Et tout un travail de
recherche vise à mieux articuler ou faire jouer cet entre-
deux : entre nom et corps, entre voix et mouvement,
parole de la chair et chair de la parole.

La musique nous émeut – avec les mouvements de
notre être délivré de la réalité ; mais la danse, comme
soulèvement du corps, veut réaliser ces mouvements
comme étant ceux de notre être physique plongé dans le

monde et pris comme métaphore du monde. En cela, c'est elle qui porte le mieux l'idée de Schopenhauer : « le monde comme volonté et comme représentation » ; la volonté étant le support du désir d'être – qu'exprime la musique ; et la représentation étant le visible du mouvement, son potentiel sensible. Ou encore : *si la musique est l'expression du monde* (que le narcissisme invente et assimile à chaque instant), *la danse en est la mise en acte* : elle fait déchoir la musique de son abstraction vers une réalité plus riche, en principe, puisque s'y mêlent corps-mémoire et corps en acte.

Mais il y a une approche, une écoute de la musique où elle est prise comme une danse, une jouissance sonore d'un corps danseur invisible, où l'on rêve de se couler. Et de le faire – ou de penser le faire – donne une joie intense, celle d'être porté par l'Autre ; en restant seul si l'on veut, ou identique à soi.

Tout cela aide à comprendre que des êtres très différents exaltent la musique ou soient exaltés par elle. Par exemple, des nazis peuvent apprécier une symphonie de Beethoven, de même que des êtres nettement plus recommandables. Chacun met en jeu le désir d'absorber le monde par le moyen de cette symphonie, de l'inclure dans son narcissisme ; mais pour les uns, ce monde tel qu'il est doit être aimé et vécu dans tous ses états, et pour d'autres, ce monde qu'ils aiment comme eux-mêmes doit être d'abord nettoyé de ses déchets pour être enfin aimable, et pour qu'eux-mêmes puissent l'être enfin à leurs propres yeux.

6. *Portés dans la dérive*

Comment finir sans évoquer d'actuelles musiques populaires (rock, pop, et toutes leurs variantes) où l'*effet porteur* est extrême, où la musique est recherchée, désirée, exigée parce que chargée de vous porter, de vous recueillir, de vous donner un support d'être, individuel ou collectif – partant de rythmes où le social s'enchaîne et se déchaîne de toutes ses forces électroniques. Car ça se machine à l'infini, les sons « artificiels »…

On dit pourtant que c'est une musique faite pour sortir de soi, pour s'éclater. Cela confirme bien l'enjeu narcissique : sortir de soi pour se retrouver, soi, ailleurs ; pour être soi dans l'ailleurs qui vous manquait, pour intégrer cet ailleurs et se combler avec. C'est proche des enjeux de la drogue : sortir de soi pour se retrouver, complètement, dans la bulle où l'on « s'envoie ». Là, la bulle c'est le corps. Voilà donc une musique pour s'envoyer dans le corps, pour se remplir de la voix de l'Autre, pour *se shooter* avec. (Cela permet aussi de s'envoyer loin dans le corps social – autre façon de se narcissiser : sortir de sa condition, faire un disque, un album, avoir un groupe… c'est le rêve des chanteurs de rock : chanter les dures conditions de la vie pour en gagner une plus douce. L'identité, en chantant sa propre perte, espère de ce fait même la réparer.)

Donc, le *rock*, musique pour *se shooter* au corps, pour le faire danser, lui faire palper ou questionner ses lieux d'être ; elle va avec sa danse, elles sont d'emblée mariées, presque inséparables, même si la danse en collectif est simplifiée, comme le chanteur sur scène qui se tord avec sa guitare, véritable phallus sonore.

Pour des millions de jeunes cette musique, et l'objet qui s'y rattache : disque, casque, cassette, groupe, concert – ce terme s'efface parfois pour des termes plus durs : tels l'*acid rock* ou le *flower power*… –, tout cet espace d'ivresse sonore est presque un lieu de transition, de passage pour *tenir dans la dérive entre la famille et le social* ; surtout quand ces deux rives sont chacune en mauvais état ; et c'est le cas. Alors on s'enferme – seul ou en groupe – pour s'envelopper de cette houle fracassante, déferlante, cette houle sonore qui ravage tout, qui efface tout autre bruit ; comme la drogue ou l'alcool vous rendent sourd à tout le reste, vous le font oublier. Et la musique laisse poindre alors une sorte de lien archaïque, ombilical, en pleine résonance avec un manque d'origine.

Elle devient l'*incantation de la dérive identitaire*, elle en suit les contours, elle la rattrape et la rabat sur elle-même. Le nom même de *rock* – au départ *rock'n'roll* – indique le mouvement des corps dans le rapport sexuel. La musique a confisqué ce mouvement des corps pour un érotisme sec, sonore et solitaire, un voyage du double corps à la recherche de ports d'attache, *via* l'errance et la quête mouvementée d'un lieu d'être.

Malgré les points de confusion où *rock* et drogue communiquent et se relaient (confirmant que dans les deux cas c'est la quête d'un lien très fort), le *rock* tente de répondre *de l'autre côté*, en positif, à ce que la drogue prétend traiter : le manque-à-être dans l'origine. Et sa réponse est un espace cosmopolite, croisant des origines multiples, des immigrations sublimées, toujours sous le signe de l'affirmation narcissique, au niveau brut, «primitif» ; qui n'exclut pas, qui cherche d'autres emblèmes plus matériels entre le *show* et le *business* ; le *show* où l'on déchaîne la bête – qui se laisse bien maîtriser – et le *business* où se calcule l'impact social et mercantile. Entre ces deux versants où tant d'artistes vrais ou faux ont chaviré, l'appel à *être porté* demeure, émanant de cette houle de *rock babies* au jargon adolescent (à base d'instants, d'énergie, de révoltes apprivoisées, de vitalités dépressives); langage de ruptures qui font soudures, de voyages qui font refuges... Cette musique porte les emblèmes de la société qu'elle combat, dont elle recycle les «débris», dans un bruit assourdissant et fusionnel, qui se veut réparateur. Pourquoi pas? C'est un fantasme tenace: avoir un père maternant, ou une mère symbolisante; une parole qui fasse corps, un corps qui soit parlant.

Et c'est massif, criant, hurlant; nul ne s'étonne que ça brasse tant de milliards: cette vague précise écume l'obole de tous ces jeunes qui par millions viennent *payer* le manque de voix, le manque de parole, le manque d'Autre digne d'être entendu – et capable d'entendre[1].

Là encore, cette musique, si chargée de mouvement physique, rejoint, dans sa déroute subtilement cultivée, les enjeux narcissiques de l'élan musical, connus de tout temps.

Dans la Bible on appelle le jeune David pour soulager par sa musique les affres du roi jaloux et dépressif, pour lui réparer en somme son effondrement narcissique

---

1. Le degré d'écoute des Responsables se signale dans cette parole d'un chef d'Etat français – grand-père bien sûr, comme les préfère ce pays qui croit contourner le problème du père en se donnant des chefs d'État grands-pères, au narcissisme coriace et sénile –, ce président donc avait dit d'une foule de rockers: «Ces jeunes gens sont pleins d'énergie, ils n'ont qu'à construire des routes!» Justement, ces jeunes disent énergiquement l'absence de route que leur indique cette société déroutée; et déroutante. Ils symbolisent cette déroute.

(et il musique si bien qu'il le rend encore plus fou, puisque ce roi était jaloux du jeune musicien…).

Dans certaines foules en plein travail, la musique rythme l'acuité de l'effort ; elle donne consistance au groupe, elle lui donne du cœur au ventre pour oublier l'effort et le grincement narcissique qu'il induit.

Dans un groupe armé en marche, la musique ravive l'esprit de corps ; elle voudrait faire oublier ce pour quoi les corps sont là : pour se battre.

La musique est appelée à apaiser d'autres folies. La pure folie : dans tels pays, depuis des siècles, les fous sont conduits régulièrement hors des asiles pour écouter certaines musiques qui les apaisent ; pour les nourrir d'incantation, c'est-à-dire d'une voix qui *suppose* le Tiers. Et ce, bien avant les modernes musicothérapies, où la musique sert d'élément presque utérin, de liant pour ramasser les bribes de corps et les éclats d'identité chez des êtres laissés en rade.

Et l'on comprend qu'à grande échelle se multiplient les *flirts* étranges et insistants entre des musiques d'ethnies distinctes – mais proches – pour dire l'envie d'être proches et de rester « autres » ; pour dire l'emprise, l'appel, la violence agressive qui se mesurent de la voix et se défient en musique ; pour séduire l'idée de vivre ensemble ; et partager ainsi les mêmes dérives identitaires ; qui font moins souffrir, quand elles sont reconnues.

Et quand ces musiques prennent en charge le corps, quand elles prennent corps dans un sujet ou dans un groupe, elles en font un corps dansant, cherchant à naître à travers ce qu'il produit, ce à quoi il donne naissance.

III

Fantasmes dansants

1.Danse, fantasmes et mythes

Comme pour l'étude des religions ou de l'idée « psy »,
il ne s'agit pas ici de pointer les « vraies » pratiques, les
authentiques (les « vraies » religions du corps…), mais
de dire les fantasmes implicites à ces pratiques corporelles et les forces qu'elles mobilisent. Ce point de vue
fut utile pour les religions ; il nous a permis de mieux
comprendre leur emprise sans avoir à la « dénoncer »[1].
Pour le monde « psy »[2], il nous a montré l'éventail des
tendances, comme un spectre continu de pratiques où
chaque fois le lien du symptôme se transfère au lien
thérapeutique – chaque mutation de lien ayant son intérêt. De même ici, ce point de vue nous fait aimer la
« danse » – dans toutes ses variantes – comme pratique
multiforme où le corps porte ses gestes au-delà de lui,
depuis l'ordre où il étouffe jusqu'au désordre calculé
d'où il invoque l'incréé, le Vide-Espace où se prélèvent
des langages et des liens désirables. Le corps en quête
de lieu et de mouvement où s'inscrire.

Même quand le cadre est fixé par une culture, un col-

---

1. Voir *Les Trois Monothéismes*, *op. cit.*
2. Voir *Le Peuple « psy »*, *op. cit.*

lectif, avec des codes achevés – les *fantasmes* sous-jacents méritent d'être pointés, fantasmes implicites au corps dansant. En voici quelques-uns :

– Le corps, siège de la *vérité*. (Variante : le corps, lieu d'authenticité-mystique ; là une petite dérive vers l'Orient, l'exotisme, le culte de l'Autre, du Primitif…)
– Le corps *libéré*, s'exprimant sans entrave, cherchant en lui-même sa loi (oubliant qu'il est captif non d'une loi mais d'une absence de loi ; et qu'en se « libérant » il étale ce manque de loi, avec l'espoir de la fixer sur… lui-même).
– Le corps-*origine* ; ou échappant à l'origine pour explorer d'autres confins… originaires. Car l'origine est *devant* lui, pas seulement derrière.
Dans tous les cas, des corps soulevés, ex-altés, en quête d'une lumière autre dont ils puissent se transmettre quelques éclats.
– Le corps-en-soi *poétique*, créatif, dès qu'il déploie « son » langage ; il se regarde ou se montre dans le miroir de ses gestes.
– Le corps comme épreuve et moyen de *voyager* à travers l'être ; preuve qu'un voyage est possible.

Ces fantasmes ont leur limite, bien sûr ; ils sont même parfois la limite qui leur manque, ils se la donnent. Avec l'espoir d'attraper – en plein vol – un jet de loi, un trajet qui ferait passer d'un ordre à l'autre ; d'un ordinaire à l'extraordinaire dévoilement de la vie.

Ces fantasmes ont un présupposé : la danse, variabilité du corps et des êtres ; variance où peuvent émerger des trajets subtils, des voies rigoureuses. C'est une dialectique entre fixations et déchaînements, entre ordre et

désordre. Il s'agit de *se prendre*, non pour un autre ou
pour l'Autre, mais de se prendre à bras-le-corps pour
passer, à force d'énergie nouvelle, les seuils entre deux
niveaux de corps, les frontières entre ce-qui-est et ce
qui manque être. L'idée : ne pas se réduire à ce qui est.

Je pense à une femme qui pleurait : « J'en ai assez
qu'ils me prennent pour leur mère ! Et ceux-là, qui me
prennent pour une reine… Et les autres, qui me prennent pour un monstre !

– Ce serait terrible s'ils vous prenaient pour ce que
vous êtes…

– Vous voulez dire que je suis terrible ?

– Le plus terrible c'est d'être pris exactement pour ce
qu'on est, pour une image de soi qui interdit d'être au-
delà, qui empêche de passer. C'est cette prise en étau
qui bloque le jeu, interdit les méprises, les surprises… »

Le corps dansant veut se porter au-delà de ce qui est ;
il se trouve devant l'être… à venir.

Et la danse s'est prise au jeu de ne pas prendre le
corps pour ce qu'il est ; mais de le prendre là où il est, là
où il en est, et de l'arracher comme un arbuste pour
l'implanter, non dans quelque paradis, mais dans le
voyage incessant entre *présent* et *origine* ; donc entre
deux niveaux de l'être. (Quand il s'agit de se planter au
paradis, ou dans son ombre l'enfer, c'est le fantasme
particulier : d'être un autre.)

Un autre fantasme est celui du corps-en-soi poétique
qui se cherche dans ses gestes. C'est tout un travail narcissique, qui se prête à pédagogie, avec des programmes
précis qui oublient seulement… le fantasme. Disposer

de son corps, libérer les «ressources corporelles», apprendre à trouver des «arrangements» uniques, «singuliers», des constructions à explorer dans l'«état de rêve» où se met le corps... Le corps «goûte» au mouvement qu'il libère, il se meut musicalement autour de l'objet, du projet chorégraphique, avec sa mémoire de corps, ses rythmes différenciés, sa poétique modulée, sa magie palpée...

Il semble aller de soi que ces gestes, ces «arrangements», sont par eux-mêmes interprétants. Et pourquoi ? Le seul fait de «mettre en place» un langage de muscles, de sens, de perceptions, d'équilibre, de rythmes, etc., suffit-il à «symboliser»? Ce qui pèse ici de tout son poids c'est le préjugé structuraliste (repris par Lacan) qui confond symbolique et langage: si ça parle c'est que ça symbolise... D'autres préjugés s'y ajoutent, du genre: «La créativité, c'est dissocier des éléments habituellement associés» (Anzieu); préjugés accentués par d'autres fibres de l'idée «psy» où il s'agit avant tout de «déconstruire». On dissocie, on fait les fous, on «danse» autour de la chose sans qu'il s'ensuive de mutation. C'est une façon d'éluder (mais aussi de frôler) un enjeu essentiel: traverser un ordre pour trouver au-delà de lui le chaos originaire d'où extraire un autre ordre capable d'être assez parlant (mais à qui? c'est la question), assez voyant ou éclatant pour faire sentir à sa limite d'autres chaos ; pour que ces alternances actualisent la transmission de la vie et de sa mémoire en cours; la transmission de vie en quoi consiste un corps-mémoire.

Cela dit, ces pratiques du corps (techniques, pédagogiques, thérapeutiques) qui peuvent susciter l'ironie, convergent toutes en un point d'*incantation*, où chacun

intercède auprès de son corps sur ce mode : bouge-toi,
sois vivant, détends-toi, et alors «*moi*» je pourrai bouger, être vivant et détendu. Le corps est invoqué comme
double et comme Autre ; partenaire et siège des forces
inconscientes. Il y aurait «moi» et «mon corps», lui-
même doublé de l'Autre, et je l'invoque pour que ses
gestes – que je lui fais faire – aient une portée efficace
dans ma vie. D'où ce nouveau paradoxe : la danse est
une forme silencieuse de la *pulsion invocante*, celle qui
a cours dans tout poème : ça répond puisque j'appelle ;
l'appel est authentique puisque ça répond – d'un geste
poétique[1].

   Et il n'y a pas de «critère» pour dire si le chaos
«créatif» est celui que l'on provoque soi-même en dis-
sociant, en s'enlisant dans les débris de son narcissisme
que l'on force à s'ébranler, ou si un souffle d'altérité se
fait sentir d'où viendrait l'interprétation. Le critère est
le Tiers, la Foule, l'agrément du public… qui heureusement échappe un peu, y compris à lui-même. Souvent
l'interprétation n'est invoquée que par un seul de ses
traits : l'indéchiffrable. Plus c'est confus, abscons, plus
c'est supposé savoir, donc inclure des messages mystérieux. Auquel cas, pourquoi pas, c'est une mimétique
du mystère, mais le mystère résiste à se produire ; la loi
est présente comme une opacité totale (règles, gram-
maires qui donnent le change, et prétendent en tenir
lieu). Cela donne des êtres «corporellement très culti-
vés», qui jargonnent bien dans ce langage «danseur»,
avec états de rêve et d'enfance, et même lucidité, mais
qui restent entièrement captifs d'un étau symbolique

---

1. Voir ci-dessus «Invocation», p. 160.

– cloaque familial, inertie incestueuse, immaturité réelle quant au pouvoir d'interpréter et d'advenir.

Mais qui peut leur jeter la pierre ? La même chose existe dans le monde religieux (où dans le réseau serré d'exégèses interprétantes et d'élans spirituels, c'est les pires étouffements de l'être)[1] ; dans le monde « psy » également (où l'exégèse des Textes, l'interprétation des fantasmes, le repérage des symptômes, le pointage de l'inconscient accompagnent sereinement des modes d'être sectaires et des filiations assez glauques). C'est ainsi. Mais c'est ainsi que ces blocages prennent place dans un mouvement plus vaste qui les fait s'interpréter à leur insu. De sorte qu'il y a toujours danse-interprétation, ou élans spirituels (religion), ou acte thérapeutique heureux (peuple « psy »), mais pas toujours là où l'on pense.

C'est que les tenants d'une pensée ou d'une pratique doivent par à-coups rompre avec elle pour s'y relier autrement, en éprouver l'altérité et la transmettre ; n'en être pas les détenus.

Tous ces fantasmes sont vécus même à l'insu des corps dansants ; ou rappelés pour être montrés, conjurés, traversés. Ils pointent une certaine solution au problème d'exister, de tenir avec son corps. Mais c'est le but de tout fantasme : offrir une solution au problème narcissique. Elle est « idéale » si le groupe est assez « fou » pour s'interdire d'autres issues, pour se fixer sur celle-là, qui leur est idéale parce qu'ils l'ont ainsi baptisée.

Autrement, chacun de ces fantasmes anime de vastes champs cliniques : habiter le corps de l'autre ; convertir

1. Voir *Les Trois Monothéismes*, *op. cit.*

dans son corps un trait de l'autre ; poser le corps visible comme identique à la loi, ou instrument du désir, ou haut lieu de la mémoire – celle qu'on n'a pas et qui serait là, prête à se faire «entendre»…

Comme souvent, les entraves du corps sont dans le manque d'esprit. Et l'esprit se pointe si *de la Loi* passe par là, au voisinage, à l'horizon. Décidément, cette loi qui passe et fait retour près du lieu où ça danse, c'est plus qu'une image. (La danse du roi David a dû être assez libre pour énerver cette femme stérile, jalouse des femmes.) Passe la loi pour que le corps ne soit pas seul à répondre de la loi, à la voir s'enfouir en pleine chair – ce qui s'appelle pulsion de mort.

C'est ce *passage-à-côté* qui fait que l'artiste contemporain ne répond pas de ses objets mais les pose comme témoins d'une Loi qui passe ailleurs, à l'horizon, et qu'il n'a pas à endosser. Certes, il joue trop de cette non-réponse, de ce mode d'être «irresponsable» ; avec des contrecoups visibles : le corps libéré s'enferme dans sa liberté. Il oscille entre l'irreprésentable et les présentations qu'on fait de l'irreprésentable. On pose un idéal, pour poser que l'idéal c'est de le nier (que l'idéal, c'est un corps pas-idéal…). Et autres amusements.

Mais les questions fortes et simples demeurent. Quoi faire avec le corps ? La danse répond : *trans-faire* ; et elle cherche à lui faire porter «jusqu'au bout», jusqu'à ce qu'il soit *à bout*, le désir d'être au-delà sans être «dans l'au-delà».

Son fantasme est tenace de faire le corps, de l'appeler à se trans-faire ; pas de le refaire, la chirurgie s'en charge, et sa défaite est dans sa réussite. Elle fait souvent des corps «refaits»; floués et renfloués. Non, la danse, calligraphie du corps-mouvement, veut déployer entre deux corps (corps actuel et corps-mémoire) les textures qui font l'âme, l'âme du corps; elle veut les faire vibrer comme des membranes du corps en germe; du fantasme.

L'effet *danse* cherche à offrir au corps l'appui d'un fantasme, les ressources d'une mémoire qui ne soit pas qu'un récit, ou un mythe.

Aujourd'hui, les mythes – ces fantasmes un peu durcis – ont «éclaté» mais n'ont pas disparu. Leurs fragments sont pris en charge comme matériaux d'inscriptions, brins symboliques. (Tout comme les religions n'ont ni disparu ni tout envahi: elles sont elles-mêmes prises en charge, par bribes, en amont de leurs rites et de leurs institutions.)

La tendance est moins de jouir des mythes, ou de les enfouir, que de les mettre en pièces dans le flot de fantasmes eux-mêmes éclatés dont on fait des lieux «dansants», chancelants, recollant paroles-écrits; des lieux de rencontre pour corps seuls, en mal de lien et de mémoire. Façon «artistique» de les passer à l'acte, l'acte social des monstrations qui nourrissent le corps collectif; dans un réseau d'inscriptions intriquées: le chorégraphe «musique» les corps, le musicien chorégraphie les sons, le peintre les couleurs, le poète fait danser aux mots la vérité des corps dansants, le thérapeute interprète les gestes arrêtés, les décompose en nouveaux alphabets dont il serait partie prenante.

Et le corps, aux frontières entre ces langues, à leurs nervures, à leurs lignes d'affolement, devient leur fiction réelle, qui se joue sur la scène publique ; qui se reconnaît. C'est à la force des corps vivants et singuliers que les mythes se désintègrent et se réintègrent.

C'est dire que l'on simplifie trop en posant que les sociétés modernes, technologiques, ne font que briser les liens, casser les mythes, détruire les traditions… C'est bien plus riche : dans le même mouvement elles redonnent des points d'attache, des germes de rituels, des incrustations de fantasmes, des épreuves de reconnaissance… Elles arrivent même à fonctionner sur un mode néo-tribal : un couple se sépare, les enfants sont pris en charge non par la tribu mais par la troupe d'éducateurs, la cohorte des assistantes, l'attirail des concepts : Aide à l'enfance, Recyclage, Insertion… Des fonctions sociales remplacent les rites dansés ou célébrés ; comme les défilés militaires remplacent les danses guerrières. Et quand la chose résiste à se laisser « remplacer », on la place sur une scène pour en faire un spectacle. Bref, il y a du rappel après la décomposition ; avec les débris, ça recompose, et ça compose.

2.Danse et corps social

Dans les mythes et les clichés sur « notre monde » moderne, on déplore aussi que ça se « déshumanise ». C'est à prendre comme une question : les gestes essentiels du corps – et de l'être – sont-ils vraiment interdits, obstrués, ou faut-il suivre de nouveaux trajets, différemment fléchés, pour les retrouver ? notamment en passant par l'institution sous toutes ses formes : week-ends, journées, colloques, voyages, visites, stages, formations, clubs, séminaires, réunions – où l'on s'émerveille que se retrouvent, bien reconstitués, tous les gestes perdus ; recomposés par une chimie nouvelle des matières humaines qui fait que notre société, malade ou pas, est toujours en chimiothérapie avec elle-même. En tout cas, les rapports « humains » demeurent mais en forme de produits, produits finis qu'on ne cesse de « fignoler ». Les rapports sont objectivés et c'est cela même qui reste toujours subjectivable : cette forme, ces détours, ces contenus.

Preuve qu'aucun mythe ou cliché ne disparaît mais qu'ils se démultiplient : la frustration érotique par exemple – qu'on aurait crue dépassée vu les énormes facilités – reste intacte mais enrichie d'autres impasses. Il suffit de peu pour l'éveiller, l'exalter. Cette frustration est profonde aujourd'hui non pas pour les raisons dites par Freud (interdits sexuels…), mais pour des raisons presque inverses : manque de loi, de mémoire, de symbolicité ; les corps semblent en contact avec l'éros mais empêchés d'y prélever leur jouissance. De sorte que cette société – érotique, ivre d'images – en est à glaner les traces rabougries de l'amour. (Un film culte, *Les Nuits fauves,* ne tient que sur ce simple geste d'amour : il a le sida, il le dit, elle ne se protège pas ; bref, on peut encore mourir d'amour. Un scoop.)

Les mythes n'ont donc pas disparu dans notre société ; ils éclatent ; feux d'artifice ; chaque jour on en lance de nouveaux. Beaucoup de mythes modernes (parfois en forme de critiques de la modernité) ne visent qu'à recentrer le monde sur une pensée narcissique, la leur, dont le fantasme implicite est de refaire le monde, tout ou partie ; refaire l'idée qu'on en a ; le recréer. D'où le mythe insistant de la *création* – mot magique pour conjurer le ressassement ; moment magique supposé rappeler l'origine, où serait le « créateur », celui pour qui on se prend. La création peut être infime mais elle est censée faire résonner le Tout. Le gonflage médiatique peut venir à la rescousse. (Il est vrai que les médias font déchoir ce qu'ils exaltent ; et que s'ils font « tourner » la machine, de ce fait même ils suggèrent de la détourner.)

Ce qu'un mythe fait foisonner, c'est le *narcissisme du lien*. Et sa célébration dansée s'y prête. Ce qu'elle célèbre n'est pas vraiment l'*idéal* ; la plupart sentent plutôt que leur idéal c'est ce qu'ils célèbrent, c'est le fait de célébrer. (Narcissisme de la foule, qui fait que l'objet prend de la valeur parce que c'est elle qui le regarde.) On peut se duper de marcher ensemble « comme un seul homme », ou de danser à l'unisson. Mais la faille partout présente entre le dit et l'indicible, entre le lien et le vide ambiant, cette faille ouvre la place pour d'autres enjeux de la danse [1].

Plutôt que du corps idéal, on jouit du corps de l'idée chorégraphique ; on jouit du fait qu'elle prenne corps, à l'image de la vie ; l'idéal étant à l'image de la mort.

Et au lieu de ce corps manquant (idéal) la foule met son corps collectif, qui aime s'exalter mais retomber sur ses pieds, autrement dit : vivre sa pulsion de lien et la relancer sans cesse, sans en être le point d'arrêt. Il aime en jouer physiquement pour la rendre plus vivable.

---

1. A ce titre, la danse dite orientale est un des rares cas où le corps maternant – le vrai socle de cette danse –, l'ombilic du corps collectif, ne laisse pas de faille. D'ordinaire, les supports même langagiers sont troués de partout, béants. A l'horizon, il n'y a pas de Corps idéal chargé de mémoire et d'oubli, de présence et d'absence. Serait-il là qu'il serait irrésistible donc indécent. Son absence est essentielle, absence du corps de l'origine et de la fin ; condition pour déployer des « entre-deux » interprétants.

Parfois cette pulsion de lien est donnée à la foule par la drogue-musique (grands concerts *rock*); ou par la drogue mêlée de musique…

Cela dit, un des fantasmes de l'art contemporain est un «idéal» narcissique: être soi-même le Créateur plutôt que d'être pris dans le procès de la Création. Façon de pousser à bout l'absence de toute centralité. Tout éclate et les éclats se prennent pour «tout», pour le tout. Le temps de reprendre la partie.

Exemple d'impasse dans ce fantasme: on forge son «propre» langage, mais comment forger le geste de se le *donner*, et de transmettre ce qui en échappe?

Reste un point positif dans ce fantasme où chacun serait son Créateur: c'est qu'il y aurait dans chacun de quoi le faire exploser; de quoi le faire «sauter». Si ce n'est pas le cas, toute cette giclée de «créations» tourne à la récréation.

Cela dit, ce fantasme a mille variantes. Par exemple: plutôt que de refaire le monde, faire le geste de se refaire comme si on était le monde. Se dégager du monde pour être enfin «soi-même», quitte à se retrouver très encombré de ce *dégagement*. «Nous voulons disposer de notre corps! – Je vous en prie, faites!» (Et les corps s'affairent, se disposent, disposent d'eux-mêmes, et ça ne «fait» rien. A refaire.)

Dans les faits, c'est plus modeste: l'artiste dit qu'il part seulement de «lui-même», et il exhibe la tenue d'Arlequin faite avec les bouts de langage qu'il a récoltés ailleurs, partout, en prélevant dans chaque fibre[1] du rêve cosmique de quoi articuler sa chose, de quoi interpréter

---

1. Voir note 2, p. 302.

« le monde ». Il découvre qu'il n'est pas le Créateur mais qu'il accouche le monde de créations en germe. Et il tient à croire qu'il refuse tout code qui ne soit engendré par son « propre corps » ; tout en puisant comme chacun dans les blocs existants. Chacun prend un concept et le *coupe* par un autre puis le recolle à d'autres. C'est ce que la théorie des ensembles prend pour l'un de ses axiomes ; ça s'appelle la « substitution ». Et c'est possible parce qu'à l'horizon des concepts il y a l'inconcevable.

La danse, comme le rire, n'a pas lieu hors du social, étant aux mutations des corps, aux interstices des langues, entre faire et trans-faire. Mieux, la *danse* est *métaphorique du social*. Déjà il y a la danse du social : des corps courent, intercèdent, séduisent, s'épuisent, se relancent, se déchirent, se nourrissent, se submergent de fantasmes, cherchent leur place. Tous en piste, même les plus timides, tous entrent dans la danse, et en sortent, à bout de souffle. On souffle. Répit. Et on y retourne, trouver de nouvelles formes, se faire reconnaître « en forme », en pleine forme.

Mais les enjeux de la danse abstraient ceux du social : faire passer le corps par des seuils – des pas – où il se relance et se recrée des énergies, aux abords de la loi. Avec des gestes qui accrochent ; des contraintes. Il y a assez de « gardiens de la loi » pour que cette épreuve se répète, l'épreuve où tel corps incarne la loi et où il faut l'en séparer – pour rendre vie à la Loi, pour la rendre à la vie. Car ces « gardiens de la loi », qui la figurent dans leurs corps, ne la connaissent pas plus que d'autres, mais ils savent que les autres y tiennent, par le manque, la faute, l'angoisse… Ils contrôlent les projets, les projecteurs, les éclairages qui font voir ou qui aveuglent. Ils voudraient s'éclairer eux-mêmes… mais toujours cette «malédiction»: devoir en passer par l'autre… (La reconnaissance désirée est sans valeur, mais elle devient aussi précieuse que ce désir, que le sacrifice qu'elle a coûté; même si l'intéressé ne s'y reconnaît plus. Son corps s'abreuve du regard de l'autre, comme dans les tout débuts de la vie, où ce n'était pas un but – la reconnaissance – mais une nourriture.) C'est par là que les gestes du social débordent le théâtre: il y a des choses que seuls les corps font passer par leur présence, sur une scène où les rôles ne sont pas définis, ou ne le sont qu'en apparence.

Tout ce qui se fait dans le social se fait avec le corps, et à ce titre la danse en «parle» – par métaphores.

C'est dire que le lien entre danse et technique est crucial[1], au sens où tout fantasme qui «marche» donne lieu à une technique, un projet de faire, un corps-mémoire qui inscrit le projet, et le répète jusqu'à porter ce projet de faire vers ses seuils de trans-faire. A ces seuils de franchissement, de mutation, il y a à la fois *transfert* (interprétation d'une mémoire) et *trans-faire* (projet de la vivre autrement). Le rapport entre technique et création se joue, pour l'essentiel, dans ce transfert-transfaire. Il permet un lien au sens qui est au-delà du sens: l'interprétation. *Toute technique est une interprétation qui s'offre à être, à son tour, interprétée.* Elle déplace les bribes de mythe et de fantasme par des transferts qui en ravivent l'origine. Mais dans la danse – et c'est ce qui la spécifie parmi toutes les techniques – l'objet qui questionne et l'objet en question et l'espace même du questionnement, c'est le corps. *La*

---

1. La technique au sens qu'y donne notre recherche *Entre dire et faire. Penser la technique*, *op. cit.*

danse est un questionnement de la technique à même le corps, sur un mode où le corps opère sur lui-même, sujet à ce qu'il peut devenir. Il opère comme objet et sujet de lui-même; et opère sur le monde, le monde qu'il est, pour commencer. Les lignes d'énergie du corps sont les invariants des mouvements où le corps opère sur lui-même[1].

Dans toute chose qu'il «fait», et qui suppose un savoir-faire, l'homme refait l'épreuve d'être en face de miroirs-fantasmes, miroirs-mémoire où il cherche ce qui peut l'appeler à passer outre. Dans la danse il est lui-même ce miroir qu'il voudrait traverser; ce bout de fantasme qu'il aimerait interpréter. Ce n'est pas simple: franchir un point de folie, un vide d'images, assumer de les retrouver et ne pas y rester. Toutes ces étapes comportent des risques: effusions, confusions, complaisance, pertes d'identité, risques de se nier[2]. Tous ces risques mettent en jeu la détresse narcissique, à surmonter *mais pas trop*. (C'est le paradoxe du narcissisme: s'il ne fait plus problème, il devient tout le problème – comment l'entamer de façon vivante?... Et s'il est trop entamé, comment le réparer sans l'achever ou le combler, donc sans le rendre encore une fois problématique?)

Dans cet appel du regard – comme on dit appel du pied – l'art est une invite à l'hypnose consentie, à l'instant

---

1. Au sens quasi mathématique des groupes d'opérateurs avec orbites et trajets, parties stables ou instables; bref toute la topologie dynamique sous-jacente.
2. L'art connaît bien cette étape et la traverse bravement à chaque époque: dire non à l'art au nom de l'art; non à la peinture au nom de la peinture; non à la poésie au nom de la poésie, (et à la danse, etc.). Bref, non à soi au nom de soi.

fascinant, suggestif ; surtout la danse, art du corps : regardez-moi qui vous regarde de là d'où vous pourriez vous voir si vous étiez… plus légers, plus alertes, plus voyants ou clairvoyants. Essentiel alors de rester en éveil, de ne pas sombrer dans son regard[1]. C'est une belle invention que de se shooter *aux possibles*, de s'hypnotiser avec, non pour dormir mais pour *se suggérer* des choses, se séduire, se sortir de l'ornière ; en passer par l'amour. (Le roi David danse son amour de la Loi, et transcende le labeur d'ânonner la loi.) La scène – lumière dans le noir – facilite cette fascination, cette hypnose jouable. D'où l'intérêt que la scène-miroir soit un miroir scindé, ouvert sur l'au-delà du mirage, sur un appel interprétable. Déjà qu'elle s'entrecoupe de miroirs et de plans, de sous-espaces opérants, croisant les regards avec l'Autre – ce n'est pas rien.

La danse est le tiers des corps dansants qui se regardent.

Un mot sur les fantasmes inhérents aux *techniques du corps*.

Fantasme d'habiter son corps comme si c'était un partenaire. Fantasme de se l'épouser, de se le refaire.

La « prof » au sourire *cheese* en parle comme d'aménager un local : « Il faudra tirer cette peau, bouger ces muscles, remodeler ce bassin… » Elle déplore que les gens ne soient pas prêts à « aller jusqu'au bout », jusqu'à leurs limites.

Mais n'est-ce pas l'absence de ces limites qui maintient l'espace ouvert et jouable ?

Certaines techniques du corps voudraient ressaisir ses

---

1. Pour les rapports entre technique, hypnose et drogue, voir *Entre dire et faire*, *op. cit.*

limites, quitte à le refermer sur lui-même, sur sa complétude retrouvée. Parfois le corps n'a pas attendu pour
être déjà fermé, sur sa routine, sa présence absentée ; au
point que certains, pour le sentir, recherchent la douleur,
comme preuve : « J'aime l'entendre craquer, dit-elle,
après, on dort bien. » Elle veut contenter le corps, ce
despote, ce Surmoi tyrannique, qui veut « son » bien-
être, qui lui veut du bien, comme ses parents déjà… Car
pour ce qui est de se contenter, elle, elle ne sait pas.
Dans les séances de travail « sur le corps », elle dit
qu'« au moins là on peut se permettre de craquer ». Elle
a besoin de sentir son corps « ferme ». Elle se livre avec
confiance au moule de « la prof » : « Qui d'autre que la
mère sait ce qu'il faut à notre corps ? » *Elle parle de son
corps comme d'un enfant* : il fait des demandes, elle y
répond, elle est prévenante, mais elle se méfie aussi :
des fois il abuse…

Quand ce fantasme de « sculpter » le corps est trop
prenant, c'est la progéniture qui trinque : les enfants de
« la prof » ont des atteintes au corps, comme s'ils appe-
laient la mère à un contact tout autre ; avec elle-même
déjà. Ils sont atteints par ce corps à corps éreintant de la
mère avec elle-même, avec son Autre-femme.

TABLE

Du même auteur

Le Nom et le Corps
1974

L'Autre Incastrable
Psychanalyse-écritures
1978

Entre-deux
L'origine en partage
« La Couleur des idées », 1991
et « Points Essais » n° 357, 1998

Les Trois Monothéismes
Juifs, Chrétiens, Musulmans
entre leurs sources et leurs destins
« La Couleur des idées », 1992
et « Points Essais » n° 348, éd. revue et augmentée, 1997

Événements I (1991), II (1994)
Psychopathologie du quotidien
2 tomes, « Points Essais » n° 305 et 306, 1995

Le Jeu et la Passe
Identité et théâtre
1997

Violence
Traversées
« La Couleur des idées », 1998

Événements III
Psychopathologie de l'actuel
« La Couleur des idées », 1999
et « Points Essais » n° 460, 2000

Perversions
Dialogues sur des folies « actuelles »
Grasset, 1987
Seuil, « Points Essais » n° 428, 2000

Le « Racisme », une haine identitaire
Christian Bourgois, 1988
2ᵉ éd. revue, 1997
Seuil, « Points Essais » n° 444, 2001

Événements I, II, III
Coffret Seuil, « Points Essais », 2000

Nom de Dieu
Par-delà les trois monothéismes
« La Couleur des idées », 2002
et « Points Essais » n° 543, 2006

Avec Shakespeare
Éclats et passions en douze pièces
Grasset, 1983, 1988
Seuil, « Points Essais » n° 496, 2003

Proche-Orient
Psychanalyse d'un conflit
« La Couleur des idées », 2003

L'Énigme antisémite
2004

Création
Essai sur l'art contemporain
« La Couleur des idées », 2005

L'Enjeu d'exister
Analyse des thérapies
« La Couleur des idées », 2007

CHEZ D'AUTRES ÉDITEURS

Le Groupe inconscient
Le lien et la peur
Christian Bourgois, 1980

La Juive
Une transmission d'inconscient
Grasset, 1983

L'Amour inconscient
Au-delà du principe de séduction
Grasset, 1983

Jouissances du dire
Nouveaux essais sur une transmission d'inconscient
Grasset, 1985

Le Féminin et la Séduction
« Le Livre de Poche » n° 4061, 1987

Entre dire et faire
Penser la technique
Grasset, 1989

Le Peuple « psy »
Situation actuelle de la psychanalyse
Balland, 1993
Seuil, « Points Essais » n° 582, 2007

La Haine du désir
Christian Bourgois, 1978
3ᵉ éd. revue, 1994
et « Titres », 2008

Antonio Seguí
Cercle d'art, 1996

Don de soi ou partage de soi ?
Le drame Levinas
Odile Jacob, 2000

Psychanalyse et judaïsme
Questions de transmission
Flammarion, 2001

Le Choc des religions
Juifs, chrétiens, musulmans :
la coexistence est-elle possible ?
*(avec Dalil Boubakeur et Pierre Lambert,
sous la direction de François Celier)*
Presses de la Renaissance, 2004

Fous de l'origine
Journal d'Intifada
Christian Bourgois, 2005

Peter Klasen
Photographies
Cercle d'art, 2005

Lectures bibliques
Premières approches
O. Jacob, 2007

Marrakech, le départ
Roman
O. Jacob, 2009

Les Sens du rire
et de l'humour
O. Jacob, 2010

De l'identité à l'existence
L'apport du peuple juif
O. Jacob, 2012

Islam, phobie, culpabilité
O. Jacob, 2013

Fantasmes d'artistes
O. Jacob, 2014

RÉALISATION : PAO ÉDITIONS DU SEUIL
IMPRESSION : NORMANDIE ROTO IMPRESSION S.A.S. À LONRAI
DÉPÔT LÉGAL : FÉVRIER 2005. N° 78849-4 (1401941)
IMPRIMÉ EN FRANCE

Éditions Points

Le catalogue complet de nos collections est sur Le Cercle Points, ainsi que des interviews de vos auteurs préférés, des jeux-concours, des conseils de lecture, des extraits en avant-première...

www.lecerclepoints.com

Collection Points Essais